ACCROCHE-TOI ANNA

www.editions-jclattes.fr

Isabel Wolff

ACCROCHE-TOI ANNA

Roman

Traduit de l'anglais (Grande-Bretagne)
par Denyse Beaulieu

JC Lattès
17, rue Jacob 75006 Paris

Titre de l'édition originale
FORGET ME NOT
Publiée par HarperCollins Publishers

Pour l'éditeur, le principe est d'utiliser des papiers composés de fibres naturelles, renouvelables, recyclables et fabriquées à partir de bois issus de forêts qui adoptent un système d'aménagement durable.

En outre, l'éditeur attend de ses fournisseurs de papier qu'ils s'inscrivent dans une démarche de certification environnementale reconnue.

ISBN : 978-2-7096-2972-0

Pour Alice et Edmund

« Montre-moi ton jardin et je te dirai qui tu es. »

Proverbe chinois

Autorisations

L'éditeur et l'auteur se sont efforcés de retrouver les détenteurs des droits d'auteur des paroles des chansons citées dans cet ouvrage. Au cas où des détenteurs de droits d'auteurs impossibles à retrouver se manifesteraient après la publication de cette édition, l'éditeur et l'auteur feront les modifications nécessaires.

From a distance, paroles et musique de Julie Gold. Publié par Cherry Lane Music Ltd. et Rondor Music London Ltd.

All The Way From America, paroles et musique de Joan Armatrading. Publié par Onward Music Ltd.

1.

— C'est dur, n'est-ce pas ? dit papa. De faire ses adieux.

Je hochai la tête en frissonnant légèrement dans l'air de février.

— C'est triste de la voir comme ça, vidée de ses meubles, reprit-il.

Nous contemplâmes l'arrière de la maison, dont les fenêtres sombres réfléchissaient le soleil de fin de journée.

— Tu n'aurais peut-être pas dû venir, fit-il enfin.

Je secouai la tête.

— Je voulais la voir une dernière fois.

Je sentis la main minuscule de Milly dans la mienne.

— Je voulais que Milly la voie une dernière fois, elle aussi, ajoutai-je.

J'étais passée à plusieurs reprises pour aider papa à faire les caisses, mais aujourd'hui, c'était le dernier adieu. Dès demain, l'arrivée des déménageurs de Surrey Removals mettrait un point final à notre longue histoire dans cette maison. Les souvenirs défilèrent dans mon esprit comme les images d'un film muet. Moi en short rose sur la balançoire ; mes parents enlacés sous le cerisier pour la photo de leurs noces d'argent ; Mark lançant des balles de tennis à Bob, notre border collie ; Cassie faisant la roue sur la pelouse.

— Je vais faire un dernier tour, dis-je. Juste pour vérifier...
que je n'ai rien oublié.

Papa hocha la tête, compréhensif.

— Viens, Milly.

Nous entrâmes, avançant avec précaution entre les caisses ;
nos pas résonnaient légèrement sur les parquets dénudés.

J'adressai un adieu silencieux à la cuisine à l'ancienne
avec ses carreaux rouges et noirs ; au grand salon avec ses baies
vitrées et ses murs marqués de l'empreinte fantomatique des
tableaux qui y avaient été suspendus pendant trente-cinq ans.
Puis nous montâmes à l'étage, vers la salle de bains.

— Étoiles de mer ! annonça Milly en indiquant les rideaux.

— Étoiles de mer, répétai-je. C'est ça. Et des coquillages,
regarde, et des hippocampes... J'adorais ces rideaux, mais ils
étaient trop vieux pour être conservés.

— « Bosse » à dents ! s'exclama Milly en agrippant la
brosse à dents de papa. « Bosse » à dents, maman !

Elle se mit sur la pointe des pieds et tendit une main dodue
vers le robinet.

— Pas maintenant, ma puce, dis-je. De toute façon, c'est
la brosse à dents de grand-papa et on ne se sert pas des brosses
à dents des autres, n'est-ce pas ?

— Moi, si.

J'ouvris l'armoire à pharmacie. Il n'y restait plus que le
nécessaire à raser de papa, son dentifrice et ses somnifères,
qu'il était encore obligé de prendre chaque nuit. Sur la tablette
inférieure se trouvaient quelques-uns des produits de toilette de
maman – son poudrier ; son vernis à ongles rose foncé, strié
de blanc à force de ne pas être utilisé ; le pot de crème pour le
corps à peine entamé que je lui avais offert pour son dernier
anniversaire. J'en passai un peu sur le dos de ma main et fermai
les yeux.

*Comme c'est gentil, ma chérie. Tu sais que j'adore Shalimar.
Et quel pot énorme – j'en ai pour une éternité !*

— Maman ! Viens ! (J'ouvris les yeux.) Viens ! m'ordonna
Milly.

Elle m'agrippa par la main et m'entraîna vers l'escalier qui menait au deuxième étage, faisant craquer les marches de ses Startrite roses.

— Tu veux aller à la salle de jeux ?

— Oui, maman, souffla-t-elle. La salle de « zeux » !

Je poussai la porte laquée et reniflai son odeur familière de poussière et de renfermé. J'avais déjà jeté la plupart des jouets, conservant pour Milly ceux qui n'étaient pas trop déglingués. Mais il y avait toujours une pile de vieux jeux de société sur une table, un tas de déguisements en fouillis dans un panier et, éparpillées sur le lino vert, de vieilles bandes dessinées. Les débris d'une enfance heureuse, songeai-je en ramassant un vieux *Dandy*.

Milly fouilla dans un petit landau rose.

— Regarde !

Elle brandit l'une de mes vieilles Sindy avec l'expression de surprise triomphante d'une actrice à qui l'on remet un oscar.

— Ah... Elle, je m'en souviens...

Je pris la poupée, qui m'adressa un regard vide.

— J'avais plein de Sindy, expliquai-je. Cinq ou six. J'aimais bien les habiller.

Cette Sindy portait un chemisier élimé en vichy et une culotte de cheval crasseuse. Sa chevelure en nylon, jadis luxuriante, avait été sauvagement ratiboisée par Cassie, me rappelai-je brusquement. Tout en parcourant son crâne piquant de mon pouce, j'éprouvai un accès d'indignation rétrospective.

Je sais que Cassie t'énerve, ma chérie, me disait maman. *Mais essaie de te rappeler qu'elle a six ans de moins que toi et qu'elle ne fait pas exprès d'être une peste.*

— C'est toujours une peste, soufflai-je. (Je tendis la poupée à Milly.) Tu la veux, mon chou ?

— Non, fit Milly en secouant ses boucles brunes. Non, non, non, marmonna-t-elle.

Manifestement, la coupe de cheveux la rebutait. Elle fourra la poupée dans le landau.

Je jetai rapidement quelques affaires dans un sac-poubelle. Ce faisant, un billet de banque de Monopoly tomba par terre en tourbillonnant.

— Cinq cents livres… (Je le retournai entre mes doigts.) Dommage que ce ne soit pas un vrai billet – on aurait bien besoin d'un peu d'argent en ce moment… Et ça… (Je ramassai une Land Rover cabossée.)… c'était à Mark.

La peinture était écaillée et une roue manquait.

— Tu te souviens d'oncle Mark ? demandai-je. Celui qui t'a envoyé Bébé Annabelle ? (Milly hocha la tête.) Il vit très, très loin, en Amérique.

— « Mérik », répéta Milly en écho.

— Tu l'as rencontré… une fois seulement, dis-je tristement. À ton baptême. (Je regardai autour de moi.) Mark et moi, on jouait souvent ici.

Je me rappelais avoir fixé les sémaphores de son train électrique et disposé des petits sapins de part et d'autre des rails.

— Lui et moi, on était très copains, mais on ne se voit presque plus maintenant. C'est triste.

Surtout pour Milly, qui n'avait pas beaucoup d'hommes dans sa vie. Un père absent, pas de frères, un seul grand-père et Mark, son seul oncle, qui habitait San Francisco depuis quatre ans.

— Ok, ma chérie, on y va. Au revoir, salle de jeux ! ajoutai-je en refermant la porte derrière nous.

— Au revoir, salle de « zeux ».

Nous traversâmes le palier pour passer dans mon ancienne chambre. Nous nous assîmes sur le lit. Je levai la tête vers le plafonnier en verre givré où je remarquai le cadavre rabougri d'une grosse araignée. Elle devait y être depuis plusieurs mois. Puis je jetai un coup d'œil aux carreaux de fenêtre : celui du bas, à gauche, était marqué d'un gros gribouillage.

— C'est moi qui l'ai fait, racontai-je à Milly, quand j'avais six ans. Mamie m'a un peu grondée. C'était vilain.

Nous nous levâmes. Je dis adieu à ma chambre en silence et en refermai la porte pour la toute dernière fois. Je jetai ensuite un coup d'œil à la chambre voisine, celle de Mark. Elle était presque vide; ses murs blancs poussiéreux étaient mouchetés de Blu-Tack. Il l'avait entièrement vidée avant de partir pour les États-Unis, comme s'il n'avait plus jamais l'intention de revenir. Cela avait profondément blessé mes parents.

Puis nous descendîmes et je me tins sur le seuil de leur chambre.

— C'est ici que je suis née, Milly…

Tu es arrivée avec trois semaines d'avance, Anna. Mais il y avait beaucoup de neige et je ne pouvais pas me rendre à l'hôpital, alors c'est papa qui t'a mise au monde – tu te rends compte! Il n'arrêtait pas de plaisanter en disant qu'il était ingénieur et non sage-femme, mais en réalité, il était terrorisé. Ça a été tout un drame…

Leur armoire en acajou, comme tous les autres meubles dont nous ne voulions plus, serait vendue avec la maison. Je l'ouvris du côté de maman. Les cintres cliquetèrent. Je visualisai les robes qui y étaient encore suspendues quelques mois auparavant – papa avait mis deux ans à trier ses vêtements. Pour lui, le plus difficile avait été de regarder ses chaussures, il ne pouvait s'empêcher de l'imaginer en train de les passer.

Milly et moi descendîmes enfin pour faire nos adieux au jardin – ce jardin que ma mère avait cultivé et aimé. Sans feuilles, froid, humide et assoupi, il commençait tout juste à émerger de l'hiver. Mais je me rappelais les plates-bandes débordant de phlox et de pivoines en plein été; la lavande ondulant au-dessus du sentier; le lilas de mai et sa jupe claire de muguet; les ravissantes roses Albertine massées autour du porche. Chaque arbre, chaque buisson, chaque plante m'était aussi familier qu'un vieil ami. Le céanothe et sa masse bleue mousseuse de fin avril; le cognassier du Japon, ses corolles écarlates et ses fruits verts tavelés dont ma mère faisait de la gelée tous les automnes, mousseline lourde de pulpe cuite sucrée.

Chaenomeles. C'est le vrai nom du cognassier, Anna – Chaenomeles. Tu peux répéter?

Ma mère adorait m'enseigner les noms latins des plantes : j'étais encore toute petite lorsqu'elle avait commencé à le faire. Tandis que je trottinais derrière elle dans le jardin, elle m'expliquait qu'il ne s'agissait pas simplement de fleurs roses, de buissons jaunes ou de baies rouges. C'étaient des *Dianthus*, des *Hypericum*, des *Mahonia* ou des *Cotoneaster*.

— Cette plante grimpante mauve, disait-elle, ce sont des clématites. On les appelle *Jackmanii*, en l'honneur de la première personne qui les a cultivées. Celle-ci, or pâle, est également une clématite – on l'appelle *Tangutica*. On dirait des lanternes de fées, n'est-ce pas ?

Elle pinçait les mâchoires des gueules-de-loup pour les ouvrir et me montrait les fuchsias avec leurs fleurs-ballerines.

— Regarde leurs tutus magnifiques ! disait-elle en agitant les tiges pour les faire « danser ».

À l'automne, elle frottait doucement les « pièces » argentées de la monnaie-du-pape, avec leur doublure nacrée, pour les ouvrir et me montrer les graines à l'intérieur. Petit à petit, à force de répétition, j'avais mémorisé les noms et acquis un lexique botanique – la *lingua franca* des plantes. Quand je fus plus grande, elle m'expliqua ce qu'ils signifiaient :

— Les noms latins sont très descriptifs. Ce petit arbre-là est un magnolia, mais on l'appelle un *Magnolia stellata* parce que *stellata* signifie « qui ressemble à une étoile » : les fleurs ressemblent en effet à des étoiles blanches – tu vois ? Cette plante-ci est une *Hosta tardiflora* – l'*Hosta* à floraison tardive ; et ce gros buddléia là-bas est un *Buddleia globosa* parce qu'il a des fleurs sphériques, comme de petits globes. Et celui-ci est un *Berberis evanescens*, ce qui signifie...

Je murmurai :

— Qui s'évanouit. Qui s'amoindrit et disparaît graduellement.

Je songeai amèrement à Xan, en me rappelant une fois de plus le conseil que m'avait donné ma mère la première fois que j'avais eu le cœur brisé. J'avais vingt ans et j'étais assise sur mon lit, en larmes :

— Jason était très... sympathique. Et, oui, il était très beau, et très bien habillé – je suppose qu'il avait aussi une belle voiture. (Je songeai, avec un pincement au cœur, à sa Lotus Elise.) Mais il n'était pas bien pour toi, ma chérie.

— Comment peux-tu dire ça ? gémis-je. Tu ne l'as rencontré qu'une seule fois.

— Mais cela m'a suffi pour constater qu'il était ce que j'appellerais – pour reprendre un terme de jardinage – une plante annuelle. Elles sont tape-à-l'œil et font beaucoup d'effet avant de disparaître pour toujours. Ce qu'il te faut, Anna, c'est une plante vivace. (Je m'imaginai brusquement mariée à un *Forsythia*.) Une plante vivace ne te décevra jamais. Elle reviendra année après année, fiable, digne de confiance – et sûre. Comme ton père, avait-elle ajouté. Il est toujours là pour moi. Quoi qu'il arrive...

Je pris Milly dans mes bras.

— Je n'ai pas suivi les conseils de mamie, murmurai-je. Mais qu'importe, puisque c'est comme ça que je t'ai eue, toi. Et que tu es tout simplement... (Je touchai son nez du mien.)... la plus adorable des petites filles.

Je la serrai contre moi et la posai par terre.

— Regarde ces petites fleurs, Milly. On les appelle des perce-neige. Tu peux répéter ? Perce-neige ?

— « Pesse-neige »...

— Et celles-là, les mauves, ce sont des crocus...

— « Cocusses ».

Son haleine formait de minuscules oreillers dans l'air glacial.

— Et celle-ci est un cyclamen sauvage. Mamie disait qu'ils avaient de petits visages balayés par le vent, comme s'ils avaient sorti la tête par la fenêtre dans une voiture.

Tandis que nous nous relevions et traversions la pelouse, je m'imaginai, comme souvent, des années plus tard, en train d'expliquer à Milly ce qui était arrivé à ma mère.

Tu avais une mamie merveilleuse, m'entendais-je lui dire. C'était une femme adorable, vivante. Elle s'intéressait à plein

de trucs et elle était particulièrement passionnée par le jar-
dinage. Elle savait plein de choses à ce sujet et elle était très
douée – elle avait appris toute seule les noms de toutes les
plantes et de toutes les fleurs. Et elle te les aurait enseignés,
Milly, comme elle me les a enseignés, mais malheureusement,
elle n'a en jamais eu l'occasion, parce qu'un an avant ta nais-
sance, elle est morte...

J'entendis un bruit de pas et relevai la tête. Papa franchis-
sait les portes-fenêtres, une boîte en carton dans les bras. Il avait
le même air négligé que la maison. Auparavant, il avait l'air bien
conservé pour son âge, jeune, même. À près de soixante-dix
ans, il était encore bel homme, mais le chagrin l'avait vieilli.

Je n'aurais jamais imaginé exister sans ta mère, avait-il
répété pendant des mois. *Elle avait douze ans de moins que moi.*
Je n'y avais tout simplement jamais songé. Je ne sais pas ce que
je vais faire.

Maintenant, trois ans plus tard, il s'était enfin senti capable
de vendre la maison et de s'installer à Londres, à un kilomètre
et demi de chez moi.

— J'ai aimé cette maison, dit-il après nous avoir rejointes.
Nous y avons vécu si longtemps. Près de quarante ans.

J'imaginai tout ce que les murs avaient absorbé durant ce
temps. Les paroles et les rires ; les pleurs et les cris ; même les
hurlements de l'accouchement. Je nous imaginai tous incrustés
dans la matière même de la maison, comme des fossiles.

Papa soupira.

— Mais il est temps de se déraciner et de tourner la page.

— Il le faut, dis-je. Londres te distraira. Tu seras plus heureux là-bas – ou du moins, tu te sentiras mieux.

— Peut-être, répondit papa. Je ne sais pas. Mais ce sera
agréable, en tout cas, d'habiter aussi près de toi et Milly. (Je remarquai soudain les piquants argentés de sa barbe.) J'espère que ça
ne t'embêtera pas que je passe vous voir de temps en temps.

— Ne parle pas comme ça, protestai-je gentiment. Tu sais
que tu peux passer quand tu veux. C'est moi qui t'ai encouragé
à bouger, souviens-toi.

— Je ne t'embêterai pas. (Je levai les yeux au ciel.) Et je ferai du baby-sitting pour toi. Tu devrais accepter mon offre, Anna. C'est cher, les baby-sitters.

— C'est gentil, mais tu dois sortir, toi aussi, voir tes amis, passer à ton club. Et en plus, j'ai Luisa maintenant, pas vrai ?

— C'est vrai.

Je songeai avec gratitude qu'avec une fille au pair on faisait vraiment une bonne affaire. Je n'aurais jamais eu les moyens de m'offrir une nounou à mi-temps – surtout avec les frais d'inscription du jardin d'enfants de Milly. Mais pour soixante-dix livres par semaine, Luisa me donnait un coup de main cinq heures par jour et gardait Milly deux soirs par semaine. C'était un don du ciel.

— Et puis, je ne sors pas tellement, dis-je à papa. En général, quand Milly dort je travaille. J'arrive à en faire beaucoup plus à ce moment-là.

— Tu devrais sortir plus souvent. Ça te ferait du bien. Surtout dans ta situation.

Il se dirigea vers le jardin – Milly et moi sur ses talons – puis s'arrêta pour relever une branche de jasmin d'hiver. Tout partait à vau-l'eau.

— Merci de m'avoir aidé ce dernier mois, ajouta-t-il tandis que nous marchions. Je sais que je te l'ai déjà dit, mais je t'en suis reconnaissant.

— Je n'ai fait qu'apporter quelques trucs chez Oxfam, ce n'est pas moi qui ai tout débarrassé.

— En tout cas, c'était formidable de t'avoir auprès de moi. Ça m'aurait beaucoup déprimé de faire tout ça tout seul.

Je songeai, irritée, à mon frère et à ma sœur. Mark est aux États-Unis, soit ; mais Cassie aurait pu donner un coup de main. Elle n'était venue qu'une seule fois, pour vider sa propre chambre. Mais papa ne lui en avait pas voulu. Il a beaucoup d'indulgence pour Cassie, il la traite comme si elle avait dix ans, au lieu de vingt-neuf. C'est le « bébé » de la famille et elle a toujours été gâtée.

Nos pieds faisaient crisser le gravier de l'étroit sentier. En passant devant la serre, je revis soudain ma mère avec son chapeau de paille, penchée sur un plateau à semis. Je l'imaginai relever les yeux pour nous saluer d'un signe de la main. Nous continuâmes à marcher. Je supposais que papa se dirigeait vers le garage, pour mettre la boîte dans la voiture. Au lieu de cela, il s'arrêta à l'endroit où nous faisions des feux de jardin et se mit à empiler des bouts de bois sur la terre noircie à l'aide d'une fourche.

— J'ai vu Xan hier, lâcha-t-il tout en cassant un vieux cageot avec son pied.

Mon cœur s'arrêta de battre un instant, comme chaque fois que j'entendais le nom de Xan.

— Tu l'as vu où ? dis-je avec un sourire amer. Aux infos du soir ? Au journal de treize heures ? Sur *Panorama* ?

— *Newsnight*.

— Ah.

Une pie solitaire s'envola au-dessus de nos têtes.

— Il parlait de quoi ? demandai-je.

— De l'exploitation forestière illégale.

— Je vois...

— Ma pauvre, compatit papa en s'appuyant sur sa fourche. Même si tu t'en sors très bien, la vie de mère célibataire n'est pas ce que ta mère et moi avions souhaité pour toi.

Ce qu'il te faut, c'est une plante vivace. Quelqu'un qui sera toujours là pour toi. Quoi qu'il arrive...

— Ne te méprends pas sur ce que je dis, ajouta rapidement papa. J'aime tellement Milly...

Il tendit la main pour lui caresser la tête et je remarquai combien ses manches étaient élimées. Il faudrait que je l'emmène s'acheter de nouvelles chemises.

— Mais j'aurais préféré une meilleure situation pour toi, c'est tout.

— Moi aussi, tu sais.

— Ce ne doit pas être facile.

— Non, en effet.

En fait, c'est difficile. Même si on aime son enfant, c'est dur de l'élever seule. Dur de n'avoir personne avec qui partager les angoisses quotidiennes, les responsabilités, les joies. Sans compter les longues nuits solitaires quand ils sont petits bébés ou les angoisses terribles lorsqu'ils sont malades.

— Mais c'est comme ça. Et il y a plein d'enfants qui n'ont aucune relation avec leur père. (Je pensais à ma copine Jenny.) Au moins, Milly a un minimum de rapports avec son papa.

Je me mordis les lèvres. J'avais proféré le fatidique mot en « p ».

— Papa ! hurla Milly au signal. Papa !

Elle n'avait vu Xan que six fois au cours de ses deux années et demie d'existence, mais elle l'adorait.

— Papa ! répéta-t-elle, indignée.

Elle tapa du pied, dansant sur place de frustration, puis renversa la tête en arrière.

— Pa-paaaaaaaaa ! hurla-t-elle, comme si elle pensait qu'elle pouvait le faire apparaître.

— Ne t'en fais pas, ma chérie, dis-je pour tenter de l'apaiser. Tu vas bientôt voir papa.

Ce n'était pas un petit mensonge cousu de fil blanc mais bien un gros bobard en Technicolor : je n'avais aucune idée du moment où nous reverrions Xan. Milly devait se contenter de le voir à la télé. Elle exultait pendant les quelques instants où il était à l'écran, puis elle fondait en larmes. Je savais exactement ce qu'elle éprouvait.

— Pa-paaaa…

Son visage s'était chiffonné et ses grands yeux gris-bleu débordaient de larmes. Mon père détourna son attention en lui demandant de l'aider à ramasser des feuilles mortes. Je me penchai pour en faire autant et ce faisant, j'aperçus la boîte en carton qui semblait remplie de vieux papiers. Sur une enveloppe jaunie, je vis l'écriture nette de maman.

— Très bien ma chérie, disait mon père à Milly qui ramassait des brindilles dans ses moufles. On va prendre les feuilles qui sont là, d'accord? Elles sont bien sèches. Voilà, ma puce. Bon, va à côté de ta mère pendant que j'allume le feu.

— J'avais toujours cru que je serais comme maman, fis-je comme si je parlais seule, tandis que Milly enlaçait mes genoux. Je croyais que j'aurais une vie de famille totalement convention-nelle, comme elle.

Papa ne répondit rien. Il tentait de gratter des allumettes, mais elles se cassaient toutes.

— Je croyais que j'aurais un mari et des enfants. Je ne m'étais jamais imaginé que j'élèverais un enfant seule, et puis...

Je secouai la tête.

— Et puis la vie s'en est mêlée, conclut doucement papa.

L'allumette s'enflamma. Il la protégea de la main, puis la posa dans la pile de bois.

— Oui. C'est ça. La vie.

Les feuilles s'embrasèrent en crépitant; un filet de fumée anthracite s'éleva, embaumant l'air.

Papa se redressa.

— Tu as pris absolument tout ce que tu voulais dans la mai-son? Ce qui n'est pas emporté par les déménageurs va être jeté. J'ai sorti une pile de livres de jardinage de ta mère, en pensant que tu les voudrais peut-être. Tu les as vus?

— Oui, merci. J'en ai pris trois, ainsi que sa truelle et sa fourche. Je voulais les garder.

— Ça lui aurait fait plaisir, dit-il. Elle aurait été tellement heureuse de te voir faire ce que tu fais. Pas seulement parce qu'elle adorait le jardinage, mais parce qu'elle trouvait que c'était trop dur, pour toi, à la City, avec toutes ces longues heures de travail.

— Je travaille encore de longues heures.

— C'est vrai. (Papa éventa le feu à l'aide du couvercle rouillé d'une vieille boîte à biscuits.) Mais au moins, tu es à ton compte – tout ce que tu gagnes, c'est pour toi et Milly. En plus, ce que tu fais maintenant te plaît plus.

Dans le houx, un roitelet pépiait.

— Beaucoup plus, acquiesçai-je joyeusement. J'adore être architecte paysagiste.

— Et d'après le *Times*, tu es très demandée, non ?

Cet article, auquel je ne m'attendais pas, m'avait vraiment donné confiance en moi ; c'était Sue, mon ex-assistante, qui m'avait signalé sa parution.

— Le fait que tu passes sur GMTV, ça a dû aider, ajouta papa.

— Je crois.

Je venais de tourner cinq petits sujets sur la préparation des jardins avant le printemps.

— Tu as des nouvelles de ce gros contrat à Chelsea que tu espérais décrocher ?

— Dans les Boltons ? (Papa hocha la tête.) J'ai fait les relevés et je leur remets le projet samedi. Si ça marche, ce serait ma plus grosse commande à ce jour. Et de loin.

— Alors on croise les doigts. Mais si jamais tu as des problèmes d'argent, sache que je peux t'en prêter. Je pourrais être un des actionnaires de ton affaire, ajouta-t-il en souriant.

— C'est gentil, mais j'avais prévu que les deux premières années seraient un peu difficiles, et tu sais que je ne te demanderai jamais de m'aider.

Contrairement à Cassie, songeai-je avec une pointe de mesquinerie. Ma sœur n'arrêtait pas d'emprunter de l'argent à papa. L'an dernier, par exemple, lorsqu'elle avait décidé d'aller « se trouver » dans un séminaire de yoga Ashtanga au Bhoutan, papa lui avait « prêté » près de 3 500 livres.

— De toute façon, repris-je, ça devrait aller un peu mieux cette année.

Des étincelles éclatèrent avec un bruit sec, comme la lave d'un volcan miniature.

— Bon...

Un silence embarrassé tomba soudain.

— Je... j'imagine que tu vas devoir rentrer, maintenant, non ? dit papa.

— Je... je crois.

Je jetai un coup d'œil à ma montre. Il n'était que 15 h 30. Je n'étais pas encore tout à fait prête à faire mes derniers adieux. En outre la chaleur du feu était agréable.

— Je sais que tu n'aimes pas conduire de nuit.

— C'est vrai.

— Et puis il va bientôt falloir coucher Milly.

— Hum.

— Et en fait, j'ai des trucs à faire.

En général, papa n'était jamais pressé de nous voir partir – au contraire.

— Ah. D'accord. Eh bien… on va y aller. (Je regardai la boîte en carton.) Tu es sûr que tu n'as pas besoin d'un coup de main pour autre chose, avant que je parte ?

— Non, il faut juste que je m'occupe de ça avant qu'il fasse noir.

— Qu'est-ce que c'est ?

— Rien… des vieilles lettres. (J'aperçus soudain une tache rouge qui s'étalait sur le cou de mon père.) Des cartes de la Saint-Valentin que j'avais envoyées à ta mère… des trucs dans le genre.

Je ne lui rappelai pas qu'aujourd'hui c'était précisément la Saint-Valentin. Non pas que j'aie reçu ne serait-ce qu'un pétale, songeai-je tristement. Côté sentimental, c'était le grand désert.

— Elle n'en a jeté aucune, reprit papa. Quand je me suis finalement décidé à ranger son secrétaire, je les ai trouvées. (Il secoua la tête.) Toutes mes cartes de la Saint-Valentin – il y en a trente-six, reprit-il songeusement. Elle était très sentimentale, ta mère. Puis j'ai trié de vieilles lettres qu'elle m'avait envoyées.

Je fermai le bouton du col de Milly.

— Mais pourquoi maman t'écrivait-elle, alors que vous étiez mariés ?

Papa éventa la fumée.

— C'était à l'époque où j'étais au Brésil. (Il se tourna vers moi.) Tu ne t'en souviens sans doute pas.

— Vaguement… Je me rappelle t'avoir accompagné à l'aéroport avec maman et Mark.

— C'était en 1977, tu avais cinq ans. J'ai passé huit mois là-bas.

— Tu faisais quoi, déjà, rappelle-moi ?

— Je surveillais un gros chantier près de Rio. Les lignes téléphoniques étaient épouvantables, nous ne pouvions communiquer que par lettre.

Je me rappelais maintenant être allée au bureau de poste tous les vendredis, avec de fragiles enveloppes en papier bleu pour courrier aérien. Je dessinais des fleurs car je ne savais pas écrire.

— Ça a dû être dur pour toi d'être parti aussi longtemps.

— En effet, dit doucement papa. Très dur.

— Donc, c'était avant la naissance de Cassie ?

Il cassa une petite branche pourrie.

— C'est ça. Cassie est née l'année suivante.

Je regardai une fois de plus cette boîte qui recelait tant d'émotions.

— Tu es certain de ne pas vouloir les garder ? Il me semble que c'est dommage.

— Je vais les garder, dit papa en se tapant la poitrine. Ici. Mais dans mon nouvel appartement, je ne veux pas rester entouré de choses qui me feront… (Sa voix s'érailla.) Alors… je vais les regarder une dernière fois, puis je vais les brûler.

— Je comprends, dis-je. Bon, alors on va y aller. Mais téléphone-moi quand tu seras arrivé à Londres et on fera un saut. (Papa hocha la tête.) Dis au revoir à papi, ma chérie.

Milly renversa la tête pour se faire embrasser.

— Au revoir, mon petit cœur.

Je le serrai dans mes bras.

— Au revoir, papa.

Merde ! Je l'avais encore dit.

— Pa-paaaaa ! hurla Milly.

Bouclée dans son siège-enfant, Milly scandait « Pa-pa ! Pa-pa ! » avec la passion et l'énergie d'un supporter de Chelsea.

— D'accord, ma chérie, chantonnai-je. On va voir papa, mais pas tout de suite, parce qu'il est occupé en ce moment.

— Papa. Occupé, répéta-t-elle. Occupé. Papa !

— Oh, regarde le cheval !

— « Ceval » ! Pa-pa !

— Et ces belles vaches, regarde.

— « Vasses ». Papaaaaaaa...

Alors que nous patientions au feu rouge, je jetai un coup d'œil au rétroviseur et j'y vis les yeux de Xan, couleur de chardon. Je me disais souvent que je préférerais que Milly ne lui ressemblât pas autant... Tandis qu'elle fermait les paupières, bercée par le ronronnement du moteur et la chaleur de l'habitacle, je me rappelai ma première rencontre avec Xan. Je n'imaginais pas, ce soir-là, l'effet dévastateur qu'elle aurait sur ma vie.

Je débrayai et redémarrai, en me rappelant combien j'avais été prudente jusque-là. Je ressemblais à Mark, de ce côté-là : raisonnable, tournée vers l'avenir. Tout le contraire de Cassie.

— Tu dois avoir un projet de vie, me conseillait mon frère.

Il avait deux ans de plus que moi et nous étions très proches à l'époque, alors je l'écoutais.

— Moi, expliquait-il, je serai médecin.

À quatorze ans, j'avais mon propre projet : je travaillerais d'arrache-pied au lycée, j'étudierais dans une bonne université, je décrocherais un boulot lucratif et je m'achèterais un appartement. Vers la fin de la vingtaine, je me trouverais une bonne plante vivace, je me marierais et j'aurais trois enfants ; je retournerais travailler quand le plus jeune irait à l'école. Mon salaire ne serait pas essentiel, mais nous permettrait de nous offrir un joli cottage en bord de mer ou une maison en France, où la plante vivace en question et moi-même prendrions un jour notre retraite et où nos enfants et petits-enfants dévoués nous rendraient souvent visite, avant que nous nous éteignions paisiblement, dans notre sommeil, à l'âge de quatre-vingt-dix-neuf ans.

Pendant des années, j'avais suivi ce plan à la lettre. J'avais étudié l'histoire à York, puis décroché un poste dans une firme de *hedge funds* de la City, où j'avais intégré le département de recherche sur les actions, menant des enquêtes sur des projets d'investissement – l'analyse de « fondamentaux transversaux multisectoriels », dans leur jargon. Le boulot n'était pas toujours palpitant mais il était très bien payé. J'avais acheté une petite maison à Brook Green, remboursé l'hypothèque et cotisé pour ma retraite ; puis, avec le reste, je m'étais divertie. J'étais allée skier, j'avais fait de la plongée et du trekking ; je m'étais inscrite à un club de gym. J'allais à l'opéra, où je louais une loge. Je passais du temps dans mon jardin, avec ma famille et mes amis. J'étais en passe de réaliser mes objectifs personnels.

Lorsque j'eus trente ans, j'intégrai le circuit des fêtes de fiançailles, des enterrements de vie de jeune fille et des mariages. Je me dis qu'il fallait que je m'efforce de rencontrer quelqu'un ; je m'inscrivis à un club de tennis, j'organisai des fêtes et j'eus des petits amis. Avec ces derniers, je gardais à l'esprit les maximes vieux jeu de ma mère : « Attends avant de les rappeler », me répétait-elle souvent. « Fais-leur croire que tu es trop occupée pour les voir. Ne te jette jamais à leur cou, Anna. Essaie de préserver un peu de mystère féminin. » Je râlais, mais elle me rétorquait qu'il ne fallait pas sacrifier aux rituels de la parade amoureuse et qu'elle avait le devoir de me prodiguer des conseils « féminins ».

— Toutes les mères devraient en faire autant, m'avait-elle déclaré un jour avec une véhémence qui m'avait déroutée. Ma mère ne m'a jamais rien expliqué, avait-elle ajouté amèrement. Elle était trop gênée. Mais il aurait mieux valu qu'elle le fasse, car j'étais désespérément naïve.

Ce qui expliquait sans doute pourquoi elle avait épousé papa à l'âge de vingt ans.

— Ça a été le coup de foudre, précisait-elle pudiquement lorsqu'on abordait le sujet.

Je levais discrètement les yeux au ciel, car j'avais toujours su la vérité.

— Une tornade, ajoutait mon père avec un sourire ironique.

Ils s'étaient mariés deux mois après s'être rencontrés au Lyons Corner House, sur le Strand.

— Il pleuvait, racontait maman, alors le café était bondé. Tout d'un coup, un type beau comme un dieu m'a abordée et m'a demandé s'il pouvait partager ma table… Et voilà !

Mais cela m'amusait que ma mère – dont la propre vie sentimentale avait été si harmonieuse et peu mouvementée – soit aussi désireuse de m'éduquer sur les affaires de cœur.

Les hommes avec lesquels je sortais étaient tous séduisants, intelligents et charmants ; ils auraient été de bons partis, si ce n'est que chacun d'entre eux semblait affligé d'une tare quelconque. Duncan, par exemple, réussissait brillamment en tant que courtier, il était intelligent et sympathique, mais son enthousiasme pour les clubs de strip-tease me révulsait ; puis il y eut Gavin, qui se remettait difficilement de son divorce. Ensuite, j'étais sortie avec Henry, un rédacteur publicitaire, qui contournait les embouteillages en roulant sur le trottoir. À la deuxième contravention, je le laissai tomber. Puis je rencontrai Tony, un éditeur, lors d'un mariage dans le Wiltshire. Tony était intelligent et amusant. Mais quand, au bout de six mois, il m'apprit qu'il ne souhaitait pas de relation à long terme, je rompis. Je ne pouvais pas me permettre de perdre mon temps.

— Tu as encore tout ton temps, ma chérie, m'assurait alors ma mère pour me consoler.

Nous étions assises sur un banc, sous le poirier. C'était son anniversaire, le 10 mai. Elle passa son bras autour de mes épaules, m'enveloppant d'un nuage du Shalimar que je lui avais offert le matin même.

— Tu n'as que trente-deux ans, Anna.

Mon regard se porta sur les petits nuages bleus de myosotis qui flottaient au-dessus des plates-bandes.

— Trente-deux ans, c'est encore jeune, reprit-elle. Les femmes ont leurs enfants bien plus tard de nos jours… Dieu merci.

Je lui posai soudain une question que j'avais toujours eu envie de lui poser :

— Si tu pouvais recommencer, maman, aurais-tu attendu plus longtemps avant de fonder une famille ?

Elle avait eu Mark à vingt et un ans à peine.

— Enfin, avait-elle dit en rosissant légèrement, je... ne crois pas qu'avoir un enfant soit une erreur.

Ce qui n'était pas ce que j'avais voulu dire.

— Mais, en effet, j'ai commencé très tôt, avait-elle poursuivi, alors je n'ai jamais vraiment travaillé, contrairement à toi. Mais toi, Anna, tu as la chance de faire partie d'une génération qui peut avoir une carrière intéressante et une vie indépendante avant de connaître le bonheur de la vie de famille. Et ne t'en fais pas, tu le connaîtras, répéta-t-elle en me caressant les cheveux, parce que tu as encore beaucoup de temps devant toi.

Ce qu'elle-même n'avait pas, en fin de compte, puisqu'elle était morte moins d'un mois plus tard.

Tout en prenant la sortie d'autoroute, je me souvins – comme souvent, lorsque je suis au volant et que mon esprit vagabonde – de cette période épouvantable. J'étais tellement anéantie que j'arrivais à peine à respirer. C'était comme si on avait appuyé sur le bouton « pause » de ma vie. Qu'allais-je faire sans ma mère ? J'avais l'impression d'avoir été précipitée au fond d'un gouffre.

Et si, moi aussi, je n'avais plus que vingt-trois ans à vivre ? m'étais-je alors demandé, les yeux ouverts dans le noir, nuit après nuit. Si je n'avais plus que dix ans, ou cinq, ou un ?

Car je comprenais désormais, comme je n'aurais jamais pu le comprendre auparavant, à quel point la vie ne tient qu'à un fil.

On m'avait accordé quinze jours de congé, indispensables pour organiser les obsèques, car papa arrivait à peine à fonctionner. Après cela, le retour au travail avait été, d'une certaine manière, un soulagement – même si je m'en souviens comme d'une période très étrange. Au départ, mes collègues avaient été gentils et attentionnés, mais avec le temps, naturellement, ils avaient arrêté de me demander comment j'allais – ils s'attendaient à ce que la vie reprenne son cours normal. Sauf que, pour moi, rien ne me semblait plus « normal ». Au fil des semaines, la vie que je menais ne m'apportait plus beaucoup de satis-faction – les enquêtes sur les perspectives d'investissement ne m'intéressaient plus, pas plus que les colonnes de chiffres et mon trajet quotidien dans les transports en commun. J'analy-sais les « fondamentaux » de ma propre existence : les objec-tifs que je m'étais efforcée d'atteindre me semblaient désormais dérisoires. Je pris donc la décision de changer de vie.

J'avais souvent rêvé de devenir architecte paysagiste. Je ne me rendais jamais chez quelqu'un sans imaginer comment redessiner son jardin ou le planter avec plus d'imagination. J'avais déjà réalisé deux ou trois jardins gratuitement – une cour méditerranéenne pour mon assistante, Sue, dans sa maison du Kent ; et un jardin de cottage pour un couple âgé de l'autre côté de la rue. Ils avaient été ravis des roses trémières et des masses ondulantes de phlox, et je m'étais régalée à le faire.

Je m'inscrivis donc à une formation diplômante de un an à la *London School of Gardening* de Chelsea. Puis j'en fis part à mon patron, Miles, le cœur battant en songeant que j'étais sur le point de sacrifier la sécurité d'un emploi et la camaraderie de mes collègues.

— Tu en es bien sûre ?

Il fit tourbillonner sa plume en or entre son index et son médius.

— Tu renonces à beaucoup de choses, Anna... Notam-ment à la chance d'accéder à un poste de direction d'ici deux ou trois ans.

Je vis soudain mon nom sur l'épais vélin du papier à en-tête de la firme.

— Ne crois pas que je tente de te dissuader, reprit Miles, mais es-tu bien certaine de vouloir faire ça ?

Je regardai par la fenêtre. Un avion traversait le ciel bleu cobalt en laissant derrière lui une traînée éblouissante.

— Tu as été durement éprouvée ces derniers temps, poursuivit-il. Ne s'agirait-il pas d'une réaction à la mort de ta mère ?

— Oui, répondis-je posément. Exactement. C'est pourquoi je suis absolument sûre de ce que je veux faire. Merci.

J'effectuai ma période de préavis ; puis, début septembre, Miles m'offrit un pot d'adieu dans la salle de conférence. En voyant combien de gens étaient venus, je fus heureuse d'avoir passé mon tailleur Prada le plus élégant – je l'avais acheté en solde – et mes escarpins Jimmy Choo préférés. Je ne porterais plus ces talons hauts avant longtemps, me dis-je en circulant parmi mes collègues. Je n'en achèterais plus, non plus – je n'aurais aucun revenu pendant un an. Et je ne boirais plus de champagne, songeai-je en sirotant ma troisième flûte pour me calmer les nerfs.

Tout d'un coup, Miles fit tinter son verre, puis passa la main dans ses boucles blondes – on aurait dit un chérubin trop vite grandi.

— Je peux avoir votre attention ? dit-il tandis que la rumeur s'apaisait. Parce que j'aimerais bien faire rougir Anna pendant un petit instant.

Une bouffée de chaleur me monta au visage. Miles ajusta sa cravate en soie jaune.

— Anna, c'est un jour très triste pour nous tous, à *Arden Fund Management* – pour la simple raison que tu as été une collègue de rêve.

— Et une patronne de rêve ! renchérit Sue.

Je lui adressai un sourire.

— Maintenant, ajouta-t-elle, je regrette de t'avoir encouragée dans ce truc de jardinage !

— Tu as été une vraie joueuse d'équipe, poursuivit Miles. Tes recherches méticuleuses nous ont aidés à faire notre boulot avec beaucoup plus d'assurance. Tu as semé les graines de notre réussite. Et maintenant, tu t'apprêtes à cultiver ton propre jardin. (Je souris.) Anna, tu vas nous manquer plus que je ne saurais te le dire. Mais nous te souhaitons tout le succès et le bonheur que tu mérites dans ta nouvelle carrière – au cours de laquelle nous espérons que ces petites marques de notre estime te seront utiles.

Il me tendit un paquet énorme et étonnamment lourd. J'en tirai un arrosoir plaqué argent où mon nom était gravé, ainsi qu'une paire de bottes en caoutchouc exceptionnellement massives. J'éclatai de rire, prononçai un bref discours de remerciement en tâchant de retenir mes larmes, car je venais de prendre conscience que je partais vraiment. Puis, pressant mes cadeaux contre mon cœur, un peu pompette et larmoyante, je serrai tout le monde dans mes bras et partis dîner avec Sue.

Ce fut une sensation étrange de franchir les portes à tambour d'*Arden* pour la dernière fois, de saluer une dernière fois les gardiens. Sue et moi allâmes au coin de la rue, Chez Gérard, pour notre dîner d'adieu. Tout en passant notre commande, je contemplai Sue qui n'avait que sept ans de moins que ma mère ; d'une certaine manière, c'était la tante que je n'avais jamais eue.

— Tu sais, Anna... (Sue posa son menu.) J'ai travaillé pour toi pendant cinq ans et il n'y a pas eu une seule mauvaise journée.

— Tu es bien plus qu'une assistante, Sue, fis-je, la gorge nouée. Tu as été une véritable amie.

Elle posa la main sur mon bras.

— Et je le resterai.

Puis elle ouvrit son sac et en tira un cadeau.

— Moi aussi, j'ai quelque chose pour toi.

C'était un livre magnifique sur les fleurs des montagnes, que j'ai toujours adorées, avec des photos superbes de gentianes délicates, d'edelweiss et de *Dianthus* poussant dans les Carpates, les Pyrénées et les Alpes.

— Merci, murmurai-je. C'est ravissant.

J'ouvris à la page de titre et lus la dédicace de Sue : *Pour Anna, puisses-tu t'épanouir et croître...*

— J'espère que j'y arriverai, murmurai-je, anxieuse.

— Oh, j'en suis sûre, dit Sue.

Plus tard, au café, elle m'annonça qu'elle avait rendez-vous avec son amie Cathy pour prendre un dernier verre.

— Pourquoi ne pas te joindre à nous ? proposa-t-elle soudain.

Je sirotais mon express.

— Euh… je ne sais pas.

— Tu as déjà rencontré Cathy à mon quarante-cinquième anniversaire, tu t'en souviens ?

— Oui, tout à fait. Elle est très sympathique.

— On s'est donné rendez-vous dans cette nouvelle boîte près d'Oxford Circus, puis on rentre en train à Dartford ensemble. Viens, Anna.

— Eh bien…

Sue jeta un coup d'œil à sa montre.

— Il n'est même pas 22 heures. Et tu n'as rien d'autre à faire ce soir, pas vrai ?

Je secouai la tête.

— Alors ?

— Alors… D'accord. Merci. Pourquoi pas ?

— Après tout, c'est ton dernier jour à la City où tu as passé douze ans, ajouta-t-elle tandis que nous sortions du restaurant.

— Douze ans, répétai-je. C'est plus du tiers de ma vie.

Je me sentais un peu flageolante, après tout ce champagne.

— Tu n'as pas envie que ta soirée finisse en eau de boudin, pas vrai ?

— Non. Je veux que ça se finisse de manière mémorable.

— Avec un feu d'artifice… pas un pétard mouillé !

— Oui !

Mais alors que nous prenions l'Escalator de la station de métro de Bank, mon talon droit se coinça entre les lamelles métalliques. Je n'arrivais pas à le dégager. Nous approchions du bas de l'Escalator et je paniquai. En tirant violemment sur la chaussure, j'arrachai le talon.

— Eh merde, gémis-je en boitillant.

Sue avait plaqué sa main sur sa bouche, à la fois horrifiée et amusée.

— C'est une métaphore, fis-je d'un ton sinistre en récupérant le talon amputé. Dès que je quitte la sécurité de la City, je me casse la gueule.

— C'est absurde. Tu vas avoir beaucoup de succès. Mais il n'y a plus qu'une solution…

— Oui, de la Superglu, lançai-je. Tu en as ?

— Enfile les bottes en caoutchouc !

— Ah non !

— Ah si ! gloussa Sue. Tu as une autre solution ? Marcher pieds nus ?

— Mon Dieu.

Je les chaussai en riant, attirant des regards amusés des passants. Je contemplai mes jambes.

— Très seyant. Bien, maintenant, je suis droit dans mes bottes. Au moins, elles sont à ma taille, ajoutai-je en marchant à pas pesants dans le couloir. Mais ça me fait des pieds énormes.

— Tu as l'air adorablement bohème.

— J'ai l'air bizarre.

— Tu as bien dit que tu voulais passer une soirée mémorable ?

— C'est vrai.

Cinq stations plus loin sur la Central Line, nous parvînmes à Oxford Circus où Cathy nous attendait près des tourniquets.

Je croisai son regard étonné.

— J'ai cassé mon talon.

— Ce n'est pas grave, dit-elle. Avec ton sourire, personne ne remarquera ce que tu portes aux pieds.

J'aurais pu l'embrasser.

— L'Iso-Bar, c'est par là.

Deux videurs costauds s'écartèrent pour nous permettre de franchir le cordon en velours pourpre.

— L'endroit vient d'ouvrir, m'expliqua Cathy tandis que nous descendions l'escalier vers la salle à voûtes. J'ai vu Clive Owen la dernière fois que je suis venue. Il m'a fait un clin d'œil, vous vous rendez compte ?

Je m'approchai du bar pris d'assaut. J'étais mal à l'aise dans mes bottes de caoutchouc même si, heureusement, l'endroit était assez sombre – mais je n'arrivais pas à capter le regard du barman. Je poireautais depuis dix bonnes minutes, de plus en plus énervée, agacée par les spots tournoyants qui me donnaient mal à la tête, lorsque je remarquai un homme à ma droite qui faisait des gestes extravagants en direction du barman, puis me désignait des deux index, les pouces vers le haut. Il vit que je l'avais vu et sourit.

— Merci, lui dis-je en passant ma commande.

Je le détaillai avec un coup au cœur. Ses cheveux sombres et bouclés lui retombaient sur le col et ses yeux étaient d'un bleu fumé. Il avait environ trente-cinq ans, il était grand et mince, mais avec des épaules larges.

— C'est très gentil, ce que vous avez fait, ajoutai-je. Je n'arrivais pas à me faire remarquer du barman.

— Je ne sais pas pourquoi, répliqua l'inconnu. Vous êtes très remarquable. Vous ressemblez à…

J'espérais qu'il dise Gwyneth Paltrow. Ou Kirsten Dunst. Les gens me comparent parfois à elles – lorsqu'ils ont bu.

— … un iceberg, dit-il. Vous êtes tellement grande, pâle et… froide.

— Et bien entendu, j'ai des profondeurs insoupçonnées.

— J'en suis persuadé.

Contrariée, je vis que cette remarque l'incitait à regarder mes pieds. Il fronça les sourcils, perplexe.

— Vous rentrez d'une balade à la campagne ?

— Non.

Je lui expliquai ce qui s'était produit.

— Comme c'est embêtant.

— À qui le dites-vous.

Je réglai la bouteille de Taittinger.

— Mais j'ai toujours une deuxième paire de chaussures sur moi.

— Je le constate. C'est pratique.

— En tout cas, merci de votre aide. Vous êtes un vrai gentleman.

— Parfois, dit-il d'un ton mélancolique. Mais pas toujours…

Maintenant, tout en doublant la voiture qui me précédait, je songeai au tour différent qu'aurait pris ma vie si j'en étais restée là – si je m'étais contentée de prendre congé du bel inconnu pour aller rejoindre Cathy et Sue. Au lieu de cela, j'avais rempli une flûte de champagne et je la lui avais offerte. Ce faisant, je l'avais dévisagé plus effrontément – l'alcool et mon humeur étrange, un peu surexcitée, avaient fait tomber mes inhibitions. Je perçus son regard intéressé.

— Vous êtes avec quelqu'un ? lui demandai-je en m'attendant à moitié à ce qu'une femelle glamour surgisse pour l'emmener.

— Je suis venu avec un ami, mais il est sorti pour téléphoner à sa femme.

— Et où est la vôtre ? demandai-je avec un franc-parler qui me stupéfia.

Une légère surprise se peignit sur ses traits.

— Je... je n'en ai pas.

— Vous avez une petite amie ?

— Non..., répondit-il lentement, puisque vous me posez la question. Mais dites-moi... (Il fit tinter son verre contre le mien.) Que fêtez-vous ?

Je songeai à ma mère.

— Rien. Mais je suis sur le point d'entamer une nouvelle vie.

— Une nouvelle vie ?

Il leva son verre et je contemplai les fines colonnes de bulles s'élever comme des feuilles tournoyant dans le vent.

— Eh bien buvons à votre nouvelle vie. Alors, que faites-vous ? Vous émigrez ? Vous vous mariez ? Vous entrez au couvent ? Vous rejoignez un cirque ?

— Rien de tout cela.

Je lui expliquai que je venais de passer ma dernière journée à la City et que je commencerais ma formation d'architecture paysagiste dès lundi.

— Alors vous passez de la finance aux philodendrons.

— Exactement.

— Du capital aux... capucines. (Je souris.) De la Bourse aux bourgeons. Je continue ?

— Non, gloussai-je. J'ai fait le tour des blagues sur l'horti-culture à mon pot d'adieu, tout à l'heure.

Il s'accouda au bar.

— Alors que se passera-t-il quand vous aurez terminé votre formation ?

— J'ouvre mon propre cabinet de consultant – *Anna Temple Garden Design*.

— Anna Temple... ? Vous devriez faire l'objet d'un culte, avec un nom pareil. Avez-vous de nombreux disciples ?

Je secouai la tête.

— Non, hélas.

— Je trouve cela étonnant.

— Et vous, comment vous appelez-vous ? demandai-je. Je ne peux pas continuer à bavarder avec vous sans connaître votre nom.

Il sourit à nouveau.

— Xan. Avec un « X ».

— Parce que vous êtes classé « X » ?

Je savourais ma nouvelle audace. Je n'avais entamé ma nou-velle vie que depuis deux heures, mais j'avais déjà l'impression de découvrir de nouvelles facettes de ma personnalité. Cassie – la séductrice-née – en serait bluffée.

— Non, répondit Xan en riant. Ça vient d'Alexander.

Je bus une gorgée de champagne :

— C'est un peu plus classe qu'Alex, pas vrai ?

— C'est ce que ma mère a dû se dire.

Puis l'ami de Xan apparut pour annoncer qu'il devait partir ; j'invitai donc Xan à s'asseoir à la table que Sue et Cathy avaient réussi à trouver. Dans un premier temps, il bavarda poliment avec elles, puis nous nous parlâmes en tête à tête. Il m'apprit qu'il avait travaillé dix ans à Hong Kong, dans une banque, mais qu'il avait tout lâché pour entrer à la BBC.

— Ça vous plaît ?

Je sirotais mon champagne.

— C'est génial. Je regrette seulement de ne pas m'être lancé plus tôt. La vie est trop courte pour ne pas faire ce qu'on adore.

— C'est exactement la conclusion à laquelle je suis parvenue, déclarai-je avec enthousiasme.

— Je suis stagiaire au service des infos – heureusement, de temps en temps ils acceptent quelqu'un qui se lance sur le tard.

Sue et Cathy passaient leurs manteaux.

— J'ai un train à prendre, expliqua Sue.

Elle ramassa ses sacs, puis se pencha pour me serrer dans ses bras.

— Tu sembles passer une soirée *très* mémorable, me chuchota-t-elle. Peut-être qu'après tout, ça se terminera effectivement en feu d'artifice.

Elle gloussa et se redressa.

— Alors je te vois lundi, Anna... zut! Non, je ne te verrai pas. (Elle me serra à nouveau dans ses bras.) Mais je t'appelle.

— Fais-le, je t'en prie, Sue... Et merci pour le livre.

Xan, poliment, s'apprêtait à se lever mais Sue lui fit signe de se rasseoir.

— Non, non, restez là, vous deux.

Et c'est ce que nous fîmes, Xan et moi – pendant combien de temps, je l'ignore; puis je le vis jeter un coup d'œil à sa montre :

— Il vaut mieux que j'y aille. Il est minuit.

— Ah.

J'éprouvai un pincement de regret mêlé de panique.

— Vous allez vous transformer en citrouille, monsieur Cendrillon? demandai-je.

— Il est temps de dormir. J'ai une journée chargée, demain.

— Eh bien...

En me levant, je me rendis compte que j'avais beaucoup bu.

— Je vais y aller aussi, repris-je. Mais je suis ravie d'avoir fait votre connaissance. (Je tendis la main.) C'était une journée importante pour moi, aujourd'hui, et sans vous, ce n'aurait pas été la même chose.

— Vraiment ?

— Oui. Je ne sais pas pourquoi, au juste. En fait, ajoutai-je en ramassant mes sacs, j'ai le curieux sentiment que je *devais* vous rencontrer.

Xan me regardait fixement.

— Où habitez-vous ?

Une décharge électrique me traversa.

— Brook Green.

— Et moi, Notting Hill. Je rentre en taxi – je peux vous déposer. Si vous êtes d'accord, ajouta-t-il d'un ton un peu embarrassé.

Un nuage de papillons s'envola dans mon estomac.

— Oui, ce serait bien. Merci.

Nous sortîmes sur Oxford Street, où nous fûmes un peu bousculés par des types bourrés qui titubaient. Xan posa une main protectrice sur mon bras et ma peau picota de plaisir. Une pluie fine s'était mise à tomber et les taxis étaient rares. Soudain, nous aperçûmes une lumière jaune. Xan descendit du trottoir pour héler le taxi, qui se rangea avec un hoquet de diesel.

— Brook Green, s'il vous plaît ! dit Xan en m'ouvrant la portière. Notting Hill ensuite.

Je montai.

— Vous me déposez d'abord ?

— Bien entendu.

— Vous êtes vraiment un gentleman, lançai-je tandis que nous démarrions.

— J'essaie de l'être, répondit Xan.

Il se tourna vers la fenêtre. Des gouttes de pluie perlaient sur la vitre, réfractant les enseignes au néon des magasins.

— Mais je suis parfois tenté d'être tout le contraire, ajouta-t-il.

— Vraiment ?

Je guettai deux gouttes de pluie serpentant sur la vitre avant de se confondre avec un léger frémissement.

— Et êtes-vous tenté en ce moment, par hasard? demandai-je.

Seuls le ronronnement du moteur et le bruissement des pneus mouillés rompaient le silence.

— Oui, dit doucement Xan, je le suis.

Je glissai mon bras sous le sien et me rapprochai de lui; je sentis la chaleur de sa cuisse contre la mienne. Nous filâmes sur Bayswater Road, traversâmes Notting Hill et longeâmes Holland Park Avenue, où les platanes qui montaient la garde perdaient déjà leurs énormes feuilles.

— Ce n'est plus très loin, murmurai-je, tandis que le profil de Xan clignotait dans le stroboscope des réverbères. On y sera dans cinq minutes.

Audacieusement, je portai la main à son visage et calai une boucle rebelle derrière son oreille.

— Tu peux me raccompagner à la maison quand tu veux, murmurai-je.

À ces paroles, Xan me dévisagea, et plongea son regard dans le mien. Je dessinai le contour de ses lèvres du bout du doigt, puis nous nous embrassâmes. Ses lèvres avaient un goût de sel et de champagne.

— Anna, souffla-t-il. Anna...

Je sentais un arôme de citron vert dans son cou. Nous nous embrassâmes à nouveau, plus urgemment, puis je posai la main sur ses cuisses et sentis son jean tendu contre son sexe durci. J'étais presque défaillante de désir.

— Vous allez sur quelle rue? beugla le chauffeur de taxi.

— Ah..., fis-je, empourprée. Sur Havelock. C'est tout au bout, à gauche. La maison qui est à l'angle.

Je saisis mes sacs d'une main tremblante tandis que le taxi se rangeait. Xan ouvrit la portière et nous sortîmes tous les deux – j'avais le cœur battant d'appréhension. Mais au lieu de payer le chauffeur, Xan resta là, gauchement, à me regarder.

— Eh bien... merci, murmurai-je. De m'avoir raccompagnée... et...

Pourquoi hésitait-il ? Il m'avait peut-être menti en me disant qu'il n'était pas marié, songeai-je, abattue. Ou peut-être était-il timide et craignait-il d'abuser. Oui, c'était bien ça, décidai-je. Il était timide. Je proférai donc les paroles qui changèrent ma vie.

— Tu veux entrer ? dis-je doucement. Pour... je ne sais pas... prendre un café, ou quelque chose dans le genre ?

— Un café ? répéta Xan, l'air aussi étonné que si j'avais dit « un gaspacho ».

— Oui, un café, dis-je en relevant mon col pour me protéger de la pluie. D'Éthiopie ou du Guatemala. Décaféiné ou extra-caféiné. Tu peux choisir : expresso ou crème. Ou si tu préfères, un chocolat – j'en ai du très bon, bio, commerce équitable, bien entendu, ajoutai-je avec un gloussement un peu éméché.

Je voyais que le chauffeur était impatient de redémarrer.

— Ovomaltine ? hasardai-je en souriant.

Mais Xan restait planté là. Je m'étais trompée. Il n'était pas intéressé. Déçue, je tournai les talons.

J'entendis le déclic de la portière, puis le ronflement du moteur tandis que le taxi démarrait.

Mais alors que je tournais la clé dans la serrure, j'entendis un pas derrière moi, puis la voix de Xan :

— Tu n'aurais pas de thé PG Tips, par hasard ?

Maintenant, tout en prenant la sortie d'autoroute dans le crépuscule, je me rappelais avec un pincement de regret l'exultation que j'avais éprouvée en tâtonnant pour ouvrir la porte et en désactivant le système d'alarme. J'avais constaté, soulagée, que la maison semblait fraîche et accueillante. Il y avait un broc rempli de lys tigrés sur la cheminée du salon et tout était bien rangé. Sur la table de la salle à manger, une boîte à chaussures contenait les lettres de condoléances auxquelles je commençais tout juste à répondre. Je la recouvris et passai à la cuisine, en jetant ma veste sur l'une des chaises.

Xan m'y suivit et tandis que je remplissais la bouilloire, je le vis regarder la photo de mes parents, sur le buffet. Je ne lui

avais rien dit au sujet de ma mère car je n'aimais pas en parler :
si j'en parlais, cela devenait vrai.

— Alors, tu veux quoi ? lui demandai-je en ouvrant le placard. Je n'ai pas de PG Tips, mais j'ai du Kenyan, du Darjeeling,
du Ceylan, de l'Assam, du thé vert, de la camomille – ou, si tu
veux un truc vraiment chic, ceci… (Je brandis une boîte de thé
au jasmin et à la lavande.) Alors, tu veux quoi ? répétai-je avec
le sourire.

— Rien.

— Tu veux bien quelque chose ? murmurai-je, séductrice.

— Enfin, oui, en fait…

Il détourna le regard, un peu timidement, puis me regarda
à nouveau dans les yeux.

— J'aimerais que tu… retires quelque chose…

Je sentis mon cou se couvrir de chair de poule.

— Quoi, au juste ?

Xan désigna mes pieds du menton.

— Ah. Ça…

Je gloussai en retirant mes bottes en caoutchouc.

— C'est mieux, dit-il posément en fixant mes jambes. Tu
sais, Anna, tu as des chevilles ravissantes.

— Merci. Mes coudes ne sont pas mal non plus.

Xan ne répondit rien. Il restait planté là, à me regarder,
comme s'il m'évaluait. Je fis donc un pas vers lui et nous nous
embrassâmes. Puis, sans dire un mot, je défis doucement sa
cravate et le conduisis jusqu'à l'escalier couvert de tapis blanc
qui menait à ma chambre. Je déboutonnai sa chemise – sa poitrine était large et lisse – puis glissai la main plus bas. Je n'avais
jamais, de toute ma vie, pris l'initiative comme cela. Je descendis sa fermeture Éclair, le poussai doucement sur le lit, puis
arrachai mon haut d'un seul geste pendant qu'il me caressait les
hanches. J'avais envie de lui comme je n'avais jamais eu envie
d'un homme. Je le voulais. J'avais besoin de lui.

— Maintenant, lui chuchotai-je alors qu'il entrait en moi.

Ses yeux s'écarquillèrent, puis nous bougeâmes lentement, délicieusement ensemble. Il finit par jouir dans un grand

spasme frissonnant et nous restâmes allongés, emboîtés dans le noir. Xan s'endormit rapidement, mais je restai éveillée, enivrée d'émotion et de champagne. Je contemplai la ligne de sa mâchoire, légèrement piquetée d'ombres, et la façon dont ses cils se recourbaient sur sa joue.

Peut-être le début d'une nouvelle histoire, songeai-je joyeusement, pour aller avec ma nouvelle vie...

Je m'endormis à mon tour et rêvai de ma mère. Mais c'était un rêve dérangeant, car elle marchait vers moi, à travers le jardin ; j'aurais voulu qu'elle me prenne dans ses bras mais je savais qu'elle ne le ferait pas. Puis, je ne fus même plus certaine qu'il s'agissait d'elle, car son visage se brouillait et se transformait : ses traits devenaient indistincts, inconnus. Je m'éveillai triste et désorientée.

Qu'aurait-elle pensé de cette scène ? me demandai-je en apercevant la lueur grise du petit matin s'insinuer entre les stores. Je l'aurais déçue.

Ah, Anna – comment as-tu pu ? Tu viens de le rencontrer. Que t'ai-je toujours dit ? Si un homme te plaît, il vaut bien mieux attendre...

J'éprouvai soudain un accès de panique. Le côté du lit qu'occupait Xan était vide. Je m'assis, fixant l'empreinte de sa tête sur l'oreiller, puis posai les jambes par terre. Il devait être dans la salle de bains. Mais le silence persistant m'indiquait qu'il n'y était pas. Ses vêtements, éparpillés sur le tapis, avaient disparu.

Je jetai un coup d'œil au réveil. Il n'était que 6 h 30. Je me précipitai au rez-de-chaussée au cas où il m'ait laissé un mot – mais rien ne révélait son passage dans la maison, sauf son odeur sur mes draps et ma peau.

Je m'affalai dans le canapé. Le vide de la maison me transperçait. J'avais mal à la tête et un goût amer dans la bouche. De la rue me parvint le bruit du camion du laitier. Pourquoi Xan était-il parti ?

Ce n'était pas du tout ce que j'avais imaginé, me disais-je maintenant en traversant le sud de Londres dans le crépuscule.

Je jetai un coup d'œil à Milly dans le rétroviseur. Elle dormait à poings fermés, le pouce dans la bouche, l'index recourbé sur le nez.

Avant de m'endormir cette nuit-là je m'étais naïvement imaginé que Xan et moi passerions la matinée au lit et qu'ensuite nous tremperions longtemps dans mon énorme baignoire victorienne. Après quoi, nous serions allés au restaurant du coin où nous aurions bavardé en mangeant des œufs et du bacon bio, comme si nous nous connaissions depuis toujours, puis nous aurions fait une balade dans Holland Park. Nous nous serions fréquentés pendant trois mois idylliques, au terme desquels il m'aurait entraînée à Florence pour me demander en mariage. Nous nous serions mariés en été, au *Belvedere*, le week-end suivant la fin de mes cours.

J'étais furieuse. Pourquoi Xan ne m'avait-il pas réveillée pour me dire au revoir ? Pourquoi n'avait-il pas, en gentleman, laissé un mot pour m'expliquer qu'il ne voulait pas me déranger et qu'il m'appellerait plus tard, et P.S., étais-je libre ce soir ?

Mais Xan n'avait rien fait de tout cela. Il s'était contenté de fuir, comme s'il avait commis une épouvantable erreur de jugement. La gorge serrée d'un sanglot réprimé, je repensai à la séductrice que j'avais cru être... En réalité, je lui avais vulgairement sauté dessus.

— J'ai couché avec un homme que je ne connaissais que depuis deux heures, gémis-je.

J'enfouis ma tête entre mes mains. Comment avais-je pu commettre une telle imprudence ? Il aurait pu être un meurtrier, un dingue, un voleur. Sauf que je savais qu'il n'était rien de tout cela. Il était attachant, intelligent et gentil – c'était bien là le pire.

— Il me plaisait, gémis-je. Il me plaisait vraiment.

Mais pour lui, il s'agissait manifestement d'une aventure d'une nuit. Il avait obtenu ce qu'il désirait et s'était éclipsé selon la tradition immémoriale. Avec ses conseils vieux jeu, ma mère avait raison.

Il n'était que 7 heures. Je fis couler un bain et m'y plongeai longuement, de grosses larmes de déception se mêlant sur mes joues à la buée de la condensation.

Je ne quittai pas la maison de toute la matinée au cas où il téléphonerait, mais il n'en fit rien, et à l'heure du déjeuner j'en étais à adresser des monologues de cinglée à Xan, dans lesquels je lui expliquais que mon comportement de la veille était tout à fait inhabituel, et que contrairement à ce qu'il avait pu s'imaginer, je n'avais pas l'habitude de sauter sur des hommes que je venais tout juste de rencontrer, merci !

En fin d'après-midi, j'étais radioactive d'indignation...

Xan est un sale con, me répétais-je furieusement en arrachant les draps du lit. Il pensait qu'il pouvait coucher avec moi et disparaître, comme si j'étais... une pute ? Je tirai violemment un oreiller de sa taie. Il avait sans doute menti, lorsqu'il avait affirmé qu'il n'avait pas de petite amie. Comment un homme aussi séduisant pouvait-il être encore célibataire ? C'était pour ça qu'il avait hésité, je le comprenais désormais – il se sentait coupable. Et c'était pour cela qu'il était parti aussi tôt, pour qu'elle ne sache pas qu'il avait découché.

Il s'agissait sans doute d'une collègue de travail. J'imaginais une brune aux longues jambes, avec de grands yeux bruns et une silhouette superbe. Ou alors, il l'avait rencontrée à Hong Kong. J'imaginais maintenant une Chinoise gracile à la peau dorée et à la chevelure si brillante qu'on pouvait s'y mirer. J'éprouvai un coup de poignard de jalousie – émotion à laquelle je n'avais aucun droit puisque je ne le connaissais que depuis moins de vingt-quatre heures.

Cet homme ne méritait pas que l'on s'y s'attarde, décidai-je en fourrant la housse de couette dans la machine. Je réglai le cycle à 90° pour ébouillanter Xan hors de mes draps. Il avait dit qu'il ne se comportait pas toujours en gentleman, me rappelai-je en refermant brutalement le couvercle de la machine à laver. Au moins, là, il avait dit vrai.

Dring !

Je me redressai en entendant la sonnette.

Drinnngggg !!

Le cœur battant, je jetai un coup d'œil vers la porte. Une haute silhouette se profilait à travers les panneaux de vitre colorée. Je me regardai dans le miroir circulaire au pied de l'escalier, inspirai profondément et ouvris.

Je fus d'abord déçue avant de reprendre espoir.

— Mlle Temple ?

Un homme se tenait à la porte, un bouquet à la main.

— Oui ?

— C'est pour vous.

— Ah. Merci, fis-je d'une voix faible en prenant les fleurs. Merci.

J'en aurais pleuré de soulagement. Puis je m'en voulus d'avoir été aussi idiote, avec toutes mes histoires. Après tout, j'avais trente-deux ans, pas seize.

J'emportai le bouquet dans la cuisine et le posai sur le comptoir. C'était une gerbe de chrysanthèmes bronze, de roses jaunes et de gerbera crème, attachés par un ruban doré. Je le coupai. Il glissa par terre. Une enveloppe était épinglée au papier de soie mais je la mis de côté. Je voulais retarder le plaisir de lire les mots de Xan.

Je trouvai un broc blanc et y disposai les fleurs, en ajoutant une pièce de deux pence comme me l'avait appris ma mère, parce que le cuivre les fait durer plus longtemps et que je voulais que celles-ci durent éternellement. Puis je pris l'enveloppe. Elle semblait plus épaisse que de coutume, songeai-je en glissant mon pouce sous le rabat : c'était parce qu'elle ne contenait pas une carte, mais une lettre. Je la dépliai les mains tremblantes.

Chère Anna, lus-je. Son écriture était brouillonne. *Je suis désolé d'être parti aussi tôt, mais j'étais de permanence très tôt ce matin et je viens tout juste de sortir du travail.*

Hourra ! m'écriai-je. Puis je me rappelai ce qu'il avait dit : qu'il avait « une journée chargée » le lendemain. Je me tapai le front, durement, du plat de la main. J'étais dans un tel état d'angoisse – et de gueule de bois – que j'avais oublié. J'avais beau m'être conduite comme une femme fatale, j'étais loin d'en être une. J'étais tout simplement incapable de garder mon sang-froid.

Je t'aurais appelée, mais je n'ai pas ton numéro et tu sembles être sur liste rouge. Je me tapai à nouveau le front. *En tout cas, c'était merveilleux de te rencontrer...*

Oui !

... et j'adorerais te revoir.

OUI !

Mais je crois qu'il faut d'abord qu'on parle.

Ah. Ma bonne humeur s'effondra aussitôt.

Es-tu libre demain soir ? X.

J'aurais dû suivre les conseils de ma mère et prétendre que j'étais déjà prise – mais il était déjà trop tard pour ce genre de manœuvre. De plus, j'étais folle d'angoisse à l'idée de ce qu'il avait à me dire. Nous nous retrouvâmes donc à l'Havelock Tavern, un pub chic du quartier. Je trouvai une table tranquille pendant qu'il prenait nos consommations. Un Virgin Mary délibérément sage pour moi, une bouteille de Stella pour lui.

Il leva son verre et m'adressa un sourire mélancolique.

— C'est... bon de te revoir, Anna. Tu es ravissante.

— Tu crois ? Ah. Toi aussi, ajoutai-je nerveusement, déconcertée de le trouver encore plus séduisant à jeun qu'ivre.

Mes genoux tremblaient. Je posai la main gauche dessus.

— Enfin, fis-je en inspirant profondément. Tu as dit qu'il fallait qu'on parle.

Le visage de Xan s'assombrit.

— Je crois que ce serait préférable.

Mon cœur se serra.

— Très bien... mais je voudrais d'abord te dire quelque chose.

Il me regarda d'un air interrogateur.

— Quoi ?

— Eh bien, fis-je en sirotant mon jus de tomate, ce... ce qui est arrivé vendredi soir n'était pas... un comportement habituel. Je ne veux pas que tu penses ça de moi.

Il haussa les épaules.

— Je... je n'ai rien pensé de particulier.

Je fixai le minuscule îlot de glace dans mon verre.

— Je ne voudrais pas que tu en déduises que j'ai l'habitude de sauter sur tous les hommes que je rencontre, parce que tu es le seul avec qui ça se soit passé comme ça.

— Mais...

— Alors je voulais te dire, tout simplement, que je ne suis pas comme ça. Loin de là. En fait, en général, je suis plutôt réservée avec les hommes.

— Vraiment?

Son étonnement m'agaçait.

— Euh... tu n'étais pas très réservée vendredi, Anna.

Je me sentis rougir.

— Comme j'essaie de te l'expliquer, c'était une totale aberration. Je ne sais pas pourquoi au juste, ajoutai-je en me demandant à nouveau ce qui avait bien pu me prendre. D'habitude, quand je sors avec quelqu'un, j'attends au moins un mois avant qu'il ne se passe quelque chose de ce côté-là...

Il sirota sa bière, l'air pensif.

— Je vois...

— Ou alors, il me faut un minimum de dix rendez-vous.

Il hocha lentement la tête.

— Bien. Tu comptes uniquement les dîners, ou tu inclus les déjeuners et les petits déjeuners?

— Tu pourrais être un peu sérieux, s'il te plaît?

— Et le thé?

— Xan, si tu pouvais seulement m'écouter une minute, j'essaie de t'expliquer que ça ne me ressemble pas du tout – je n'étais pas moi-même, je ne sais pas pourquoi – et donc, je me sens...

Il posa la main sur mon bras.

— Du calme.

Je remarquai combien ses mains étaient belles : grandes et vigoureuses, avec de longs doigts.

— Pas la peine de prendre tout ça au tragique. On est au XXIᵉ siècle – et on est tous les deux adultes, non ?

— Bien entendu. Mais j'avais beaucoup trop bu à mon pot d'adieu, et puis j'ai encore bu des tonnes de champagne au bar, et je crois que c'est pour ça que j'ai couché si vite avec toi. En fait, j'en suis certaine.

— Ah, dit-il en retirant sa main. Merci.

— Je suis désolée, bégayai-je. Je veux dire qu'en général, je ne couche pas à la légère.

— Tu fais quoi, alors ? Tu couches lourdement ?

— Ne dis pas de bêtises.

Xan posa son verre.

— Je ne plaisante pas. Simplement, je ne comprends pas pourquoi tu dois te justifier de ce qui s'est passé. C'est inutile, Anna. Nous étions très attirés l'un par l'autre.

Je le fixai.

— Oui, murmurai-je. En effet.

— Et nous le sommes toujours, fit-il d'un ton hésitant. Pas vrai ?

Mon cœur battait comme une grosse caisse.

— Eh bien… oui, répétai-je. Mais tu as dit qu'il fallait qu'on parle, ce qui m'a semblé de mauvais augure, comme si tu avais quelque chose de désagréable à m'apprendre.

— Quoi, par exemple ?

— Par exemple, que tu sors déjà avec quelqu'un, ou que tu es fiancé, ou marié, ou en concubinage, ou que tu te drogues, ou que tu crois que tu es peut-être gay. Comme on ne se connaît pas, ce pourrait être n'importe quoi – euh… que tu as tué ton père et couché avec ta mère, si ça se trouve, ou que tu as eu une liaison avec un mouton… Non pas que tu me sembles le moindrement susceptible d'un acte aussi sordide qu'un rapport sexuel interespèces, mais…

— Anna ? fit Xan en secouant la tête, amusé et perplexe. Tout ce que j'ai dit, c'est que je pensais qu'on devrait d'abord parler – autrement dit… (Il leva les paumes en l'air en signe d'impuissance)… parler, quoi.

— Ah. Ah, je vois. De quoi?

— De n'importe quoi – on n'a pas franchement beaucoup discuté vendredi soir, non? Mais manifestement, je ne me suis pas très bien exprimé – la boutique de fleuriste allait fermer et j'étais pressé. (Il haussa les épaules.) Tout ce que j'essayais de te dire, c'est que j'aimerais… (Il haussa à nouveau les épaules.)… apprendre à te connaître.

— Ah. Alors… pourquoi as-tu hésité avant d'entrer?

— Parce que tu avais visiblement beaucoup bu et que je n'étais pas certain que ce soit une bonne chose. Comme je te l'ai déjà dit, j'essaie de me comporter en gentleman. (Il sirota sa bière.) Alors, ça va mieux?

Je hochai la tête.

— Oui.

Il posa son verre et me scruta.

— Tu es toujours aussi compliquée que ça?

Je lui souris.

— Non.

Donc, en dînant, nous parlâmes. Le soulagement de savoir que Xan ne semblait avoir aucune tare affreuse me rendit mon assurance. Je chantai les louanges de mon cours d'architecture paysagiste, qui démarrait le lendemain.

— Ça se passe au *Chelsea Physic Garden*, expliquai-je. C'est un endroit merveilleux, comme un jardin secret, plein d'arbres rares et de plantes médicinales. Je vais étudier l'horticulture et le dessin de plantation, les aménagements paysagers, le dessin technique, l'éclairage des jardins; comment utiliser des éléments décoratifs tels que la statuaire et les plans d'eau… J'ai très hâte de commencer, conclus-je en frissonnant d'appréhension.

Puis Xan me raconta son stage de deux ans à la BBC, qui était sur le point de s'achever.

— Je suis en train de poser des candidatures. C'est assez angoissant.

— Tu voudrais travailler dans quel service?

— Je n'en suis pas sûr. En ce moment, je suis en salle de rédaction, ce qui me plaît assez. Mais il y a des postes de reporters qui se créent, ce qui serait formidable, parce que j'ai déjà fait pas mal de temps à l'antenne pour la BBC World. Ou alors, je pourrais m'orienter vers le service financier, pour mettre à profit mon expérience dans la banque. Il y a plusieurs options, mais la concurrence est vraiment rude.

Puis il me parla de sa famille. Son père avait travaillé pour le British Council, et dans son enfance il avait vécu un peu partout dans le monde.

— Nous étions des nomades, expliqua-t-il. Nous étions constamment en train de faire nos valises ou de les défaire. Le déménagement, j'ai ça dans le sang.

— Comme c'est fascinant, dis-je, un peu mélancolique, en me sentant soudain ennuyeuse et banlieusarde. Hélas, mon truc à moi, c'est de rester sur place. Nous avons vécu dans la même maison pendant trente-cinq ans.

— Nous, c'est-à-dire ?

— Mes parents – enfin, maintenant, mon père, fis-je avec un pincement au cœur. Ma mère est morte il y a trois mois. Trois mois aujourd'hui, me rendis-je compte soudain. Le samedi 8 juin.

Tandis que je prononçais ces paroles, j'éprouvai une sensation d'oppression familière, comme si on avait posé une pile de briques sur ma poitrine.

— Elle était malade ? demanda doucement Xan.

Je secouai la tête.

— Elle était en pleine forme. Sa mort a été totalement inattendue. Comme un coup de tonnerre, ajoutai-je amèrement.

— Alors… comment ça s'est passé ?

Je fixai la rose dans son vase élancé.

— Elle s'est foulé la cheville.

Xan me regarda, perplexe.

— Elle a glissé dans l'escalier avant le déjeuner. Sa cheville était très enflée, alors mon père l'a emmenée à l'hôpital où on lui a bandé le pied. Et le soir, alors qu'elle était allongée sur le canapé, elle s'est sentie tout d'un coup mal. Elle a cru que c'était les antidouleurs, mais en fait, il lui arrivait un truc épouvantable – un caillot de sang s'était formé dans la jambe et s'était déplacé dans son corps pour atteindre son poumon. Papa dit qu'elle avait du mal à respirer...

J'inspirai, comme si je tentais vainement de lui insuffler de l'oxygène.

— L'ambulance est arrivée en dix minutes mais il était déjà trop tard. Maman est morte dans ses bras. Elle s'est foulé la cheville et elle est morte en quelques heures. On n'arrivait pas à le croire, articulai-je péniblement. On n'y arrive toujours pas.

— Comme c'est affreux, murmura Xan au bout d'un moment, en posant sa main sur la mienne. Tu dois te sentir... je ne sais pas... abandonnée.

Je le regardai.

— Abandonnée... ? C'est exactement le mot.

À ce moment-là, je sus que c'était la raison de mon comportement téméraire, deux nuits auparavant. C'était tellement plus que du désir physique. Depuis trois mois, j'étais repliée sur moi-même – terrassée par la douleur – et j'avais voulu me sentir à nouveau... vivre.

— Elle avait quel âge?

Ses traits se brouillaient.

— Cinquante-cinq ans.

— Elle était tellement jeune..., fit Xan en secouant la tête. Elle aurait pu vivre encore au moins vingt ans.

— Personne ne peut compter là-dessus, dis-je posément. On peut seulement l'espérer. Je le sais aujourd'hui, alors qu'auparavant c'était abstrait.

Nous restâmes assis en silence pendant un petit moment.

— Et le reste de ta famille? me demanda Xan.

Je lui parlai alors un peu de Cassie et de Mark.

— Et ta vie privée? Tu as un mec?

Je haussai les épaules.

— Je ne suis sortie avec personne depuis un bon moment.

— Mais tu es très séduisante – dans le genre glacial –, et tu dois être très courtisée.

— Merci. Ça arrive. Mais ce ne sont pas des hommes qui m'intéressent, dis-je en tripotant ma serviette de table. Et toi ?

— Je sortais avec quelqu'un, mais on a rompu en mai.

— Elle était comment ?

— Ravissante, dit-il avec regret.

J'éprouvai un pincement de jalousie.

— Cara était très intelligente, reprit-il. Très séduisante. Elle réussissait très bien dans la vie...

— Elle a l'air parfaite, fis-je d'une voix morne. Alors que s'est-il passé ?

— Elle s'attendait à trop, dans cette histoire, elle voulait aller trop vite. On n'était ensemble que depuis trois mois et elle était déjà en train d'insister pour emménager avec moi – mais ça ne me semblait pas être la bonne chose à faire. (Il secoua la tête.) Elle n'arrêtait pas de me demander où nous allions. À la fin, je ne le supportais plus.

— Eh bien je ne suis pas comme ça. J'avoue que je l'ai été mais, depuis la mort de ma mère, tout a changé et mon horloge biologique est sur « pause ». Ma formation va me prendre neuf mois, puis je dois démarrer mon affaire : mes priorités sont professionnelles, dorénavant. (Je jetai un coup d'œil à ma montre.) D'ailleurs, il vaudrait mieux que j'y aille – je dois être au *Physic Garden* à 9 heures demain matin. Merci pour le dîner.

Xan se leva.

— Je peux te raccompagner ?

Je souris.

— Bien sûr.

— J'aimerais beaucoup te revoir, Anna, murmura Xan devant la grille.

Les glycines qui couvraient la maison étaient en deuxième floraison et répandaient une odeur délicieuse. Il caressa ma joue.

— Ça t'irait ?

J'éprouvai une soudaine explosion de ravissement – comme l'explosion d'une cosse de graines.

— Ce serait... très bien.

— Mais pas de...

— D'engagement? suggérai-je d'un ton un peu ironique. Il secoua la tête.

— Pas de pression. Simplement... pas de pression. D'accord?

Il m'embrassa, s'éloigna de quelques pas puis se retourna et agita la main.

— Pas de pression? répétai-je d'une voix posée. Évidemment.

2.

Tout en garant ma voiture devant ma maison, je repensai au merveilleux automne que j'avais passé avec Xan. C'était une saison de rayons de soleil liquides et d'ombres qui s'allongent, curieusement bien assortie au chagrin intense que j'éprouvais à cause de ma mère, mais également à mon euphorie d'être avec Xan.

— C'est grâce à toi, avais-je dit à Sue au téléphone. Si tu ne m'avais pas convaincue de t'accompagner ce soir-là, je ne l'aurais jamais rencontré. Tu as été ma marraine fée !

— J'en suis ravie, répliqua-t-elle. Il est beau, intelligent, et c'est formidable pour toi d'avoir une histoire d'amour après un aussi grand chagrin. Mais tu n'en es qu'aux débuts. Ne craque pas trop pour lui, tu veux bien ?

— Bien sûr que non.

Mais c'était déjà le cas.

Xan et moi avions pris l'habitude, très vite, de nous retrouver au moins deux fois par semaine pour aller au cinéma ou au théâtre, ou simplement passer un moment ensemble, soit chez moi, soit dans son appartement de Stanley Square. Celui-ci regorgeait d'objets exotiques amassés lors de son enfance nomade : une armure japonaise ancienne ; des étoffes aux couleurs vives du Guatemala ou de Sumatra; une délicate branche de corail qu'il avait cueillie à Belize.

— J'ai mauvaise conscience, précisa-t-il, mais c'était il y a trente ans, et à l'époque personne ne parlait de la protection de l'environnement.

Il y avait des tas de livres de voyage et un globe terrestre ancien que ses parents lui avaient offert pour son trentième anniversaire. Ils avaient pris leur retraite plusieurs années auparavant et vivaient en Espagne.

— Ils ont vécu à l'étranger tellement longtemps qu'ils étaient incapables de revenir vivre en Angleterre, expliquait Xan tandis que nous nous promenions dans les jardins communs derrière son appartement, une semaine environ après notre rencontre, parmi les arbres aux feuilles bronze, sous le soleil de la mi-septembre. Ma sœur Emma est pareille, ajouta-t-il. Elle enseigne l'anglais à Prague. Et toi, parle-moi un peu de ton frère et de ta sœur?

— Mark est chirurgien-ophtalmologue, comme je te l'ai déjà dit. Nous étions très proches, autrefois... (J'éprouvais une vague de tristesse.) Mais il a pris ses distances depuis environ un an.

— Pourquoi donc?

— Parce que... il s'est terriblement disputé avec mes parents – à propos de sa nouvelle copine.

— Quel était le problème?

— Ils pensaient simplement qu'elle... n'était pas du tout ce qu'il lui fallait. Il la connaissait depuis un mois seulement, mais je savais qu'il était très épris, parce qu'il m'avait téléphoné pour me dire qu'il venait de rencontrer une femme très spéciale. Je lui ai donc demandé de m'en parler, et je dois dire que ça ne me semblait pas terrible, parce qu'elle avait huit ans de plus que lui – quarante et un ans – et qu'elle était divorcée, avec deux enfants adolescents. Mais Mark disait qu'il avait d'incroyables affinités avec elle. Il se fichait de son âge, ou même qu'elle n'ait pas envie d'avoir d'autres enfants. Il voulait tout simplement passer le reste de sa vie avec cette femme.

— Elle faisait quoi, comme métier ?

— Elle est actrice.

— Connue ?

— Je ne crois pas. Elle s'appelle Carol Gowing. (Xan haussa les épaules.) Je n'avais jamais entendu parler d'elle auparavant, mais depuis, je l'ai repérée une ou deux fois à la télé – en général dans de petits rôles, dans des feuilletons. En avril dernier, j'ai vu une photo d'elle dans *Hello !* Elle assistait à la remise des BAFTA avec son frère, qui est artiste, et son père, Sir John Gowing, qui est le propriétaire de Northern TV – il recevait un prix pour l'ensemble de sa carrière. L'article précisait que Carol avait eu du succès dans la vingtaine mais que depuis, son étoile avait pâli. En tout cas, elle est belle et Mark était fou d'elle.

— Alors il l'a ramenée chez vous pour la présenter à tes parents...

— Non, il était encore trop tôt. Mais il l'a emmenée au festival de Glyndebourne pour son anniversaire. Mes parents y étaient aussi ce soir-là, par hasard. Ils se sont croisés pendant l'entracte. Ils ont pique-niqué ensemble, et apparemment, papa et maman l'ont... détestée, dès le premier regard.

— Parce qu'elle était plus vieille que lui ?

— Sans doute. En plus, Carol a laissé entendre qu'elle ne voulait plus d'enfants, alors je peux comprendre que maman ait été déçue, mais d'un autre côté...

Je laissai mourir la phrase.

— C'était la vie de Mark, compléta Xan.

Je soupirai.

— Oui. Ma mère était une femme merveilleuse mais... (J'éprouvai un pincement de déloyauté.)... elle se mêlait parfois un peu trop de la vie de ses enfants. De façon bénigne, ajoutai-je avec un peu de culpabilité. Ses intentions étaient louables. Elle était persuadée de savoir ce qui valait le mieux pour nous – longtemps après que nous sommes devenus adultes. Elle semblait incapable d'accepter le fait que nous devions commettre nos propres erreurs.

Je repensai à tous les conseils qu'elle m'avait prodigués.

— Le lendemain, maman est allée voir Mark chez lui à Fulham et apparemment, il y a eu une dispute épouvantable, au cours de laquelle elle lui a demandé de but en blanc de laisser tomber Carol. Je ne connais pas les détails, parce que Mark n'a jamais voulu en discuter ; mais peu de temps après, ils ont rompu. Peut-être que Carol n'était pas aussi amoureuse que cela – je n'en saurai jamais rien – mais je suis sûre que la froideur de ma mère a dû la rebuter.

Je me demandai soudain si, quand je rencontrerais la famille de Xan, sa propre mère me prendrait en grippe.

— Mark a rendu mes parents responsables de cette rupture, repris-je. Surtout maman. Il était tellement en colère contre elle qu'il a promis de ne plus jamais lui adresser la parole… et après ça, il est devenu distant, envers nous tous. Puis du jour au lendemain, il a trouvé un poste dans un hôpital à San Francisco.

— Il revient parfois au pays ?

J'éprouvai un pincement de regret.

— Non. Il est rentré pour l'enterrement de maman, évidemment, mais il n'est resté qu'une nuit. Il avait une tête tellement… épouvantable. Son visage était un masque. Mais il devait souffrir encore plus que nous, parce qu'ils étaient toujours brouillés à la mort de maman.

Il y eut un bruissement au-dessus de nos têtes : deux écureuils se poursuivaient sur une branche. Ils se retournèrent brusquement pour se faire face, dos hérissés, queues frémissantes.

— Tu es allée lui rendre visite ?

Je secouai la tête.

— Je ne crois pas qu'il en ait envie. D'ailleurs, il communique à peine avec nous maintenant – juste un mail de temps à autre… ou une carte d'anniversaire. Je lui ai écrit pour lui dire à quel point j'étais triste et pour lui demander de rester en contact, mais jusqu'ici, je n'ai obtenu que des réponses très froides. Comme s'il nous punissait tous.

— Cela semble injuste.

— J'en ai parlé à mon père mais il s'est contenté de me dire, d'un air triste, qu'il pensait que Mark essayait de « se retrouver ». Puis il a ajouté, à regret, qu'il pensait que maman et lui avaient « très mal géré » l'affaire.

On entendit un autre bruissement : une châtaigne dégringola à travers les feuilles, atterrit avec un petit bruit mat et rebondit. L'impact avait fendu sa coque verte hérissée.

— Et Cassie ? demanda Xan tandis que je me penchais pour la ramasser. Elle te ressemble ?

Je libérai la châtaigne de sa gangue blanche veloutée, pour admirer la perfection de sa coquille acajou vernie.

— Pas du tout. Physiquement, elle est à l'opposé de moi – petite, pulpeuse et très brune. On dirait une Espagnole ou une Italienne.

— Alors que toi, tu pourrais être… islandaise. Ta peau est tellement pâle que je peux deviner tes veines sur tes tempes ; et tes cheveux… (Il cala une mèche derrière mon oreille.) Ils sont tellement blonds qu'ils sont presque blancs.

— Mark est très blond, lui aussi, comme papa lorsqu'il était plus jeune. Cassie ressemble un peu plus à maman, mais pas du tout au reste de la famille, ni physiquement, ni moralement.

— Elle fait quoi dans la vie ?

— Je me pose la question. En fait, pas grand-chose… ou plutôt, elle fait plein de trucs, mais ça ne donne pas grand-chose.

Nous nous assîmes sur le banc en bois qui entourait le tronc de l'arbre comme un bracelet.

— Elle fait surtout de l'intérim, expliquai-je. Elle passe d'un boulot à l'autre. Elle a vingt-six ans, maintenant, et j'essaie de la convaincre de se faire un vague plan de carrière. Mais elle se contente de me ressortir ce passage de la Bible au sujet des lys dans la vallée, qui ne travaillent point et ne filent point.

— Elle est pratiquante ?

— Cassie ? ricanai-je. Pas le moins du monde. Elle a aussi travaillé comme mannequin lingerie – mes parents ne l'ont jamais su, heureusement – et ensuite, comme croupier ; ils en ont été horrifiés, mais elle a répondu que ça payait très bien. Elle est toujours à court d'argent.

— Pourquoi ?

— Parce qu'elle a toujours vécu au-dessus de ses moyens. Elle loue un appartement à Chelsea – il est minuscule mais il lui coûte une fortune. Je lui ai dit qu'elle devrait essayer de s'acheter un truc dans un quartier moins cher mais elle ne veut pas changer de code postal ; en plus, elle a des goûts très dispendieux – vêtements de créateurs, vacances de luxe, grands restaurants. Des trucs qui m'auraient fait hésiter, malgré mon salaire à la City... Cassie, elle, se les offre.

— C'est une hédoniste, alors ?

— Complètement... En plus, elle a une vieille MG qui tombe constamment en panne. Chaque fois, elle se précipite chez papa pour qu'il règle ses factures de garage.

— Ça l'ennuie ?

— Apparemment pas. Il l'a toujours gâtée – toute sa vie. (J'éprouvai un pincement de jalousie familier.) C'est presque comme s'il essayait de la dédommager de quelque chose, ajoutai-je tout d'un coup, bien que l'idée ne me soit jamais venue auparavant.

Xan étira ses longues jambes et les croisa aux chevilles. Je fixai ses bottes de randonnée en daim clair.

— Et comment ton père s'en sort-il, depuis la mort de ta mère ?

Je lâchai un profond soupir.

— Pas très bien.

Je passais à la maison tous les week-ends. Papa ne parlait pas beaucoup, alors nous regardions la télé et nous faisions des trucs pratiques – les courses et le jardinage, la lessive et le repassage. Il avait cessé d'écouter de la musique parce que ça le faisait pleurer. Il avait laissé toutes les affaires de maman en l'état. Il avait mis trois semaines à laver le verre de vin dans lequel elle avait bu pour la dernière fois, car il portait toujours les traces de son rouge à lèvres.

J'étais incapable de consoler papa, pas plus qu'il ne pouvait me consoler – mais je faisais de mon mieux pour le distraire. Je l'encourageais à téléphoner à ses amis ou à jouer au golf.

— Pas encore, disait-il d'une petite voix. Je... ne peux pas.

En semaine, je passais mes temps libres avec Xan. Je m'éveillais dans ses bras, à la fois en émoi et parfaitement à l'aise. C'était comme si nous nous étions connus plusieurs années auparavant, que nous nous étions retrouvés récemment et que nous avions envie de reprendre le cours de notre histoire. Pourtant, je ne le connaissais pas depuis très longtemps.

Combien de temps, au juste ? me demandai-je un matin de la fin octobre tout en assistant à un cours d'horticulture. Le professeur nous avait demandé de concevoir un dessin de plantation pour un terrain sec, à l'ombre. *Anemone japonica*, notai-je, *Helloborus argutifolius*. L'*Acanthus mollis* pousse bien à l'ombre, tout comme le *Pulmonaria* – idéal pour les recoins ombragés, et les feuilles marbrées sont encore jolies après que les fleurs se sont fanées. Je connaissais Xan depuis un mois. Je jetai un coup d'œil au jardin, en admirant le catalpa qui se dressait sous la fenêtre. Non. Ça faisait davantage... Nous nous étions rencontrés le vendredi 10 septembre, ce qui remontait – je jetai un coup d'œil discret à mon agenda – à près de sept semaines. Je feuilletai à nouveau mon agenda, quelques jours en arrière, puis en avant, puis à nouveau en arrière. Je remarquai tout d'un coup un cercle rouge entourant une date de la fin août.

Une décharge électrique parcourut mon échine...

J'avais déjà eu des retards, me dis-je en remontant rapidement Flood Street vers King's Road à l'heure du déjeuner. Mon cycle s'était sans doute modifié, à cause du stress. Les chocs affectifs peuvent produire ce genre d'effet, me dis-je en entrant dans la pharmacie. J'examinai la gamme de tests.

— Ceux-ci sont à trois pour le prix de deux, si cela vous intéresse, dit aimablement le pharmacien.

— Euh, non merci, répondis-je en payant.

Un seul suffirait largement, me dis-je en courant à moitié vers le *Physic Garden*, le cœur battant.

Je n'étais pas enceinte, me répétai-je en faisant pipi sur le bâtonnet. Si je l'étais, je le saurais, parce qu'on a des symptômes très tôt, non ? Je tentai de me les rappeler. La nausée, évidemment. Elle commençait quand ? Un arrière-goût métallique dans la bouche, c'était l'un des premiers signes, non ? Je glissai le bâtonnet dans la cartouche pour attendre le résultat, qui s'afficherait dans deux minutes. Je tirai la chasse et me lavai les mains. Et les ballonnements, c'était un signe aussi, non ? me demandai-je en tirant un bout de serviette. Eh bien, je ne me sentais pas ballonnée. Encore une minute. Des seins gonflés ? Je les tâtai rapidement. Rien qui sorte de l'ordinaire. Vingt secondes, maintenant... Est-ce que j'avais l'air enceinte ? Je m'examinai dans le miroir. Non. Bon, alors... En retenant mon souffle, comme si j'allais plonger sous l'eau, j'examinai le bâtonnet...

C'était comme si je tombais dans un gouffre.

Une croix bleue dans la deuxième fenêtre indique que vous êtes enceinte.

Je fixai la croix bleue – d'un bleu si vif qu'il semblait fluorescent. Les mains tremblantes, je tirai la boîte du sac et relus le mode d'emploi. Puis je m'affalai sur une chaise et fermai les yeux. Je me rappelai tout d'un coup ce que j'avais dit à Xan le soir où nous nous étions rencontrés : *Je suis sur le point d'entamer une nouvelle vie...*

Xan... J'ai quelque chose à te dire...

Je ne pouvais lui annoncer un truc aussi énorme au téléphone. Mais il tournait à Glasgow, puis il partait en Espagne pour voir ses parents : je ne le reverrais donc pas avant cinq jours.

Entre-temps, j'essayai d'imaginer sa réaction. Il serait choqué. D'autant qu'il avait dit « pas de pression ». Je ricanai. Pas de pression ? Non, il n'allait pas sauter de joie. Mais s'il pouvait seulement accepter – fût-ce de mauvaise grâce – ce serait plus que suffisant.

Que ferais-je, pour mon cours ? Et ma nouvelle carrière ? J'en étais malade d'angoisse. Puis je me rasérénais et je cultivais un fantasme agréable : oui, c'était un peu tôt, en effet, mais nous achèterions une maison ensemble un peu à l'extérieur de la ville, avec un beau grand jardin. Je dessinais déjà dans mon esprit ledit jardin, avec un superbe terrain de jeu équipé d'une balançoire et d'un toboggan, ainsi que d'une cabane dans un arbre – une superbe cabane – lorsque le téléphone sonna. Le cœur me monta aux lèvres.

— Anna... ?

— Xan...

Je me laissai tomber sur une chaise, soulagée.

— Je suis rentré, et...

Il semblait épuisé, mais il est vrai qu'il rentrait de voyage.

— Tu m'as manqué, Xan.

— Tu m'as manqué aussi, répondit-il d'un ton à la fois triste et presque étonné. Mais... écoute... il faut que je te voie. Je peux passer ?

— Oui... Oui, je ferai la cuisine. Passe à 20 heures.

Il arriva à la demie, en brandissant un énorme bouquet de roses roses. Il m'embrassa sur la joue, ce qui me sembla curieusement guindé. Il semblait distant, ce que j'attribuai à la fatigue.

— Tu t'es donné beaucoup de mal, dit-il, presque à regret, tandis que nous mangions notre risotto.

Je regardai son assiette.

— Mais tu n'as presque rien mangé.

— En effet, fit-il distraitement. Toi non plus.

— Eh bien... c'est parce que... (L'adrénaline me brûlait les veines.) Xan... (Je posai ma fourchette.) J'ai quelque chose à te dire...

Et je le lui dis.

Xan se figea comme s'il venait d'être aspergé d'azote liquide. Dans le silence qui s'ensuivit, on n'entendait plus que le ronronnement de mon ordinateur.

— Tu es enceinte ? souffla-t-il. Mais comment ?

— Eh bien... (Je haussai les épaules.) De la façon... conventionnelle.

— Mais... (Il secoua la tête.) Nous avons fait attention.

— Pas la première fois. Cette fois-là, nous n'avons pas fait attention.

Je me souvins avoir fouillé dans la table de chevet, en pleine étreinte, pour retrouver le préservatif qui traînait depuis des siècles au fond du tiroir.

— La première fois ?

— Je crois que ça s'est passé cette nuit-là. En fait, j'en suis sûre.

Xan blêmit.

— Bon sang…

Il cligna des yeux, comme s'il se refusait à comprendre.

— Tu me dis que tu es tombée enceinte la nuit où on s'est rencontrés ? (Il éclata d'un rire sans joie.) Mais… on ne se connaissait que depuis deux heures !

— Oui, acquiesçai-je nerveusement. En effet.

— Alors c'était… ?

— Il y a sept semaines.

— Sept semaines ?

— Ça colle avec ce que le médecin m'a dit. Et j'ai passé une échographie lundi. Il n'y a pas de doute possible.

Les yeux gris-bleu de Xan me fixaient d'un air hagard.

— Mais… c'est… épouvantable.

Mon cœur se serra.

— Ça ne pourrait pas être pire, ajouta-t-il.

— En fait, Xan, ce pourrait être bien pire, vraiment, bégayai-je, déconcertée par son hostilité. Parce que, d'accord, c'est très sérieux, je ne le nierai pas un seul instant, mais des choses bien pires se produisent tous les jours, n'est-ce pas, des trucs vraiment atroces dont on ne se remet jamais, comme ce qui est arrivé à ma mère, par exemple, ça, on ne s'en remet pas. Mais là, au moins… au moins, personne… n'est mort, pas vrai ?

— Non, fit Xan d'un ton sinistre, mais quelqu'un va naître !

Il se leva et s'approcha de la fenêtre.

— Bon sang, Anna…

Il se retourna pour me regarder, ses yeux gris-bleu embrasés de fureur blessée.

— Écoute, dis-je. Je... comprends que tu sois... sous le choc. Moi-même, j'ai été complètement abasourdie.

— Ah bon?

Il me fixait sans chercher à dissimuler son scepticisme.

— Oui, c'est vrai! Je ne l'ai pas fait exprès, si c'est ce que tu veux dire! Mais... (Je baissai le ton, souhaitant discuter le plus calmement possible)... J'ai eu cinq jours pour y réfléchir et je crois que ça ira. Vraiment.

— Non, pas du tout! C'est un désastre!

Je fus décontenancée par sa véhémence mais je tentai de rester calme.

— Écoute, Xan, j'ai bien réfléchi, et évidemment, je ne m'attends pas à ce que tu m'épouses ou même à ce que tu vives avec moi si tu ne le souhaites pas.

— C'est très généreux de ta part, dit-il amèrement. Parce que je peux te dire tout de suite que je ne ferai ni l'un, ni l'autre.

Ce fut comme un coup de poignard dans l'estomac.

— Très bien, soufflai-je. Si c'est comme ça que tu le sens.

Il leva les mains au ciel.

— Évidemment, que c'est comme ça que je le sens... Je te connais depuis moins de deux mois! Et comment puis-je savoir qu'il est bien de moi?

Ces paroles me frappèrent en pleine poitrine, comme si Xan m'avait physiquement blessée.

— Tu dis que ça s'est passé le soir où on s'est rencontrés. Mais comment saurais-je que tu ne t'es pas jetée sur un pauvre couillon la veille?

Je me levai.

— Inutile de m'insulter. Évidemment, qu'il est de toi.

— Comment le saurais-je?

— D'une part, parce que je ne te mentirais pas à ce sujet.

— Pourquoi pas? cracha-t-il. Des tas de femmes le font!

— Et d'autre part, parce que je n'avais couché avec personne depuis six mois avant de te connaître. Mais on peut faire un test ADN si tu ne me crois pas.

Quelque chose, dans l'expression radoucie de Xan, me dit qu'il me croyait. Il se laissa tomber sur le canapé, la tête entre les mains. Je l'entendis inspirer profondément, comme s'il essayait de se ressaisir.

— Un iceberg, l'entendis-je murmurer. J'ai dit que tu ressemblais à un iceberg, Anna, le soir où on s'est rencontrés. Et j'aurais dû me méfier. Parce que maintenant, je me suis fracassé contre toi et ça va me faire sombrer.

Je l'entendis gémir doucement.

Je m'assis près de lui, sur une chaise.

— Je t'en prie, ne sois pas comme ça, Xan, tentai-je à nouveau, d'une voix rauque. C'est inutile. Nous sommes tous les deux dans la trentaine, nous avons tous les deux des ressources financières et tu n'as pas à t'engager auprès de moi. Mais si j'envisage la situation de façon assez optimiste – bien que, d'accord, ce ne soit pas l'idéal et que j'en sois malade d'angoisse, moi aussi – c'est qu'on ne vit pas très loin l'un de l'autre et…

— Anna…, m'interrompit-il prudemment.

— Je t'en prie, laisse-moi terminer… C'est ce qui fait pencher la balance, le fait que tu habites aussi près.

— Mais…

— Quant aux responsabilités, poursuivis-je, je ne m'attends pas à ce que tu en assumes la moitié, même du point de vue financier. J'ai toujours été indépendante et cela ne changera pas. Tout ce que je veux… (Ma gorge était tellement serrée qu'elle me faisait mal.)… c'est que tu sois là. Que tu joues un rôle, même minime. Que tu sois un père… (Mes yeux se remplissaient de larmes.) Même si nous rompons, ce qui, à en juger d'après ta réaction très négative, me semble plus que probable, je crois qu'on pourrait… (Je tamponnai mes yeux de la manche.) Il te suffirait d'être là.

— Mais c'est impossible, dit Xan. C'est là le problème, justement.

Il semblait maintenant plus accablé qu'hostile. Je le dévisageai sans comprendre.

— Mais si, c'est possible. Nous habitons à moins d'un kilomètre l'un de l'autre.

— Oui, dit-il, tandis que je reprenais espoir. En ce moment. Mais à partir de la semaine prochaine... ce ne sera plus le cas.

Je le fixai.

— Mais de quoi parles-tu?

Xan soupira profondément. Ce soupir semblait émaner du plus profond de lui.

— J'ai un boulot, Anna. Voilà ce que je m'apprêtais à t'annoncer ce soir.

— Tu as un boulot? Ah. Mais c'est... formidable. (Je le dévisageai.) Non?

— Pas tout à fait, soupira-t-il. Parce que ce boulot-là signifie que je quitterai Londres. En fait, ajouta-t-il d'une voix mate, je quitte le Royaume-Uni.

J'eus soudain l'impression d'être précipitée sur une pente glacée.

— Tu quittes le Royaume-Uni? répétai-je. Mais pourquoi?

— Parce que je vais être correspondant à l'étranger.

— Correspondant à l'étranger? répétai-je, ébahie. Où?

Paris? me demandai-je dans les deux secondes qui précédèrent la chute du couperet. Ou Rome? Ce n'était pas si loin, Rome. Nous pourrions passer des week-ends ensemble, s'il partait pour Rome. Madrid, ça irait aussi – ou Dublin.

— En Indonésie.

Depuis la rue, on entendait le hululement lointain d'une sirène de police.

— L'Indonésie? Ah. Mais c'est... loin.

— Oui. C'est très loin, Anna. J'en suis désolé.

— Mais... l'Indonésie, c'est près de l'Australie.

— Oui. Et c'est pour cela que je ne serai pas là pour toi – si tu décides d'aller de l'avant.

Si tu décides d'aller de l'avant...

Je dévisageai Xan.

— Pour combien de temps?

— Deux ans, soupira-t-il. Reconductibles. Mais plus probablement, je serai affecté ailleurs.

— Et tu pars quand ?

— Jeudi prochain. Ils sont en train de m'obtenir un visa de travail.

— Mais… tu ne m'avais pas dit que tu t'étais porté candidat pour des postes à l'étranger.

Il secoua la tête.

— Parce que je ne l'avais pas fait. Ça m'est tombé dessus. Le type qui devait partir a dû se désister à cause de problèmes familiaux. Ils devaient trouver quelqu'un pour le poste très vite, de préférence quelqu'un qui connaisse bien la région – ils savent que c'est mon cas. J'y ai vécu quand j'étais adolescent – mes parents étaient en poste à Djakarta ; et j'ai fait des affaires là-bas quand je me trouvais à Hong Kong.

— Ah, dis-je faiblement. Je vois.

J'allai vers la table, ramassai nos assiettes et les emportai dans la cuisine.

— Je te l'ai déjà dit, Anna, je suis un nomade. C'est facile, pour moi, de vivre à l'étranger.

Je posai bruyamment un bol sur le comptoir.

— Mais je veux que tu vives ici. Près de moi. Je vais avoir besoin de toi, Xan. *Nous* allons avoir besoin de toi.

Les larmes ruisselaient sur mes joues.

— Je suis désolé, gémit-il. Je ne peux pas.

— Dis-leur que tu ne peux pas accepter le poste, sanglotai-je. Dis-leur que les circonstances ont changé. Dis-leur que toi aussi, tu as des problèmes familiaux.

Je m'affalai sur une chaise.

— Mais j'ai donné mon accord… et surtout, je veux y aller.

Je pressai une serviette de table sur mes yeux.

— Tu es venu ce soir pour rompre avec moi, murmurai-je.

Xan se tourna vers la fenêtre.

— C'est pour ça que tu m'as apporté des fleurs.

— Je suis... navré, Anna. Mais tu ne peux pas comprendre ? J'ai de la chance d'avoir décroché ce poste – c'est un coup de bol incroyable. En effet, je savais que cela signifiait que tout était fini entre nous, et je m'armais de courage pour te l'annoncer, parce que je t'aime beaucoup et que j'étais triste à l'idée de ne plus être avec toi, mais maintenant...

Il secouait la tête.

— Je t'en prie, Anna, dit-il. Ne fais pas ça. On est ensemble depuis moins de deux mois. Ce n'est pas assez.

— Pour moi, oui ! m'écriai-je, en enfouissant mon visage entre mes mains. C'est bien assez pour que je tombe amoureuse de toi !

Xan émit un soupir frustré.

C'était bien assez pour mes parents aussi, songeai-je. La même chose leur était arrivée, à une époque bien moins tolérante, mais mon père avait assumé ses responsabilités.

— Laisse-moi venir, moi aussi, gémis-je.

Et dans la fraction de seconde qui précéda la réponse de Xan, je me vis en train de bercer un couffin en osier sur une véranda, dans une nuit chaude et humide, sous un ventilateur tournant lentement.

— Non, murmura-t-il. C'est hors de question.

Je fixai une petite tache sur le tapis.

— Oui, repris-je au bout d'un moment. Tu as raison.

Je venais de commencer ma formation et mon père avait besoin de moi – je ne pouvais l'abandonner maintenant. Je levai les yeux vers Xan :

— Il m'est impossible de partir. Même si tu voulais de moi, ce qui n'est sans doute pas le cas.

— Anna, on ne sort pas ensemble depuis assez longtemps pour avoir des projets d'avenir, alors avoir un enfant ensemble... Un enfant ? répéta-t-il. Eh, merde.

Je repensai à la photo de mariage de mes parents – le gros bouquet de roses rouges de ma mère dissimulait à peine son ventre arrondi.

— Et si tu ne partais pas à l'étranger? demandai-je. Quels seraient alors tes sentiments? Si tu restais ici?

Xan me dévisagea.

— Exactement les mêmes.

— Ah, dis-je posément. Je vois.

Je fixai à nouveau le tapis, scrutant la petite tache. Je constatais maintenant qu'elle était en forme d'avion.

— Ne le fais pas, Anna, dit Xan. Tu vas gâcher ta vie, la mienne, celle de l'enfant... (Il semblait incapable de prononcer le mot « bébé ».) C'est tellement injuste pour lui, de ne pas avoir de père dès le départ. Les enfants ont le droit de naître au sein d'une famille stable, avec deux parents pour les aimer.

Je le dévisageai.

— Je t'en prie, Anna. Ne fais pas ça. Je veux des enfants un jour, mais je veux être un père pour eux... pas un inconnu absent.

Ses yeux luisaient de larmes.

— Il est encore très tôt, tu as le choix. Je t'en prie, Anna, ne fais pas ça. Je t'en prie..., répéta-t-il doucement.

Je fixai Xan, trop effondrée pour répondre. Puis il prit son sac et sortit de la maison, en refermant la porte derrière lui avec un claquement définitif.

3.

La clinique privée où je me rendis une semaine plus tard s'appelait le Centre médical Audrey Forbes et était installée dans un immeuble de bureaux sinistre des années 1960, sur Putney High Street, à côté d'une librairie. Je jetai un coup d'œil à la pyramide colorée de livres pour enfants dans la vitrine. Je n'avais absolument pas faim, bien qu'on m'ait demandé de ne rien boire ni manger.

Je donnai mon nom à la réceptionniste du rez-de-chaussée puis appuyai sur le bouton de l'ascenseur. La cabine sentait la fumée de cigarette et le parfum bon marché, ce qui intensifia ma nausée, qui augmentait de jour en jour. Je parvins au cinquième étage l'estomac retourné.

Une légère odeur d'antiseptique mêlée à celle des chaises en plastique m'accueillit lorsque j'entrai dans l'immense salle d'attente. Il devait y avoir environ quatre-vingts sièges – une bonne moitié occupée par des femmes, certaines presque des enfants, d'autres assez âgées pour être grands-mères. Elles l'étaient peut-être, me dis-je. Il était tout à fait possible d'être grand-mère et enceinte – voire arrière-grand-mère, si on avait commencé assez jeune.

À ma gauche, deux femmes, l'une dans la petite vingtaine, l'autre dans la trentaine tardive, bavardaient à voix basse. Tout en faisant la queue au comptoir, je saisis des bribes de leur conversation.

Ça va très bien se passer, vous verrez... environ deux heures... Ne pleurez pas... il vous a laissé tomber, c'est ça...? *Ne vous en faites pas... je n'en ai même pas parlé à mon mari... il me tuerait s'il savait... non, ça ne fait pas vraiment mal... ne pleurez pas.*

— Votre nom, s'il vous plaît?

— Anna Temple, chuchotai-je, submergée par la honte.

— Et vous réglez comment, aujourd'hui? Nous acceptons Mastercard, Visa, Maestro, American Express, les chèques avec une preuve d'identité ou l'argent liquide, précisa-t-elle d'une voix affable.

Je lui remis ma carte de crédit.

— Ça vous fera 525 livres, dit-elle en insérant la carte dans le lecteur. Les frais administratifs de 1,5 % sont compris.

Cela me sembla être d'un excellent rapport qualité-prix. Allait-elle m'offrir un « trois pour le prix de deux », comme à la pharmacie? Ou un bon de rabais, pour un nouvel achat? Elle me tendit une écritoire à pince.

— Remplissez ce formulaire, s'il vous plaît.

Je m'écartai, remplis le formulaire et le lui rendis. Elle me donna un gobelet en plastique à remplir et me dit qu'on m'appellerait dans l'heure.

Tout en me dirigeant vers les W.C. pour dames je me répétai, sans doute pour la millième fois depuis sept jours, la liste des Huit Bonnes Raisons de ne pas mener ma grossesse à terme. Je les énumérai à nouveau, en ordre d'importance décroissant.

Xan m'a brisé le cœur. Si j'ai son bébé, je n'arriverai jamais à l'oublier.

Ce n'est pas bien d'avoir le bébé de Xan alors qu'il ne veut pas de moi.

Je ne veux pas mettre au monde un bébé qui n'ait pas de père dans sa vie.

*Ce sera encore plus difficile pour moi de retrouver quel-
qu'un.*
Si j'ai un bébé maintenant, je vais saboter ma carrière.
*Je n'aurai aucune source de revenu pendant très long-
temps.*
*Je serai trop absorbée par mes propres problèmes pour
aider mon père, qui a besoin de moi.*
La vie d'une mère célibataire, c'est difficile et solitaire.

Alors que je me lavais les mains, une jeune fille sortit d'un
cabinet. Elle devait avoir quatorze ans. Sa mère, qui ne semblait pas plus âgée que moi, était appuyée contre un lavabo, les
poings sur les hanches, une expression de douleur résignée sur
les traits. Tout en les suivant au comptoir avec mon gobelet, je
me dis que j'aurais aimé, moi aussi, être accompagnée – mais
par qui ? Pas Xan, évidemment, même s'il n'avait pas été dans
l'avion à l'heure qu'il était, en train de franchir cinq fuseaux
horaires pour atteindre l'autre côté de la planète. Ni Cassie. Elle
ne m'aurait été d'aucun réconfort. Ma mère ? Non. D'autant
qu'elle-même avait vécu cette situation mais qu'elle s'en était
sortie autrement. Mamie Temple me manqua brusquement, elle
qui était tellement pratique et bonne – mais elle était morte en
2001.

Tout en me rasseyant près d'un téléviseur mural – on
y montrait la préparation d'un mets à base de lentilles absolument répugnant –, je me rappelai ma visite chez la généraliste.
Il était déjà trop tard pour prendre la pilule abortive ; il fallait
recourir à la méthode chirurgicale.

— Ça prend cinq minutes, m'avait expliqué ma généraliste,
rassurante. Et le temps de récupération est assez court : deux
heures. Vous êtes sûre que c'est ce que vous voulez ? m'avait-
elle demandé en signant la lettre certifiant que ma santé mentale
serait affectée si je poursuivais ma grossesse.

— Oui, j'en suis sûre, mentis-je.

Xan m'a brisé le cœur, me répétais-je maintenant comme
un mantra. Si j'ai ce bébé, je ne pourrai jamais l'oublier. Ce n'est

pas bien d'avoir son bébé alors qu'il ne veut pas de moi. Je ne veux pas mettre au monde un enfant sans père…

Quelle était ma quatrième raison? Je ne m'en souvenais plus. C'était quoi, déjà?

— Anna Temple! entendis-je.

Je me levai.

— Ça va être à votre tour, dit l'infirmière, mais tout d'abord, vous devez passer au vestiaire, vous déshabiller complètement, mettre vos affaires dans un casier, passer une blouse en papier et attendre.

Je fis ce qu'on m'avait indiqué. Puis, tout en agrippant l'arrière de la blouse, dans laquelle je me sentais désagréablement dénudée, je m'assis dans la salle d'attente avec deux autres femmes. Tout d'un coup, l'état de mes pieds nus me gênait. Le vernis à ongles était écaillé et j'avais un croissant de corne sur les talons. Mais l'idée de me faire de jolis pieds en prévision d'un avortement m'avait répugnée.

Je pris une brochure sur la contraception pour ne pas avoir à croiser le regard des deux autres femmes qui attendaient avec moi.

— Anna Temple? fit une voix féminine, après ce qui me parut être une semaine, mais qui était sans doute une vingtaine de minutes.

Je suivis le médecin jusqu'à son cabinet dans un couloir plein de courants d'air.

— Très bien, fit-elle en consultant mon formulaire. Nous allons simplement revenir sur quelques points avant l'intervention.

— Pourriez-vous m'expliquer comment ça se passe?

— C'est très simple, répondit-elle d'une voix agréable.

Je remarquai un spéculum posé dans une cuvette en métal sur une table roulante à côté d'elle, avec des seringues dans des sachets.

— On vous injecte un anesthésique local dans le col utérin, et une fois qu'il aura agi, on dilate doucement le col, puis on insère un tube en plastique très fin dans l'utérus, et le conceptus...

— Le conceptus?

— C'est ça. Sera éliminé de l'utérus.

— Le conceptus sera éliminé de l'utérus, répétai-je.

J'avais la tête qui tournait. Je fermai les yeux. J'étais enceinte de dix semaines. Le « conceptus » mesurait plus de 2,5 centimètres. Son cœur battait depuis cinq semaines – un cœur qui s'était brusquement éveillé à la vie. Il avait des bourgeons de membres, sur lesquels poussaient de minuscules doigts et orteils, dotés d'ongles encore plus minuscules. Il avait un petit visage humain, avec des narines et des paupières; et même l'esquisse de ses dents...

Le médecin retira une seringue de son emballage.

— Si vous voulez bien vous allonger...

Je me levai.

— Il faut que j'y aille.

Elle me dévisagea.

— Il faut que vous y alliez?

— Oui.

— Le W.C. se trouve au fond du couloir, près de la sortie de secours.

— Non, dis-je faiblement. Ce n'est pas ça. Je dois y aller. Autrement dit : « partir ». Je ne peux pas faire ça. Je ne sais pas comment j'ai pu m'imaginer que j'y arriverais. Ce n'est pas... bien – en tout cas, pas pour moi. Mon petit ami – mon ex-petit ami, maintenant – ne veut pas de cet enfant. Quand je lui ai annoncé que j'étais enceinte, il s'est mis en colère, et il a dit qu'un enfant avait le droit de naître dans une famille stable, avec deux parents pour l'aimer, et c'est peut-être vrai. Mais je comprends maintenant qu'il y a plus important : le droit de cet enfant à naître.

Elle me dévisagea à nouveau.

— Alors vous avez changé d'avis?

— Oui. Excusez-moi, ajoutai-je, comme si je pensais l'avoir déçue.

— Mais il n'y a pas de quoi, soupira-t-elle. Vous n'êtes pas la première.

Elle raya mon nom de la liste et me remit une décharge à signer.

— Bonne chance, me dit-elle.

Je récupérai mes vêtements au vestiaire et me rhabillai, passai devant le comptoir d'accueil sans même dire à l'infirmière de garde où j'allais, sans demander si je pouvais obtenir un remboursement – cela m'indifférait totalement.

Je n'attendis pas l'ascenseur et descendis en courant les quatre étages. Je restai un moment devant l'immeuble, inspirant lentement, laissant mon rythme cardiaque s'apaiser peu à peu. Puis j'entrai dans la librairie voisine, trouvai le rayon « parents » et en tirai un exemplaire de *J'attends un enfant*, que j'emportai à la caisse.

— Je vais avoir un bébé.

*
* *

Ce soir-là, j'envoyai à Xan un long mail pour lui expliquer ma décision.

Il me répondit d'une seule phrase : *Je ne te pardonnerai jamais d'avoir fait ça.*

Je répondis aussitôt : *Je ne me serais jamais pardonné de ne pas l'avoir fait.*

Le lendemain matin, j'allai voir mon père.

— Eh bien…, dit-il au bout d'un moment, assis à la table de la cuisine. C'est… une surprise, Anna, je ne peux pas le nier.

Il secouait la tête, perplexe et déçu, comme si je venais de lui montrer un bulletin scolaire truffé de mauvaises notes.

— J'espère que tu ne désapprouves pas, dis-je au cours du silence gênant qui s'ensuivit. Je ne vois pas pourquoi tu désapprouverais, d'ailleurs… D'abord parce que des tas de femmes ont des bébés toutes seules de nos jours, ensuite parce que la même chose vous est arrivée, à toi et à maman.

Papa eut une expression presque alarmée : lui et maman avaient toujours passé rapidement sur leur mariage précipité, ce qui était d'ailleurs absurde, selon moi, car il était absolument indéniable que Mark était né sept mois après leur mariage.

— Je suis navrée, papa, je ne voulais pas te mettre mal à l'aise.

Il y eut un autre silence au cours duquel je me demandai si lui et maman s'étaient disputés, à propos de cette grossesse imprévue, ou si papa avait simplement accepté de faire « son devoir ».

— Je suis navrée de t'avoir parlé de ça, répétai-je. Mais je suis tellement… bouleversée.

— Ce n'est rien, murmura-t-il.

— Et je suis tout à fait consciente d'être dans la même situation que maman, il y a trente-cinq ans. Mais elle a eu de la chance – parce qu'elle t'avait, toi. Tu ne l'as pas abandonnée, tu ne l'as pas engueulée, comme Xan l'a fait avec moi. Tu as assumé, puis tu as eu une vie heureuse avec elle, poursuivis-je, la gorge serrée, jusqu'à ce que la mort vous sépare. Et bien que cela puisse sembler étrange d'envier ses propres parents, je vous envie, toi et maman, fis-je, les yeux mouillés. Parce que je sais que votre bonheur ne m'est pas destiné.

Ce qu'il te faut, c'est une plante vivace.

— Je vais élever mon enfant toute seule. Ce n'est pas ce que j'espérais. (Une larme roula sur ma joue.) Ça va être diffi-cile.

— Oui, c'est vrai, dit papa en me tendant son mouchoir. Mais ce sera aussi une joie… Parce que les enfants, c'est ça : quand ils viennent, je crois qu'il faut simplement les accepter.

Il se tourna vers la fenêtre.

— Tu penses à quoi ? demandai-je doucement.

— Je pense que, peut-être, cette nouvelle vie a commencé parce que celle de ta mère s'est arrêtée.

J'eus la chair de poule.

J'ai le curieux sentiment que je devais te rencontrer.

— Oui, murmurai-je. Peut-être, en effet…

Papa posa sa main sur la mienne.

— Tu ne seras pas seule, Anna. Je t'aiderai, ma chérie. Cassie aussi.

Je doutais que Cassie me soit du moindre secours – mais au moins, la nouvelle la ravit.

— Je suis enchantée, dit-elle lorsque je lui téléphonai ce soir-là pour lui apprendre qu'elle allait être tante. Bravo, Anna! Félicitations!

— Merci, répondis-je, sincèrement touchée par son enthousiasme. Mais je ne peux que répéter que je ne suis plus avec le père. Xan est parti en Indonésie. Il ne veut rien savoir du bébé. Il ne veut pas que je le mette au monde. Il m'a abandonnée et j'en suis bouleversée.

— Oui, je sais, dit Cassie d'un ton prosaïque. J'avais compris.

— Alors pourquoi es-tu aussi heureuse?

— Parce que je trouve ça formidable que tu sois mère célibataire. C'est bon pour ton image. Tu as toujours été beaucoup trop… je ne sais pas… organisée – toujours en train de tout planifier d'avance – et maintenant, tu t'es fait choper.

— Je me réjouis de ton approbation, répliquai-je d'un ton sec. Si tu veux qu'en plus je me mette à me droguer ou que j'aie un casier judiciaire, tu n'as qu'à le dire.

— Je vais commencer à tricoter pour le bébé, reprit-elle sans me répondre. D'abord des chaussons, puis des vestes. Je me demande si c'est un garçon ou une fille…? Tu sauras peut-être quand tu passeras ton échographie. Ou alors… non, je sais, je ferai tout en jaune. Tu aimes bien le point de riz?

Mon directeur d'études se révéla très compréhensif. L'essentiel de notre formation consistait à monter des projets – en plus d'assister aux cours quotidiens, nous devions produire des plans de qualité professionnelle pour quatre jardins différents. En juin, nous avions deux examens d'horticulture pour évaluer nos connaissances. L'accouchement était prévu pour la semaine suivante. Je poursuivrais ma formation normalement, en espérant que le bébé ne naîtrait pas avant terme. On m'avait dit que les premiers bébés arrivaient souvent tard, ce qui me rassurait. Donc, à mon grand étonnement, ma vie ne fut pas complètement bouleversée. Elle suivit son cours – sauf que désormais, Xan n'en faisait plus partie. Son bébé avait pris sa place. De temps en temps, j'ouvrais le livre offert par Sue pour relire sa dédicace prophétique. J'étais épanouie et en pleine croissance, c'était le moins qu'on puisse dire.

J'avais conscience, chaque jour, du bébé qui se déployait en moi comme une fougère. Quand je passais une échographie, je le contemplais, émerveillée, faire ses cabrioles et ses pirouettes sous-marines, ou me saluer de ses mains comme des pétales. Je pouvais le voir de profil, oscillant dans son berceau utérin, avec ses os en filigrane, pas plus gros que ceux d'un oiseau ; l'arche de ses vertèbres, comme un collier de semences de perles.

— Je t'aime, lui murmurais-je tous les soirs en m'allongeant, mains jointes sur mon ventre arrondi, pour le sentir sautiller et danser. Je suis navrée que tu n'aies pas de papa, mais je t'aimerai cinq fois plus pour compenser.

J'envoyai un mail à Xan pour le tenir au courant mais je ne reçus aucune réponse. Son attitude me blessait, mais elle m'aidait en même temps, car elle contribuait à former une carapace cicatricielle sur mon cœur.

Mais je souffrais encore quand je le voyais à la télé. La première fois que cela se produisit, j'éclatai en sanglots. Soudain, il était là, à l'écran, si séduisant que j'en étais consternée, en train de parler d'un quelconque sommet économique à Java. Deux jours plus tard, il repassait pour parler de Jemaah Islamiah et de la menace que cela représentait pour la démocratie en Indonésie. Il passait de plus en plus souvent à l'antenne, piratant mes émotions, à tel point que je me mis à regarder les infos sur ITV. Je ne pouvais courir le risque de me faire gâcher la journée par l'une de ses apparitions inopinées.

Vers la mi-avril, j'assistai à ma première classe prénatale dans la salle paroissiale de Brook Green.

J'étais nerveuse en arrivant, et mon abattement s'accrut de constater qu'il n'y avait que des couples dans la salle pleine de courants d'air. J'avais passé à mon annulaire une grosse bague en aigue-marine ayant appartenu à maman ; je me sentais un peu plus proche d'elle, grâce à cela. Si elle n'était pas morte, elle m'aurait accompagné à ces cours et je me serais sentie moins seule.

Je scrutai discrètement le groupe : les autres femmes étaient toutes accompagnées de leurs hommes ; elles arboraient des alliances scintillantes ou des bagues de fiançailles tape-à-l'œil qui étincelaient sous l'éclairage fluorescent.

Il y avait une blonde d'environ vingt ans et son mari, qui se tenaient par la main comme des adolescents énamourés ; une brune à l'allure efficace avec son époux à lunettes ; une femme de presque quarante ans qui donnait l'impression qu'elle allait accoucher d'un instant à l'autre. Puis une grosse bonne femme avec de longs cheveux roux, des yeux bleus exorbités et un visage rond comme une assiette. J'avais l'impression de la reconnaître mais je n'arrivais pas à la situer. Je l'avais peut-être vue dans les commerces du quartier. C'était visiblement la plus âgée d'entre nous – elle était dans la mi-quarantaine ; elle faisait le double de son mari qui, avec ses joues rouges et son sourire crispé, me rappelait une marionnette de ventriloque.

La grosse femme retint soudain un rot et se tapota la poitrine.

— Je fais de l'aérophagie, expliqua-t-elle avec un petit sourire, comme si elle croyait que cela nous intéresserait.

Le groupe semblait être au complet, bavardant à voix basse ou avalant des lampées de Gaviscon pour soulager les estomacs. J'étais la seule mère célibataire, remarquai-je, abattue. La prof, Felicity, distribua un jeu de photocopies sur l'allaitement, la gym périnéale, ce qu'il fallait apporter à l'hôpital, etc. Elle était sur le point de commencer le cours lorsqu'une autre femme, à peine plus âgée que moi, entra seule. Je poussai un petit soupir de soulagement.

— Cette chaise est-elle libre ? me demanda-t-elle d'une voix agréable.

— Oui, bien sûr, fis-je en souriant largement. Bonjour.

La nouvelle venue était habillée tout en noir, portait des Doc Martens et ses cheveux sombres étaient taillés courts, à la garçonne. Aucune trace de maquillage sur ses traits nets et réguliers. Elle portait un anneau en argent gravé sur le pouce droit, mais sa main gauche était nue.

— Bon, dit Felicity, maintenant que tout le monde est là, on va se présenter.

— Nicole et Tim, annonça le couple de tourtereaux à l'unisson avant d'éclater de rire.

— Je m'appelle Tanya, dit la brune à l'air efficace, et voici mon mari, Howard.

Howard sourit distraitement, comme s'il aurait préféré ne pas être là.

— Moi, c'est Katie, et voici mon fiancé, Jake. Nous attendons des jumeaux.

Un frisson compatissant parcourut l'assistance.

Puis ce fut au tour de la grosse femme rousse. Elle attendit que le silence se fasse, un petit sourire patient aux lèvres.

— Je suis la journaliste Citronella Pratt.

Je comprenais maintenant pourquoi son visage m'avait paru familier. Elle rédigeait une chronique hebdomadaire au *Sunday News*.

— Et voici mon mari, Ian Barker Jones, ajouta-t-elle avec un ton doucereux.

— Je suis banquier d'investissement, précisa-t-il.

J'étais tellement décontenancée par l'autosatisfaction des Pratt-Barker-Jones que j'en avais oublié que c'était mon tour. Felicity toussota et tous les regards se tournèrent vers moi.

— Ah. Je m'appelle Anna Temple, dis-je. Mon bébé doit naître le 18 juin et… euh…

Tous semblaient dans l'expectative – je cédai donc à la lâcheté et, j'allais le comprendre par la suite, je pris une décision stupide.

— Ma moitié, fis-je en déglutissant nerveusement, Xan… travaille à l'étranger, comme reporter télé. En Indonésie, ajoutai-je, consciente que ma voix était montée d'une octave. D'ailleurs, il sera là-bas plusieurs mois, et donc… (Je tortillai ma bague.) Je vais assister toute seule à ces cours.

Je relevai les yeux et vis que Citronella penchait la tête sur l'épaule en me souriant, d'un sourire perspicace et avisé qui me tordit les entrailles.

Puis la femme qui venait d'arriver parla à son tour.

— Je m'appelle Jenny Reid, dit-elle avec assurance d'une voix teintée d'accent irlandais. J'attends mon bébé le 5 juin. Et si je suis seule, c'est parce que je n'ai pas de partenaire – mais ça ne me dérange pas.

Je vis Citronella écarquiller les yeux, excitée ; puis ses traits assumèrent une expression de sollicitude exagérée.

Au cours de la pause-café, elle s'approcha de Jenny et moi en se dandinant.

— Comme c'est courageux de votre part, susurra-t-elle à Jenny en nouant ses gros doigts en spatule sur son ventre massif. Je voulais simplement vous dire à quel point je vous admirais.

— Pour quoi ? demanda Jenny avec un sourire crispé.

Citronella haussa les épaules.

— De vivre seule un événement aussi considérable que la maternité.

— Je vous remercie de votre sollicitude, répondit Jenny d'une voix égale, mais comme je l'ai dit tout à l'heure, cela ne me gêne pas du tout.

— Non, vraiment, insista Citronella. Je vous trouve merveilleuse – honnêtement. Toutes les deux, ajouta-t-elle en m'adressant un hochement de tête.

Je tentai de rétorquer, sans parvenir à trouver une rebuffade suffisamment acide.

— Eh bien moi, je vous trouve très courageuse, vous, rétorqua Jenny.

Les narines de Citronella se pincèrent.

— Pourquoi ?

— Eh bien, d'avoir un bébé aussi tard. Je trouve que c'est très courageux, reprit Jenny d'une voix affable. Hé, tant mieux pour vous !

Quand Jenny se retourna vers moi, ses joues enflammées trahissaient son émotion. Il faudrait que je me rappelle de ne jamais l'offenser.

On aurait dit que Citronella venait d'être giflée. Décidée à conserver son sang-froid, elle sourit, dévoilant de grandes dents carrées couleur d'édam, et s'éloigna. Bien que Jenny et moi n'en reparlâmes jamais, nous savions toutes deux qu'un lien s'était forgé entre nous ce jour-là.

Au cours des six semaines de cours, nous devînmes des alliées naturelles. Nous pratiquions nos exercices ensemble et bavardions durant les pauses : mais bien qu'elle fût très amicale, Jenny semblait se protéger et ne révélait jamais rien de personnel. Quand, au bout d'un mois, je lui confiai qu'en réalité je n'étais plus avec Xan et que je trouvais cela très difficile, elle me toucha la main et émit quelques bruits de commisération, mais ne m'offrit aucune confidence en retour. Tout ce que je savais d'elle, c'était ce qu'elle m'avait appris lors de la première séance – qu'elle avait grandi à Belfast, qu'elle s'était installée à Londres dans son adolescence et que, jusqu'à l'année précédente, elle avait enseigné l'histoire dans un lycée « très dur » du nord de Londres, mais qu'elle avait démissionné pour suivre une formation de psychologue.

Jenny semblait si résolument célibataire que je me demandais si elle aussi n'était pas tombée enceinte après une brève liaison, d'un homme qui avait disparu de sa vie. Mais contrairement à moi, elle ne respirait pas la déception et la vulnérabilité – elle rayonnait plutôt d'une calme détermination qui frisait le défi. Peut-être était-elle tombée enceinte délibérément, grâce à un ami, ou après une aventure d'une nuit, ou même une insémination artificielle, bien qu'à trente-quatre ans, elle me semblât un peu jeune pour avoir fait ce choix.

En revanche, je sus bientôt tout de Citronella grâce à ses propos durant les cours et à ses rubriques, que je consultais en ligne, poussée par une sorte de curiosité horrifiée.

J'étais surtout frappée par leur vulgarité. Aucun détail de la vie de Citronella ne semblait trop intime – voire trop dégoûtant –

pour en faire part à ses lecteurs : que ses seins « fuyaient » déjà, que les relations sexuelles n'étaient pas « agréables », que ses intestins « auraient besoin d'un petit coup de pouce ». Le thème général des bulletins hebdomadaires de Citronella, toutefois, portait sur la « chance » qu'elle avait. Elle avait « la chance » d'avoir une petite fille de dix ans, Sienna, qui « heureusement » était « extrêmement intelligente, populaire et belle » et qui « heureusement » était « ravie » à l'idée d'avoir un petit frère ou une petite sœur. J'appris que le premier mariage de Citronella avec un fabricant de couches-culottes avait malheureusement pris fin huit ans auparavant, mais qu'elle avait eu « la chance » de rencontrer son « mari banquier, Ian » peu de temps après, et qu'elle était « beaucoup plus heureuse avec lui », déclarait-elle avec suffisance.

Les traitements de la fertilité représentaient un autre thème de prédilection. « Ian et moi n'aurions jamais opté pour une FIV », écrivait Citronella début mai. « Nous considérons tous deux que quelque chose d'aussi sacré qu'une vie ne doit pas débuter dans un bocal à confitures ! Et puis, évidemment, il y a le risque de cancer… » J'espérai que Katie et Jake n'avaient pas lu ces propos – ils avaient volontiers avoué avoir reçu un coup de pouce pour la conception de leurs jumeaux. « Certes, je sais qu'il n'y a aucune preuve que les deux soient liés, poursuivait Citronella. Mais on sent d'instinct qu'une telle interférence hormonale doit commettre des dégâts irréparables. Heureusement, j'ai conçu naturellement, précisait-elle, bien que j'avoue ne pas m'être attendue à l'immense bénédiction d'une nouvelle grossesse. Mais le fait d'être enceinte aujourd'hui, à quarante-quatre ans, me fait éprouver de la pitié pour mes amies célibataires. Elles ont toutes à peu près mon âge et prennent conscience, peu à peu, qu'elles risquent de ne jamais se marier, qu'elles n'auront pas d'enfant, et elles affrontent bravement la perspective d'une vieillesse solitaire. »

Avec de telles opinions, il paraissait incroyable que Citronella ait des amis, célibataires ou autres. La chronique de la semaine suivante, intitulée « Faire un bébé toute seule, est-ce vraiment une bonne idée ? », était consacrée au thème des mères célibataires.

Rien qu'un amas de clichés, me dis-je en la parcourant rapidement ; puis je lus la phrase suivante et eus l'impression d'avoir pénétré dans un sauna. *Il n'y a pas moins de deux mères célibataires dans mon groupe prénatal,* écrivait-elle. *Je vous assure que personne ne les admire plus que moi* – Citronella aimait travestir son horrible pitié en générosité d'esprit. *Mais en plus d'être stigmatisés par la société, on peut se demander comment leurs enfants s'en sortiront dans la vie sans la main ferme et aimante d'un père pour les guider…*

— Tu as vu ce qu'elle a écrit ? chuchotai-je à Jenny tandis que nous attendions le début du cours suivant.

Nous étions les premières arrivées et nous étions seules dans la salle.

Jenny leva les yeux au ciel.

— Ouais.

— Ses commentaires sur les mères célibataires…, fis-je en avalant une gorgée de Gaviscon. Comme si toi et moi, nous étions les dernières des dernières.

— Bah, fit Jenny en haussant les épaules, au moins elle ne nous a pas nommées.

— Non. Mais ce qu'elle a dit à propos de nos enfants… « Stigmatisés par la société » ? Comment ose-t-elle ? Cette bonne femme, c'est le mal incarné, lâchai-je d'un ton lugubre.

— Le mal incarné ?

Jenny semblait étonnée, presque offensée.

— Oh non, Citronella n'est pas le mal incarné, dit-elle d'un curieux ton d'autorité qui me déconcerta, jusqu'à ce que je me rappelle qu'elle avait grandi à Belfast, où, m'avait-elle raconté, explosions et fusillades faisaient partie du quotidien. Mais on peut dire qu'elle est ignoble. Ne la laisse pas t'affecter, Anna, reprit Jenny calmement. Tu vas avoir un bébé. C'est tout ce qui compte. Ta vie est sur le point de déborder d'un amour inimaginable, ajouta-t-elle avec une ferveur messianique qui m'intrigua. Et au moins, on n'aura plus à revoir Citronella après ce soir.

À ces mots, j'éprouvai à la fois un frisson de libération, et de la tristesse de voir nos cours prendre fin.

— On ne se perd pas de vue, d'accord ? dis-je à Jenny quand le groupe se dispersa. J'aimerais qu'on soit… amies.

La perplexité se peignit sur ses traits.

— Mais on l'est déjà.

Ces mots me rendirent soudain inexplicablement heureuse. Elle prit son sac.

— C'est moi qui accouche en premier. Je te donnerai des nouvelles.

— Je viendrai te voir, proposai-je.

— Oui, viens me voir – ou plutôt, viens nous voir.

Elle sourit et, à mon grand étonnement, me serra dans ses bras.

— Bonne chance pour tes examens.

Je grimaçai.

— Merci.

En l'occurrence, mes examens se déroulèrent sans anicroche – je réussis même à y trouver un certain plaisir, bien que chaque fois que j'éprouvais un pincement, je paniquais en pensant que j'étais sur le point de perdre les eaux, car l'accouchement était prévu dans moins de dix jours.

En l'absence d'un conjoint, j'avais décidé de ne pas avoir de partenaire d'accouchement. Je ne voulais pas qu'on me voie dans cet état. C'est déjà assez lamentable d'être observée par son mari quand on est les quatre fers en l'air, sans infliger cela à une amie. Je me contenterais de deux sages-femmes – j'en avais rencontré plusieurs durant mes visites prénatales – et d'un peu de Mozart. Tout en préparant ma valise pour l'hôpital, je résolus de rester calme et de faire confiance à la nature. Mais dans mon cas, la nature fut entièrement évincée.

Le dimanche matin qui suivit mon dernier examen, je me réveillai avec un mal de tête atroce et une curieuse sensation dans le haut du corps, comme si un essaim d'abeilles bourdonnait dans ma poitrine. J'attendis que cette sensation s'estompe, mais en vain. Je titubai jusqu'à la salle de bains pour vomir. Sachant que quelque chose n'allait pas, j'appelai un taxi et me rendis à l'hôpital. Les sages-femmes me dirent que ma tension artérielle était élevée.

— Élevée, comment? demandai-je à l'infirmière, dans une salle d'examen. Plutôt Primrose Hill, ou plutôt le mont Everest?

J'avais le vertige, le souffle court et la tête endolorie.

— Vous en êtes à 14, me répondit-elle, alors que d'après votre dossier, vous êtes restée à 11 durant toute votre grossesse.

— Qu'est-ce que ça veut dire?

— Cela fait penser à une prééclampsie. Vos pieds et vos mains sont-ils généralement aussi enflés?

— Non.

On aurait dit qu'on les avait gonflés avec une pompe à vélo. Je cillai lorsque l'infirmière inséra une canule au dos de ma main droite.

— Nous devrions être en mesure de faire baisser votre tension avec ce médicament antihypertenseur, poursuivit-elle en installant la perfusion. Ne vous inquiétez pas.

— Et si elle ne baisse pas? demandai-je au bout d'un moment.

— Alors il faudra vous accoucher aujourd'hui.

Mon estomac fit une pirouette.

— Par césarienne?

Je détestais l'idée d'être ouverte.

— Oui, répondit l'infirmière, parce qu'il va falloir faire vite. Vous voulez prévenir votre conjoint? reprit-elle en passant la ceinture électronique autour de mon ventre pour vérifier le rythme cardiaque du bébé.

— Je n'ai pas de conjoint, dis-je en sentant les larmes affleurer. Il ne voulait pas de l'enfant. Il vit en Indonésie maintenant.

— Ah, fit-elle, l'air contrit. Enfin, ne vous en faites pas, reprit-elle en me caressant le bras. Ne vous en faites surtout pas.

D'après son badge, elle se prénommait Amity. Cela lui allait bien.

— Tout va très bien se passer, pour vous et pour le bébé. Écoutez…

Elle augmenta le volume du moniteur cardiaque pour que je puisse entendre le cœur du bébé.

— Mais vous devriez appeler quelqu'un, reprit-elle, au cas où quelque chose se passe aujourd'hui. Et votre famille ?

— Inutile, répondis-je en secouant la tête.

Cassie était partie en week-end dans une station thermale autrichienne à la mode et je ne voulais pas inquiéter papa avant que tout soit fini.

— Vous avez toujours mal à la tête ?

— C'est infernal.

L'obstétricienne de garde passa, se présenta, vérifia mes réflexes et ma tension, puis repartit. Elle revint quinze minutes plus tard pour vérifier une nouvelle fois ma tension, avec une mine sombre.

— J'en suis à combien, maintenant ? m'enquis-je tandis que le brassard dégonflait avec un soupir asthmatique.

— Ce n'est pas très rassurant, répondit-elle. Vous êtes à 15.

Elle leva la main.

— Vous voyez double, Anna ?

— Je ne sais pas.

Je pleurais et tout était brouillé.

— Mais ma tête, gémis-je. C'est… épouvantable.

— Ça ira mieux, très vite.

— Pourquoi ? Vous allez me guillotiner ?

— Non.

Elle m'adressa un charmant sourire et approcha une chaise de mon lit.

— Nous allons vous accoucher.

J'éprouvai une vague de frayeur.

— Quand ?

— Maintenant. Inutile d'attendre.

— Ah, fis-je d'une voix faible. Je vois.

— Vous faites une prééclampsie, m'expliqua-t-elle. Et la seule façon de la guérir, c'est d'accoucher. Mais vous devez passer ce petit machin vert très seyant pour qu'on vous emmène en salle d'op, d'accord?

Je hochai la tête d'un air morne. Je ne m'étais jamais sentie aussi seule. Amity m'aida à me déshabiller et pendant que je retirais mon chemisier, j'entendis mon téléphone sonner. Elle me passa mon sac ; j'en extirpai mon portable de ma main libre.

— Anna? Salut! J'appelle pour savoir comment tes examens se sont passés.

— Ah. Très bien, merci, Sue... Je crois... À vrai dire, je ne m'en souviens pas... Tout est embrouillé, tu comprends, je...

Je me tus.

— Anna, ça va?

— Pas vraiment. En fait, je suis... sur le point d'accoucher.

Je lui expliquai ce qui se passait.

— Tu as quelqu'un avec toi?

— Non, fis-je la gorge serrée. Je suis seule.

— Tu veux que je vienne? Après tout, j'ai eu deux gamins, et en plus, si tu es tombée enceinte, c'est un peu par ma faute... C'est le moins que je puisse faire.

Je jetai un coup d'œil à l'horloge. Il était 16 h 15.

— Eh bien... ça me ferait très plaisir, répondis-je. Simplement d'avoir une amie avec moi... mais tu n'arriveras jamais à temps.

J'entendais les pas de Sue résonner sur un sol en pierre.

— Je ne suis pas chez moi. Je suis à la *Tate Britain*, fit-elle, le souffle court. Avec ma sœur. Mais je pars... pour l'hôpital... tout de suite. *Chelsea and Westminster*, c'est ça? Je vais sauter... dans un taxi. Je t'appelle plus tard, Lisa, ajouta-t-elle. Anna va avoir son bébé.

Puis je l'entendis dévaler un escalier.

— Tu es… dans quel service ? demanda-t-elle en élevant la voix pour se faire entendre dans le rugissement de la circulation de l'Embankment. TAXI ! Je serai là dans vingt minutes… au maximum. Je serai là.

Lorsque mon brancard arriva dans la salle d'opération un court moment plus tard les lumières étaient si éblouissantes que je dus protéger mes yeux de leur éclat. Tandis que je gisais sur la table d'opération, l'anesthésiste m'expliqua qu'il allait pratiquer une péridurale : je devais rester assise, parfaitement immobile. Je l'observais remplir la seringue d'anesthésique lorsque j'entendis la voix de Sue.

— Je suis là, Anna ! s'écria-t-elle. On me passe une blouse mais je te rejoins dans deux secondes, d'accord ?

Puis la porte s'ouvrit et elle fut là, en blouse verte, avec un chapeau vert et des couvre-chaussures blancs. Elle me caressa l'épaule.

— Tout va très bien se passer. C'est le jour le plus heureux de ta vie.

Je hochai la tête, puis une grosse larme tomba sur ma cuisse, teintant de noir le vert pâle de la blouse. Le médecin, en blouse et masquée, parlait avec les infirmières pendant qu'elles disposaient les instruments.

Sue caressa mon bras tandis que l'aiguille de la péridurale s'introduisait dans mon épine dorsale.

— Restez parfaitement immobile, conseilla l'anesthésiste d'une voix posée.

Je me concentrai sur la grosse horloge murale, observant la grande aiguille avancer quinze fois.

— Très bien, dit-il.

Au bout d'environ cinq minutes, il reprit :

— On va voir si ça a pris. Vous sentez le froid ?

Je le vis vaporiser quelque chose sur mes tibias.

— Non.

— Et ceci ?

Il répéta son geste sur mes cuisses.

— Non.

— Et là ?

Il vaporisa le sommet de mon ventre.

— Je pourrais aussi bien être un quartier de bœuf.

— Alors vous êtes prête à y aller. On s'allonge ?

Une infirmière souleva mes jambes, puis un drap bleu fut tendu pour que je ne puisse pas voir la partie inférieure de mon corps. Sue s'assit sur une chaise, à côté de ma tête, pendant qu'on travaillait du scalpel. Tout en me tenant la main, elle me décrivit l'exposition qu'elle venait de voir, comme si elle était en train de prendre un café avec moi plutôt que de me regarder me faire éviscérer.

— Des aquarelles magnifiques, l'entendais-je dire. Des natures mortes et des paysages… et de magnifiques tableaux de fleurs…

De temps en temps, elle jetait un coup d'œil nerveux de l'autre côté de l'écran.

— Tu aurais adoré, Anna.

— Tout se passe très bien, dit le médecin. Et maintenant, vous allez ressentir une légère pression…

J'éprouvai une sensation curieuse tandis qu'elle farfouillait dans mes entrailles comme si elle faisait la vaisselle.

— Encore une petite pression…

Je ressentais confusément quelque chose qui tirait. Il y eut un étrange bruit de succion, comme une vague qui se retire. Je levai les yeux tandis qu'on abaissait le champ opératoire, puis je vis les mains gantées du médecin soulever une… créature extra-terrestre, au corps couleur de foie cru, la tête couverte d'une matière blanche bleuâtre, les bras tendus, les petits doigts écartés, les yeux vitreux clignant dans la lumière aveuglante.

— Voici ton bébé, dit Sue d'une voix étranglée.

— Oui, dit le médecin. Elle est là.

— Une fille ? dis-je, confusément soulagée.

— Une fille superbe, dit Sue. Elle est magnifique, Anna.

Elle me pressa la main.

Je sentis des larmes ruisseler sur mes joues. Le bébé ouvrit la bouche pour émettre un cri perçant. Puis on l'emporta et je vis qu'on la nettoyait, qu'on la pesait et qu'on la déposait doucement dans une couveuse.

Je jetai un coup d'œil à l'horloge. Il était 18 h 05. Mais on était quel jour? Évidemment. Le 8 juin.

J'ai la sensation étrange que je devais te rencontrer.

C'était le premier anniversaire de la mort de ma mère.

4.

Je passai trois nuits à l'hôpital, dont une première au service de réanimation, reliée à une pieuvre de perfusions et de fils électriques. Milly reposait près de moi dans son couffin en Plexiglas, vêtue d'un bonnet et d'un gilet blancs, ses membres minuscules s'agitant comme des fleurs sous le vent. Son poignet gauche portait un bracelet où était inscrit « Bébé Temple ».

— Amelia Lucy Mary Temple, lui soufflai-je en la berçant dans mes bras. Amelia et Lucy pour mes deux grands-mères, Mary pour ma mère et Temple pour ma famille. Tu es donc une petite demoiselle Milly Temple.

J'embrassai le sommet de sa tête.

— Bienvenue en ce monde.

Les nuits à l'hôpital étaient pénibles, car les pleurs de la vingtaine de nouveau-nés rendaient tout sommeil impossible. Certains bébés pleuraient comme des chatons ; d'autres, notamment Milly, braillaient comme des paons ; l'un d'entre eux poussait des cris de trompette d'éléphant miniature, tandis que son petit voisin émettait en continu un bêlement tremblotant d'agneau transi.

Durant la journée, il était déprimant de voir les pères rendre visite aux jeunes mamans, les embrasser, les féliciter, puis les ramener à la maison avec le respect accordé aux champions olympiques. Mon père vint me chercher, mais c'était Xan qui aurait dû le faire, songeai-je en franchissant la porte à tambour avec Milly dans son couffin.

J'envoyai trois photos d'elle à Xan par mail. Milly ressemblait déjà tellement à son père, en miniature et au féminin, que je crus qu'il fondrait : mais il ne répondit rien. Cependant, comme pour compenser son indifférence, une avalanche de cadeaux et de fleurs me parvint de la part de ma famille et de mes amis. Chaque jour, on me livrait un paquet enrubanné contenant une peluche, un jouet ou une minuscule robe rose.

Mon plus beau cadeau me fut cependant offert par mon père.

— Je veux que tu aies une infirmière-puéricultrice, m'avait-il dit début mai.

J'avais levé les yeux de ma planche à dessin.

— D'où sors-tu cette idée ?

— C'est Cassie qui me l'a suggéré – l'une de ses copines du club de tricot dirige une agence spécialisée. Je crois que c'est une bonne idée.

— En effet. Mais à 700 livres par semaine, je n'en ai pas les moyens.

— Je te l'offre.

J'avais posé ma plume.

— Non, papa ! Sincèrement, c'est trop… Je suis sûre que je m'en sortirai.

— Mais tu auras besoin de quelqu'un pour s'occuper de toi. Je t'en prie, laisse-moi faire ça pour toi, Anna. Ce n'est pas du luxe dans ton cas, c'est une nécessité, parce que tu n'as ni conjoint pour t'aider, ni ta mère.

— C'est vrai, mais…

— Si elle avait été là, elle serait venue habiter ici pour t'aider et te montrer quoi faire, non ?

— Oui, sûrement.

— Alors à défaut d'avoir ta mère, j'aimerais t'offrir ce qu'il y a de mieux. Une infirmière-puéricultrice, pendant six semaines.

— Mais ça va te coûter près de 4 500 livres.

— Songe à toutes les fois où j'ai dépanné Cassie. Je l'ai toujours gâtée, avait-il ajouté en se tournant vers la fenêtre. Ça a souvent dû te sembler injuste. (Il s'était à nouveau tourné vers moi.) Mais maintenant, j'aimerais faire quelque chose pour toi. Ce sera mon cadeau de naissance, Anna. Cela me ferait très plaisir.

Ce fut ainsi qu'au lendemain de ma sortie de l'hôpital, Elaine débarqua chez moi.

J'avais déjà fait sa connaissance deux semaines auparavant lorsqu'elle était venue passer son entretien. Elle était australienne, la cinquantaine tardive, mince et soignée, avec des cheveux blonds cendrés relevés en chignon et des lunettes en écaille de tortue pendues au cou. Il émanait de sa personne une sorte de tranquillité qui donnait envie, d'instinct, de parler plus bas. Au bout de dix minutes d'entretien, je savais qu'elle ferait l'affaire.

Je ne m'étais pas trompée sur son compte. Elaine était amicale, mais sans familiarité déplacée. Elle prit les choses en main en douceur, établissant rapidement les horaires de sommeil et d'allaitement de Milly. Elle se déplaçait dans la maison aussi discrètement qu'un chat.

Je restai au lit les trois premiers jours pour me remettre de mon intervention. Lorsque je pus me déplacer plus facilement, Elaine m'enseigna à utiliser le stérilisateur, à donner le sein plus efficacement, à faire faire son rot à Milly, à baigner son petit corps – l'idée me terrorisait – et à la langer en toute sécurité. Elle me dévoila les mystères byzantins du porte-bébé et me montra comment replier la poussette. Elle faisait la cuisine et débarrassait ; elle m'obligeait à me reposer ; elle allait faire les courses à l'épicerie du quartier pendant que Milly dormait.

— Comment ça se passe, avec l'infirmière ? me demanda papa au téléphone, une semaine après l'arrivée d'Elaine.

— Merveilleux ! soupirai-je. À la fois l'ange Gabriel et Florence Nightingale.

Plus nous nous habituions l'une à l'autre, plus nous discutions. Elaine venait de Melbourne, où elle était infirmière. Elle était séparée de son mari depuis un peu plus d'un an.

— En avril dernier, j'ai trouvé un mot de Don dans la cuisine, me raconta-t-elle d'une voix posée.

Nous nous étions installées sous le parasol, dans mon petit jardin, par une matinée ensoleillée de la fin juin. Milly reposait paisiblement dans ses bras, emmaillotée dans une couverture rose, les paupières papillotant de sommeil.

— Il m'écrivait qu'il ne rentrerait pas dîner parce qu'il me quittait pour Julie, l'une de mes meilleures amies.

Au moins, Xan m'avait abandonnée pour son boulot, me dis-je. Cela me semblait moins humiliant.

— Au début je n'arrivais pas à y croire, poursuivit Elaine, parce que, par une coïncidence cruelle, nous étions le 1er avril. Alors je lui ai téléphoné et j'ai compris que c'était vrai. J'ai appris par la suite qu'ils avaient une liaison depuis six mois. Je ne m'étais doutée de rien.

— C'est horrible.

— Pendant deux mois, j'ai à peine mangé et dormi. Je ne mettais pas le nez dehors parce que je n'arrivais pas à affronter les gens. J'adorais Don – nous étions mariés depuis trente et un ans. Mais, un beau matin, je me suis réveillée en me disant : « J'en ai marre d'être malheureuse. » J'avais cinquante-six ans et encore – si Dieu le veut – une longue vie devant moi (elle toucha du bois) et je résolus de la vivre. Mes deux fils étaient grands, alors j'ai choisi de venir vivre ici.

— Vous aviez des amis sur place ?

— Une ancienne camarade d'études qui habite Bath et mon neveu, Jamie, qui vit à Londres depuis trois ans.

J'observai les abeilles bourdonner dans la lavande.

— C'est très courageux de votre part de venir vous installer ici.

— Peut-être… Cependant, on pourrait aussi dire que je prenais la fuite. Mais je savais que seul un changement total d'environnement me sauverait. (Elle caressa la main tendue de

Milly.) Ce métier me convient. J'adore les petits bébés. Ça ne me dérange pas de me lever la nuit, car j'ai le sommeil léger. Et en plus, ce métier me permet de voyager et de rencontrer des gens formidables. Don me manque, bien entendu, mais au moins la vie que je mène n'est pas désagréable.

— Vous êtes tellement positive. Je devrais essayer de faire comme vous et d'arrêter de m'apitoyer sur mon sort.

— Alors... et votre bonhomme ? me demanda-t-elle. (J'avais simplement précisé à Elaine que je n'étais plus avec le père de Milly.) Ça ne me regarde pas et je vous prie d'excuser mon franc-parler d'Australienne. Ne vous sentez pas obligée de répondre.

Je souris.

— Ça ne m'ennuie pas. D'ailleurs, j'ai envie de vous en parler...

— Quels sont vos sentiments pour lui, maintenant ? me demanda-t-elle doucement lorsque j'eus terminé mon récit.

— Eh bien... j'ai de la peine, pour plusieurs raisons. À vrai dire, il ne me connaissait pas depuis très longtemps. Et il est vrai aussi que j'aurais pu faire plus attention pour ne pas me retrouver enceinte – je savais que je prenais un énorme risque, cette nuit-là. Mais j'étais dans un état... étrange. Je n'étais pas... moi-même.

— Quand on est en deuil, on ne l'est jamais, dit Elaine.

— Donc... je ne reproche pas à Xan de s'être mis en colère. Mais il a trente-sept ans, pas vingt-deux, et il n'est pas fauché... Alors j'ai le sentiment qu'il aurait pu mieux réagir. Milly est au monde depuis trois semaines et il n'a même pas encore reconnu son existence. Cela me semble cruel, ajoutai-je d'une voix morne.

— Il est sans doute mort de trouille.

— Comment pourrait-on avoir peur de Milly ? murmurai-je en caressant sa tête aussi douce qu'un duvet de cygne.

— Il a peur de tout ce que ça implique. Dès l'instant où il reconnaîtra son existence, il devra également reconnaître qu'il est père, donc qu'il n'est plus un petit garçon. Et puis il veut vous punir.

— C'est sûrement vrai. Il a dit qu'il ne me pardonnerait jamais.

— Mais il n'éprouvera pas éternellement les mêmes sentiments. Tout changera. Tout change toujours.

Les réflexions d'Elaine n'étaient peut-être pas forcément d'une originalité fracassante, mais elles étaient toujours judicieuses et réconfortantes. Et elle avait le don de l'empathie – l'aptitude à comprendre, de façon imaginative et profonde, les sentiments d'autrui.

Elle travaillait six jours par semaine et avait congé le dimanche. Ces jours-là, elle prenait le train du matin pour Bath et allait dormir chez son amie. Papa passa les deux premiers dimanches avec moi, puis, le troisième, ce fut Cassie qui me rendit visite avec des vêtements qu'elle avait tricotés.

— Désolée, ils sont un peu bancals, expliqua-t-elle. (Ils avaient tous un truc de travers.) Mais on papote tellement dans mon club de tricot que je n'ai rien remarqué jusqu'à ce qu'il soit trop tard, et je déteste défaire les tricots.

— Ne t'en fais pas, dis-je. Ils sont… charmants.

J'aurais bien aimé qu'elle tricote aussi sa vie de façon plus cohérente.

— Et ça, c'est pour toi.

J'ouvris le petit sachet-cadeau rose. Il contenait un gros pot de Crème de la Mer.

— Tu me gâtes, Cassie… Merci !

— Je me suis dit que tu aurais besoin d'un peu de luxe. En tout cas… (elle offrit à Milly son petit doigt pour qu'elle l'agrippe)… elle est… adorable. Pas vrai, ma chérie ? Oui, tu es adorable, mon chou. Elle ressemble à maman, tu ne trouves pas ?

Ses paroles m'étonnèrent car Cassie parle très rarement de maman – comme si elle ne supportait pas de le faire.

— En effet, un petit peu. La bouche. Et le menton.

— Elle est sage ?

— Comme une image.
— Elle mange bien ?
— Comme une ogresse.
— Et *lui*, il a donné de ses nouvelles ? s'enquit Cassie avec sa franchise habituelle.
— Non, murmurai-je. Aucune, et à vrai dire je préférerais ne pas en parler.
Cassie s'affala dans un fauteuil.
— Je crois que je sais pourquoi ça n'a pas collé, lui et toi.
— Comment pourrais-tu le savoir ? fis-je d'un ton las. Tu ne l'as rencontré qu'une fois, cinq minutes.
— C'est vrai. Mais j'ai deviné qu'il avait… la bougeotte. C'était comme s'il s'apprêtait à s'envoler.
— Je ne sais pas comment tu aurais pu deviner ça, alors que moi-même je ne m'en étais pas doutée.
— À cause de ses chaussures.
— Ses quoi ?
— J'ai remarqué qu'il portait des bottes de randonnée, et les hommes qui voyagent beaucoup en portent souvent. (Je la dévisageai.) En plus, vos prénoms étaient désespérément incompatibles. Comment pouvais-tu sortir avec un homme prénommé Xan, alors que tu t'appelles Anna ? « Xan-et-Anna », ce n'est pas facile à prononcer, tu ne trouves pas ? « Anna-et-Xan » non plus… Bon, vous auriez pu condenser et vous appeler « Xanna », à la limite.
Elle tortilla sa longue chevelure sombre et la fixa à l'aide d'un crayon, tandis qu'elle envisageait la question.
— Et ta cure en Autriche, c'était bien ? lui demandai-je, désireuse de changer de sujet de conversation.
— Intéressante, répondit-elle, quoiqu'un peu austère. Tout ce qu'on nous donnait à manger, c'était des rations de prisonnier de yaourt nature et de pain au levain. Il fallait mastiquer chaque bouchée soixante-quinze fois.
— Et combien t'a coûté ce privilège ?
— Deux mille.

— Pour un week-end? Bon sang! Alors ça te rapporte bien, ton boulot. Tu fais quoi en ce moment?

— Un truc que tu n'approuverais pas, répondit-elle joyeusement.

— Tu fais toujours de l'intérim?

— Eh bien... l'agence n'a pas grand-chose à proposer en ce moment, alors pour joindre les deux bouts, j'ai commencé à travailler le soir.

— Tu fais quoi? lui demandai-je, méfiante.

— Disons que je parle au téléphone à des gens...

— Quelle sorte de gens?

— Des gens de sexe masculin. Des hommes.

Elle retira le crayon de ses cheveux, qui dégringolèrent sur ses épaules avec un froufroutement audible.

— Tu parles à des hommes au téléphone? Pourquoi? Tu fais des enquêtes marketing?

— Non, soupira-t-elle. Ce sont eux qui appellent, quand ils se sentent un peu seuls...

Je compris enfin.

— Ah mon Dieu... Tu fais du téléphone rose! Je t'en supplie, dis-moi que tu ne fais pas du téléphone rose.

Je me demandai une fois de plus comment les mêmes ingrédients avaient pu nous produire, Cassie et moi. Nous ne sommes pas tant comme chien et chat – les chiens et les chats ont des points communs. Nous, c'est plutôt chien et chou.

— Je préfère appeler ça des « loisirs téléphoniques pour adultes ».

— Appelle ça comme tu veux, c'est quand même... sordide, Cassie.

— Pas vraiment, répliqua-t-elle d'un ton affable. Après tout, je ne fais que leur parler. Je m'appelle « Jade ». Ça ne dure pas très longtemps, six minutes en moyenne, et je peux tricoter pendant ce temps – même si certains hommes ont envie de parler de trucs assez inhabituels et...

— Épargne-moi les détails. Je ne sais pas comment tu arrives à faire ça, ajoutai-je, contrariée.

— Eh bien, dit-elle d'une voix égale (Cassie n'est pas susceptible), j'y arrive parce que je ne suis pas prude et parce que j'ai une imagination débordante ; et parce que pour moi, tout ça est une des facettes de la vie, ajouta-t-elle, insouciante. Et surtout, parce que je gagne 150 livres l'heure.

Fin juin, Jenny m'appela pour m'inviter à prendre le thé le dimanche. Sa petite fille était arrivée dix jours auparavant, avec deux semaines de retard : c'était donc pour nous la première occasion de nous revoir avec nos bébés.

Je nourris Milly, l'installai dans son porte-bébé avec un petit bob rose pour la protéger du soleil et me rendis à pied à Hesketh Gardens, de l'autre côté de Goldhawk Road. Au bout de deux minutes, Milly s'endormit, bercée par le rythme de mes pas et la chaleur du soleil, tête ballante comme une rose fanée. Paniquée à l'idée que cela l'empêche de respirer, je tentai de la redresser, mais elle s'effondra à nouveau. Je la soutins donc doucement de la main gauche. C'était l'époque du tournoi de tennis de Wimbledon et tout en marchant, j'entendais le choc des raquettes sur les balles de tennis par les fenêtres ouvertes, puis des salves d'applaudissements, comme une averse soudaine.

Jenny habitait un appartement en sous-sol au bout de la rue. Je descendis l'escalier en fer forgé. Une alarme anticambriolage clignotait, les fenêtres étaient quadrillées de barreaux et la porte était couverte de gros autocollants affichant de sévères injonctions à l'égard des démarcheurs et des imprimés publicitaires. Il y avait également une grosse pancarte « Surveillance de quartier ».

Je sonnai et au bout d'un moment, j'entendis qu'on poussait un verrou, qu'une clé tournait dans la serrure et enfin qu'on retirait une chaîne.

— Tu as beaucoup de mesures de sécurité, dis-je à Jenny lorsqu'elle ouvrit la porte. C'est Fort Knox, ici !

— Le quartier est un peu... difficile. Et vivre dans un appartement en sous-sol toute seule... avec un bébé...

— Tu as raison. On n'est jamais trop prudente.

— Enfin, sourit-elle. Entre. Laisse-moi la regarder... (Je retirai le chapeau de Milly.) Elle est absolument adorable.

Une bouffée de fierté maternelle m'envahit.

— Merci.

Je suivis Jenny dans un couloir étroit jusqu'à un petit salon, où un couffin en osier était posé au milieu du canapé. Je me penchai. Le bébé de Jenny était allongé sur le dos, les mains en l'air, dans la pose « Je me rends » qu'adoptent les bébés. Elle avait un duvet blond ; sa bouche formait un cœur parfait ; ses yeux, qui papillotaient de sommeil, étaient grands et ourlés de longs cils. Elle avait les joues rose pêche.

— Elle est belle, dis-je. Elle a le visage d'un ange.

— Le visage d'un ange, répéta Jenny, presque tristement, me sembla-t-il.

Dans le court silence qui suivit, je me demandai si elle songeait au père de son enfant et s'il lui manquait, comme Xan me manquait.

— Elle te ressemble, ajoutai-je.

— Tu crois ? fit Jenny joyeusement, comme si on ne pouvait lui faire de plus beau compliment.

— Je crois. Et Grace est un très joli prénom.

Je défis les attaches du porte-bébé.

— J'avais choisi ce prénom bien avant sa naissance – dès l'instant où j'ai su que je portais une fille.

— Alors tu savais ? Tu ne m'en avais rien dit.

— Je n'en avais parlé à personne. Je voulais garder ça pour moi.

— C'est compréhensible... mais pourquoi tenais-tu à savoir ?

— Parce que... je pensais que cela m'aiderait à m'attacher au bébé. Je voulais entamer le processus dès que possible.

— Tu avais une préférence ?

— Non, répondit-elle prudemment. Mais quand le radiologue m'a appris qu'il s'agissait d'une fille, je me suis sentie un peu soulagée.

— Moi aussi, j'ai éprouvé ça, avouai-je en calant Milly contre mon épaule. Mais simplement parce que j'avais l'impression qu'une fille pourrait mieux s'en sortir qu'un garçon, sans père.

Jenny acquiesça d'un hochement de tête. Puis nous passâmes en revue les prénoms choisis par les autres femmes de notre groupe. Nous avions reçu des mails nous annonçant l'arrivée de Louis, Jacob, Amélie, Lucas...

— Et Lilas ! s'exclama Jenny en levant les yeux au ciel.

— Au moins, ce n'est pas Jonquille, remarquai-je.

— Ou Chrysanthème ! gloussa-t-elle. Les jumeaux de Katie s'appellent Jonah et George.

— N'oublions pas Erasmus, ricanai-je. Qui d'autre que Citronella aurait pu infliger Erasmus Pratt-Barker-Jones à son enfant ?

— Pauvre petit garçon, dit Jenny. Et sa description de l'accouchement, tu l'as reçue, toi aussi ?

Je levai les yeux au ciel.

— Dans ses moindres détails sanguinolents... Comme si on n'avait pas vécu ça, aussi !

— Enfin, au moins on n'aura plus à la revoir, déclara Jenny en se dirigeant vers la cuisine. Bon, on se fait un thé ?

— Je peux faire quelque chose ?

— Oui. Détends-toi.

Tandis que Jenny remplissait la bouilloire, je m'approchai de sa fenêtre ouverte pour regarder son petit jardin ; il était presque dénudé, hormis quelques géraniums blancs chétifs, des valérianes rose foncé et un énorme yucca dans un pot vernis.

— Hélas, le jardin est une zone sinistrée, me lança Jenny.

— Je ne dirais pas ça. Il faudrait juste y ajouter quelques petits trucs, suggérai-je en regardant le ciel. Il est orienté à l'ouest, c'est bien.

— J'aimerais bien l'aménager, mais je ne sais pas du tout comment m'y prendre.

— Je pourrais t'apporter quelques plantes.

— Tu ferais ça, vraiment ?

Je scrutai la pièce. Les murs étaient tapissés de romans sérieux et de gros bouquins de pédagogie ou de psychologie : *Le Pouvoir au féminin et la théorie féministe* ; *Et les garçons ? Problèmes du masculin dans les écoles* ; *Cyber-féminisme* ; *Le Discours de l'identité sexuelle*. Une sérigraphie aux couleurs vives était accrochée au-dessus de la cheminée, un nu bleu pastel, mais pas une seule photo de famille, et seulement deux ou trois cartes de vœux pour la naissance du bébé, comme si elle n'en avait parlé à presque personne. Il n'y avait pas un seul indice de l'homme responsable de la conception de Grace.

Je connaissais Jenny depuis trois mois. Elle m'avait un peu parlé de son enfance en Irlande du Nord ; je savais qu'elle avait une vraie jumelle qui était mariée et vivait en France ; que Jenny avait enseigné dans une école et qu'elle avait eu du fil à retordre avec un ou deux élèves violents. Mais en ce qui concernait sa vie privée, Jenny demeurait une énigme.

— Alors, comment trouves-tu la maternité ? me demanda-t-elle en arrivant avec le thé.

Je frottai doucement le dos de Milly, qui fourra son nez contre mon cou en émettant de petits couinements.

— Je trouve ça à la fois merveilleux… et terrifiant.

— C'est vrai, ça fait peur. (Elle posa le plateau.) L'idée que la sécurité, la santé et le bien-être d'un autre être repose dans nos mains inexpérimentées…

Elle souleva le couvercle de la théière, touilla, puis m'adressa un regard interrogateur. Je crus qu'elle allait me demander si je voulais du lait et du sucre.

— Tu as des regrets, parfois ? me demanda-t-elle brusquement.

— Des regrets ?

— D'avoir fait un bébé toute seule. Ça ne va pas être facile, d'un point de vue affectif, ça va même être difficile, parfois… et solitaire… et angoissant…

Elle se tut.

Avais-je des regrets ? Je me rappelai ce que m'avait un jour dit ma mère – *je crois qu'avoir un enfant n'est jamais une erreur* – et songeai que je pouvais, en toute honnêteté, reprendre cette phrase à mon compte.

— Non, je ne regrette pas, répliquai-je. Et toi ?

— J'ai cru que ce serait peut-être le cas, dit-elle posément en versant le thé. Ma plus grande crainte, c'était de ne pas aimer le bébé. Il fallait que je l'aime, reprit-elle avec l'étrange intensité qu'elle manifestait parfois.

— Mais tu l'aimes ?

— Oh oui, fit-elle en portant la main à la poitrine, soulagée. Plus que je ne l'aurais jamais imaginé – je l'aime de plus en plus chaque jour. (Elle contempla Grace.) C'est un miracle.

— C'est vrai, fis-je en caressant la joue de Milly. Mais bien que je ne regrette pas de l'avoir eue, ne fût-ce qu'une seconde, en même temps, je suis… triste.

— Pourquoi donc ? me demanda doucement Jenny.

— Parce que Milly est un petit morceau vivant de l'homme que j'aimais et avec lequel j'espérais vivre, mais qui ne m'aime pas et qui ne veut pas vivre avec moi. Même si j'ai eu son enfant.

Je sentis une larme couler sur mon visage, puis s'insinuer dans la commissure de mes lèvres, avec son goût salé.

Jenny vint s'asseoir près de moi.

— Je peux comprendre ça, murmura-t-elle gentiment en me donnant un mouchoir en papier. Mais peut-être qu'en te sentant de plus en plus proche de Milly, tu seras tellement heureuse que tu ne regretteras plus de ne pas être avec son père.

— C'est ce que j'espère, reniflai-je. Mais ça va peut-être aller en empirant – elle va lui ressembler de plus en plus et quand elle sera plus grande, elle posera des questions sur lui. Ce ne sera pas facile.

Les traits de Jenny s'assombrirent.

— Non, soupira-t-elle. C'est vrai.

Elle me tendit mon thé. La tasse portait l'inscription « Derrière toute femme qui réussit, il y a une femme : elle-même ! » en grosses lettres roses.

— Tu as des nouvelles de lui?

Je secouai la tête.

— Mais s'il se manifeste, j'ai décidé de le laisser voir Milly – quelque douloureux que ce soit pour moi. Je crois que je ne peux pas le leur refuser, ni à elle, ni à lui.

Jenny se tortilla, mal à l'aise, avant de retourner à son fauteuil.

— Dans ta situation, c'est sans doute une bonne décision.

Je m'enhardis jusqu'à lui poser une question personnelle.

— Tu crois que tu reverras le papa de Grace?

Elle avait peut-être changé d'avis depuis son accouchement.

— Non, répondit-elle fermement, tout en inspirant profondément comme pour se donner du courage. Je te l'ai déjà dit, il n'est pas dans le paysage…

— Mais il va t'aider financièrement?

— Oh non, fit-elle en tremblant, comme s'il s'agissait d'une idée répugnante. Et je ne le souhaiterais pas, même si les choses étaient… différentes.

Elle sirota son thé. Sa tasse portait le slogan : « Je pense, donc je suis célibataire. »

— Et ta puéricultrice? reprit-elle, désireuse de changer de sujet de conversation.

— Elle est merveilleuse, répondis-je en essuyant le coin de la bouche de Milly. J'aimerais qu'elle reste pour toujours.

— Mais tu te débrouilleras très bien toute seule, dit Jenny en chassant une mouche du couffin. Les bébés dorment tellement qu'on peut faire plein de trucs. J'ai beaucoup travaillé depuis la naissance de Grace – j'ai même réussi à écrire la moitié d'une dissertation hier, pour mon cours de psycho.

Je posai ma tasse.

— Mais on t'aide, j'imagine. Ta mère?

Jenny m'adressa un sourire glacial.

— Tu parles…

— Ah. Je… je pensais qu'elle te donnait peut-être un coup de main.

— Ce serait normal, mais elle et mon père ne sont même pas passés nous voir.

Grace se mit à s'agiter. Jenny la prit dans ses bras et déboutonna son chemisier.

— Ils vivent loin d'ici, c'est ça ? demandai-je, étonnée par sa confidence.

Ils demeuraient peut-être toujours à Belfast.

— Non, répondit Jenny en donnant le sein à Grace. Ils vivent au bout de la rue, à Acton. Et Grace est leur premier petit-enfant. Ils auraient pu au moins manifester de la curiosité, tu ne crois pas ? ajouta-t-elle amèrement.

Elle ajusta la position de Grace et caressa sa joue pour stimuler la tétée, comme on nous l'avait enseigné.

— Alors, tu ne... t'entends pas bien avec tes parents ? hasardai-je, consciente de m'aventurer sur un terrain glissant.

— Avant, ça allait, soupira-t-elle. Mais ils... n'approuvent pas, c'est le moins qu'on puisse dire.

— Parce que... tu n'es pas avec le papa de Grace ?

— En quelque sorte, soupira à nouveau Jenny. À vrai dire, c'est un peu plus compliqué que ça.

En quoi ? voulais-je lui demander. *En quoi est-ce plus compliqué ? Je t'en prie, dis-moi !*

— Ils sont très pratiquants, précisa-t-elle comme si cela expliquait leur comportement.

Puis elle passa à autre chose et je décidai de ne pas me risquer à l'offenser en me montrant plus indiscrète encore.

Tout en rentrant chez moi, je décidai que Jenny devait avoir eu une liaison avec un homme marié. Pourquoi, autrement, ses parents se seraient-ils montrés aussi sévères ? Elle avait eu une liaison avec un homme marié et l'épouse de ce dernier l'avait appris. J'imaginais une scène épouvantable – la femme se précipitant à l'appartement de Jenny aux petites heures, frappant à la porte et la traitant de tous les noms. J'imaginai les voisins ouvrant leurs fenêtres en entendant le tapage ; le mari filant à la maison pour éviter le divorce. Puis j'imaginai les parents de Jenny, des presbytériens obsédés par les tourments de l'enfer, tellement consternés que leur fille soit « tombée enceinte » de cette façon qu'ils l'avaient déshéritée – et tant pis pour leur petite-fille.

Maman ne se serait jamais conduite de cette façon, me dis-je en ouvrant ma porte. Rien n'aurait pu l'éloigner de ses petits-enfants, quelle que soit la façon dont ils avaient été conçus. Et si Mark était resté avec Carol et qu'ils avaient eu un enfant, maman aurait renoué avec lui et aurait été une grand-mère merveilleuse. J'éprouvai un pincement au cœur familier en songeant à ce que ratait ma mère, en n'ayant pas connu Milly – et à ce que Milly ratait, en ne l'ayant pas connue. Mais pourquoi, me demandai-je tout en me débarrassant du porte-bébé, l'ex de Jenny avait-il accepté de n'avoir aucun contact avec son propre enfant ? Était-ce là le prix exigé par sa femme pour ne pas divorcer ? Ou alors, il était peut-être ravi de ne pas devoir s'impliquer. Ou bien il ignorait totalement que Jenny avait eu son enfant. C'était tout à fait possible.

Jenny était peut-être gay, songeai-je – et ce n'était pas la première fois – , en donnant le sein à Milly. Mais ses cheveux courts et le fait qu'elle ne porte pas de maquillage ne constituaient pas des indices suffisants. Son ex était peut-être le père de l'un de ses élèves, spéculai-je en asseyant Milly pour lui faire faire son rot. Cela expliquerait aussi pourquoi elle avait renoncé à l'enseignement – elle avait peut-être été traînée en conseil de discipline et licenciée. Quelle qu'ait été la situation de Jenny, elle refusait d'en parler. Peut-être qu'elle déciderait d'elle-même de s'en ouvrir à moi.

Ce soir-là, je reçus un mail de Xan : *Je constate, d'après les photos que tu m'as envoyées, qu'un test ADN serait superflu. J'aimerais te faire parvenir de l'argent. Transmets-moi, s'il te plaît, tes coordonnées bancaires afin que je puisse mettre en place un virement permanent. X.*

Je fixai le « X »… Quand j'étais avec Xan, il représentait un baiser – maintenant, il définissait tout simplement notre relation rompue.

Je lui répondis : *Merci, mais non merci.*

Le soulagement que j'éprouvai quand Elaine revint le lendemain matin fut rapidement supplanté par une bouffée de panique à l'idée qu'elle partirait dans moins de deux semaines. Sa présence réconfortante m'avait tellement bercée que j'en avais presque oublié que j'allais bientôt devoir travailler. Je fis donc imprimer mon papier à en-tête, finalisai mon site Internet et fis passer des pubs dans deux magazines de l'ouest de Londres. Avec l'aide d'Elaine, je finis d'organiser mon bureau dans la mansarde, que je n'avais utilisée jusque-là que comme débarras. Mais je l'avais décorée au printemps et les livres de jardinage – la plupart ayant appartenu à ma mère – s'alignaient à présent sur les murs fraîchement repeints. Il faudrait que je les classe lorsque j'aurais plus de temps, me dis-je en essuyant d'un chiffon leurs tranches plissées.

J'avais acheté un gros meuble à plans victorien pour y ranger mes dessins ainsi que des classeurs en bois où je plaçai les coordonnées des entrepreneurs, pépiniéristes, vendeurs de pierres, et fournisseurs de fontaines, d'éclairages extérieurs ou de fer forgé. Au fond de la pièce, j'installai ma planche à dessin et mon ordinateur, ainsi qu'une pile de magazines de jardinage. Des échantillons de briques, de galets et de cailloux décoratifs tapissaient les murs.

— Alors vous êtes prête à vous lancer, fit Elaine en examinant la pièce avec moi.

— Pas tout à fait. Il me manque encore deux choses : ma première commande et un entrepreneur.

— Pourquoi un entrepreneur ?

— Parce qu'en tant qu'architecte paysagiste je ne peux pas construire des murs ou poser des dallages moi-même. Il me faut quelqu'un pour le faire – mais avec tout ce qui s'est passé, je n'ai pas encore eu le temps de le trouver. Je vais devoir feuilleter les pages jaunes pour en contacter quelques-uns.

— Je peux vous aider, dit Elaine.

— Ce n'est pas la peine : ça ne me demandera pas beaucoup de temps.

— Je veux dire que je connais quelqu'un qui fera peut-être l'affaire.

— Vraiment ? Qui ?

— Mon neveu, Jamie – je vous ai déjà parlé de lui. Il est maçon, très fiable, et il habite à cinq minutes d'ici. On ne sait jamais. Il pourrait faire l'affaire. Voulez-vous le rencontrer ?

— Merci. Je veux bien.

Deux jours plus tard, nous nous rendîmes donc à Blythe Road, Elaine transportant Milly dans son porte-bébé pour que je puisse discuter avec Jamie sans la réveiller. Elle sonna et il vint ouvrir.

— Ma sainte tante ! fit-il avec un grand sourire. Entre, Elaine. Hé, qu'est-ce qu'elle est mignonne, dit-il en regardant Milly. Salut. Vous êtes Anna, j'imagine.

Il me tendit la main.

Il avait environ vingt-cinq ans et ne mesurait que trois ou quatre centimètres de plus que moi, mais il était costaud, avec un visage ouvert, une tignasse châtain clair et des yeux bruns chaleureux qui disparaissaient lorsqu'il souriait. Il portait un tee-shirt blanc où était inscrit *Olympian Landscapes* en lettres vert foncé. Son jean était pâle et élimé à force d'être lavé.

Nous le suivîmes dans le couloir. Sur une console, je remarquai plusieurs photos d'une très belle femme dans la petite vingtaine.

— C'est Thea, expliqua Elaine. La femme de Jamie.

— Elle est ravissante, répondis-je, un peu déconcertée à la fois par le fait qu'il soit marié si jeune, et par la beauté lumineuse de sa femme.

— Oui, Thea est superbe, dit Elaine. Ils se sont mariés l'été dernier. C'était un sacré mariage, pas vrai ? ajouta-t-elle tandis que Jamie ouvrait la porte de son bureau.

— On a fait la totale, tatie Elaine.

— La réception a eu lieu à bord d'un bateau, sur la Tamise.

— Ça a dû être merveilleux, dis-je avec un pincement d'envie.

— On a bien fêté ça, hein, Jamie?

— Ça, tu peux le dire. Bon... excusez le désordre...

La moquette était jonchée de tableaux Excel et de factures. Un trophée en argent servait de presse-papier, pour empêcher les papiers de s'envoler dans la brise de la fenêtre ouverte.

— Désolé, fit-il en le lançant sur le sofa pour dégager un peu d'espace par terre. Mais je suis en train de calculer ma TVA.

Il s'assit derrière son petit bureau où étaient empilés des classeurs intitulés « factures d'achats », « factures de ventes » et « banque ». Je remarquai une batte de cricket appuyée contre un mur.

— Alors, Anna..., lança-t-il, au moment où son portable se mettait à gazouiller. Vous cherchez un entrepreneur, c'est ça?

Je hochai la tête.

— J'ai besoin de quelqu'un pour construire les jardins que je vais concevoir. Idéalement, j'aimerais une collaboration régulière pour que nous puissions mettre en place un vrai partenariat.

— Je suis assez pris en ce moment...

Son portable sonna à nouveau. Il jeta un coup d'œil à l'écran mais ne répondit pas.

— Vous construisez quoi, au juste?

— Regardez.

Il me tendit son portfolio. Son téléphone gazouilla à nouveau et cette fois, il prit l'appel tandis que je feuilletais le gros classeur noir. Il y avait des photos de garages et d'extensions de maisons, d'avant-cours et de serres.

— C'est génial, l'entendis-je dire. Juste le sable de maçonnerie? Pas de problème, je passe le prendre demain... Salut, mon pote.

— Vous êtes dans le métier depuis combien de temps? lui demandai-je lorsqu'il raccrocha, tout en examinant son portfolio.

— Un peu plus de deux ans. J'ai six salariés.

— Et vous êtes qualifié?

— J'ai suivi une formation de trois ans en maçonnerie, en Australie.

— Vous avez construit beaucoup de jardins ?

— Pour être tout à fait franc : aucun.

— Ce n'est pas vrai ! protesta Elaine. Tu as construit le tien.

L'étonnement se peignit sur les traits de Jamie.

— J'avais oublié.

— Tu devrais le montrer à Anna.

Il se gratta la tête.

— D'accord.

Il nous fit traverser la cuisine, qui donnait sur un grand jardin patio.

Le sol était pavé de briques rouges de récupération posées en motif circulaire, entourées de dalles en grès indien découpées en diagonale, ce qui avait pour effet d'agrandir l'espace. La cour était bordée d'un côté par une plate-bande surélevée doucement incurvée et remplie de delphiniums, de pivoines, de lupins et de rosiers grimpants ; des coussinets d'*Aubretia* mauve débordaient des côtés.

— Vous avez construit ceci ? lui demandai-je en examinant le coin dîner, abrité par une petite rangée élégante d'arbustes taillés.

— Il l'a dessiné et construit, précisa Elaine.

— J'ai juste fait quelques croquis, protesta-t-il. C'était un vrai foutoir quand on a emménagé il y a six mois – pas vrai ?

— Une horreur, confirma Elaine. Un vrai dépotoir.

— Vous avez fait un boulot superbe, dis-je. Vous avez très bien tiré parti de l'espace ; les pierres sont très belles et j'aime beaucoup la façon dont vous avez planté les fleurs. Et cette section, ici ?

Je désignai un endroit vide.

— Je l'ai laissée libre pour faire un petit carré de sable ou pour installer une balançoire.

— Vous avez des enfants ?

— On y travaille, s'exclama-t-il avec un éclat de rire.

Son portable sonna à nouveau.

— Salut, ma chérie! On parlait justement de toi... hou là... quarante-trois degrés? Eh bien, protège ton joli minois du soleil, mon cœur... écoute, ma chérie, je peux te rappeler dans dix minutes?

Je me pris à envier Thea d'être avec un homme qui parsemait sa conversation de tant de petits mots doux.

— Thea est encore en déplacement? demanda Elaine à Jamie tandis que nous rentrions. Elle est attachée de presse pour des événements sportifs, m'expliqua-t-elle. Alors elle voyage pas mal.

— Elle est à Dubaï pour cinq jours, dit Jamie. L'un de ses clients est le sponsor d'une régate, là-bas.

J'avais vu tout ce que j'avais à voir. Je déclarai à Jamie que j'aimerais travailler avec lui lorsque je décrocherais mon premier contrat.

— Très bien, répondit-il. On verra si on est compatibles à ce moment-là.

— Exactement. Je prends votre numéro de téléphone.

Il darda le doigt sur son tee-shirt. Cela me fit un curieux effet de fixer son torse tout en enregistrant son numéro sur mon portable.

Il me tendit la main.

— Ravi d'avoir fait votre connaissance.

— Moi de même.

— Salut, tatie Elaine! Salut, princesse! chuchota-t-il à Milly, qui dormait à poings fermés sous son bob.

Il prit doucement ses petits pieds nus dans ses grosses pognes.

— Toi, tu es un vrai petit amour... Je vous raccompagne.

— Au revoir, Jamie, dis-je sur le seuil. Je vous recontacterai.

Je remarquai une Bentley Continental GT verte garée devant son appartement.

— C'est à vous? m'enquis-je en la désignant du menton.

— Si seulement ! dit-il en éclatant de rire. Elle appartient à mes voisins. Ils sont tous deux banquiers. La mienne, c'est celle-là, ajouta-t-il en montrant une fourgonnette bleue garée de l'autre côté de la rue. Enfin, à bientôt, mesdames !

— Je l'aime bien, dis-je à Elaine tandis que nous rentrions chez moi.

— Ah, Jamie est un garçon formidable. Je peux l'affirmer en connaissance de cause parce que je le connais depuis vingt-huit ans.

Il était donc un peu plus âgé qu'il ne le semblait.

— Son jardin est fantastique. Je suis vraiment bluffée. Et ses constructions semblent solides.

— C'est aussi un sportif très doué.

— Vraiment ?

— Il était joueur de cricket professionnel.

— Vraiment ? C'est pour ça qu'il a des trophées ?

— Oui, il en a des tonnes.

— Il jouait dans quelle équipe ?

— Celle de New South Wales. C'était un excellent lanceur.

— Qu'est-ce qui l'a amené à s'installer en Angleterre ?

— Il a joué pour l'équipe du Surrey pour deux saisons durant l'hiver australien et il s'y est plu.

— Mais pourquoi ne joue-t-il plus au cricket ? demandai-je tandis que nous contournions Brook Green. Il est encore jeune.

— Parce qu'il a eu un accident d'automobile il y a six ans, et qu'il s'est fracassé la jambe.

— C'est affreux.

— En effet. D'autant plus qu'il devait faire partie de la sélection nationale australienne. C'est pour ça qu'il a suivi une formation de maçonnerie. Il joue toujours au cricket, mais seulement pour le plaisir, avec une équipe de célébrités qui lève des fonds pour les enfants malades… C'est comme ça qu'il a rencontré Thea. Elle assurait la communication de l'une des associations caritatives concernées et il a… enfin, ça a été le coup de foudre. Ça vous plaira, de travailler avec Jamie, ajouta-t-elle. Il ne vous décevra pas.

Je l'appelai la semaine suivante. J'avais décroché mon premier contrat via mon site Web et bien que ce fût une petite commande, j'étais enchantée de me lancer enfin. Les clients m'avaient précisé qu'ils ne pouvaient pas s'offrir un « nouveau » jardin pour leur maison de Chiswick; ils voulaient simplement rénover celui qui existait déjà.

Lorsque je leur rendis visite, je leur demandai d'abord ce dont ils avaient envie. Ils répondirent qu'ils voulaient supprimer l'étang parce qu'ils allaient avoir un bébé; ils souhaitaient aussi que la pelouse soit disposée autrement, mais ils étaient ouverts à toutes les suggestions. Je leur proposai donc de retirer les plates-bandes surélevées qui étaient trop larges et écrasaient l'espace déjà assez restreint.

— Et ceci? leur demandai-je en contemplant leur acacia, brutalement taillé au fil des ans, qui n'était plus qu'un gros moignon.

— Nous aimerions l'abattre, expliqua le mari, d'autant qu'il prend beaucoup de place, mais c'est interdit.

— Vous pourriez l'agrémenter en y faisant grimper des plantes, dis-je. Faites comme si c'était un énorme tuteur. On pourrait planter des clématites d'un côté – il existe une nouvelle variété, l'Ice Blue, qui fleurit de mai à octobre – puis, de l'autre côté, on pourrait mettre un rosier grimpant, par exemple *Felicite Perpetue*, qui est blanc crème et très odorant. Vous pourriez suspendre une petite balançoire à cette branche basse, et installer un petit banc circulaire autour du tronc. Ce serait ravissant.

— Que proposez-vous d'autre? me demanda la femme.

J'examinai l'arrière de la maison, orienté plein sud, puis j'inspectai le patio, pavé de simples dalles en béton.

— On pourrait égayer ces pierres en les nettoyant et en refaisant les joints, puis on pourrait installer une grande tonnelle au-dessus du patio pour faire de l'ombre quand vous mangez dehors, ou que votre bébé joue dans le jardin. Ce ne serait pas très onéreux. Vous pourriez y faire pousser du jasmin d'été ou du chèvrefeuille – il y a une variété ravissante qui s'appelle Dropmore. J'ai apporté quelques catalogues de pépiniéristes, je vais vous montrer.

Nous tombâmes d'accord sur un budget de trois mille livres. Jamie accepta de s'occuper des aménagements et, trois jours plus tard, il se mit à l'ouvrage. Quand je passai pour voir où il en était, je le trouvai agenouillé au bord de l'étang drainé.

— Tu as beau sauter, tu ne m'échapperas pas, l'entendis-je marmonner tout en scrutant la boue. Et hop ! Je t'ai eue.

— Qu'est-ce que vous faites, Jamie ?

Il releva la tête.

— Ah, salut, Anna. J'attrape les grenouilles. Je dois les sortir de là avant que les gars se mettent à labourer la pelouse, parce qu'on ne veut pas faire de victimes. Là, ma petite…

Il joignit ses mains gantées, puis les plongea dans un seau jaune.

— Je crois qu'elles y sont toutes.

Je jetai un coup d'œil au seau, où une dizaine de grenouilles vert kaki se débattaient en vain. Je les observai quelques instants.

— Vous aimez bien les grenouilles ? me demanda Jamie.

— Pas spécialement. Je me demande simplement laquelle je devrais embrasser.

Il éclata de rire.

— Vous en êtes là ?

— C'est ce que je me dis parfois. Vous allez en faire quoi ?

Jamie déversa des briques dans une brouette.

— Je leur ai trouvé un nouveau domicile un peu plus loin. Elles se seraient peut-être débrouillées pour le repérer toutes seules, dit-il en se redressant, mais je ne voulais pas courir ce risque. On a aussi attrapé les tritons, ajouta-t-il en désignant du menton un autre seau plein d'eau et d'algues.

Je trouvais touchante la compassion de Jamie – il refusa aussi de couper le prunier parce qu'il y avait remarqué un nid d'oiseau – et il faisait un boulot de premier ordre. Avec ses deux ouvriers, il mit une journée à retirer les plates-bandes surélevées, une autre à retourner la pelouse, et encore trois jours à installer la tonnelle et le banc au pied de l'acacia. Puis j'arrivai avec les plantes. En moins d'une semaine, le jardin était métamorphosé. Les clients me recommandèrent à une amie – une jeune avocate qui voulait que sa cour soit entièrement redessinée. Mes affaires démarraient sur un bon pied.

Entre-temps, Elaine m'avait quittée – elle devait s'occuper d'un bébé dans le Norfolk – mais avait promis de passer nous voir dès qu'elle rentrerait à Londres. Je pleurai deux heures durant après son départ – je regrettais non seulement son aide matérielle, mais aussi notre nouvelle amitié. Mais je devais accepter que ma « lune de miel » avec le bébé soit terminée, et que la « nouvelle existence » que j'avais entamée prenne vraiment son essor.

5.

Jusqu'à ce que Milly ait trois mois, je l'emmenais partout avec moi, en essayant d'organiser mes rendez-vous autour de ses tétées. Elle me suivait chez mes clients, à la pépinière de Chobham où j'achetais toutes mes plantes, ainsi que chez le vendeur en gros de Maida Vale où je sélectionnais les pierres ornementales, les dalles et les briques. À la maison, elle dormait dans son couffin tandis que je travaillais à mes dessins, ou je la berçais de mon bras gauche, ou bien elle reposait près de moi dans son Baby-Relax, tapant sur les mobiles de ses mains minuscules. Parfois tout se passait très bien, mais parfois, surtout lorsqu'elle souffrait de ses coliques, je n'arrivais pas à travailler. Elle grandissait à vue d'œil et je savais que, bientôt, il faudrait trouver quelqu'un pour s'occuper d'elle. La seule option envisageable, étant donné mes revenus irréguliers, était d'engager une fille au pair : j'eus de la chance du premier coup avec Pavlina.

Pavlina, une jeune Tchèque de vingt-six ans, était sérieuse, organisée, tranquille et travailleuse. Elle s'était déjà occupée de bébés. Ses lettres de recommandation étaient très élogieuses et nous avons décidé qu'elle viendrait s'installer chez moi pendant près de deux ans. Pavlina s'occupait de Milly tous les matins durant mes visites sur les chantiers ou chez des clients. Dans l'après-midi, Milly restait avec moi dans son parc ou son transat, à regarder *Baby Einstein* ou les *Teletubbies* pendant que je passais mes coups de fil ou que je m'occupais de la paperasse. Si j'avais besoin d'une aide supplémentaire, je versais une rallonge à Pavlina. Elle était plus qu'heureuse de gagner de l'argent, car elle économisait pour s'acheter un appartement à Prague.

Lorsque Milly eut neuf mois, je reçus le mail de Xan que j'espérais et redoutais à la fois : *Je serai à Londres cinq jours à partir du 25 mars et j'aimerais rencontrer Milly. X.*

J'eus la sensation d'être tombée dans une bouche d'égout. Je n'avais reçu aucune nouvelle de lui depuis si longtemps. Mais, à présent, face à la perspective de voir mes sentiments se ranimer, une part de moi-même refusait la rencontre. Ce serait tellement plus facile de supprimer Xan de la photo, comme Jenny semblait l'avoir fait avec son ex, mais je devais faire passer les besoins de Milly avant les miens.

Je cliquai sur « réponse ». *Viens dimanche 27, vers 16 heures.*

Puis, l'estomac noué, j'appuyai sur « envoi ».

Mon cœur me cognait contre les côtes lorsque la sonnette retentit, cet après-midi-là. J'avais à peine dormi la veille, m'assoupissant un peu avant l'aube. Je m'examinai une dernière fois dans le grand miroir rond au pied de l'escalier, inspirai profondément et ouvris la porte.

J'avais Milly dans les bras et le regard de Xan se posa aussitôt sur elle avec un mélange d'émerveillement et de culpabilité. Lorsqu'il franchit le seuil, je remarquai qu'il était bronzé, qu'il avait coupé ses cheveux et que ses tempes grisonnaient. Il tenta de m'embrasser mais je me détournai, décidée à rester digne et glaciale. Après tout, il m'avait bien traitée d'iceberg.

— Tu veux du thé ? lui proposai-je tout en déplaçant la poussette. Hélas, je n'ai toujours pas de PG Tips, plaisantai-je. J'aurais dû en acheter exprès pour toi.

Xan ne releva pas l'allusion.

— Un café, ce serait bien.

Il retira son blouson en cuir et l'accrocha au portemanteau.

Je posai Milly sur son tapis et passai dans la cuisine. Quand je revins avec le plateau, les mains si tremblantes que les tasses cliquetaient dans leurs soucoupes, je trouvai Xan debout devant la fenêtre, à l'endroit même où il m'avait suppliée de ne pas avoir Milly. Il la tenait dans ses bras et la contemplait, tout simplement.

Tout changera. Tout change toujours.

À mon grand étonnement, Milly ne pleurait pas, ni ne se débattait. Elle fixait Xan, comme fascinée. Elle comprenait peut-être confusément qu'elle était inextricablement liée à lui – comme je comprenais désormais que je le serais moi-même jusqu'à la fin de mes jours.

— Bonjour, lui dit doucement Xan. Tu dois te demander qui je suis… Eh bien… ça va te paraître un peu bizarre, fit-il d'une voix rauque, mais en fait, mon poussin, je suis ton papa. Oui, c'est ça, ma chérie. Sans blague.

Milly posa une petite main potelée sur sa joue. Les lèvres de Xan frémirent un instant mais mon cœur ne fondit pas – après tout, il m'avait bien assez fait pleurer.

— Elle est tout simplement… adorable, souffla-t-il.

— Merci. C'est aussi mon avis.

Je me félicitai en silence de conserver un tel sang-froid.

— Alors, Xan, dis-je en m'asseyant. Pourquoi maintenant ? Tu as enfin succombé à la curiosité ?

— Ne sois pas aussi amère, Anna, murmura-t-il. Je sais que tu penses que je me suis mal conduit…

— En effet, tu t'es mal conduit. Tu prends du lait ? Désolée, je ne t'ai pas vu depuis si longtemps que j'ai oublié. Au fait, le baptême a été très réussi. Au cas où ça t'intéresse, la marraine de Milly est mon ancienne assistante, Sue – qui, tu t'en souviens peut-être, était avec moi le soir où nous nous sommes connus – et son parrain, c'est mon frère Mark.

— Je croyais que tu n'avais plus de contacts avec lui.

— Très peu, répondis-je. C'est précisément pour cette raison que je lui ai demandé de l'être – pour que nous restions en contact. En tout cas, il est venu exprès. C'est dommage que tu n'aies pas pu te déplacer, ajoutai-je d'une voix affable. Pour ta propre fille.

— Je t'en prie, Anna, soupira Xan. Ne sois pas comme ça. Ça m'a complètement retourné, cette histoire.

— Mon pauvre. Alors que moi, bien sûr, je m'amuse comme une folle à élever un enfant toute seule alors que je travaille.

— Ne me punis pas, je t'en prie. Je veux me racheter, mais tu dois comprendre ma colère de ne pas avoir eu mon mot à dire sur la naissance de cet enfant.

— Au contraire, répliquai-je calmement. Tu as choisi de coucher avec moi ce soir-là et, comme chacun sait, un plus un égale parfois trois.

— Je me sentais tellement coupable. J'avais du mal à me concentrer sur mon boulot… Parfois, je n'arrivais pas à dormir. Je ne pouvais pas m'empêcher de penser à Milly.

Je me demandai s'il lui était aussi arrivé de penser à moi.

— J'étais paralysé… je ne savais pas quoi faire. Peu à peu, j'ai compris que la seule façon de m'en remettre, c'était de la connaître.

Je ne répondis rien.

— J'aurais pu passer la voir en décembre, ajouta-t-il au bout d'un moment, tandis que je le dévisageais. J'ai passé trois jours à Londres…

J'eus un coup au cœur à l'idée qu'il ait été aussi proche.

— Je voulais la voir mais… je ne savais pas où j'en étais. Je suis même passé devant la maison…

— Non, murmurai-je.

J'imaginai le son de ses pas sur le pavé.

— Mais je n'arrivais pas à faire face, alors je suis parti. Je suis désolé, ma chérie, chuchota-t-il à Milly, la voix brisée, en la serrant contre lui. Je te promets de ne plus jamais te refaire ce coup-là. Je viendrai te voir dès que je le pourrai, ma petite fille.

— Et ce sera à quelle fréquence?

Il reposa Milly sur son tapis.

— Difficile à dire. Sans doute pas plus de trois fois par année. J'aimerais venir plus souvent, mais j'habite à 11 000 kilomètres d'ici.

— Je m'en suis rendu compte, répondis-je sèchement, tout en poussant le piston dans la cafetière. Mais Milly a besoin de te connaître. Tu aurais pu au moins répondre à mes mails.

— Je suis... navré, Anna. Mais j'avais... peur. Cela peut te sembler étrange, mais j'étais terrifié.

Elaine avait donc eu raison, à ce sujet.

— Mais, dorénavant, je vais tenter de me rattraper.

Puis Xan fouilla dans son cabas pour en tirer un sac de chez Harrods. Il en sortit un ours en peluche tout doux couleur de caramel, avec un ruban mauve et une expression adorablement perplexe. Milly le pressa contre son visage en couinant de ravissement.

— J'ai bien l'intention de subvenir à ses besoins, ajouta-t-il tandis que je versais le café. Tu as refusé mon aide, mais j'y tiens.

— Eh bien... maintenant que tu l'as rencontrée, ça ne me gêne plus. Je ne voulais pas de ton argent, soupirai-je. Je voulais simplement que tu t'impliques. Mais un petit coup de pouce ne me serait pas inutile, bien au contraire.

— J'ai déjà ouvert un compte bancaire à son nom – tiens, dit-il en fouillant dans son sac pour en tirer un relevé de compte. J'y ai déposé de l'argent tous les trimestres – je vais le transformer en compte joint pour que tu puisses y avoir accès – je te ferai parvenir les formulaires.

— Merci.

Nous nous dévisageâmes un bon moment, puis je me détournai.

— Je ne suis pas un salaud, Anna, murmura-t-il.

Je luttais pour réprimer le désir que j'éprouvais toujours pour lui – un désir qui me faisait mal jusqu'aux os.

— Je le sais bien, répondis-je.

Ce serait tellement plus facile si tu l'étais, songeai-je, malheureuse. Je pourrais t'oublier.

— Je suis navré de m'être comporté ainsi. J'espère que tu me pardonnes.

Ses traits se brouillèrent tandis que les larmes me montaient aux yeux.

— Oui, chuchotai-je. Je te pardonne.

Il tendit soudain la main pour prendre la mienne et je la lui abandonnai, exultant de sentir la pression familière de ses doigts autour des miens.

— Ne pleure pas, Anna, dit-il au bout d'un moment. Je t'en prie.

Il me tendit son mouchoir et je tamponnai mes yeux avec.

— On peut être amis, maintenant? dit-il. Pour Milly?

Amis...

Mon cœur se gonfla de tristesse.

— Bien entendu.

À compter de ce jour-là, Xan répondit à tous mes mails. Il envoyait des cadeaux à Milly – des poupées indonésiennes, des animaux sculptés, des tapisseries aux couleurs vives. Il téléphonait parfois pour lui parler. Son visage s'illuminait comme un feu d'artifice lorsqu'elle entendait le mot « papa » et elle gazouillait, ravie, dans le combiné. Son bonheur m'enfonçait une épine dans le cœur tout en me réconfortant. J'encadrai une photo de lui, téléchargée sur le site de la BBC, car je n'en avais aucune de bonne qualité. Pour Milly, il fallait que je passe l'éponge ; je lui expliquai que bien que Xan habitât très loin, il viendrait nous voir quand il le pourrait. Nous regardions le journal télévisé du soir, au cas où il passe à l'antenne.

Quand Milly eut près d'un an, Nicole, de ma classe prénatale, organisa une fête pour le premier anniversaire de son fils Jacob. Il y avait eu quelques réunions entre-temps, mais je n'avais jamais pu y assister.

— J'espère que Citronella n'y sera pas, dis-je à Jenny tandis que nous promenions nos poussettes dans le soleil de mai.

— Elle y sera forcément, répondit Jenny.

J'admirai toutes les plantes en fleurs dans les jardins de la rue – azalées, clématites, tulipes et giroflées. Si Citronella était une plante, laquelle serait-elle ? Le lierre. Une plante insidieuse, dont il était impossible de se débarrasser, et qui détruisait tout en douce. Jenny serait une plante sensitive – elle valait la peine d'être cultivée mais ses feuilles se rétractaient dès qu'on avançait la main. Cassie serait une dionée, plante carnivore séduisante mais dangereuse. Xan serait... un tournesol – offrant un spectacle magnifique mais de trop courte durée.

Et que serais-je, moi ? me demandai-je en sonnant à la porte de Nicole. Un *Dicentra spectabilis*, conclus-je amèrement. Un cœur saignant.

Les autres mamans étaient déjà rassemblées dans le jardin pavoisé de ballons, assises sur des plaids avec leurs rejetons flageolants sur les genoux, ou les tenant par la main comme des marionnettes tandis qu'ils se dandinaient.

— Jonah marche depuis deux semaines, maintenant.

— Tu veux que maman embrasse le bobo, mon chéri ?

— Erasmus marchait déjà à l'âge de dix mois.

— Je donne toujours le sein à Phoebe.

— Bravo ! Moi, je n'y suis pas arrivée.

— Tu aurais dû manger de l'herbe.

— Je l'ai inscrit à Sweet Peas, annonça Citronella.

Mon cœur se serra. C'était le jardin d'enfants où j'avais inscrit Milly.

— N'est-ce pas qu'il est magnifique ? me dit soudain Citronella en contemplant Erasmus d'un air d'adoration béate.

— Euh, oui, répondis-je poliment.

À tes yeux, ajoutai-je dans mon for intérieur. Il portait un tee-shirt bleu affichant le slogan : « Je suis le nouveau mec de maman ! » Il avait hérité du physique costaud de Citronella et de ses cheveux cuivrés.

— As-tu reçu l'invitation pour l'anniversaire d'Erasmus ? me demanda-t-elle.

— Ou... oui. Merci.

Je m'étais étranglée en la décachetant, non parce que j'étais
étonnée de la recevoir, mais parce que l'invitation était accompagnée d'une liste des cadeaux souhaités, avec des suggestions
de détaillants, comme une liste de mariage. Jenny avait jeté la
sienne.

— Mais je ne suis pas certaine... qu'on pourra... se libé-
rer, bafouillai-je en prenant Milly dans mes bras. Malheureusement, j'ai une réunion avec un client cet après-midi-là.

— Ta nounou ne peut pas l'emmener ? insista Citronella.

— Je n'ai pas de nounou, répondis-je. Et ma fille au pair
emmène Milly chez *Monkey Music* les jeudis après-midi... Tu
adores *Monkey Music*, n'est-ce pas, ma chérie ?

Milly applaudit.

— Je te préviendrai, ajoutai-je en espérant mettre un terme
à cette conversation.

Mais Citronella n'avait aucune intention de lâcher sa
proie.

— Et ton affaire de jardinage, ça marche ?

— Oui, merci, dis-je, surprise qu'elle s'y intéresse, tout en
chassant une guêpe. C'est la bonne période de l'année, évidemment, mais je suis très occupée.

— D'après ce que je constate, ton partenaire, Xan, l'est
aussi, ajouta-t-elle sournoisement tout en mordant dans un roulé
à la saucisse.

— Ou... oui, dis-je en regrettant du fond du cœur d'avoir
eu la stupidité de parler de Xan et de son métier.

— Nous l'avons vu à la télé. Il est vraiment très bien,
ajouta-t-elle en essuyant des miettes de ses larges cuisses.

— Hmm, fis-je en me demandant où elle voulait en venir.
Erasmus parle-t-il déjà ?

— Tu seras ravie lorsqu'il rentrera, j'imagine.

— Oh... oui, en effet, et Milly encore plus... Elle adore
son papa, pas vrai, ma puce ?

— Pa-pa ! fit Milly avec un large sourire, bavant joyeusement.

Je croisai le regard de Jenny.

— Bon... je devrais aller saluer les autres mamans. J'ai été ravie de te revoir, Citronella, mentis-je.

Elle lécha délicatement le bout de chacun de ses doigts avec un petit bruit de succion.

— Au fait, il y a un petit article sur lui dans le dernier numéro d'*Hello !*

J'eus le sentiment d'être tombée dans un puits de mine.

— Vraiment ? Enfin... il m'en a parlé mais je... ne l'ai pas encore acheté. J'ai été... trop occupée.

— Je l'ai dans mon sac, dit innocemment Citronella. Tu veux le voir ?

— Euh... d'accord, répondis-je, le cœur battant. Merci.

Citronella déplaça sa lourde masse – que l'accouchement n'avait pas diminuée – et revint une minute plus tard avec le magazine.

— C'est à la page 112, dit-elle, serviable, en me le remettant.

Elle se mit à bavarder avec Tanya. Je trouvai la page, repérai immédiatement la photo de Xan parmi celles des autres correspondants à l'étranger dont on faisait le portrait, puis parcourus l'article.

Xan Marshall, trente-neuf ans... correspondant de la BBC en Indonésie... basé à Djakarta... ancien banquier... Hong Kong... Soudain, mon visage s'enflamma. *Marshall vit depuis six mois avec sa compagne, Trisha Fox, correspondante de CNN pour le Sud-Est asiatique... Mlle Fox, diplômée d'Harvard, vingt-huit ans, est une étoile montante de CNN...*

Je refermai le magazine, les mains tremblantes, la bile à la gorge.

— Ça va ? chuchota Jenny.

— Tu l'as lu ? me demanda Citronella. Je ne l'ai pas encore lu, moi, ajouta-t-elle innocemment.

— Oui, merci.

Je lui remis le magazine et me levai, jambes flageolantes.

— Mais il faut qu'on y aille, Milly et moi.

— Quel dommage, susurra-t-elle, doucereuse.
— Au revoir, Nicole, dis-je. C'était très sympa.

J'étais si bouleversée que je ne pus travailler de la journée.
Je ne savais pas ce qui me blessait le plus – la confirmation de
ce que je savais être inévitable ou la méchanceté de Citronella.
Lorsque j'avais vu Xan, j'avais pris soin de ne parler que de
Milly – je redoutais trop d'apprendre quoi que ce soit sur sa vie
amoureuse.

— Évidemment, qu'elle l'a lu, sanglotai-je à Jenny lorsqu'elle me téléphona, plus tard dans la journée. C'était très bien
calculé. Cette bonne femme, c'est vraiment le mal incarné.

— Non, soutint Jenny. Tu ne sais pas ce que c'est que le
mal, si tu penses ça.

Pourquoi était-elle toujours aussi tatillonne à ce sujet?
songeai-je, contrariée.

— Mais elle est odieuse, c'est certain, ajouta Jenny.

— Qu'est-ce que j'ai bien pu lui faire? gémis-je.

Citronella n'était pas un lierre, mais une ortie!

— Tu ne lui as rien fait, répondit Jenny. Cela prouve simplement qu'elle est malheureuse.

— Malheureuse? Mais aucune femme au monde n'est
plus satisfaite d'elle-même! Elle n'arrête pas de répéter dans sa
maudite rubrique qu'elle est « bénie » et « fortunée », quand les
autres sont « tristes » et « courageux ».

— Exactement. Il faut toujours qu'elle se compare avan-
tageusement aux autres. Les gens qui sont vraiment heureux
ont-ils besoin de ça?

— Non, concédai-je au bout d'un moment. Tu as raison.

Je me demandai brièvement quelle raison pouvait avoir
Citronella d'être insatisfaite – son mari banquier n'était-il pas
assez riche? Sa maison de Luxembourg Gardens n'était-elle pas
assez vaste? Je jetai son invitation à la corbeille.

Au cours des jours qui suivirent, je parvins à me convaincre
que Citronella m'avait rendu service. C'était une bonne chose
que Xan soit avec quelqu'un, car cela signifiait que je devais

renoncer aux sentiments que j'éprouvais encore pour lui et poser un autre regard sur notre relation. Je me réconfortai en me disant que je trouverais quelqu'un d'autre, même si je ne voyais pas très bien comment j'y arriverais avant que Milly ne quitte le foyer familial – j'aurais alors cinquante et un ans.

Xan vint voir Milly quatre fois avant son deuxième anniversaire. Elle était tellement folle de lui qu'elle se jetait sur le téléviseur pour l'embrasser dès qu'il passait à l'antenne. L'écran était maculé de petites empreintes de doigts et de lèvres, que Pavlina essuyait consciencieusement. Elle « parlait » souvent de Xan et voulait lui « téléphoner » tous les jours – avec son portable Postman Pat ou, quand elle ne l'avait pas sous la main, ma calculatrice, un coquillage ou simplement la paume de sa main. Ces conversations étaient invariablement animées et je m'en sentais souvent exclue. J'essayais de ne pas penser à la petite amie de Xan, et si je devais l'appeler, c'était sur son portable, jamais sur son fixe. Je n'aurais pas supporté d'entendre la voix de Trisha.

Quand Milly eut un peu plus de deux ans, Pavlina nous quitta. Elle avait assez économisé pour effectuer un premier versement sur son appartement et voulait rentrer à Prague pour travailler dans l'industrie du tourisme tchèque. J'étais désolée de la voir partir – elle était efficace, fiable et d'humeur toujours égale. Mais je ne compris quelle perle j'avais perdu que lorsque je tentai de la remplacer.

La même agence m'envoya quatre filles au pair, toutes plus nulles les unes que les autres – quand elles n'étaient pas carrément dangereuses. D'abord, il y eut Gabi de Bonn dont les débuts furent de bon augure – mais au bout de trois semaines, elle avait tellement le mal du pays qu'elle repartit. Ensuite, j'eus Nathalie, une Française. Je me dispensai des services de Nathalie au bout d'un mois, non seulement parce qu'elle était paresseuse et désorganisée mais aussi parce que je l'avais surprise à tartiner les fesses de Milly avec ma Crème de la Mer. Puis ce fut Lucia de Rome qui restait une semaine au lit chaque fois qu'elle avait ses règles ; ensuite, Svetla de Bulgarie, que j'aimais bien – jusqu'à ce que, malgré mes instructions, elle donnât des œufs à manger à Milly. Heureusement, la réaction allergique de Milly ne fut « que » grave, et non fatale.

Fin janvier, je désespérais de la situation, lorsqu'en sortant acheter du lait je remarquai une petite annonce dans la vitrine du kiosquier : *Je chercher travail au pair. Je bon cœur. J'aimer enfants et chiens. Je commencer tout suite. Vous pas regretter je travailler pour vous. Très bonnes referencias. À plus ! Luisa…*

J'avais désespérément besoin d'aide car tous les matins de la semaine suivante, je devais passer sur GMTV. Je composai donc le numéro de portable. L'anglais parlé de Luisa était aussi mauvais que l'écrit, mais nous parvînmes à nous entendre : elle passerait me voir plus tard dans la journée.

Luisa était en Angleterre depuis un mois mais elle avait travaillé un an dans une famille de Marbella. Vingt-trois ans, colombienne, plutôt replète mais avec de jolis traits mobiles et une vivacité sympathique. Mon problème principal serait de communiquer avec elle.

— Je vé apprendre parler anglais très bien, déclara-t-elle lorsque nous fûmes installées dans mon salon. J'aller école tous les zours. Apprendre parler anglais très vite.

Milly, agrippée à mon genou, dévisageait Luisa d'un œil soupçonneux.

— J'aimerais parler à vos anciens employeurs, dis-je. Qui dois-je appeler ?

Luisa me regarda d'un œil vide.

— Téléphone ? dis-je.

Serviable, elle me désigna le téléphone sur le buffet.

— Non. Moi, à qui je téléphone ?

Je vissai l'index sur ma poitrine et fis signe de composer un numéro.

— Pour avoir des références – pour vous ?

— Ah. *Referencia. Si.* J'ai très bonne *referencia.*

Elle fouilla dans la poche arrière de son jean et en tira une carte tout écornée aux plis poussiéreux.

— Vous pourriez commencer quand ? lui demandai-je en notant le numéro. Si on se met d'accord ?

— Corps ? répéta Luisa, manifestement perplexe.

Je compris soudain que je perdais mon temps.

— Écoutez, Luisa, dis-je. Vous me paraissez très gentille, mais je crois que ça ne va pas aller, je suis vraiment désolée...

C'est alors que quelque chose de surprenant se produisit. Luisa, qui souriait périodiquement à Milly, ouvrit soudain les bras :

— *Ven aquí, preciosa !*

En un instant, elle avait attrapé Milly et la faisait sauter sur ses genoux en lui faisant des grimaces. Au lieu de pleurer ou de se débattre pour redescendre, Milly riait. Puis Luisa planta un gros baiser sonore sur la joue de Milly et, curieusement, l'affaire fut réglée.

Bien entendu, je contactai ses anciens employeurs. Dans un anglais hésitant, le mari m'expliqua qu'ils avaient tous adoré Luisa, qu'elle avait été formidable avec leur petit garçon, qui avait maintenant cinq ans, et qu'ils avaient été désolés qu'elle parte pour Londres, où elle avait le sentiment qu'elle trouverait de meilleures opportunités.

Des opportunités pour quoi ? me demandai-je.

— Elle *canta*, ajouta-t-il.

— Quant à quoi ?

— Non, elle « sante », reprit-il. Tralala. Luisa a très belle voix. Très belle.

— Ah, dis-je. C'est bien.

Dès le lendemain, Luisa emménageait. Elle vint en bus de Shepherd's Bush, où elle partageait un appartement avec une amie. Elle sonna à 18 h 30 tapantes et nous sourit largement, à moi et à Milly, plantée devant la porte en doudoune argentée, avec sa petite valise bleue et sa guitare.

— *Hola !* dit-elle en agitant sa moufle sous le nez de Milly, agrippée à ma jambe.

— Bonsoir, Luisa, dis-je. Entrez.

— Beaucoup des étoiles, ajouta-t-elle en entrant.

— Pardon ?

Elle désigna le ciel.

— C'est beaucoup des étoiles cette soir.

Je jetai un coup d'œil dehors en étirant le cou.

— En effet. On ne voit pas souvent les étoiles, ici. Enfin, entrez, Luisa. Bienvenue.

Elle retira son bonnet bleu.

— *Gracias.*

Au cours des jours qui suivirent, je me dis que beaucoup de filles au pair ne parlaient pas bien l'anglais au départ – c'était précisément pourquoi elles étaient filles au pair. Mais je tenais tellement à ce que Luisa apprenne notre langue que je décidai de lui payer des cours, puisqu'elle n'avait pas d'argent. Cela me coûterait cinq cents livres pour un cours de six mois. Elle irait à l'école tous les matins de la semaine à Bayswater pendant que Milly était au jardin d'enfants. Luisa passerait prendre Milly à 13 heures, la ferait déjeuner, puis jouerait avec elle tout l'après-midi pendant que je travaillais.

Sans doute parce que je ne m'attendais pas à grand-chose, je fus agréablement étonnée. Luisa était une ménagère efficace ; les jouets et les vêtements de Milly étaient toujours bien rangés ; elle se rendait utile sans qu'on le lui demande. Elle était bonne cuisinière, bien qu'elle confectionnât surtout des mets espagnols ou colombiens. Je remarquai que, très vite, Milly s'était mise à dédaigner les croquettes au poisson et les saucisses, leur préférant le chorizo et les haricots. Luisa prenait très au sérieux les problèmes d'allergie. Elle lisait toujours la composition des aliments au dos des boîtes et apprit le mot « œuf » dans une dizaine de langues. Dans un vieux numéro de *Hola !*, elle trouva une recette de gâteau sans œufs.

J'aimais le caractère chaleureux de Luisa, que j'appréciais après le détachement de Pavlina. Mieux encore, elle semblait adorer Milly. Elle jouait avec elle même lorsqu'elle n'était pas de service. Elle regardait *CBeebies* avec elle et je les entendais rire aux éclats devant *Pingu* pendant que je préparais à dîner. Luisa était toujours en train de câliner Milly ou de l'embrasser bruyamment. Et je découvris bientôt qu'en effet, Luisa chantait bien. Je l'entendis pour la première fois environ une semaine après son arrivée. Je m'étais allongée pour me reposer un moment. Une voix riche de contralto s'éleva de la cuisine. Sa prononciation était un peu curieuse mais son timbre avait une pureté et une gravité émouvantes.

Luisa avait, en effet, une très belle voix – à tel point que l'entendre chanter ne m'agaçait jamais, même lorsque je travaillais. Au contraire, cela m'apaisait.

— Ce pourrait être bien pire, me disais-je en rentrant en voiture du Surrey avec Milly endormie sur la banquette arrière, après mes derniers adieux à la maison familiale. Luisa semble aimer mon enfant et s'en occupe très bien ; Milly est ravie de rester avec elle quand je dois sortir. Luisa est travailleuse et prévenante. Que demander de plus ? Bientôt, elle parlera mieux anglais que moi.

J'étais cependant étonnée de la lenteur de ses progrès. Elle avait quinze heures de cours par semaine, et pourtant je n'avais décelé aucune amélioration dans les trois semaines qu'elle avait passées chez moi. Il fallait encore un peu de temps, sans doute.

— Tes cours d'anglais se passent bien ? lui demandai-je ce soir-là après être rentrée d'Oxted.

Je posai la boîte contenant la truelle de ma mère et les trois livres de jardinage que j'avais rapportés : *Fleurs de l'Italie méridionale*, *Le Latin des jardiniers* et *Les Petits Jardins* – un classique.

— Tu travailles bien ton anglais, Luisa ? tentai-je à nouveau.

— Ah ! *Si* ! fit-elle en hochant la tête avec enthousiasme. *Absolutamente* !

Mon père s'installa à Londres le lendemain. Son appartement était situé au dernier étage d'un immeuble moderne de Campden Hill, surplombant Holland Park.

— Quelle vue merveilleuse, lui dis-je deux jours plus tard, en l'aidant à placer les meubles. On peut même voir le London Eye… Et tu as un très joli balcon. Tu vas pouvoir admirer les couchers de soleil… Et l'été, tu entendras les opéras en plein air.

— Et les paons, ajouta papa d'un ton sinistre.

— Je vais te trouver de belles jardinières, dis-je en examinant les géraniums desséchés dans leurs pots en terre cuite fissurés. En chrome, ce serait joli.

— Tu t'imagines ? S'installer à Londres à mon âge ! soupira papa.

Je l'aidai à déballer ses livres et les quelques tableaux qu'il avait conservés. Puis je le vis ouvrir une autre boîte et placer sa photo de mariage sur une desserte. J'avais quatorze ans lorsque j'avais soudain remarqué que maman était enceinte. Je n'oublierai jamais le choc que j'avais éprouvé. Une fois, bien des années plus tard, après quelques verres, j'en avais parlé sur le ton de la plaisanterie. « C'est vrai, on s'est mariés rapidement », avait-elle répondu avec un petit rire cassant, puis elle avait détourné la conversation ; et j'avais eu pitié d'elle, qu'elle soit encore aussi gênée de cela après tant d'années – comme si cela pouvait importer.

Maintenant, tandis que papa passait à la cuisine, je détaillai à nouveau la photo. J'étais légèrement étonnée, après avoir eu moi-même un bébé, de constater à quel point son ventre était arrondi après deux mois de grossesse ; mais il est vrai que maman était assez bien en chair et que chez les femmes pulpeuses, la grossesse est visible plus tôt que chez les maigrichonnes comme moi.

— Bon, si tout va bien, papa, je vais y aller.

Je ramassai le papier bulle qui traînait pour le fourrer dans un sac-poubelle.

— J'ai dit à Luisa que je serais rentrée pour 21 heures. En plus, je dois terminer mes dessins pour ma réunion de samedi avec mon client.

Papa me souffla un baiser.

Le rendez-vous était fixé à 14 heures. J'avais accepté de rencontrer les clients un samedi car il s'agissait d'une commande importante. Jamie devait me rejoindre sur place.

Je me levai tôt pour aller faire des courses avec Milly. Elle avait grand besoin de nouveaux tee-shirts, que j'achetais en

général au Marks & Spencer d'Hammersmith. Donc, après le
petit déjeuner, je l'installai dans sa poussette et nous prîmes le
bus pour King Street. À 11 heures, j'avais trouvé ce que je voulais; je passai à l'épicerie. Je venais de quitter le magasin, ravie
d'avoir tout réglé aussi rapidement, lorsque je jetai un coup d'œil
à la poussette.

— Ah, Milly, gémis-je. Où est ta chaussure?

— « Saussure » pa-tie, maman!

Il lui manquait sa chaussure droite.

— Paaa-tie, répéta-t-elle joyeusement en inspectant son
petit pied dans sa chaussette.

— Tu l'as encore enlevée. J'aimerais bien que tu arrêtes
de faire ça, ma chérie, couinai-je en rebroussant aussitôt chemin
pour retourner dans le magasin. Maintenant, il va falloir la trouver. Tu te souviens de l'endroit où tu l'as laissée tomber?

— Non, cria-t-elle. Non, non, non!

Je regardai par terre pour retrouver sa Startrite rose. Ça ne
pouvait pas plus mal tomber. Je devais rentrer au plus vite à la
maison afin de tout préparer pour mon rendez-vous. Elle avait
ses deux chaussures lorsque j'avais acheté ses vêtements; donc
elle l'avait perdue par la suite.

Je retraçai nos pas dans le magasin, scrutant la moquette,
arrêtant une vendeuse pour lui demander si on l'avait retrouvée.
Tandis qu'elle s'informait au comptoir du service à la clientèle,
je retournai au rayon épicerie et demandai à la caissière qui nous
avait servies si quelqu'un lui avait remis une petite chaussure
rose.

— Désolée, mon chou, dit-elle. Non. C'est vraiment le
truc à ne pas perdre, compatit-elle, au prix où sont les chaussures pour enfants de nos jours.

— À qui le dites-vous, murmurai-je. Trente-cinq livres.

Je jetai un coup d'œil à ma montre. 11 h 55. Nous mettrions
une demi-heure à rentrer à la maison, puis je devais rassembler
mes affaires et me rendre en voiture aux Boltons. La circulation
était épouvantable le samedi quand Chelsea jouait à domicile.
Jamie m'avait déjà téléphoné pour m'en prévenir.

La vendeuse me rejoignit.

— Désolée, madame, mais on ne nous a rien rapporté.

— Merci de vous en être informée.

Je fouillai dans mon sac pour en tirer une carte de visite.

— Je peux vous demander de m'appeler si vous la retrouvez ?

Je sortis en courant, très énervée. Je tentais de héler un taxi sur King Street car je n'avais plus de temps à perdre, quand j'entendis le carillon de l'église sonner midi.

Bong... bong...

Tous les taxis étaient pris... Merde !

Soudain, j'entendis quelqu'un crier derrière moi :

— Excusez-moi !

Je me retournai. Un homme très chic dans la petite quarantaine brandissait la chaussure de Milly.

— C'est à vous ?

— Oui, en effet... merci ! dis-je en portant la main à ma poitrine, soulagée. C'est celle de ma fille.

— « Saussure » Milly ! s'écria Milly, indignée, pointant un doigt accusateur vers lui. C'est « saussure » Milly, maman !

L'homme me la remit.

— Je vous ai vue en train de la chercher, précisa-t-il, mais vous êtes sortie du magasin en courant avant que j'aie pu vous arrêter.

— Vous n'imaginez pas à quel point je suis soulagée. Merci beaucoup, vraiment.

J'aurais pu l'embrasser.

Bong...

— Je vous en prie.

— Si je l'avais perdue, ça aurait été un désastre, dis-je en rechaussant Milly. D'autant qu'elles sont neuves. On vient de les acheter... la semaine dernière, babillai-je, déconcertée de le trouver aussi séduisant. Elles sont un peu grandes, elle a dû lui sortir du pied. Enfin, dis-je en me redressant avec le sourire. Encore merci.

— Il n'y a pas de quoi. Je suis ravi d'avoir pu vous rendre service.

Je le vis jeter un coup d'œil à ma main gauche. Il y eut un petit silence. J'étais sur le point de prendre poliment congé de lui lorsqu'il me dit :

— Vous auriez le temps de prendre un café ?

Je le dévisageai, stupéfaite. Il me connaissait depuis moins d'une minute.

— Il y a un café sympa là-bas, à côté du théâtre, j'ai envie d'un cappuccino et je me demandais… si ça vous dirait aussi…

— Euh… je ne crois pas, bégayai-je, à la fois gênée et flattée. Vous comprenez, il faut qu'on y aille parce que… enfin…

Je n'avais pas à m'expliquer. Je ne connaissais pas ce type.

— Papa ! hurla soudain Milly.

— Non, ma chérie, ce n'est pas ton papa, expliquai-je patiemment. C'est un parfait inconnu.

— C'est papa ! insista-t-elle.

Je vis qu'elle désignait un magasin. Je me retournai. Plusieurs téléviseurs à écran plat s'alignaient dans la vitrine. Le plus grand d'entre eux diffusait *News 24*. C'était Xan, beau à tomber, en train de présenter un sujet devant un temple ancien – on aurait dit Angkor Vat.

— Papa, hurla à nouveau Milly. Pa-pa !

Elle se mit à pleurer.

Bong… Mon cœur se serra.

— Oui, ma chérie.

Bong…

— Veux mon papa !

— Je sais, ma chérie.

J'aperçus soudain un taxi et levai le bras pour le héler.

— Je suis désolée, dis-je à l'homme. C'est très aimable à vous, mais il faut qu'on y aille, maintenant.

Bong…

— Je comprends, dit-il tandis que le taxi se rangeait.

Il tint la portière pendant que j'embarquais la poussette de Milly.

— Au revoir, dit-il à regret.

— Au revoir, répondis-je en souriant. Et merci.

Tandis que le taxi s'éloignait, je me rappelai avoir vu cet homme dans les rayons épicerie. Il avait en effet semblé me remarquer quand nous l'avions croisé, mais j'étais dans un tel état d'énervement, et si peu habituée à ce qu'un homme s'intéresse à moi, que je m'en étais à peine rendu compte. En tout cas, me dis-je, il était très séduisant, très bien élevé et il m'avait fait un compliment, ce qui était assez rare ces temps-ci. Mais ma priorité, pour l'instant, c'était de rentrer à la maison.

— Donne du poulet et des pâtes à Milly ! aboyai-je à Luisa en me précipitant dans la maison, quinze minutes plus tard. Il y a des blancs là-dedans, fis-je en lui fourrant le sac d'épicerie dans les bras. Elle peut avoir des petits pois avec ça.

— Non. Je lui donner paella, répondit Luisa en sortant Milly de la poussette. Milly adore la paella.

— D'accord. De la paella. Mais pas de crevette. Et pas d'ail – elle a pué l'ail pendant plusieurs jours, la dernière fois.

Luisa me regarda d'un œil vide. J'attrapai le dictionnaire anglais-espagnol que je venais d'acheter et qui avait déjà été abondamment consulté. Ail : *Ajo*. Comment ça se prononçait ?

— *No... ajo.*

Je secouai la tête en agitant l'index.

— Ah. *Ajo. Si*, répondit-elle en hochant la tête avec enthousiasme. Zuste... *pimiento*.

— Non, pas de piment ! m'écriai-je en grimpant l'escalier quatre à quatre. Elle n'aime pas ça.

— Veux piment ! hurla Milly.

J'enfilai un pantalon chic, un chemisier en soie et une veste en daim, me passai un coup de brosse et attrapai mon attaché-case, dans lequel je plaçai mes dessins. Puis j'embrassai Milly et sautai dans ma voiture.

Il y avait une circulation effrayante et je mis près d'une heure à effectuer le trajet. J'arrivai à 13 h 55. La fourgonnette de Jamie était déjà garée devant le numéro 63 – comme toutes les maisons de ce quartier chic des Boltons, elle était de la taille d'un supermarché, avec une façade en stuc blanc.

— Salut patronne ! s'écria Jamie avec indolence.

— Je ne suis pas ta patronne, rectifiai-je. Je ne suis même pas, du moins officiellement, ton associée, bien que nous travaillions beaucoup ensemble. Je suis ta… ton…

— Horticultrice hautaine, suggéra-t-il tandis que je verrouillais ma portière. Je t'ai trouvé coincée la première fois que je t'ai rencontrée, mais finalement, je me suis fait à toi et maintenant je te trouve assez sympa.

— Merci. Mais comme je te l'ai déjà dit, je ne suis pas ta patronne et toi… je ne sais pas ce que tu es au juste.

— Je suis le mec qui te retourne… la terre.

— Ah ! En tout cas, tu es très chic.

J'examinai son blazer bleu marine.

— C'est mon meilleur blazer de cricket. Thea a insisté. Elle aussi, elle tient beaucoup à ce qu'on décroche ce contrat. Même si ça marche du feu de Dieu pour elle – je la vois à peine.

— Elle est encore en déplacement ? demandai-je en poussant la grille.

— Oui, dit-il en levant les yeux au ciel. Elle est allée à Rome, New York, Monaco et elle repart demain pour Le Cap, pour un tournoi de tennis.

Pauvre Jamie, songeai-je. Pas étonnant qu'ils n'aient toujours pas d'enfants.

— Enfin, reprit-il tandis que nous gravissions l'escalier. Comment va la princesse Milly ?

— Elle va très bien, sauf que ce matin elle a retiré sa chaussure chez Marks & Spencer – j'avais perdu tout espoir de la retrouver quand un homme assez séduisant m'a abordée avec ladite chaussure à la main.

— Ah, fit Jamie en haussant le sourcil gauche. Toujours à embrasser les grenouilles, c'est ça ? (Il me taquinait souvent à ce sujet.) Et alors, comment s'appelle-t-il ? Le prince charmant ?

— Je ne sais pas.

— Il t'a invitée au bal ?

— Hélas non… par contre il m'a invitée à prendre un cappuccino avec lui, et j'ai trouvé ça bizarre.

— Qu'y a-t-il d'aussi bizarre? T'es pas mal, comme gonzesse.

— Merci. Et toi, tu n'es pas mal non plus, comme mec.

— En tout cas, j'espère que tu as accepté, ajouta Jamie en ajustant sa cravate.

— Bien sûr que non, répondis-je sèchement.

— Pourquoi pas? Il était armé d'une hache?

— Pas d'après ce que j'ai pu constater.

— Il était hideux?

— Loin de là.

— Alors, d'après moi, tu aurais dû accepter.

— Mes critères sont légèrement plus rigoureux que cela.

Je regrettai un instant de ne pas avoir accepté. J'avais trouvé cet homme très séduisant; mais je chassai mes regrets pour me concentrer sur l'affaire en cours. Je me calmai en inspirant profondément.

— J'espère qu'on va décrocher le contrat, chuchotai-je.

— Alors, tu mises sur quoi? murmura-t-il à son tour. « Architectural Contemporain »? « Sauvage et Luxuriant »? Ou « Élégance Intemporelle »?

— « Élégance Intemporelle ». Ce serait formidable pour mon book... Éteins ton portable, tu veux? dis-je en éteignant le mien. Non pas qu'on manque de travail...

— C'est vrai.

Je songeai à la rapidité à laquelle l'affaire s'était développée. Nous avions réussi en restant souples. Aucun contrat n'était trop important ou trop négligeable. Nos commandes allaient de quelques jardinières à la création d'un nouveau jardin en passant par les patios. Ma carrière me distrayait de mon chagrin et, même si j'étais réveillée la nuit par Milly, je me levais le matin pleine d'enthousiasme pour la journée à venir.

La porte rouge laquée s'ouvrit sur Gill Edwards, mince et nerveuse, vêtue de Gucci de pied en cap. Son mari Martin, un grand ours en pantalon de velours côtelé brique et en chemise bleue à carreaux, se tenait un peu derrière elle dans le vaste hall d'entrée. J'avais entendu parler des Edwards lorsque je travaillais à la City – ils étaient tous deux réputés pour leur dureté en affaires. Elle était courtier chez Cazenove et lui, à l'âge de cinquante ans, plus âgé qu'elle de quelques années, était vice-président de Goldman Sachs.

— Anna! fit-elle avec un sourire. Entrez.

— Voici Jamie Clark d'*Olympian Landscapes*, dis-je. Il construit tous mes jardins, alors j'ai pensé qu'il pouvait m'accompagner aujourd'hui, si ça ne vous ennuie pas.

— Pas du tout, dit-elle en lui serrant la main. Bonjour.

— Ces dessins sont ravissants, déclara Gill quelques minutes plus tard en étudiant mes plans dans l'immense salon jaune.

Je lui tendis l'image générée par ordinateur de leur futur jardin, avec toutes les lignes de perspective.

— Et voici le *mood-board*, ajoutai-je en le remettant à son mari.

— *Mood-board*? répéta-t-il.

— C'est un collage de photos de structures architecturales, plans d'eau et éléments décoratifs, pour vous donner une idée du design... et aussi des plantations.

— Nous ne voulons pas trop de plantations, interrompit Gill. Nous sommes tous les deux très occupés, et en plus, nous passons la plupart de nos week-ends à la campagne.

— J'en ai tenu compte, dis-je tout en me demandant pourquoi ils dépensaient autant pour leur demeure londonienne alors qu'ils la fuyaient tous les vendredis.

Nous sortîmes, en frissonnant légèrement sous le soleil de ce début de printemps. Pour une maison aussi énorme, le jardin n'était pas très grand. La pelouse embroussaillée et ses plates-bandes surélevées pleines de buissons hirsutes diffusaient une sensation de claustrophobie. Quelques dalles en pierre d'York étaient disposées autour du périmètre, entourées d'une mince couche de gravier. Des buis chétifs – les restes de ce qui avait dû être jadis un « jardin de nœuds » miniature – occupaient le centre de la pelouse. Le terrain était légèrement en pente.

— Les derniers propriétaires ont vécu ici quinze ans, expliqua Gill. Comme vous pouvez le constater, ils n'ont pas beaucoup entretenu le jardin vers la fin. Mais comme nous vous l'avons déjà dit, nous aimerions que le jardin soit un prolongement de la maison : nous comptons l'utiliser essentiellement pour recevoir, l'été.

Je leur expliquai mes dessins. Le jardin serait nivelé : on poserait des marches pour y accéder. La pelouse carrée serait entourée sur trois côtés de boules de buis de tailles différentes, pour ajouter une note classique. Le point focal se situerait au fond du jardin : un long abreuvoir en granit noir avec un jet d'eau en trou de serrure. La zone entourant la pelouse serait pavée de calcaire portugais, avec des plates-bandes surélevées et d'énormes jardinières en granit noir. Les plantes seraient en majorité des vivaces faciles d'entretien comme la lavande, l'euphorbe, la pivoine et l'acanthe, bordées des plantes grimpantes vivaces et d'arbustes. À gauche, on installerait un endroit pour s'asseoir, abrité par quatre tilleuls taillés. Une grande cheminée moderne s'y élèverait, flanquée de deux bancs en teck réalisés sur mesure dans lesquels on pourrait ranger les coussins. Il y aurait un système d'irrigation et, inséré dans les dalles en calcaire, des spots discrets pour créer un éclairage nocturne spectaculaire.

— C'est à la fois classique et très contemporain, constata Gill. J'aime bien.

— Eh bien…, dit son mari. Moi, je n'aime pas… (Merde, songeai-je). J'adore ! (Je poussai un soupir de soulagement.) Ça a un… je ne sais pas… un… une…

— Une élégance intemporelle ? lui suggéra Jamie.

— Oui. Exactement. Une élégance intemporelle.

J'adressai un regard d'avertissement à Jamie.

— Mais vous voulez retirer toutes les plantes qui sont là ? me demanda sa femme.

Je secouai la tête.

— Je conserverais toutes celles qui s'insèrent bien dans le nouveau design – dans le cas présent, le genêt marocain, que j'aimerais déplacer pour qu'il ait plus de lumière ; j'aimerais aussi conserver le *Fremontodendron* – c'est le frémontia de Californie, là – bien qu'il faille le tailler ; et le figuier, bien entendu.

— Ne vous gênez pas pour arracher les hortensias, intervint Martin d'une voix indolente.

— Absolument pas ! protesta sa femme. Tu sais très bien que je les adore.

— Et tu sais très bien que je les déteste, ma chérie. Depuis toujours.

Il les fit soudain sauter d'un coup de carabine imaginaire.

— Eh bien, fis-je, un peu décontenancée, ceux-là sont assez vieux et plutôt malades, et j'avais l'intention de les remplacer par de nouveaux buissons.

— Ne prenez pas cette peine, insista Martin. Je ne les supporte pas – ils sont horribles.

Il fit mine de s'étrangler.

— Moi, je les adore, répéta Gill. Tu veux bien arrêter ton numéro, mon chéri ?

— Les hortensias sont tellement... banlieusards, fit-il en grimaçant de dégoût.

— Pas du tout, rétorqua-t-elle. Mes parents en avaient, à Poole.

— Exactement, marmonna-t-il.

— Et avoue-le, mon chéri, toi, tu aimes bien les glaïeuls ! Et c'est complètement ringard.

— N'importe quoi !

— Puisque nous avons toute une plate-bande de tes immondes glaïeuls orange dans l'Oxfordshire, je ne vois vraiment pas pourquoi je n'aurais pas droit à quelques inoffensifs hortensias à Londres. Vous n'êtes pas d'accord, Anna ?

— Euh... enfin, je dois avouer que je les aime bien, moi, et les fleurs séchées sont décoratives, l'hiver – mais vous êtes les clients, et c'est à vous de décider.

Martin pointait maintenant du doigt les hortensias en faisant mine de se trancher la gorge.

— Enfin, dit sa femme en levant les yeux au ciel, et si nous discutions maintenant d'un point moins litigieux – l'argent ?

Elle me regarda d'un air interrogateur.

J'inspirai profondément.

— C'est un projet de grande envergure, dis-je. Le budget a été établi en fonction de cela.

Je lui tendis le devis. Elle le parcourut rapidement pour se fixer sur le total.

— Cent mille? dit-elle en fronçant les sourcils. Tout compris, j'imagine.

— Oui.

— Et vos honoraires?

— Ils représentent environ six pour cent du total.

— Vous nous le feriez à quatre-vingt mille?

Je m'étais préparée à cela.

— Impossible, répondis-je, à cause de la pierre. Pour quatre-vingts, vous aurez quelque chose de meilleur marché, comme du calcaire indien. C'est très joli, mais je crois que le calcaire portugais est essentiel, car c'est ce que vous avez dans le hall d'entrée, et vous m'avez dit que vous vouliez que le jardin soit le prolongement de la maison, qu'il coule de source, pour ainsi dire.

— C'est en effet ce que nous souhaitons.

— Je pourrais arriver à quatre-vingt-quinze mille, mais il faudrait que je rogne sur les coûts.

Martin haussa les épaules.

— Ce serait dommage de saborder le navire en mégotant sur le goudron.

D'autant plus qu'ils devaient gagner au moins trois millions par année à eux deux, songeai-je.

— Combien de temps mettriez-vous à terminer? Nous aimerions pendre la crémaillère en juin.

— Il nous faudra quatre mois.

Gill se leva.

— Bon, alors allez-y. (Mon cœur bondit.) Tu es d'accord, Martin?

— Tout à fait… À condition qu'il y ait une clause « pas d'hortensias » dans le contrat.

— Alors quelle est la prochaine étape ? me demanda-t-elle en l'ignorant.

— Je vais vous envoyer les contrats, répondis-je.

— Et je vais faire un devis pour les matériaux, ajouta Jamie. Si vous l'acceptez, j'aurai besoin de trente pour cent d'avance pour passer les commandes, mais vous recevrez des factures détaillées.

— Cela me semble très satisfaisant, dit Mme Edwards en me tendant une main parfaitement manucurée. Alors marché conclu. N'est-ce pas, Martin ?

Il hocha la tête.

— Marché conclu.

— C'est... formidable, dis-je en faisant de mon mieux pour dissimuler mon excitation.

Jamie et moi restâmes encore une heure, afin qu'il puisse faire des relevés plus détaillés avec moi, prendre des mesures, calculer la quantité de terre à retirer et repérer les meilleurs points de drainage.

Aussitôt rentrée, je rédigeai le contrat. Alors que je le glissais dans une enveloppe, le téléphone sonna. C'était Joanna Silver, la femme du pasteur.

— Je voulais simplement vous rappeler que nous vous attendons vendredi, dit-elle.

J'ignorais totalement de quoi elle parlait.

— J'espère que vous n'avez pas oublié, reprit-elle.

C'était le cas.

— Nous donnons une fête afin de lever des fonds pour le nouveau centre communautaire de l'église.

— Ah, oui, bien sûr.

J'avais proposé de faire une séance questions-réponses sur le jardinage.

— La soirée démarre à 19 heures, précisa-t-elle, et vous passerez à 20 h 30, pendant une heure. Je ne sais pas si vous avez vu, mais j'ai aussi passé une photo de vous dans le journal local, avec quelques phrases sur la fête.

— Je ne l'ai pas vu, non, répondis-je, irritée qu'elle ne m'ait pas demandé mon avis, mais ravie en même temps de la publicité que cela me procurerait.

— J'ai utilisé la photo de votre site, reprit-elle. Plusieurs personnes ont déjà manifesté leur intérêt. Mais j'ai aussi pris une initiative pour laquelle je voulais vous consulter...

— Oui?

— Le premier prix de la tombola serait une consultation gratuite avec vous. J'espère que ça ne vous ennuie pas.

En fait, cela m'ennuyait assez parce que j'étais très occupée et qu'il était fort peu probable que cela débouche sur une commande.

— Ça ne m'ennuie pas du tout, répondis-je.

Vendredi soir, j'arrivai tôt à l'église et bus un verre de vin blanc pour calmer mon trac. Citronella et son mari arrivèrent peu de temps après; ils se mirent aussitôt à sourire et à saluer les gens d'un signe de tête comme s'ils étaient les hôtes de la soirée. Je regrettais qu'ils n'aient pas inscrit Erasmus dans un autre jardin d'enfants mais heureusement, c'était sa nounou italienne, Claudia, qui l'accompagnait le plus souvent – Citronella était sans doute trop occupée à pondre ses inepties hebdomadaires.

Au moins, les autres mères semblaient gentilles, songeai-je en circulant parmi les invités tout en écoutant le trio à cordes engagé pour la soirée. Je ne les connaissais pas encore très bien, puisque Milly n'y allait que depuis un mois. Mais je reconnaissais Annabel Goodchild à côté de la tombola, Nina Taszkanowski qui vendait des plantes et Michal Navon au stand des livres – son mari et elle venaient d'arriver d'Israël – et puis il y avait la maman de la petite Lucy – elle était toujours amicale; comment s'appelait-elle, déjà? Ah oui, Claire.

Je bavardai avec les quelques personnes que je connaissais, puis j'achetai des jouets pour Milly, y compris une ardoise magique et un DVD presque neuf de *La Belle et la Bête*. J'achetai aussi deux hellébores blancs pour le jardin de Jenny – puis je m'arrêtai à l'étal de produits alimentaires.

— Vous voulez du miel ? me demanda la dame derrière l'étal en tapotant le couvercle d'un bocal. C'est une production locale.

Je jetai un coup d'œil à l'étiquette « Bee Good », illustrée d'une grosse abeille couronnée d'un halo.

— Non, merci, répondis-je. Hélas, je n'aime pas le miel.

— Ah bon ?

Elle prit un air vaguement horrifié, comme si j'avais dit : « Je n'aime pas donner de l'argent aux bonnes œuvres. »

— Je trouve ça trop sucré, expliquai-je. Mais j'aimerais bien des truffes au chocolat.

Je tentai ensuite d'acheter quelques billets de tombola, mais à mon grand étonnement, ils étaient tous vendus. Je bus un deuxième verre de vin pour me donner du courage et jetai un coup d'œil à ma montre. Il était 20 h 28. Je vis Joanna Silver agiter le bras vers moi depuis l'estrade ; je m'avançai donc pendant qu'elle tapotait le micro.

— Et maintenant, le clou de la soirée, lança-t-elle lorsque la rumeur se fut atténuée. Pour ceux d'entre vous qui ne la connaissent pas encore, je vous présente l'une de nos célébrités locales, l'architecte paysagiste Anna Temple...

Elle me désigna d'un grand geste de la main.

— Anna, que vous avez peut-être vue récemment sur GMTV, a eu l'amabilité d'accepter de répondre ce soir à toutes vos questions sur le jardinage.

Des applaudissements polis éclatèrent tandis que je gravissais les marches en bois usées de l'estrade. Je m'installai derrière la table et contemplai la mer de visages tournés vers moi. Je me sentais tout d'un coup intimidée et vulnérable. Un silence gêné se fit ; je soufflai donc dans le micro, puis je le redressai.

— Merci, Joanna, commençai-je nerveusement. Bonsoir, tout le monde. Euh... Je ne suis pas une célébrité – je n'exerce comme architecte paysagiste que depuis deux ans. Mais toute ma vie, j'ai pratiqué le jardinage en amateur avec beaucoup d'enthousiasme – tout comme ma mère, qui m'a enseigné des tas de trucs utiles, que je serai ravie de partager avec vous. Vous n'avez qu'à me poser une question au sujet de vos plantes, de vos arbres ou de votre jardin, ce que vous voulez, et si je puis y répondre utilement, je le ferai avec plaisir.

Il y eut un autre silence. Joanna toussota.

— Si vous me le permettez, je lance le débat, dit-elle. C'est le meilleur moment de l'année pour planter des corbeilles. Vous avez des conseils ?

Je raclai ma gorge.

— Eh bien, quand on plante une corbeille suspendue, il vaut mieux aller de l'intérieur vers l'extérieur, puis pousser les plantes vers l'extérieur en utilisant un épluche-légumes afin de créer de l'espace entre les racines. Je recommande aussi de tapisser le fond des corbeilles avec des sachets de thé usagés avant d'ajouter le compost, car ce sont d'excellents fertilisants et ils retiennent l'eau.

— Comment empêche-t-on les corbeilles de trop dégouliner quand on les arrose ? ajouta Joanna.

— En remplaçant l'eau par quelques glaçons – cela permet aussi d'économiser l'eau en période de sécheresse.

— Je ne suis pas très grande, dit une dame minuscule vêtue d'un manteau jaune. Comment puis-je plus facilement arroser mes corbeilles ?

— Vous pourriez fixer un bout de bambou sur les derniers mètres du tuyau d'arrosage pour le rendre plus rigide.

Elle hocha la tête d'un air satisfait.

Une femme à la chevelure argentée leva la main :

— Je fais environ dix pots à fleurs tous les ans, mais je les trouve très lourds.

— Vous pourriez réduire leur poids en les remplissant à moitié de copeaux de polystyrène, puis en étalant le compost par-dessus.

Un homme leva la main au premier rang :

— Comment puis-je protéger mes jardinières des limaces ?

— En les enduisant de vaseline toutes les deux semaines… les jardinières, pas les limaces.

— Heureusement que vous l'avez précisé! gloussa quelqu'un.

— Vous pouvez aussi les poser dans un grand plateau plein d'eau ou, mieux encore, de bière. Mais de grâce, ne mettez pas de granules insecticides car les hérissons risquent de les manger. Autre moyen de dissuasion : parsemer la base des plantes de sel ou de coquilles d'œufs brisées. Ou alors, vous pouvez mettre quelques crapauds dans le jardin.

— Nous avons une invasion d'escargots, dit un homme. Je ne sais pas pourquoi.

— Vous avez du lierre?

— Oui, sur la clôture.

— C'est pour ça : les escargots l'adorent; donc, à moins que vous y teniez beaucoup, il vaudrait mieux vous en débarrasser – de toute façon, il y a de bien plus jolies plantes par lesquelles vous pourriez le remplacer.

— Comment faire pour que mes plantes d'intérieur soient plus vertes? demanda un homme au fond de la salle.

— Ajoutez une goutte d'huile de ricin à la terre toutes les six semaines. Les plantes d'intérieur adorent le thé – tiède de préférence – et leurs feuilles aiment bien recevoir un coup de chiffon imprégné de bière.

— Comment puis-je redonner un coup de peps aux fleurs coupées? demanda une femme en veste rose.

— Mettez une aspirine dans le vase – l'acide salicylique est assez proche de l'hormone de croissance naturelle des plantes. Une pièce de deux pence aura le même effet, parce que le cuivre les ragaillardit. Ajoutez une cuillère à café d'eau de javel pour que l'eau ne se trouble pas.

— J'adore les tulipes, dit sa voisine. Mais elles piquent tellement vite du nez.

— Je sais – c'est très embêtant. Mais si vous piquez leurs tiges juste en dessous de la tête, elles ne piqueront pas du nez parce que cela interrompt le vide qui permet à l'eau de remonter.

Nous abordâmes ensuite le sujet des mauvaises herbes.

— Comment tuer les mauvaises herbes du sentier sans utiliser de produits chimiques ? demanda un homme.

— Avec de l'eau bouillante salée – ajoutez environ deux cent cinquante grammes de sel à un demi-seau d'eau – mais utilisez un seau en métal et faites attention en le transportant.

— J'ai de très jolis meubles de jardin en plastique, dit une femme au milieu de la salle. Mais ils sont très tachés et je n'arrive pas à les nettoyer, même en frottant.

— Confectionnez une pâte de bicarbonate de soude et d'eau et appliquez-la sur les taches – essuyez au bout d'une demi-heure environ et vos meubles auront une nouvelle vie.

— Quel est le meilleur endroit pour installer un étang ? demanda Michal Navon.

— Dans un endroit semi-ombragé, répondis-je, car le soleil direct stimule la croissance des algues.

— Il y a des hérons dans le nôtre, dit un homme, ils mangent nos poissons et nos grenouilles. Nous aimons beaucoup les hérons, mais nous préférerions qu'ils ne fassent pas cela.

— Compliquez-leur la vie en leur rendant l'accès à l'étang plus difficile. Plantez des arbustes jusqu'à la berge. Ceci empêchera aussi les passants innocents comme les hérissons d'y tomber.

— Vous trouvez les impatiences ringardes ?

Il y eut quelques gloussements.

— Si je trouve les impatiences ringardes ? répétai-je. Non, pas du tout. Ce snobisme au sujet de certaines fleurs ou plantes est ridicule – mais vous seriez étonné des réactions de certaines personnes. J'ai des clients en ce moment – le mari déteste les hortensias et sa femme les adore... nous tentons en ce moment de régler le litige sans faire appel aux avocats. J'ai d'autres clients qui se crêpent le chignon à propos des dahlias, des soucis ou des pétunias.

— C'est dingue, murmura quelqu'un.

— Je suis d'accord. Il y a des modes dans le jardinage – et en ce moment, les fleurs noires sont très tendance. Les nouvelles variétés d'*Allium* noir, de scabieuses noires et même de delphiniums noirs peuvent apporter une touche spectaculaire à une plate-bande. Mais selon moi, il s'agit surtout de mettre la bonne plante au bon endroit. On vient de me passer commande d'un jardin de style italien à Hampstead, alors évidemment, je ne vais pas le remplir de myosotis et de digitales ; j'opterai pour la lavande, le laurier-rose, le plumbago et des plantes aromatiques telles que le thym et le romarin. Mais pour en revenir aux impatiences... j'utilise souvent les blanches dans les jardinières ou pour illuminer un recoin sombre. Donc, non, je ne considère pas qu'elles soient infréquentables, en aucune façon.

Nous discutâmes ensuite de la meilleure façon d'étiqueter les plantes – je suggérai d'utiliser des couteaux en plastique blanc et un marqueur, ce que faisait toujours ma mère ; j'expliquai que les roses trémières poussaient plus hautes si on les arrosait de bière ; on me demanda comment accélérer la pousse d'une nouvelle pelouse – en réfrigérant les graines deux jours avant de les semer. Je jetai un coup d'œil à ma montre. 20 h 55.

— Je fais pousser des laitues, cria un homme au fond de la salle, mais les oiseaux les picorent, même si j'ai mis des fils de papier alu.

— Posez des bouts de tuyau d'arrosage entre les laitues – les oiseaux croiront que ce sont des serpents.

Puis Citronella leva la main.

— Nous avons la chance d'avoir une maison de campagne. (Je rassemblai mes forces pour affronter son festival d'autosatisfaction.) Il y a un court de tennis... (J'essayai d'imaginer Citronella en train d'y évoluer avec des grâces d'éléphant, sans y parvenir.) Mais nous aimerions le camoufler. Que nous conseilleriez-vous ?

— Quelque chose qui ne perde pas ses feuilles, répliquai-je en m'efforçant de rester polie. Vous pourriez planter un rosier grimpant d'un côté – je recommanderais le Veilchenblau – et, de l'autre côté, de la clématite d'Armand. C'est une variété ravissante, avec des fleurs blanches très odorantes et de grosses feuilles luisantes d'allure presque tropicale – ou alors des clématites Montana, qui sont très couvrantes.

— Nous avons beaucoup de taupes dans notre cottage du Devon, demanda quelqu'un. Que pouvons-nous faire ?

— Quand vous voyez un trou, remplissez-le de tiges de rhubarbe – les taupes détestent ça. Vous pouvez aussi placer un petit moulin pour enfant dans chaque taupinière, car elles détestent les vibrations qu'ils produisent lorsqu'ils tournent dans le vent.

Je jetai un nouveau coup d'œil à ma montre. 21 h 25.

— Bon, eh bien…, dis-je.

J'étais sur le point de conclure la séance lorsqu'une voix masculine s'éleva du fond de la salle :

— Comment rendre nos jardins plus attrayants pour les abeilles ?

Je levai les yeux. L'homme ne m'était pas inconnu. La petite quarantaine. Séduisant. Mon estomac se retourna comme une crêpe. C'était le type qui avait retrouvé la chaussure de Milly.

— Euh… les abeilles sont des insectes merveilleusement utiles dans un jardin, fis-je en sentant mes joues s'empourprer. Ce sont de formidables pollinisatrices, elles ne sont pas agressives et bien entendu, elles produisent du miel. Enfin, pour répondre à votre question, je recommanderais de planter des buddleias – qui attirent aussi les papillons – tout comme les céanothes, les digitales, les penstemons et toutes les fleurs particulièrement odorantes comme la *Nicotiana*, le jasmin d'été, les giroflées et le chèvrefeuille. Si vous avez de la place pour le sureau noir, elles adorent aussi.

— Merci, dit-il en souriant.

Puis Joanna prit la parole.

— Hélas, nous devons en rester là, mais c'était fascinant, dit-elle. J'aimerais donc remercier Anna d'avoir partagé avec nous toutes ces informations.

Il y eut à nouveau des applaudissements polis. Je descendis de l'estrade. Deux ou trois personnes m'attendaient pour me poser d'autres questions. Tout en leur répondant, je pris conscience que l'homme qui m'avait interrogée sur les abeilles se tenait un peu à l'écart. Il m'adressa un sourire timide.

— Bonsoir, lui dis-je. C'est vous…

Il avait un très beau visage ouvert, des cheveux prématurément grisonnants qui lui donnaient l'air distingué et de grands yeux noisette, presque de la couleur du gingembre. Ses lèvres étaient fines et encadrées de deux lignes incurvées, comme des parenthèses, qui lui donnaient un air amusé. Il avait une petite cicatrice en forme de croissant sur l'arête du nez.

— C'est sympa de vous revoir, dit-il. Vous aviez l'air très pressée quand nous nous sommes rencontrés, l'autre jour.

— J'allais voir des clients potentiels. J'étais assez nerveuse. Mais… vous habitez le quartier ?

Il secoua la tête.

— Plus maintenant… j'habite St. Peter's Square, à Hammersmith.

Il devait bien réussir dans la vie. C'était l'un des endroits les plus ravissants de l'ouest de Londres.

— Qu'est-ce qui vous amène ici ?

— Eh bien… j'ai vu un article à votre sujet dans le journal, hier, et je vous ai reconnue, alors je me suis dit… (Il haussa les épaules.) … que je passerais faire un saut.

— Ah… Elle était bien, votre question.

— Je dois avouer que c'était une question piège.

— En quoi ?

— Si vous acceptez de dîner avec moi un de ces jours, vous comprendrez.

— Mais… je ne vous connais pas, répondis-je en riant. Je ne sais même pas votre nom.

— Patrick, dit-il. Là. Maintenant, vous le savez.

— Attention, s'il vous plaît, tout le monde, s'écria Joanna. Il est temps d'annoncer les résultats de notre tombola et ma fille, Bella, va tirer les tickets gagnants. Commençons par le troisième prix, un exemplaire dédicacé du dernier ouvrage de David Attenborough, *La Planète Terre* – qui revient à…

Bella, douze ans environ, sourit timidement, révélant une bouche pleine de métal. Puis elle plongea la main dans un chapeau haut de forme, farfouilla un moment et en tira un ticket de vestiaire rose.

— Deux-cinq-six, annonça-t-elle.

— Numéro 256 ! répéta Joanna d'une voix forte. Quelqu'un a le ticket ? 256 ?

Personne ne se présenta.

— Nous vérifierons plus tard, dit-elle. Nous avons les noms et les adresses des personnes qui nous ont acheté des tickets. Passons donc au deuxième prix, un déjeuner pour deux au River Café...

Bella plongea à nouveau la main dans le chapeau et en tira un ticket bleu.

— C'est le numéro un-trois-sept, dit-elle en l'agitant.

— Numéro 137 ! clama Joanna en scrutant la foule. Qui est l'heureux propriétaire du ticket 137 ?

Silence.

— Comme c'est curieux, fit-elle au bout d'un moment. Peu importe – on retrouvera la personne. Mais maintenant, nous arrivons à notre premier prix, une consultation gratuite avec Anna Temple, d'une valeur de cent livres. Tu peux tirer le ticket gagnant, Bella, s'il te plaît ?

Elle plongea une dernière fois la main dans le chapeau pour en tirer un ticket vert.

— C'est le numéro six !

Patrick fouilla dans sa poche et en sortit une liasse de tickets.

— C'est moi ! s'écria-t-il.

Il me sourit et monta chercher son prix.

— Félicitations, ironisai-je lorsqu'il revint avec l'enveloppe dorée.

— J'en suis ravi, répondit-il. Maintenant, vous serez obligée de me revoir.

Je souris.

— Tenez, dit-il en me tendant sa carte.

Elle indiquait qu'il s'appelait Patrick Gilchrist et qu'il était le président non-exécutif de *Total Technology*. Il ouvrit l'enveloppe.

— Toutes vos coordonnées s'y trouvent. J'espère donc que cela ne vous ennuiera pas que je vous appelle... maintenant que j'ai une raison légitime de le faire.

— Non, dis-je. Ça ne m'ennuiera pas du tout.

6.

Je supposais que Patrick m'appellerait assez rapidement, mais je n'eus aucune nouvelle de lui au cours des jours qui suivirent. Je fus étonnée d'être aussi déçue mais en même temps, cette déception me rassurait : elle me prouvait qu'au moins, j'avais recommencé à m'intéresser aux hommes.

La semaine suivante, je tombai sur Joanna Silver à l'épicerie fine du quartier.

— Merci de votre prestation, me dit-elle devant l'étal de fromages. La soirée a eu beaucoup de succès... Un chèvre, s'il vous plaît ! Nous avons récolté 4 000 livres. Mais vous savez, le monsieur qui a remporté le premier prix de la tombola ? Patrick Gilchrist ?

— Oui, répondis-je, le pouls emballé.

— Eh bien curieusement, quand nous avons recherché le propriétaire des deux autres tickets gagnants, nous avons découvert que c'était lui.

Je la dévisageai.

— Quelle coïncidence incroyable.

— En fait, non, me reprit-elle. Il les avait tous achetés : 460 ! À cinquante pence pièce ! Mais quand je lui ai téléphoné le lendemain, il m'a dit qu'il ne voulait pas réclamer les autres prix, parce qu'il ne voulait pas abuser. C'est gentil, non ?

— Très gentil, acquiesçai-je.

Donc, le seul prix qui l'intéressait, c'était une consultation avec moi… il était d'autant plus curieux qu'il ne m'appelle pas.

Deux semaines s'écoulèrent et Patrick n'avait toujours pas donné signe de vie. J'avais tout juste décidé de l'oublier, en me disant que ce devait être un excentrique, lorsque je reçus un mail de lui : il avait été en déplacement, mais il était rentré et il aimerait que je passe voir son jardin. Comme je consacrais l'essentiel de ma semaine au projet des Boltons, je lui suggérai de nous retrouver vendredi après-midi.

Alors vendredi, me répondit-il par mail. *À 16 h 30. J'espère que vous resterez prendre un verre.*

Je cliquai sur « répondre » : *Si je peux me débrouiller avec ma fille au pair, j'en serais ravie.*

— Je sors, maintenant, expliquai-je lentement à Luisa à 15 h 30 le vendredi suivant. J'ai ce rendez-vous dont je t'ai parlé. Tu t'en souviens ? Mais je devrais être rentrée d'ici 19 h 30 pour coucher Milly moi-même.

Je joignis les mains à la hauteur de mon oreille pour mimer le sommeil.

Luisa paraissait perplexe.

— Tu vas coucher maintenant ?

— Non, Luisa, soupirai-je. Je ne vais pas me coucher maintenant. Je vais travailler maintenant. Je reviens à 19 h 30.

J'écrivis les chiffres.

— Moi revenir (je « marchai » avec deux doigts sur la table) à 19 h 30.

Eh merde !

Luisa sourit largement.

— *Ah, si. Comprendo. Las siete y treinta. Bueno.*

— *Bueno* ! répéta Milly en relevant le nez de son livre.

— Luisa, dis-je, exaspérée. Tu dois vraiment travailler ton anglais. Tu es ici depuis deux mois et tu parles à peine mieux que quand tu es arrivée.

— *Si...* un pé mié, acquiesça joyeusement Luisa.

Je gémis *in petto*, puis me penchai pour embrasser Milly. Ce faisant, j'aperçus le livre illustré qu'elle « lisait ».

— Tu as trouvé ça où, ma chérie ? C'est très joli.

— Luisa m'a donné, répondit-elle.

— C'est vrai, Luisa ? Tu as offert ce livre à Milly ?

Je le brandis pour l'aider à comprendre, en la désignant, elle, puis Milly.

— *Si.* (Elle haussa les épaules.) *No es nada* – c'est rien.

— Eh bien, c'est... très gentil.

Je regardai la couverture. Il valait douze livres.

— Merci, repris-je. Il est superbe. Au revoir, mon petit trésor.

J'embrassai à nouveau Milly.

— *Adiós, mama !*

Tout en roulant vers Hammersmith je me demandai ce que Luisa pouvait bien fabriquer toute la matinée à ses cours d'anglais. Ça ne pouvait pas continuer comme ça. Qu'arriverait-il s'il y avait une urgence et qu'elle ne parvenait pas à se faire comprendre ?

Je trouvai un endroit où me garer sur Black Lion Lane, qui donne sur St. Peter's Square. Je mis une touche de parfum et me regardai dans le rétroviseur. Mon cœur se serra. Mes cheveux étaient affreux. Comme ils sont très blonds, je n'ai pas besoin de les éclaircir, mais comme ils sont très fins, il faut qu'ils soient très bien coupés. Tout en me donnant un coup de peigne, je songeai envieusement à la longue crinière sombre et luxuriante de Cassie. Moi, j'avais de la chance quand mes petits cheveux de bébé me poussaient jusqu'à la nuque. Tout en verrouillant les portières, je décidai de prendre rendez-vous avec Sandra, ma coiffeuse depuis douze ans, puis je marchai jusqu'au numéro 36.

La maison était une villa du début de l'ère victorienne – plus petite que les autres, mais dotée d'élégantes fenêtres cintrées. Je gravis l'escalier et sonnai.

— Anna !

Patrick me sourit largement. Il était bronzé.

— Bonjour. Vous avez bonne mine. Vous êtes allé sous les tropiques ?

— Oui, en Nouvelle-Zélande.

— Voyage d'affaires ?

— Non...

— Vous avez de la famille là-bas ?

Il hésita un instant.

— Mon fils habite Christchurch.

Patrick avait dû être père très jeune – ou alors, le garçon avait pris une année pour voyager après le bac.

— Il fait quoi dans la vie ?

— Il est en maternelle. Il a quatre ans et demi.

— Ah, murmurai-je.

J'éprouvai une bouffée de compassion pour Patrick.

— En tout cas, dit-il, c'est formidable que vous soyez venue. Vous voulez un thé avant de commencer ?

— Non merci. Je préférerais démarrer tout de suite, parce qu'il n'y a plus qu'une heure de jour.

Il décrocha sa veste du portemanteau, puis désigna du menton le Nikon suspendu à mon cou.

— Vous avez pris votre appareil photo ?

— Je photographie tous les jardins que j'inspecte pour avoir une référence visuelle ; non pas que vous soyez obligé de me passer commande, ajoutai-je rapidement. Il s'agit d'une simple consultation. Vous pouvez me poser toutes les questions que vous voulez au sujet de votre jardin, ou je peux vous suggérer des façons de l'embellir avec quelques nouvelles plantes, par exemple, ou une plate-bande supplémentaire.

Nous traversâmes le hall carrelé, puis la cuisine et il ouvrit la porte de derrière. Je m'avançai sur la terrasse et m'arrêtai net.

— C'est superbe ! m'exclamai-je. Et c'est grand.

— Grand pour Londres.

Tandis que nous visitions le jardin, je constatai qu'il avait été dessiné par un professionnel, selon le principe classique de répartition en trois sections.

La section la plus proche de la maison était terrassée de briques et ornée de plusieurs jardinières de jacinthes jaunes et blanches ; sous une grande tonnelle se trouvaient une élégante table en fer forgée et des chaises assorties ; un sentier en diagonale menait à une pelouse circulaire, semi-enclose par une plate-bande légèrement surélevée pleine de jonquilles et de primevères : un autre sentier en diagonale partait vers la droite jusqu'au fond du jardin, qu'on semblait avoir laissé pousser dans un désordre artistique.

— Vous m'avez attirée ici sous un faux prétexte, dis-je. C'est superbement exécuté.

— Vous croyez ?

— Absolument. Il y a plusieurs points d'intérêt – les sentiers en diagonale trompent l'œil, de façon à ce qu'on n'embrasse pas tout le jardin d'un seul regard, mais qu'on le découvre graduellement ; les plates-bandes sont bien plantées et de forme attrayante. Vous avez plusieurs arbustes à maturité... Ces camélias sont ravissants... et ce *Magnolia Grandiflora* va être superbe. Il y a des plantes pour les endroits ombragés, comme ces ravissants hellébores, différentes espèces de gazon pour obtenir de la texture, et des variétés odorantes...

Je humais le parfum séduisant, proche de celui du lys, du *Mahonia*.

— Ce doit être merveilleux l'été, car c'est déjà magnifique en cette saison.

— Ce n'est pas mal.

— Vous l'avez fait réaliser par un architecte paysagiste ?

— Non, il était à peu près en l'état quand j'ai acheté la maison.

— Il est parfait – vous avez un jardinier ?

— Pas pour l'instant. Je préfère m'en occuper moi-même puisque j'ai le temps, je trouve cela très thérapeutique.

— Je ne sais pas quoi vous suggérer, dis-je tandis que nous parvenions au bout du jardin.

Les arbustes avaient déjà été élagués : la pelouse était tondue et les haies taillées ; des narcisses crémeux se mélangeaient aux *Chianodoxa* bleu porcelaine dans les plates-bandes.

— On peut parler des plantations, si vous voulez – je peux vous suggérer quelques plantes annuelles qui seraient magnifiques en été : je ne sais pas si vous aimez les zinnias – il y en a un superbe, vert citron – ou des *Alliums* géants, ou encore un tournesol rouge assez spectaculaire – oh !

Je m'étais figée en découvrant un petit étang et, au-delà, trois vieux pommiers chenus sur le point de fleurir, sous lesquels étaient installées trois ruches à pignons.

— Vous avez des abeilles ? murmurai-je.

— Oui. Mais vous ne craignez rien, elles sont encore en hibernation. Une ouvrière met le nez dehors de temps en temps pour effectuer une mission de reconnaissance – comme celles qui bourdonnent, là – mais il est encore un peu trop tôt pour qu'elles s'activent. Je crois qu'elles vont s'y mettre la semaine prochaine.

— Vous les avez depuis longtemps ?

— Depuis que je me suis installé ici, il y a deux ans. Je venais de vivre une rupture douloureuse et je voulais mettre un peu de douceur dans ma vie, ajouta-t-il d'un ton désabusé tandis que nous nous asseyions sur un banc en bois. J'avais vu une émission sur l'apiculture et je suis tombé amoureux de cette idée.

— Les abeilles doivent rendre votre jardin encore plus beau.

— Il y a plus de fleurs, c'est certain, car ce sont d'excellentes pollinisatrices.

— C'est donc pour cela que vous m'avez dit que votre question, à l'église, était une question piège – vous connaissiez déjà la réponse.

— Oui. Je voulais simplement… me manifester. (Il sourit.) Et puis c'était une question intéressée. Plus les gens plantent de fleurs appréciées des abeilles, mieux ça vaut pour moi et pour mes abeilles.

— Vous avez acheté tous les tickets de tombola, lâchai-je.

— Merde…

Il rougit, puis sourit à nouveau.

— Comment le savez-vous?

— Je suis tombée par hasard sur la femme du pasteur, c'est elle qui me l'a appris.

— Eh bien… je voulais remporter le premier prix.

J'éclatai de rire.

— J'en suis très flattée. Mais cela vous serait revenu beaucoup moins cher de m'appeler pour une consultation normale!

— En effet – mais je trouvais que c'était plus amusant, comme ça. De plus, j'aime bien cette église car Sam – c'est mon petit garçon – y a été baptisé. Enfin, revenons à nos abeilles…

— Oui… les abeilles… que faites-vous du miel?

— J'en vends environ la moitié aux épiceries fines et aux cafés du quartier. Je donne le reste aux bonnes œuvres, puisqu'il ne s'agit que d'un passe-temps pour moi – je ne cherche pas à en tirer profit.

Je me rappelai les pots de miel à la soirée caritative de l'église.

— C'est votre miel que l'on vendait, l'autre soir? *Bee Good*?

— En effet.

— Il y avait quelques ruches au *Chelsea Physic Garden* où j'ai suivi ma formation – mais je n'en avais jamais vu dans un jardin privé à Londres.

— Il y en a beaucoup dans les villes. J'ai un ami à Manhattan qui a deux ruches sur son toit-terrasse. Elles butinent à plusieurs kilomètres à la ronde. Il suffit d'avoir assez de place pour installer la ruche.

— Et c'est amusant?

— C'est fascinant. Et cela m'aide à rester calme. Bon… Le jour baisse. On va boire quelque chose?

Nous rentrâmes et je m'installai dans son salon corail tandis que Patrick s'affairait à la cuisine. Sur le buffet, il y avait de nombreuses photos de famille, dont plusieurs de Sam – un très beau petit garçon avec de grands yeux noisette, comme ceux de son père. Comme ce devait être dur pour lui, qu'il soit si loin. Je m'en demandai la raison. Patrick avait peut-être eu une aventure avec une femme, là-bas.

Il revint avec un plateau – un gin tonic pour lui, un vin blanc pour moi. Il me parla de son travail – il avait créé une société Internet quinze ans auparavant, au début du boom technologique.

— Nous étions spécialistes des systèmes de paiement sécurisé pour les achats en ligne, m'expliqua-t-il en sirotant son verre. Puis, l'an dernier, Paypal m'a fait une offre impossible à refuser et j'ai vendu la société.

— Qu'allez-vous faire, maintenant?

Il haussa les épaules.

— Je n'en sais rien. Je suis en discussion avec un ancien collègue pour lancer une autre entreprise Internet, mais entre-temps, mes abeilles m'occupent – et m'aident à rester sain d'esprit.

Il m'offrit une olive.

— Et vous? Vous dites que vous êtes architecte paysagiste depuis deux ans, que faisiez-vous avant?

Je lui racontai mon parcours à la City.

— Et votre petite fille? Elle a quel âge?

— Trois ans en juin.

— Qui s'occupe d'elle en ce moment?

— Ma fille au pair, Luisa. Elle parle un anglais épouvantable, mais elle adore Milly, et vice versa.

— Et le père de Milly? ajouta-t-il, un peu inquiet.

— Eh bien… il n'est pas vraiment là. Nous avons de bonnes relations, repris-je, soucieuse de paraître sous un jour positif et attrayant, plutôt que triste et amère. Mais il travaille en Indonésie. Il y vit depuis trois ans et demi.

Patrick, visiblement, faisait ses calculs.

— Ça a dû être dur pour vous, dit-il. Et pour lui, de vivre aussi loin de son enfant.

— C'est dur pour lui, en effet.

Surtout maintenant qu'il avait une relation avec Milly. La voir de temps en temps, et être obligé de la quitter, se révélait bien pire que de ne l'avoir jamais connue.

— C'est très dur pour Milly aussi, repris-je. Et vous ? Vous devez trouver la paternité à distance... éprouvante.

Il fit tinter les glaçons dans son verre.

— Je trouve cela insoutenable. Sam est parti pour la Nouvelle-Zélande dès le lendemain de son troisième anniversaire.

— Je croyais que la loi n'autorisait pas les ex-épouses à emmener les enfants à l'étranger. Encore moins au bout du monde.

— Je n'étais pas marié à la mère de Sam. J'hésitais à l'épouser, expliqua-t-il comme s'il devait se justifier, essentiellement parce que je ne la connaissais que depuis trois mois lorsqu'elle est tombée enceinte.

— Ça vous a rendu heureux ?

— Non, pas au début... Je me suis senti piégé.

— Au moins, vous avez assumé vos responsabilités et vous avez fondé un foyer avec elle, constatai-je en songeant amèrement à Xan.

— En effet, j'ai fondé un foyer avec elle... et quand Sam est arrivé, j'ai été ravi. J'ai offert une vie très agréable à Suzie. Elle n'avait pas besoin de travailler. Nous habitions une grande maison à Brook Green. Elle avait une nounou, une femme de ménage et un jardinier – nous avions des vacances formidables. Je m'occupais très bien d'elle.

— Ça m'a tout l'air d'une vie de château, dis-je avec nostalgie.

— Je suis d'accord. Mais cela ne semblait pas lui suffire. Quand Sam a eu deux ans, j'ai découvert que Suzie avait une liaison avec un type de notre club de tennis. Trois mois plus tard, elle m'a quitté en emmenant Sam, ce qui était déjà assez terrible ; puis, quelques semaines plus tard, elle m'a donné l'estocade finale : elle et Sam partaient s'installer en Nouvelle-Zélande avec son amant... Il vient de là-bas.

— Mais… vous ne pouviez pas… l'en empêcher ?

— Dieu sait que j'ai essayé. Mais n'étant pas son mari, je n'avais aucun droit et elle avait refusé de m'accorder l'autorité parentale partagée. Nous sommes allés au tribunal, mais le juge m'a pris en grippe.

— Pourquoi ?

— Ah… parce que… Suzie… a menti.

L'amertume tordit soudain les traits de Patrick.

— Elle a raconté des mensonges éhontés.

Je me demandai à quel sujet elle avait menti.

— J'ai fait appel, mais j'ai perdu. J'étais prêt à remonter jusqu'à la Chambre des lords quand l'avocat de Suzie m'a écrit pour m'annoncer qu'elle était enceinte de quatre mois. Mon propre avocat m'a précisé que dans une telle situation, les tribunaux se refuseraient à briser sa « famille unie ». (Il leva les yeux au ciel.) Il n'y avait donc plus de raison de continuer à se battre.

Comme c'était affreux, de se faire enlever son enfant – emmené dans un autre pays, à l'autre bout du monde, élevé par un autre homme…

— Mes rapports avec Suzie se sont tellement détériorés qu'un dernier rendez-vous fut organisé, en présence d'une assistante sociale, dans un bureau près d'Holborn, pour que je dise adieu à Sam.

Les larmes me picotaient les yeux.

— Je n'avais le droit que de lui téléphoner et de lui écrire « de temps en temps », mais j'ai négocié un accord avec Suzie, afin de pouvoir lui rendre visite deux fois par année. J'ai la chance d'en avoir les moyens, sinon je ne le verrais jamais. Enfin… (Il parut soudain gêné.) Je n'avais pas l'intention d'en parler. C'est déprimant, c'est le moins qu'on puisse dire, mais comme je n'y peux rien, j'essaie de gérer mon ressentiment… et le stress.

— Je suis désolée, murmurai-je.

Je jetai un coup d'œil à l'horloge en chrysocale posée sur la cheminée. Il était 19 h 30.

— Eh bien, fis-je en ramassant mon appareil photo, il vaut mieux que j'y aille. C'était très agréable, mais j'ai dit à

Luisa que je serais rentrée à cette heure-ci et j'aimerais border Milly.

— Je comprends, bredouilla-t-il, ému, tandis que nous nous levions. Ce doit être le paradis, de pouvoir le faire.

Nous passâmes dans le hall d'entrée.

— Hélas, je ne peux vous faire aucune suggestion, pour votre jardin. Il est sublime tel qu'il est : un jardin anglais traditionnel avec des proportions ravissantes, magnifiquement paysagé et planté avec imagination.

— Je suis tout de même heureux que vous l'ayez vu. Et... j'espère que vous reviendrez. (Il me dévisagea.) Reviendrez-vous ?

— Peut-être... C'est... possible, répondis-je en souriant.

— Je peux vous dire quelque chose ?

Je le dévisageai.

— Oui.

— Je vous ai vue à la télé il y a quelques semaines de cela – je ne regarde jamais la télé à l'heure du petit déjeuner, mais ce matin-là, elle était allumée. Et je vous ai vue. Vous aviez l'air tellement... gentille. Votre façon de parler des plantes – votre passion pour elles – la façon dont vous disiez qu'elles avaient même des « personnalités ».

— Elles en ont... elles ont des caractères très différents. C'est ce que ma mère m'a appris.

— Que disiez-vous, déjà, au sujet des plantes « Cendrillon » ?

— Je parlais des perce-neige et des autres plantes à bulbe qui fleurissent au début du printemps. Elles sont prisonnières, invisibles presque toute l'année, puis en février elles ont l'occasion d'aller au bal, et tout le monde les admire. Sur le coup de minuit, elles disparaissent sous terre et on ne voit plus rien. L'année suivante, la marraine fée agite sa baguette magique et elles retournent au bal.

— Ça m'a plu, dit Patrick en souriant. Ensuite, je vous ai reconnue au supermarché ce samedi matin-là et quand j'ai trouvé le petit soulier, et quand il s'est avéré que c'était celui de votre fille, eh bien… (Il haussa les épaules.) Je me suis dit que c'était le destin. Mais vous m'avez sans doute pris pour un allumé, ajouta-t-il avec un éclat de rire.

— Non, j'ai trouvé que vous aviez l'air plutôt gentil : mais en effet, j'ai été un peu décontenancée quand vous m'avez invitée à prendre un café.

— J'avais le sentiment de vous avoir déjà rencontrée – vous ne pouviez pas le savoir, évidemment. Mais maintenant que nous nous connaissons, peut-être accepterez-vous de venir dîner ici un soir ? J'aimerais discuter à nouveau avec vous et je ne suis pas mauvais cuisinier. Vous n'avez pas à me dire oui tout de suite, ajouta-t-il un peu timidement. Vous pouvez y réfléchir.

Il m'embrassa sur la joue et j'éprouvai un soudain frisson de désir.

— Je crois que cela me plairait bien, Patrick. Merci.

— La Bête ! La Bête ! s'exclama Milly ce lundi matin-là.

Elle avait saisi le DVD de *La Belle et la Bête* et le brandissait dans ma direction.

— Veux voir la Bête, maman !

— Pas maintenant, ma chérie. Je sais que tu l'aimes beaucoup, mais nous allons prendre notre petit déjeuner, tu sais, puis nous allons à Sweet Peas voir tous tes amis. Alors viens manger tes Rice Krispies.

— « Kribbies », répéta-t-elle joyeusement tandis que j'en versais dans son bol. *Leche* !

— Pardon ?

— Veux *leche* !

— Tu veux dire du lait ? lui demandai-je en ouvrant la porte du réfrigérateur. J'aimerais bien que tu arrêtes de parler espagnol, ma chérie.

— *Leche* ! hurla-t-elle tandis que j'en versais.

Je remarquai soudain que Milly étreignait une poupée. Elle était toute neuve, avec un joli visage souriant, des boucles rousses, un manteau rose à motif léopard et un pantalon rose luisant. Elle avait dû coûter assez cher.

— Ma chérie, où as-tu trouvé ça ?

Milly assit la poupée à côté de son assiette.

— Luisa m'a donné.

— Ah.

J'entendis grincer l'escalier et Luisa apparut. En général, elle part tôt – avant que je prenne mon petit déjeuner avec Milly – et je ne la vois pas le matin. Milly bondit de sa chaise et s'élança pour avoir un câlin.

— *Caramelo de buenos días !* roucoula Luisa en la prenant dans ses bras pour l'embrasser. Je aller à l'école, maintenant, Anna.

Elle sourit.

— Luisa, c'est toi qui as offert cette poupée à Milly ?

Elle hocha la tête.

— *Si.* Elle est zolie.

— Très jolie… Mais tu ne devrais pas lui acheter tous ces cadeaux. Tu lui as déjà offert un livre il y a deux semaines. C'est très gentil de ta part, mais s'il te plaît, plus de cadeaux, d'accord ? Ce n'est pas comme si tu en avais les moyens.

À mon grand étonnement, Luisa rougit, comme si je l'avais offusquée.

— Ce que je veux dire, repris-je, c'est que tu dois essayer d'économiser ton argent, Luisa – je ne te paie pas grand-chose.

Elle rougit à nouveau, curieusement.

— Mais je te remercie de ta gentillesse, conclus-je.

— Je aller à l'école maintenant.

Elle colla sur la joue de Milly un baiser avec un bruit d'eau aspirée par la bonde, puis passa son petit sac à dos bleu et agita la main.

— Je aller à l'école maintenant, répéta-t-elle.

— *Hasta la vista !* dit Milly.

— Alors… parle-moi de tes amis, disais-je à Milly peu de temps après tout en l'accompagnant à Sweet Peas. Ils s'appellent comment ?

Milly tenait sous le bras l'ours en peluche offert par Xan. Elle s'arrêta pour se gratter le nez, puis replaça sa main dans la mienne.

— Euh… « Carna »…

— Oui, Carla.

Les cerisiers qui bordaient la rue étaient mousseux de fleurs roses.

— Phoebe…

— Oui, elle est très gentille.

— Euh… Alfie… et… Lily… et « Ris »…

— Iris, oui. Et Erasmus ?

— Non, dit Milly fermement. *No me gusta. Me mordió.*

— Quoi, ma chérie ?

Sweat Peas est installé dans une grande maison victorienne surplombant Brook Green. La classe du matin débute à 9 h 30 et les parents restent pour chanter quelques chansons avec les enfants avant le début des « leçons ».

Tandis que Milly et moi nous faufilions à travers l'embouteillage habituel de poussettes et de trottinettes, les autres parents accrochaient les manteaux et les chapeaux de leurs enfants aux portemanteaux ou les aidaient à passer leur blouse. Erasmus fit son entrée vêtu de knickers en velours côtelé marron, d'une veste Barbour verte miniature et d'une casquette en tweed, comme s'il était sur le point de partir à la chasse. Ce matin-là, contrairement à ses habitudes, il était accompagné par son père. Je savais pourquoi. Citronella avait consacré sa rubrique de la veille à la façon dont elle avait viré la nounou parce qu'elle lui avait volé une bague en or, accusation qui, sans preuves pour la corroborer, me semblait diffamatoire. Claudia, avait ajouté Citronella avec une fierté discutable, était la cinquième nounou qu'elle renvoyait en un an.

La directrice, Mme Avis, me rejoignit alors que j'étais sur le point de partir.

— Anna ? Je peux vous dire un mot ?

— Ah. Oui, bien sûr.

Le cœur serré, je la suivis jusqu'à son bureau dans le couloir aux couleurs vives.

— Milly nous inquiète un peu, dit-elle en me faisant signe de m'asseoir. Elle ne parle pas tout à fait aussi bien qu'on ne pourrait l'espérer. Je ne sais pas ce que vous en pensez, mais...

— Je pense qu'elle pourrait mieux faire, acquiesçai-je en fixant l'immense arc-en-ciel peint sur le mur.

— Sa compréhension est excellente, poursuivit Mme Avis, mais elle a deux ans et trois quarts et elle devrait pouvoir former des petites phrases assez cohérentes à son âge.

Je me tournai vers la fenêtre pour contempler le toboggan en plastique rouge.

— Je sais. Mais les enfants se développent à des rythmes différents.

— En effet, fit Mme Avis en joignant les doigts. Mais ce qui nous ennuie, c'est que Milly parle souvent en espagnol.

— Mon Dieu. Elle fait ça ici aussi ?

Mme Avis hocha la tête. Je soupirai.

— Elle l'apprend de notre fille au pair colombienne.

— Elle ne parle pas anglais ?

— Pas très bien. Elle prend des cours trois heures tous les matins mais elle n'a pas l'air d'avancer.

— Alors elle parle espagnol à Milly ?

— Tout le temps. Je lui en ai dit un mot, soupirai-je à nouveau. Mais je lui en reparlerai – avec Milly comme interprète. Enfin... (Je me levai, soulagée qu'il ne s'agisse pas d'un problème plus sérieux.)... Je suis contente que vous m'en ayez parlé.

Mme Avis était toujours assise.

— Hélas, ce n'est pas tout. Je suis désolée de vous dire qu'il y a eu un ou deux incidents dernièrement, des morsures, impliquant Milly.

Je me rassis, effondrée.

— Milly a mordu quelqu'un ? Mais elle n'a jamais fait ça. Elle est très douce.

— Je me reprends : elle a essayé de mordre un autre enfant à deux reprises mais on l'en a empêchée.

— Qui ?

— Je ne peux pas vous le dire, car en ce qui concerne les morsures et les coups, notre politique est de ne révéler aucun nom : nous gérons nous-mêmes le problème.

— Je vois. Mais au moins, finalement, il ne s'est rien passé.

— Non. Mais si je voulais vous parler, c'est que je me demande si la confusion linguistique actuelle de Milly ne contribuerait pas à une frustration qui la pousserait à s'adonner à ce genre de comportement.

— Peut-être. C'est possible.

Ou alors, c'était parce que son père était absent et qu'elle était prédestinée à la délinquance.

— Je tenais à ce que vous soyez au courant.

— Merci, répondis-je en me levant. Je ferai mon possible pour qu'elle arrête.

— C'est un grave problème, expliquais-je à mon père deux jours plus tard.

Luisa était allée nager – je lui avais offert un abonnement à mon club de gym car ils étaient en promotion à moitié prix pour Pâques. Milly était couchée et je dînais avec papa. Il passe deux ou trois fois par semaine en ce moment. Cela ne m'ennuie pas : il se sent seul, il est encore en train de s'adapter à la vie londonienne et je crains qu'il ne mange pas bien lorsqu'il est seul.

— Milly n'a jamais essayé de me mordre, poursuivis-je en lui servant des pommes de terre.

Il n'avait toujours pas fait couper ses cheveux. Ils lui retombaient sur le col.

— Tu envisages de trouver une nouvelle fille au pair ? me demanda papa.

J'essayai d'imaginer la maison sans la présence chaleureuse de Luisa.

— Non, à moins que j'y sois contrainte, dis-je en remuant la vinaigrette. J'aime bien Luisa et Milly l'adore. Et elle fait très attention, au sujet de l'allergie aux œufs de Milly – je lui fais confiance sur ce point. Mais elle va devoir apprendre à mieux parler anglais, repris-je, contrariée. Après tout, c'est pour ça qu'elle est ici.

— Je l'ai toujours entendue parler espagnol, dit papa. J'ai été étonné de constater combien Milly la comprenait bien.

— Moi aussi, mais les petits enfants assimilent très bien à cet âge. J'espère que c'est du bon espagnol, ajoutai-je anxieusement. Avec un bel accent. Mais ce que Luisa peut bien fabriquer à ses cours d'anglais, je l'ignore.

— Il faut que tu le saches, dit papa tandis que je lui versais un verre de bourgogne.

— J'avais l'intention de téléphoner à son prof mais il n'est présent que le matin et je n'ai pas son numéro de téléphone.

— L'école ne peut pas te le donner ?

— Ils ne donnent pas les numéros des professeurs. En plus, l'école est fermée pour les vacances de Pâques, jusqu'à la fin de la semaine prochaine.

— Je connais un moyen de vérifier ce qu'elle fait.

— Comment ?

— C'est facile. Regarde dans ses livres d'exercices.

Je me servis de salade.

— C'est une idée… Mais elle les range dans sa chambre et je n'aime pas l'idée de fouiner dans ses affaires.

— Elle est chez toi depuis combien de temps, Anna ?

— Deux mois et demi, dis-je d'un ton sinistre. Elle est arrivée en janvier dernier.

Papa déplia sa serviette de table.

— Alors je crois que tu as le droit… d'enquêter. D'abord, parce que tu lui as payé ses cours et ensuite, parce que le fait qu'elle ne parle pas anglais provoque des troubles de comportement et d'apprentissage chez Milly.

Vu sous cet angle, je fus convaincue. Donc, le vendredi saint, alors que Luisa était au cinéma avec une amie, je bordai

Milly et, avec un sentiment de traîtrise, je filai vers le deuxième étage.

La porte de la chambre de Luisa était fermée. Je tournai doucement la poignée. La chambre était parfaitement rangée – j'en fus impressionnée. Le lit était fait, le couvre-lit soigneusement tiré et les coussins bien disposés. Il n'y avait rien par terre, sauf sa guitare appuyée dans un coin et une pile de partitions. Je la feuilletai. Luisa apprenait des ballades classiques de Nancy Griffith, Joan Armatrading et Don McLean.

Je m'avançai dans la chambre, cœur battant à tout rompre, l'oreille aux aguets au cas où Luisa rentrerait. J'inspectai rapidement la pièce pour repérer son sac à dos bleu, sans le voir. La chambre était si bien rangée que rien ne traînait. Les seuls objets apparents étaient une photo de ses parents, debout devant une petite ferme près de Bogota, sa brosse à cheveux et deux ou trois livres. La petite valise bleue qu'elle portait lorsqu'elle était arrivée était posée au-dessus de sa penderie. J'ouvris celle-ci et cherchai le sac entre les chaussures, en vain. En levant les yeux, je fus étonnée de constater que la penderie était bien remplie – elle avait dû s'acheter de nouveaux vêtements. Il est vrai qu'elle était beaucoup plus chic ces derniers temps. Il y avait deux ou trois chemisiers en soie, une veste de style Chanel, un caban bleu marine et une robe de cocktail très glamour. Je palpai le velours rouge, puis lus l'étiquette : Joseph.

— Comment a-t-elle les moyens de se payer ça ? me dis-je tout haut.

Je refermai la penderie et poursuivis ma recherche. Je jetai un coup d'œil sous le lit mais ne trouvai que ses pantoufles. Je regardai sous la coiffeuse mais son sac de livres n'y était pas. Puis j'attaquai la commode, sur laquelle était posé un petit téléviseur. Dans le premier tiroir, je ne trouvai que ses sous-vêtements soigneusement repliés ; dans le deuxième, ses tee-shirts, ses pantalons et deux pulls. J'ouvris le dernier tiroir et tombai enfin sur le sac à dos bleu. Je le sortis et en examinai le contenu, brusquement atterrée. Le gros manuel avait à peine été ouvert et les deux cahiers d'exercices étaient vides, à part trois ou quatre pages de vocabulaire élémentaire.

— Elle n'a rien fait, soufflai-je entre mes dents serrées.

J'étais sur le point de ranger le sac, en me demandant comment aborder le problème avec elle sans qu'elle sache que j'avais fouillé sa chambre, lorsqu'un objet attira mon regard – une boîte à biscuits dorée, poussée au fond du tiroir. Ma fureur contre Luisa triompha de mes sentiments délicats sur le respect de la vie privée. Je retirai le couvercle.

— Bon sang…

Une grosse liasse de billets de cinquante livres s'y trouvait. Je les comptai rapidement – il y en avait environ quatre-vingts – quatre mille livres. Je refermai le couvercle, prise de vertige. Voilà qui expliquait ses vêtements neufs et les cadeaux qu'elle avait offerts à Milly. Mais comment avait-elle pu obtenir autant d'argent liquide ?

J'entendis soudain Milly pleurer. Le cœur battant, je replaçai la boîte à biscuits là où je l'avais trouvée, refermai la porte de la chambre et dégringolai l'escalier.

— Qu'est-ce qu'il y a ? haletai-je.

— Veux « Po », geignit-elle.

— Ne pleure pas, ma chérie, on va aller aux toilettes.

Je fis mine de la soulever.

— Non, protesta-t-elle. Veux « Pou ».

— Je ne comprends pas, ma chérie.

— Winnie *el Pu* ! Veux musique !

Milly désigna le bout de son petit lit : je vis alors qu'une boîte musicale « son et lumière » Winnie l'Ourson flambant neuve était fixée aux barreaux.

— C'est Luisa qui te l'a offerte ? demandai-je d'une voix lasse.

— *Si*, maman.

— Ah. Eh bien…

— *Música, mama* ! Maintenant !

— Très bien, très bien. Voilà.

Je remontai le mécanisme, recouchai Milly puis sortis sur la pointe des pieds tandis que la musique tintait et que les ombres de Tigrou, Porcinet et Winnie avec son pot de miel se mouvaient au plafond.

— Bonne nuit, ma chérie, dis-je doucement.

— *Buenas noches, mamita*! répondit-elle.

7.

— Elle a un boulot à mi-temps ? me demanda Cassie.

Nous étions installées dans son minuscule salon en chintz ; le mardi soir suivant ma découverte, j'étais passée chez elle en rentrant des Boltons pour lui demander son avis : Cassie manque de discernement, mais elle a beaucoup plus d'expérience du monde et elle connaît mieux le marché des petits boulots.

— Tu crois qu'elle travaille dans un bar, par exemple ?

— Non.

— Elle te le dirait, si c'était le cas ?

— Elle n'aurait aucune raison de le cacher.

— Elle pourrait s'imaginer que cela t'inquiéterait, parce qu'elle serait trop fatiguée pour t'aider.

— C'est vrai, mais même si elle ne m'en avait rien dit, je le saurais, parce qu'elle rentrerait très tard en empestant l'alcool et la cigarette.

— Mais elle doit bien faire quelque chose, parce qu'elle va à ses cours tous les matins, pas vrai ?

— Oui. Tous les matins de semaine.

J'éprouvai un pincement d'agacement en songeant que je lui avais payé ses cours alors qu'elle avait plus d'argent liquide que moi. J'étais encore plus irritée de lui avoir offert un abonnement au club de gym, bien que, pour rendre justice à Luisa, elle eût vigoureusement repoussé mon offre.

Cassie prit sa flûte de champagne – elle ne boit que ça.

— Alors elle s'occupe de Milly jusqu'à… ?

— 17 h 30.

— Il ne lui reste plus que les soirées et les week-ends.

Elle sirota son champagne en plissant les yeux.

— Tu crois qu'elle fait la foire ?

Je dévisageai ma sœur.

— Non… Ce n'est pas… son genre.

— Je l'ai rencontrée et je suis assez d'accord, mais… (Elle haussa un sourcil suggestif.) Elle cache peut-être bien son jeu.

— Mais Luisa ne sort pas souvent le soir ; parfois, elle voit une amie, mais la plupart du temps, elle reste à la maison à jouer de la guitare ou à regarder la télé. Je supposais qu'elle n'avait pas les moyens de sortir souvent.

Cassis prit son tricot – une boule de laine rose Malabar était suspendue à une aiguille.

— Tu crois qu'elle a fait un casse ? suggéra-t-elle en tortillant la laine autour de son index.

— Non. Et je suis certaine qu'elle ne braque pas les petites vieilles, pas plus qu'elle ne vole à l'étalage. Elle a peut-être gagné au Loto… Ils paient en argent liquide ?

Cassie secoua la tête.

— Non, par chèque. Une fois, j'ai gagné cinq cents livres, alors je suis au courant.

Elle retourna ses aiguilles et entama un nouveau rang.

— Peut-être qu'elle joue. Quand j'étais croupier, une nounou a gagné huit mille livres en une nuit en trois parties de black jack, avec une mise initiale de dix livres.

— Je n'imagine pas Luisa dans un casino. Mais elle a quatre mille livres, repris-je. Elle a dû en dépenser au moins mille, vu les nouveaux vêtements qu'elle s'est offerts, sa facture de portable et d'autres bricoles – elle avait donc cinq mille livres au départ. Comment aurait-elle pu économiser cinq mille livres en trois mois, en gagnant soixante-dix livres par semaine ?

— Impossible, fit Cassie en relevant les yeux de son tricot. Alors, moi je dis que ce doit être la drogue. Et merde, j'ai laissé tomber une maille... Après tout, elle est colombienne. Ils font quoi, ses parents ?

— Ce sont... des fermiers. Ah.

— Alors voilà : elle vend de la cocaïne. Je ne comprends pas que tu n'y aies pas déjà songé.

— Parce que ce n'est pas son genre.

Cassie secoua la tête.

— Ce n'est pas toujours écrit sur la figure. En plus, tu m'as dit qu'elle avait vécu à Marbella, non ?

— Oui. Avec sa dernière famille.

— C'est bourré de coke, là-bas.

Je me rappelai soudain la remarque du mari : Luisa espérait trouver « de meilleures opportunités » à Londres. Cassie scruta son tricot en fronçant les sourcils.

— Merde – ce n'est pas assez tendu. Si j'étais toi, je referais une petite inspection.

Lorsque je rentrai, je demandai à Luisa d'emmener Milly au parc, puis je me précipitai dans sa chambre, cette fois sans le moindre sentiment de culpabilité. Si Luisa vendait effectivement de la drogue, si elle se faisait pincer et si les journaux en avaient vent, cela pouvait faire beaucoup de tort à mon entreprise. J'imaginais les manchettes – les tabloïds en feraient des tonnes sur le fait que je sois passée sur GMTV – LA JARDINIÈRE TÉLÉ DU PETIT DÉJEUNER SE FAIT PINCER AVEC DE LA COKE ! Pire encore, si jamais Milly en trouvait et qu'elle l'avalait... Je frémis.

Je fouillai à nouveau rapidement les tiroirs de Luisa. J'ouvris la boîte à biscuits dorée et constatai qu'elle avait encore gagné trois cents livres au cours des trois derniers jours. Puis je recherchai de petits sachets de poudre blanche. J'ouvris la penderie pour fouiller ses poches et ses chaussures. J'inspectai son étui à guitare et même l'intérieur de sa guitare, puis les CD ; j'ouvris ses livres au cas où ils soient creux. Je regardai à l'intérieur de sa valise, de sa boîte à bijoux et passai les doigts au-dessus des rideaux, ce qui ne produisit qu'un petit blizzard de poussière.

Il y avait peut-être une explication innocente ? me demandai-je en poussant la porte d'Head Girls, le coiffeur du quartier, deux jours plus tard. Je fronçai le nez, agressée par les relents d'ammoniaque et d'eau oxygénée. Les parents de Luisa, sachant qu'elle serait en Europe pour deux ans au moins, lui avaient peut-être donné cet argent en cas d'urgence. Ou alors elle l'avait économisé lors de son précédent boulot. Mais dans ce cas, pourquoi, lorsque nous avions discuté des coûts de son cours d'anglais, m'avait-elle laissé croire qu'elle était fauchée ? Non, elle avait manifestement accumulé cet argent récemment. Mais comment ?

Je ne pouvais pas le lui demander directement de peur qu'elle claque la porte, me laissant sans personne – et je ne voulais pas qu'elle parte, à moins que ce soit inévitable. Je n'allais pas non plus l'accuser sans preuve – dans ce cas, je ne vaudrais guère mieux que Citronella. Si Milly avait un an de moins, j'aurais pu prétendre qu'elle était entrée dans la chambre de Luisa et qu'elle avait trouvé l'argent, mais à près de trois ans, Milly était parfaitement capable de le nier en bloc.

Tout en attendant mon tour, bercée par le ronronnement des sèche-cheveux, je pris un exemplaire du magazine *I Say !* et lus les confessions avec un frisson de dégoût amusé. « Mamie m'a volé mon homme ! » ; « Mon mari m'a troquée contre une Porsche ! » ; « La vie secrète de ma mère ! » Hélas, je me repais de ces récits dès que j'en ai l'occasion, chez le coiffeur, en général. Je frémis. « Mon fiancé a été dévoré par un requin ! »

— Salut, Anna, dit Sandra. Il y a tellement longtemps que je ne t'ai pas vue que j'ai cru que tu me trompais avec un autre coiffeur.

— Je ne te ferais jamais ce coup-là, répondis-je en reposant le magazine. J'ai tout simplement été trop occupée pour passer.

— Je suis heureuse de l'entendre.

Elle pencha la tête sur l'épaule pour évaluer l'étendue des dégâts.

— Mais tu as besoin d'un bon coup de ciseau, ma puce.

— J'ai carrément besoin de me faire élaguer. Tu peux les dégrader?

— Bien sûr, fit-elle en soupesant mes cheveux. Je vais leur donner plus de corps.

— C'est exactement de ça qu'ils ont besoin... ils sont franchement anorexiques.

— Ils sont très fins, me reprit-elle en me passant un peignoir noir. Alors, ça va? ajouta-t-elle en m'escortant jusqu'à une rangée de bacs blancs.

— Ça va assez bien, merci. En fait, ça va même très bien.

— Les affaires, ça marche?

J'installai ma tête dans un bac et elle me fit un shampooing.

— Au fait, reprit-elle, tu étais géniale dans ces émissions de GMTV. Maintenant, je sais quoi faire de mon polyanthus! gloussa-t-elle. Tu vas repasser?

— Oui, en juin. Ils veulent que je refasse une série tous les trois mois.

Je savourai la cascade apaisante d'eau chaude sur mon cuir chevelu.

— Tu as eu ça comment?

— Le producteur a téléphoné à mon ancien prof pour qu'il lui recommande quelqu'un, et il a eu la gentillesse de penser à moi.

Sandra se mit à masser mon cuir chevelu. Je poussai un soupir de soulagement et laissai mon stress s'évanouir sous ses doigts habiles.

— Alors tu es très occupée.

— Oui. J'ai un gros chantier dans les Boltons.

— Très chic...

— En plus, je dois faire deux petits jardins.

— On rince une dernière fois. Et Milly, elle va bien? me demanda-t-elle en m'accompagnant à mon siège.

— Très bien, merci, fis-je en essuyant une goutte d'eau qui me dégoulinait dans l'oreille. Elle vient de commencer le jardin d'enfants, à Sweet Peas.

— Et toi ? me demanda Sandra en me peignant. Tu as rencontré quelqu'un ?

Je me regardai dans le miroir tandis que Sandra brandissait son peigne d'un air de remontrance.

— Bébé ou pas, tu as droit à ta vie.

Sandra a élevé seule sa fille Lydia, qui a maintenant seize ans : elle aime bien me faire bénéficier de son expérience de mère célibataire.

— Eh bien...

J'hésitai un moment, car je savais que Sandra était assez pipelette. Mais je n'avais rien à cacher. Pourquoi ne pas lui parler de Patrick ? me raisonnai-je, en veine de confidences.

— En fait, j'ai rencontré un homme. D'ailleurs, j'ai rendez-vous avec lui ce soir.

Sarah me sourit. Elle tira une mèche, coinça les pointes dans le peigne puis coupa du bout de ses ciseaux.

— Très bien. Alors, il est comment ?

L'une des stagiaires m'apporta un café.

— Il est poli, convenable, bel homme et plein d'initiative.

— C'est prometteur.

— Je ne le connais pas depuis longtemps mais il me plaît, ajoutai-je joyeusement.

— J'en suis ravie, dit Sandra tandis que les mèches mouillées tombaient par terre. Alors, vous vous êtes rencontrés comment ?

Je lui racontai l'épisode de la chaussure de Milly.

— Très romantique, commenta-t-elle d'un ton approbateur.

Puis je lui racontai ce qui s'était passé à la soirée de l'église.

— Encore plus romantique, dit-elle. C'était prédestiné.

— Euh, non, gloussai-je. Parce qu'en fait, il avait donné un coup de pouce au destin en achetant presque tous les tickets.

— Wouaouh ! Alors il a vraiment eu le coup de foudre ! Il doit avoir de l'argent. Il fait quoi dans la vie ?

— Pas grand-chose en ce moment. Il a vendu sa société Internet l'an dernier et il cherche un nouveau projet. En tout cas, il adore le jardinage. C'est déjà un point commun entre nous. Et en plus, il a des abeilles.

Sandra s'arrêta de couper mes cheveux.

— Des abeilles ? répéta-t-elle en me regardant dans le miroir.

— Oui, il a trois ruches dans son jardin.

— Et où habite-t-il ?

— Sur St. Peter's Square.

— Il habitait Brook Green, avant ? Sur Caithness Road ?

— Comment le sais-tu ?

Je cherchai à croiser son regard mais elle détourna les yeux.

— Tu parles de Patrick Gilchrist, dit-elle en recommençant à jouer des ciseaux.

— Oui, en effet. Tu le connais ?

— Pas... très bien, dit-elle en attrapant une autre mèche de son peigne. Je connais son ex.

— Ah.

Il aurait mieux valu que j'écoute mon intuition : j'aurais dû me taire.

— Comment l'as-tu connue ? demandai-je.

— Elle a été ma cliente pendant les quatre ans qu'elle a passés avec lui. Elle m'envoie encore un mail de temps en temps. Elle est gentille.

— Vraiment ? Pour parler franchement, je ne trouve pas ça très gentil d'emmener son enfant vivre en Nouvelle-Zélande alors que le père habite l'Angleterre.

— En effet... ce n'est pas très bien, acquiesça Sandra. Mais de son point de vue à elle, murmura-t-elle, elle avait ses... raisons... Je ne sais pas... Ça ne me regarde pas.

— En tout cas, dis-je en tentant de ramener la conversation sur un terrain plus sûr, je ne connais pas Patrick depuis longtemps, mais il est très séduisant.

— Oh oui, m'interrompit-elle. Et il est charmant, c'est certain.

— Il est gentil, aussi, conclus-je. Je le sens bien, ce type.

— Tu peux relever la tête, s'il te plaît ? dit Sandra.

— Vous pouvez passer un peu plus tôt pour que je vous montre les abeilles ? me demanda Patrick au téléphone alors que je rentrais chez moi. Disons vers 17 h 30 ?

— D'accord, je pense que ça ne devrait pas poser de problème.

— Prenez des bottes en caoutchouc et portez un pantalon, de préférence de couleur claire, et un haut à manches longues, également clair – et quoi que vous fassiez, ne portez ni parfum, ni spray, ni laine et ne mangez pas d'ail. Compris ?

— Compris, dis-je, déçue de ne pouvoir porter ma robe moulante en cachemire que je comptais mettre.

En plus, il faudrait que je me relave les cheveux, à cause du spray.

En ouvrant la porte, j'entendis qu'on chantait.

— *Las ruedas del autobús giran y giran, giran y giran, giran y giran...*

Luisa et Milly ne me remarquèrent même pas, debout à l'entrée de la cuisine.

— *Las ruedas del autobús giran y giran – TODO el DIA ! Los bebés del autobús...*

— LUISA ! hurlai-je.

Elles arrêtèrent de chanter. Milly se retourna et se précipita vers moi pour que je l'embrasse.

— Bonjour, ma petite fifille ! Je pars à 17 heures, dis-je à Luisa en mettant la bouilloire sur le feu. Mais je serai rentrée vers 22 heures.

— Très bien.

— Tu es très élégante, ajoutai-je en admirant son chemisier en soie rose champagne. C'est neuf ?

Luisa sembla rosir.

— Oui.

Je sortis le lait du réfrigérateur.

— Au fait, Luisa, je t'avais demandé de ne pas offrir d'autres cadeaux à Milly... Cette boîte à musique est ravissante, mais elle a dû te coûter au moins vingt livres.

— Ah, mais Milly... elle voir au magasin... elle aimer beaucoup. Je donner à elle pour Pâques.

— Mais, vraiment, tu ne dois pas lui acheter des choses. De toute façon, je suis certaine que tu n'en as pas les moyens, mentis-je. Pas avec soixante-dix livres par semaine.

Luisa rosit à nouveau.

— C'est... Ça va, Anna.

— En tout cas, j'aimerais te la rembourser. Je ne trouve pas que cela soit juste.

— Non, tu pas payer, insista Luisa. J'aimer Milly. (Ses grands yeux noirs brillaient tout d'un coup.) Et Milly être heureuse, alors moi heureuse.

— Bon, soupirai-je. C'est très gentil de ta part, mais je t'en prie, ne lui achète plus rien. Et si jamais tu es à court d'argent, j'essaierai de te donner un coup de main, d'accord?

— Oh... mais j'ai assez. Tu être très gentille pour moi, Anna, ajouta-t-elle d'un air qui me sembla coupable, tandis que je montais prendre une douche.

Lorsque j'arrivai chez Patrick, il m'embrassa sur la joue. Au contact de ses lèvres, je sentis une décharge électrique. Le dernier homme avec qui j'avais couché, c'était Xan. Au cours des années qui avaient suivi, je m'étais sentie trop protectrice envers Milly, trop occupée et trop triste, à cause de Xan, pour entamer une nouvelle relation amoureuse. Mais maintenant, comme les abeilles de Patrick, je me sentais prête à sortir d'hibernation.

— J'ai inspecté les ruches cet après-midi, me dit-il en s'effaçant pour me laisser entrer. J'ai attendu jusqu'à ce soir pour examiner la troisième, j'ai pensé que cela t'intéresserait de la voir.

— Je veux bien, dis-je anxieusement, à condition qu'elles ne me piquent pas.

— Je peux affirmer en toute honnêteté qu'aucun visiteur, ami ou voisin n'a été piqué par une seule de mes abeilles.

— Et toi ? lui demandai-je en le suivant dans la cuisine.

— Évidemment – cela m'arrive peut-être trois ou quatre fois par année, mais en général par ma propre négligence. Bon, on va s'habiller, dit-il en ouvrant la porte de derrière.

Sur la terrasse, il passa une combinaison blanche et une paire de gants en caoutchouc dans lesquels il cala ses manches, puis il enfila ses bottes en caoutchouc.

— Il faut bien rentrer tes vêtements, m'expliqua-t-il, pour que les abeilles ne puissent y pénétrer.

Je frissonnai malgré moi à cette perspective. Je calai mon pantalon blanc dans mes bottes en caoutchouc et fourrai mon pull en coton dans ma ceinture.

— Bon, j'ai une demi-combinaison pour toi. Tiens…

Je la passai, puis il me tendit un chapeau d'apiculteur, dont le voile me donnait l'impression d'être une mariée. Il le zippa tout autour des épaules, cala mes manches dans mes gants, puis me scruta d'un regard évaluateur, en me retournant pour vérifier que j'étais entièrement couverte.

— Parfait. Te voilà maintenant à l'épreuve des abeilles.

Il coiffa ensuite son propre chapeau, le zippa, puis ramassa sa boîte à outils et son fumigateur.

— Allons-y. Si une abeille se pose sur toi, ne la chasse pas… elle ne fait qu'enquêter.

— Qu'est-ce que tu fais aux ruches, concrètement ? lui demandai-je alors que nous marchions vers le fond du jardin.

Le *Magnolia grandiflora* était couvert de fleurs roses d'aspect ciré et le *Kerria japonica* de gerbes exubérantes de pompons abricot. Les pommiers étaient chargés de fleurs crémeuses.

— À cette époque de l'année, c'est le nettoyage de printemps – on sort les abeilles mortes et on inspecte pour trouver des mites ou des signes de maladie. Je leur vaporise aussi un peu de sirop de sucre pour les requinquer après l'hiver, car leurs réserves de miel sont presque épuisées.

Il s'arrêta près d'une table à tréteaux, où il bourra le fumigateur de lambeaux de papier et de grosse ficelle, auxquels il mit feu avec une allumette. L'air se chargea d'un arôme âcre.

— Bon. Il vaut mieux que tu t'asseyes sur ce banc pendant que j'ouvre les ruches – je t'appellerai lorsqu'il y aura quelque chose à voir.

Tandis que je reculais, Patrick envoya de la fumée à l'entrée de la ruche.

— Pourquoi tu fais ça ?

— Ça les calme, parce que ça leur fait croire qu'il y a un incendie quelque part : elles se préparent à quitter la ruche... Mais d'abord, elles vont manger du miel pour se donner de l'énergie.

— Comme c'est bizarre. Moi, s'il y avait un incendie dans le coin, je ne crois pas que je m'arrêterais pour me faire un sandwich.

— Les abeilles ont des comportements mystérieux.

Patrick souleva le toit de la ruche – ce qui semblait exiger un certain effort – puis, à l'aide d'un outil plat en acier, il retira le plateau interne en bois.

— On appelle ces plateaux des « supers », m'expliqua-t-il. Ils contiennent des cadres (il en retira délicatement un) où le miel est fabriqué. Ça va ?

— Oui, dis-je anxieusement tandis que l'air vibrait de bourdonnements intenses. Mais tu as un essaim d'abeilles autour de la tête.

On aurait dit un halo noir.

— Ah... elles sont juste un peu furieuses parce que je les ai dérangées. Calmez-vous, mesdames ! dit-il tandis qu'elles fonçaient vers son voile comme des Spitfire miniatures. Ce n'est que moi, les filles !

— Elles sont toutes femelles ?

— Oui. Les mâles représentent seulement dix pour cent de la ruche et leur unique tâche est de s'accoupler avec la reine.

Quand c'est fait, ils sont chassés de la ruche, les ailes arrachées. Je sais ce qu'ils ressentent, ajouta-t-il, avec ironie.

Quelques abeilles tournoyaient autour de ma tête.

— Ooooooh! fis-je tandis qu'elles plongeaient vers mon voile. Aaaah!

De plus en plus d'abeilles étaient apparues et fonçaient droit sur moi comme des bombardiers, bourdonnant furieusement autour de mes oreilles, rampant sur mes manches, me donnant la chair de poule. Je me secouai pour tenter de m'en débarrasser.

— Ah, mon Dieu, gémis-je, le cœur battant.

J'agitai la main, mais elles revinrent. C'était insupportable. Je me levai pour m'éloigner.

— NE BOUGE PAS! hurla Patrick. Ne t'agite pas comme ça! Pardon, se reprit-il. Je... ne voulais pas crier. Mais je t'en prie, pas de gestes brusques ou elles pourraient te piquer à travers le voile.

Je décidai que l'apiculture n'était pas mon truc.

— Elles sont simplement curieuses, m'expliqua-t-il d'une voix apaisante, tandis que je me rasseyais, hésitante, le cœur battant encore à tout rompre. Elles veulent tout savoir de toi... Comme moi, d'ailleurs.

Je me calmai. Les abeilles, peut-être parce qu'elles le devinaient, semblèrent battre en retraite.

— Ça n'ennuie pas tes voisins que tu aies des ruches? demandai-je au bout d'un petit moment.

— Tout se passe très bien. Le principal, c'est de placer les ruches près d'une clôture ou d'un arbre pour qu'elles soient obligées de s'envoler vers le haut quand elles sortent. Il est aussi important de leur fournir une réserve d'eau (il indiqua l'étang d'un mouvement de la tête) afin qu'elles n'en recherchent pas dans les autres jardins. De plus, je n'ouvre jamais les ruches le week-end et je donne du miel aux voisins – c'est toujours excellent pour les relations publiques.

— Je peux t'avouer quelque chose?

— Oui – à condition que tu ne me dises pas que tu as un fiancé.

— Non, souris-je. Je n'en ai pas. Mais tu sais... en fait... je n'aime pas... le miel.

Il se retourna pour me regarder.

— Pourquoi ? C'est la nourriture des dieux !

— Parce que... non. Désolée. Je ne l'ai jamais aimé.

— Oh là là... mais peut-être que mon miel te plaira, quand même. Tu pourrais m'aider à l'extraire, plus tard, cet été. Maintenant, viens voir.

Je ne bougeai pas.

— Allez, elles ne te feront aucun mal.

Je m'avançai et jetai un coup d'œil nerveux à l'intérieur de la ruche. Plusieurs centaines d'abeilles rampaient sur un gros rayon de miel en bourdonnant bruyamment.

— *Apis melifera melifera*, dit Patrick. À domicile. Ce sont les ouvrières. Elles se tuent à l'ouvrage en trois semaines, les pauvres petites, à collecter du nectar de l'aube au crépuscule.

— Elles vont loin ?

— Environ cinq kilomètres. Tu peux envoyer des bouffées de fumée ? Elles visitent six cents fleurs par jour. Il faut un million de fleurs, rien que pour faire un pot de miel. Maintenant, regarde celles-là, plus bas.

Je scrutai le devant de la ruche où trois ou quatre abeilles montaient la garde, l'abdomen surélevé, battant l'air de leurs ailes.

— Elles font quoi ? Elles nous montrent leur derrière ?

— Elles envoient une odeur, elles la propulsent dans l'air avec leurs ailes, pour dire aux autres abeilles de revenir les aider à monter la garde.

— Et il paraît que les abeilles dansent, c'est vrai ?

— Oui, elles frétillent en oscillant de gauche à droite – le nombre de fois où ce mouvement est répété, sa direction et le son qu'émettent les abeilles communique avec précision l'endroit où le nectar est situé.

— C'est génial.

— Les abeilles sont géniales, en effet. Géniales et indus-
trieuses. Elles pourraient nous servir d'exemple.

Patrick vaporisa le cadre de sirop de sucre, le glissa dans le
magasin, puis retira un autre cadre.

— Ah, la voici, dit-il joyeusement. Sa Majesté la reine. Ne
t'inquiète pas… Pas besoin de faire la révérence.

Je l'examinai. Elle mesurait bien cinq centimètres… et elle
était entourée de ses serviteurs.

— Très bien, murmura Patrick. Elle va bien. Elle a sur-
vécu à l'hiver et elle a commencé à pondre.

Il éleva le cadre pour le regarder à contre-jour.

— Tu vois ces œufs minuscules dans chaque cellule? En
ce moment, elle en pond environ deux cents par jour mais d'ici
juin, elle en pondra deux mille par jour.

— Il y aura combien d'abeilles à ce moment-là?

— Environ cinquante mille. Pour l'instant, elles sont environ dix mille. C'est à ce moment-là que l'activité des abeilles est
à son maximum parce que le nectar est à son pic.

— Il y a combien de reines?

— Une seule par ruche. Celle-ci s'appelle Victoria – Beck-
ham, évidemment – et les deux autres s'appellent Elizabeth…

— Hurley?

— Oui. Et Cléopâtre. Elles ont toutes les ailes coupées
pour qu'elles ne quittent pas la ruche, sinon les abeilles essaime-
raient.

— Qu'est-ce qui t'attire, dans l'apiculture, lui demandai-je
tandis que nous revenions vers la maison, vingt minutes plus
tard. Le plaisir de récolter ton propre miel?

— Non. La récolte n'a lieu qu'une fois par année. Je crois
que c'est le fait de travailler avec la nature, d'accepter qu'il y ait
quelque chose qu'on ne puisse pas contrôler.

— Mais… pourquoi vouloir la contrôler?

— Je veux dire par là qu'il faut s'abandonner à la nature
et… rester à son écoute. Quand il pleut, par exemple, on sait

que les abeilles vont rentrer aussitôt à la ruche, parce qu'elles détestent se mouiller. Quand un orage approche, on entend un rugissement dans les ruches : les abeilles battent des ailes parce qu'elles sont énervées.

— Et quand elles sont heureuses ?

— On entend juste un joli bourdonnement. J'adore ce doux bourdonnement des abeilles satisfaites, reprit-il en retirant son chapeau et sa combinaison. L'apiculture vaut mieux que toutes les thérapies. C'est une espèce de yoga moderne. Quand je travaille avec les abeilles, mon stress s'évapore, tout simplement. Je leur dis tout, ajouta-t-il en enlevant mon voile.

— Vraiment ?

— Oui. Aujourd'hui, par exemple, je leur ai dit que tu venais.

— Et qu'a dit la rumeur ?

— Elles étaient ravies… surtout quand je leur ai dit que tu étais jardinière. Enfin, assez parlé des ruches. Je vais te débarrasser.

Il souleva mon chapeau. Le voile me caressa légèrement le visage. Puis il défit ma veste. Et tandis que je restais immobile, tout près de lui, il tendit la main et caressa mon visage. Ce fut comme une décharge électrique.

— Buvons un peu de champagne…

— Et toi, qu'est-ce qui t'attire, dans le dessin de jardins ? me demanda Patrick alors que nous étions attablés dans la cuisine à la lueur des bougies. Le fait que le jardinage soit devenu sexy ? Que ce soit le nouveau rock'n roll ?

— Non, répondis-je en finissant ma mousse au chocolat. C'est un mélange d'art, d'architecture, d'horticulture et de couleurs – et de connaissance de la lumière et de la terre. J'aime ça, parce qu'un jour n'est jamais pareil à l'autre, parce que je suis souvent dehors et parce que je crée quelque chose qui donnera, je l'espère, du plaisir pendant des années.

— Ce doit être très satisfaisant.

— En effet. L'idée de pouvoir transformer une cour miteuse en petit coin d'Italie, par exemple, comme on m'a récemment demandé de le faire à Hampstead. C'est une sensation formidable : j'adore cette transformation – et le fait de créer quelque chose qui dure.

— Les plantes ne durent pas, me fit-il remarquer en remplissant la bouilloire.

— C'est vrai, elles ont une durée de vie limitée. Mais le squelette du jardin – les sentiers, les murs, les dallages – dure plusieurs décennies. Quand je travaillais à la City, je n'avais pas la sensation de faire quelque chose qui compte, quelque chose qui dure. Contrairement aux *hedge funds* – tu sais comment ça marche : ces gens qui négocient des actions qui ne leur appartiennent pas et qui gagnent à tous les coups, en prenant vingt pour cent sur des profits énormes. Je n'arrivais pas à croire qu'on soit aussi bien payé à travailler sur un truc qui n'existe même pas. Je savais qu'il fallait que je sorte de là et que je fasse quelque chose… qui en vaille la peine.

— Et maintenant, c'est le cas… Tu as vraiment bien réussi.

Je songeai au jardin dans les Boltons. Il prenait vraiment forme.

— Tu veux un thé à la menthe ? me proposa Patrick.

Je secouai la tête.

— Il faut que je rentre.

— J'espère te revoir, dit-il en me passant mon manteau.

Je pris mon sac.

— Moi aussi, j'espère te revoir.

— Vraiment ?

Je lui souris.

— Oui. Vraiment.

Il me dévisageait.

— Dans ce cas, ça ne t'ennuierait pas que je t'embrasse ?

À ces mots, mon cœur fit le saut de l'ange.

— Non. Enfin… Oui, je veux dire… ça ne m'ennuie pas… en fait… je…

Mais les lèvres de Patrick étaient déjà sur les miennes. Tandis qu'il me serrait dans ses bras, je savourai la sensation solide, sexy, de sa charpente robuste contre mon corps frêle, et celle de ses bras m'enlaçant comme un cerceau.

Sur le chemin du retour, le corps bourdonnant de désir, je pensai à Xan. Il s'était détaché de moi depuis longtemps déjà et maintenant, le moment était enfin venu pour moi de me détacher de lui. Sandra avait raison : j'avais droit à ma vie, le droit d'essayer de trouver l'amour – ou à tout le moins, un bon partenaire, qui soit un père pour Milly. Elle en avait besoin et Xan ne pouvait rien y redire. Pendant près de quatre ans, j'avais vécu en Cendrillon, attendant patiemment dans l'ombre ; il était peut-être temps pour moi d'aller au bal.

8.

— Arrête tes conneries, disait Jamie trois semaines plus tard alors que nous bravions la boue et la pluie dans le jardin des Edwards. Tu t'es plantée d'au moins six centimètres.

— Pas du tout! protestai-je tandis qu'une goutte d'eau me dégoulinait dans la nuque. J'ai pris des mesures très précises.

Je lui montrai à nouveau le plan de site.

— Je ne sais pas pourquoi nous avons sans cesse cette discussion, Jamie.

— Parce qu'on s'engueule souvent, dit-il.

Jamie, normalement de bonne composition, avait été d'humeur difficile et grincheuse toute la journée.

— On se dispute parfois, lui répondis-je, c'est la nature de notre relation – mais on arrive toujours à s'entendre. Alors si on reprenait les mesures? (Je sortis mon mètre.) Attrape l'autre bout, tu veux?

— Je te dis que ça ne marchera pas, insista Jamie en désignant les dessins. Et nous ne pouvons pas nous permettre de nous planter – pas quand la pierre se vend à cent vingt livres le mètre carré.

— C'est vrai.

Je regardai autour de moi. Au cours des deux premiers mois de chantier, les aménagements « en dur » avaient été retirés et le terrain nivelé – quatre tonnes de terre avaient été soigneusement retirées du jardin. L'électricien avait installé les fils électriques pour l'éclairage, un plombier spécialisé avait mis en place le système d'irrigation et les dalles de calcaire crémeux, abritées sous une bâche, devaient être posées le lendemain.

— Tu t'es plantée de six centimètres, insista Jamie tandis que nous reprenions les mesures. L'intervalle entre les dalles va être trop large.

— Je te répète que non.

— Je ne veux pas faire du rafistolage avec des chutes – on va dire que je suis mauvais maçon.

— Il n'en est pas question. Écoute, Jamie… (Je jetai un coup d'œil à ma montre.) Les Edwards vont bientôt rentrer. Il ne faut pas qu'ils nous retrouvent en train de nous chamailler dans leur jardin – et je dois rentrer pour Milly, alors si on en restait là pour l'instant? On laisse passer une nuit.

— D'accord, soupira-t-il. Comme tu veux.

Il se mit à ranger le chantier, mettant les outils dans la remise temporaire, couvrant la bétonnière d'une épaisse bâche en plastique bleu et rembobinant les fils électriques.

— Tu peux me déposer chez moi? lui demandai-je tandis que la gouvernante nous raccompagnait. Ma voiture fait des caprices… je l'ai laissée chez le garagiste.

— Bien sûr.

— Tu vas bien, Jamie? m'enquis-je en m'installant sur le siège passager de sa vieille fourgonnette, une minute plus tard.

— Ça va, fit-il d'une voix lasse. Ça n'a jamais aussi bien été.

Tout en s'arrêtant à un feu rouge, il passa la main dans ses cheveux mouillés.

— Je me sens… en pleine forme.

Je scrutai son profil.

— C'est faux.

Nous écoutâmes le battement régulier des essuie-glaces.

— Non, soupira-t-il. Tu as raison. Ça ne va pas. Je suis incapable de manger. Incapable de penser… Je n'arrive pas à dormir. Je suis désolé de m'être un peu énervé tout à l'heure mais je n'ai pas fermé l'œil de la nuit...

Il appuya le front sur le volant et ferma les yeux un moment.

— Qu'est-ce qui se passe, Jamie?

Il ne répondit rien. Puis, à mon grand étonnement, je vis sa bouche trembler.

— Tu peux me parler, ajoutai-je d'une voix douce. Nous ne sommes pas que des associés, nous sommes également amis. Si ça ne va pas, j'aimerais pouvoir t'aider.

Il crispa les mains sur le volant, releva la tête et fixa le pare-brise.

— Alors... qu'est-ce qui se passe?

Le feu passa au vert et il relâcha le frein à main.

— J'ai des problèmes.

— Quelle sorte de problèmes? lui demandai-je, alors que je devinais la réponse.

— Avec Thea.

Il était rose d'émotion.

— Parce qu'elle est tout le temps partie?

Il hocha la tête d'un air sinistre.

Je connaissais Jamie depuis deux ans et demi mais je n'avais vu Thea qu'à trois ou quatre reprises. Je l'avais chaque fois trouvée amicale, mais il s'agissait du charme factice d'une attachée de presse chevronnée.

— Elle ne pourrait pas trouver un boulot qui lui permette de rester un peu plus à Londres?

Il changea de vitesse.

— Je le lui ai demandé, mais elle s'y refuse. D'une certaine manière, je la comprends. Elle n'a que vingt-sept ans, elle est ambitieuse, elle adore voyager. Elle réussit très bien professionnellement, elle gagne beaucoup d'argent, mais ça nous fait du tort, à nous.

Je repensai au petit espace qu'il avait laissé au fond de son jardin pour une balançoire ou un toboggan.

— J'aimerais fonder une famille, reprit-il. J'aimerais sentir que je travaille pour une bonne raison. Nous sommes mariés depuis trois ans maintenant. J'en ai marre.

— A-t-elle changé d'avis au sujet des enfants ?

— Non. Ou du moins, elle dit que non, ajouta Jamie en tournant sur Havelock Road. Mais c'est exclu pour l'instant. Avant notre mariage, elle disait qu'elle espérait tomber enceinte dans les dix-huit mois. Mais depuis qu'elle a décroché ce poste à l'agence Pitch, tout a changé. Enfin... je ne suis pas dans mon état normal, en ce moment, c'est le moins qu'on puisse dire.

Il se rangea devant chez moi.

— Tu veux entrer prendre une bière ? lui proposai-je.

— Je ne sais pas...

— Tu pourrais te garer à ma place habituelle. Entre, Jamie. Je t'en prie. Je ne veux pas te laisser dans cet état.

— D'accord, soupira-t-il en coupant le contact. Ce n'est pas comme si j'étais attendu à la maison... et j'aimerais bien voir Milly. Je ne l'ai pas vue depuis deux ou trois semaines.

Tout en mettant la clé dans la serrure, j'entendis Milly courir dans le hall.

— Maman !

Je la pris dans mes bras pour l'embrasser.

— Salut, ma puce ! Merci, Luisa, ajoutai-je. Je m'en occupe, maintenant.

— Je aller nager, Anna.

— Amuse-toi bien.

Je me demandai si c'était bien ce qu'elle allait faire.

— Regarde, Milly, ajoutai-je, c'est Jamie.

Milly lui sourit, puis détourna les yeux, brusquement timide.

— Peut-être qu'il va te raconter une histoire.

— Bien sûr que je vais te raconter une histoire, princesse, dit-il en délaçant ses Timberland boueuses. On regarde dans ta boîte de livres, tu veux bien ?

Je posai Milly et elle courut dans le salon.

— « Senille » ! hurla-t-elle. Veux la « senille », Jamie.

Tout en ouvrant le réfrigérateur, j'entendis Jamie lui lire le début de *La chenille qui fait des trous* et, comme d'habitude, Milly voulut dévorer le livre aussi vite que possible, tournant les pages à toute allure.

— Samedi elle a mangé... un morceau de gâteau, lisait Jamie.

— ... un « cornisson »... un salami... une sucette, entendis-je Milly anticiper fiévreusement en tournant les pages... Plus faim... beau papillon... la FIN ! s'écria-t-elle triomphalement.

— Elle fait toujours ça, me lança Jamie.

— Je sais, dis-je en décapsulant deux bouteilles de Stella. Elle dévore les histoires à cent kilomètres heure.

— Pourquoi fait-elle ça, à ton avis ?

— Parce qu'elle adore crier « la fin » ! Pas vrai, ma puce ?

— On lit autre chose ? dit Jamie.

— Gruffano ! hurla-t-elle.

— *Gruffalo* ? Ah... le voilà... d'accord ? Es-tu prête, Miss Milly ?

— Prête.

— Bon... Une souris se promenait dans une grande forêt sombre... un renard...

— Maison souterraine, entendis-je Milly annoncer, ... hibou... crier... renard rôti... maison... Gruffalo... la FIN ! Veux DVD, maman !

— Tu peux mettre un DVD pour Milly ? demandai-je à Jamie. Elle va le choisir.

— *Pierre Lapin*, réclama-t-elle. Veux *Pierre Lapin* !

J'arrivai avec un plateau et Milly se cala dans son petit fauteuil jaune pour regarder le DVD. Elle portait de temps à autre la main à la bouche quand Pierre Lapin échappait de justesse à M. McGregor, puis se tournait vers nous avec des yeux écarquillés.

— Tu ne pourrais pas accompagner Thea de temps en temps ? demandai-je à Jamie en lui donnant sa bière.

Il secoua la tête.

— Je suis trop occupé. En plus, ça serait assez pathétique, non ? Comme si je ne lui faisais pas confiance.

— Et tu lui fais confiance ?

Il y eut une petite pause.

— Je lui ai toujours fait confiance, répondit-il prudemment en jouant avec son verre. Mais maintenant, je ne sais plus.

J'eus une sensation de malaise dans l'estomac.

— Il y a deux jours, j'ai trouvé quelque chose. J'essaie de ne pas en faire un drame, mais… (Il haussa les épaules.) Ça sent le roussi.

— Raconte-moi.

Il déglutit.

— Au cours des deux derniers mois, Thea est allée trois fois en Afrique du Sud – elle y retourne dans trois semaines. J'avais des trucs à laver, alors j'ai tout sorti du panier à linge et au fond, il y avait l'une des robes de Thea. J'étais sur le point de la mettre dans la machine lorsque j'ai senti quelque chose dans une poche – une carte de visite. (Il fit une pause.) C'était celle d'un certain Percy du Plessis. Elle ne m'a jamais parlé de lui, mais d'après sa carte, il est vice-président de la Fédération de tennis sud-africaine. Au dos de la carte, il avait écrit qu'il « avait hâte » de la revoir, qu'il « attendait avec impatience » leur « rendez-vous en tête à tête » en mai, et qu'il allait lui faire passer « un très bon moment », points de suspension… C'était incroyablement suggestif.

— Ah. Eh bien…

— N'essaie pas de me consoler, grinça Jamie en avalant une gorgée de bière. C'est évident. (En effet, ça ne semblait pas très prometteur.) Mais il est vrai que Thea est exposée à telle-ment de tentations lorsqu'elle est à l'étranger. Elle descend dans des hôtels cinq étoiles ; elle est invitée à des tas de fêtes et de réceptions ; elle rencontre des hommes séduisants et puissants qui la désirent probablement… Après tout, elle est superbe.

— Quelle est son attitude envers toi lorsqu'elle est à la mai-son ?

— En général, elle est... très bien, répondit-il. Très heureuse de me revoir. Mais depuis environ un mois, elle est plus distante, ce qui m'a fait penser qu'il se passait quelque chose. Puis, j'ai trouvé cette carte et... bon... (Il haussa les épaules.) C'est manifestement le cas.

Il enfouit sa tête dans ses mains. Je vis Milly lui lancer un regard perplexe et compatissant. Elle s'approcha de lui et lui tapota le genou en l'interrogeant du regard.

— Merci, ma chérie.

Il lui caressa la tête.

— Mais ce type, ce Percy... Peut-être qu'elle lui plaît, repris-je en prenant Milly sur mes genoux, mais tu n'as aucune preuve que les sentiments de Thea sont réciproques, n'est-ce pas ?

— Non, soupira-t-il. Aucune.

Il prit l'ardoise magique de Milly et dessina un chat, que Milly effaça.

— Mais ces choses-là se sentent, reprit Jamie, et dans mes tripes, je sens que Thea a changé dernièrement. C'est peut-être pour ça.

Il écrivit Thea & Jamie sur le tableau en grandes lettres cursives. Puis il tira sur le levier, le relâcha et leurs noms s'effacèrent lentement dans un chuintement mécanique.

— Si elle me trompait, je ne m'en remettrais jamais, ajouta-t-il d'une voix mate.

— Ne tire pas de conclusions hâtives, lui conseillai-je. Parle-lui. Quand elle rentrera de voyage, attends qu'elle se soit reposée puis montre-lui la carte, calmement, et dis-lui ce que tu as éprouvé en la découvrant. Donne-lui une chance de s'expliquer, faute de quoi tes soupçons, qui peuvent se révéler infondés, pourraient détruire votre relation.

— C'est vrai. Merci, Anna. (Il soupira à nouveau.) Bon, il vaut mieux que j'y aille. J'ai plein de trucs à faire. Salut, petite princesse.

Milly leva les bras pour se faire embrasser.

— Et comment ça se passe, au fait, avec le prince char-mant? me demanda-t-il en rechaussant ses bottes.

— Ça se passe très bien, dis-je. On apprend à se connaître – je ne veux rien précipiter mais... je l'aime beaucoup.

— Alors il est gentil?

— On dirait.

— Tant mieux, fit Jamie avec chaleur. Milly l'a rencontré?

— Non. Il est beaucoup trop tôt pour cela.

Jamie était tellement déprimé au sujet de Thea que j'aurais manqué de tact en lui racontant à quel point j'étais heureuse avec Patrick. Nous nous fréquentions depuis trois semaines. Je n'avais pas l'intention de commettre la même erreur qu'avec Xan, alors nous allions tout doucement. Nous étions allés au restaurant, à l'opéra et au théâtre. Le week-end suivant, nous devions partir ensemble. Papa avait accepté de s'installer chez moi pour garder Milly, car il était hors de question de confier une telle responsabilité à une fille au pair.

— Alors tu pars en week-end? avait dit papa lorsque je l'avais appelé pour lui demander ce service.

— Rien qu'une nuit. À Cliveden.

— Très chic. Avec qui? Si je peux me permettre de te poser la question?

— Avec Patrick, en fait. Mon nouvel... ami.

— Ah.

Je m'étais soudain sentie aussi embarrassée qu'une fille de douze ans à sa première boum.

— Mais bon, tu as bien le droit de t'amuser, dans la vie. Pourquoi ne tomberais-tu pas amoureuse, après tout ce que tu as traversé? Pourquoi ne rencontrerais-tu pas de nouvelles têtes, des... gens intéressants, avec lesquels tu aimes passer du temps? avait-il ajouté avec une certaine véhémence.

Il y eut un curieux silence.

— Alors si j'ai bien compris, tu es d'accord?

— Ah, fit-il distraitement. Oui. Et que vas-tu faire de Luisa? Tu as découvert autre chose?

Je lui avais parlé de son magot caché.

— J'ai fait chou blanc, répondis-je. Je n'ai aucune preuve qu'elle ait obtenu cet argent par des moyens malhonnêtes, mais j'ai l'impression qu'elle me cache quelque chose et ça me met mal à l'aise.

— Elle n'a rien pris ?

— Quelque chose qu'elle aurait pu revendre, tu veux dire ? Mes bijoux, par exemple ? Non. Je suis certaine que rien n'a disparu. De ce côté-là, je la crois honnête.

— Mais à un autre niveau, tu ne lui fais pas confiance.

— Non, en effet. (Cette idée me déprima.) Enfin, franchement, c'est curieux, non ? D'après Cassie, elle vend de la cocaïne, mais je n'ai trouvé aucune trace de drogue dans la chambre de Luisa. Elle sort pas mal en ce moment – elle dit qu'elle va au club de gym, mais ce pourrait être un alibi.

— Alors suis-la.

— J'en ai bien envie… Mais il faudrait que tu gardes Milly. Tu pourrais venir lundi, papa ?

— Hélas, Anna, c'est impossible.

— Ah. Et mardi ?

— Euh… désolé, je ne peux pas.

Papa était rarement pris, le soir. Il dînait de temps en temps avec des amis ou à son club, mais autrement, il était chez lui ou chez moi.

— Tu ne peux pas demander à Cassie ? me suggéra-t-il.

— Je l'ai déjà fait, mais elle dit qu'elle est prise, le soir, en ce moment. Et mercredi ? Disons, de 17 h 30 à 19 h 30 ?

J'entendis papa se suçoter la lèvre inférieure.

— J'avais prévu un truc.

— Quoi ? ne pus-je m'empêcher de demander.

— Une partie de bridge, répondit-il aussitôt.

— C'est sympa… avec qui ?

— Les… Travis… quoique… je pourrais m'arranger. Oui, je pourrais dîner avec eux au lieu de prendre l'apéro. D'ailleurs, je préférerais, réfléchit-il tout haut. Alors d'accord : mercredi, 17 h 30, ce serait parfait.

— Elle est bien, ta coupe de cheveux, dis-je à papa lorsqu'il arriva.

— J'en avais bien besoin, me répondit-il en contournant la poussette. Mais tu ne trouves pas ça trop court ?

— Non, c'est très bien.

Une bouffée d'après-rasage citronné me monta aux narines.

— Tu en es sûre ? me demanda-t-il anxieusement.

Il s'examina dans le grand miroir rond au pied de l'escalier.

— Tout à fait sûre. Ça te rajeunit.

Il se passa la main sur la tête.

— Vraiment ? Ça me donne quel âge ?

— Euh… cinquante-deux ans.

— Tu plaisantes !

— Non, protestai-je, ravie d'apaiser son amour-propre meurtri.

Papa me sourit largement.

— Et cette chemise, elle est neuve ?

— En effet. Mes vieilles chemises commençaient à être usées, alors je suis allé chez Selfridges. Elle te plaît ?

— Oui. Le violet te va bien, mentis-je. Et l'appart, tu t'y plais toujours ?

— Beaucoup ! Tu n'oublieras pas mes nouvelles jardinières, n'est-ce pas ?

— Mon Dieu, je suis désolée, ça m'est complètement sorti de l'esprit. Mais je t'en apporte très bientôt, promis.

J'avais déjà demandé à Luisa si elle avait des projets pour la soirée et elle m'avait appris qu'elle retournait nager.

— Au revoir, lui lançai-je lorsqu'elle partit à 17 h 45.

— Au revoir, Anna.

— *Adiós !* lança Milly tout en faisant un puzzle Teletubbies sur la table de la salle à manger.

J'observai Luisa depuis la fenêtre du salon pour voir quelle direction elle prenait. Puis j'embrassai une Milly étonnée, attrapai mon sac et partis aux trousses de Luisa. Je portais des baskets pour que mes pas ne résonnent pas sur la chaussée. Je traversai Blythe Road derrière elle, passai devant l'immeuble de Jamie, puis le jardin d'enfants, traversai Brook Green, descendis Rowan Road et constatai que Luisa traversait Hammersmith Road pour entrer dans le club de gym.

Je montrai ma carte d'abonnée à la réceptionniste et traînai à la caféteria quelques minutes pour donner à Luisa le temps de se changer. Puis je jetai un coup d'œil discret par la baie vitrée qui donnait sur la piscine. Je vis Luisa émerger du vestiaire dans son maillot bleu marine. Elle prit une douche puis plongea dans la piscine et fit des longueurs pendant environ une demi-heure avant de ressortir et de se rhabiller. Elle passa devant le bar sans me remarquer, quitta l'immeuble et rentra directement chez moi par le même chemin.

— La voie est libre, me souffla papa en ouvrant la porte. Elle est montée dans sa chambre pour regarder la télé.

— Ah, fis-je, à bout de souffle. Eh bien, elle a dit qu'elle allait nager et c'est exactement ce qu'elle a fait. Mais on pourrait recommencer demain ?

— Euh...

— S'il te plaît, papa, c'est important.

— Bon... d'accord.

Nous fîmes donc de même le lendemain et le surlendemain : même scénario.

— Je ne crois pas que Luisa ait des activités clandestines, racontai-je à Patrick quand nous nous mîmes en route pour Cliveden dans sa BMW, le lendemain après-midi. Je l'ai suivie trois soirs de suite et elle n'a fait que nager, rentrer et monter à sa chambre pour regarder la télé. Elle semble mener une existence irréprochable.

— Tu vas peut-être devoir oublier tes soupçons, répondit Patrick tandis que nous traversions l'ouest de Londres. Tu ne peux pas lui demander où elle a obtenu cet argent...

— Non.

— Et tu n'as aucune preuve qu'elle fasse quelque chose de répréhensible.

— Pas la moindre. Rien qu'un sentiment... bizarre. D'autant que le montant ne cesse d'augmenter.

— Tu crois qu'elle le planque pour un petit ami ?

— C'est possible, mais elle ne semble pas avoir de petit ami.

— Mais elle est travailleuse, m'as-tu dit.

— Très ! Et Milly l'adore.

— Alors à ta place, je laisserais tomber. C'est difficile de trouver quelqu'un qui s'occupe bien des enfants.

— C'est vrai.

Je pressai le bouton pour baisser la vitre.

— S'il te plaît, ne fait pas ça, lança Patrick, en la remontant grâce aux contrôles centraux.

Son ton cinglant me déconcerta.

— Pourquoi pas ? hasardai-je. Il fait doux. Et même chaud.

— L'air conditionné est très efficace.

— Je sais, mais j'aime bien une petite brise. Je déteste la sensation d'être enfermée dans une voiture comme un insecte dans un pot à confitures.

— Et moi, je déteste rouler vitres baissées quand je suis en ville. La pollution me rend malade.

— Mais il y a très peu de circulation.

La scène commençait à ressembler dangereusement à une dispute. Je me demandai à quel stade d'une nouvelle relation amoureuse il était acceptable d'en avoir une.

— Tiens... je vais monter la clim, proposa Patrick en tripotant le thermostat. C'est mieux ?

— Oui, mentis-je en regardant par la fenêtre. Alors, combien de temps met-on pour se rendre là-bas ? demandai-je pour détendre l'ambiance.

— Pas plus d'une heure. C'est pour ça que c'est parfait pour les week-ends en amoureux.

— Tu en as passé plusieurs là-bas ? m'enquis-je tandis que nous prenions la M4.

— Non, hélas, répondit-il. J'y suis allé une seule fois, avec Suzie, quand elle était enceinte de huit mois. Nous avons passé le plus clair de notre temps à nous disputer.

— À quel sujet, si ça ne t'ennuie pas que je te pose la question ?

— Au sujet du mariage. D'après elle, j'aurais dû simplement « passer à l'acte » sans me poser de questions, mais je voulais attendre parce que nous étions ensemble depuis moins d'un an.

— Ça ne me semble pas déraisonnable.

— En tout cas, l'hôtel est charmant et on a du mal à croire qu'il soit aussi proche de Londres, encore moins d'Heathrow. Je savais que tu ne pouvais pas partir trop loin, à cause de Milly.

— C'est vrai. Merci d'y avoir pensé, Patrick. J'avais très hâte qu'on y aille.

Nous filâmes sur l'autoroute en direction de Taplow et empruntâmes bientôt des chemins de campagne bordés de longues herbes, de parasols de cerfeuil sauvage et de touffes de campanules. Nous prîmes à droite pour suivre une longue allée ourlée de lauriers, puis nous débouchâmes devant une fontaine blanche en forme de conque, derrière laquelle se dressait une immense villa de style italien.

— Wouaouh ! murmurai-je.

— En effet, c'est assez impressionnant. Elle a été réalisée par le même architecte que le palais de Westminster, Charles Barry. C'était la demeure de la famille Astor au tournant du siècle dernier, et elle est restée à peu près en l'état.

Nous nous garâmes devant l'entrée. Un chasseur ouvrit la porte, un autre prit nos sacs de voyage. Tandis qu'un voiturier garait l'automobile, nous gravîmes l'escalier en chêne sculpté jusqu'à notre chambre, au premier étage. Elle était immense, avec une cheminée massive sculptée de motifs héraldiques, une gigantesque salle de bains en marbre et un lit à baldaquin en damassé jaune.

— C'est somptueux ! déclarai-je.

— Oui. Mais il n'y a aucun confort moderne, me fit remarquer Patrick. Ni clim, ni minibar, parce que l'hôtel est géré comme un manoir de campagne, comme si nous étions des invités plutôt que des clients. Toutes les œuvres d'art et les antiquités sont d'origine : elles y étaient déjà à l'époque des Astor. Viens, allons visiter.

En descendant, nous nous arrêtâmes pour admirer les tableaux représentant George II et la princesse Augusta ainsi que le lumineux portrait de Nancy Astor par John Singer Sargent. Sur le piano à queue trônaient des photos encadrées des Astor avec Amy Johnson, Churchill et Charlie Chaplin. Puis nous prîmes le thé sur la terrasse surplombant un parterre classique qui se perdait dans l'étendue apparemment infinie d'un parc ondulant.

— C'est ravissant, soufflai-je. C'est tellement... grandiose.

Nous nageâmes dans la jolie piscine extérieure, puis trempâmes dans le Jacuzzi tandis que le jour tombait, repérant les premières étoiles parmi les lumières clignotantes des avions décollant et atterrissant à Heathrow. Puis nous revînmes à la chambre, retirâmes nos peignoirs et nos maillots et nous fîmes l'amour pour la première fois.

— J'en avais tellement envie, dit Patrick, allongé à mes côtés, en me caressant le visage. Dès la première fois que je t'ai vue.

— Ça fait tellement longtemps, murmurai-je tandis qu'il m'embrassait. Je n'ai pas... depuis avant la naissance de Milly.

Patrick m'embrassa à nouveau.

— J'en suis heureux.

Pendant qu'il prenait un bain rapide je téléphonai pour souhaiter bonne nuit à Milly, puis nous nous habillâmes pour le dîner.

— C'est tellement agréable, soupirai-je alors que nous sirotions nos cocktails au champagne au bar.

Mon stress s'évanouissait peu à peu.

— Tu le mérites, dit Patrick.

Il porta ma main à ses lèvres.

Tout en dînant, il m'interrogea sur ma famille.

— Cassie a l'air d'être un sacré numéro.

— C'est une façon flatteuse de la décrire. À vingt-neuf ans, elle se comporte toujours en adolescente.

— Tu n'approuves pas la façon dont elle mène sa vie ?

— Non. (Je posai ma fourchette.) Je désapprouve certaines choses qu'elle fait. Mais je l'ai toujours considérée avec le même mélange de frustration et d'affection – j'ai peur qu'elle gâche sa vie, c'est tout. Elle refuse de se structurer.

— Elle est intelligente ?

— Oui. Très intelligente. Elle a reçu une éducation très coûteuse, ajoutai-je avec ressentiment tandis que le serveur débarrassait la table. J'ai dû me satisfaire de l'école publique locale mais mes parents ont envoyé Cassie dans une école privée, puis à Marlborough.

— Ça t'embêtait ?

— J'ai essayé de me faire une raison, fis-je en tripotant le bougeoir. Cassie a six ans de moins que moi et mes parents avaient plus d'argent à ce moment-là. Mais ils se justifiaient en disant que Cassie n'en faisait qu'à sa tête : ils craignaient qu'elle ait de mauvaises fréquentations si elle allait à la même école que moi, alors qu'ils ne s'étaient jamais fait de souci pour moi.

— Parce que tu étais stable et studieuse.

— Oui. J'ai pourtant le sentiment d'en avoir été punie alors qu'elle a été récompensée pour son irresponsabilité. Mais je ne ferai jamais comme eux, repris-je tandis que le sommelier remplissait nos verres. Si j'ai un autre enfant, je ne le traiterai jamais différemment.

— Tu en aimerais d'autres ?

J'essayai de m'imaginer avec un second bébé.

— Je me sentirais déloyale envers Milly, ne fut-ce qu'en l'imaginant, répondis-je. En théorie, oui, j'aimerais bien, et ce serait bon pour elle d'avoir un frère ou une sœur. (Le serveur nous apporta nos desserts.) Mais il faudrait que soit dans de bonnes conditions.

— Et avec l'homme qui convient, fit observer Patrick.

— Évidemment. Et toi, alors ?

— Oh, je suis certain d'être l'homme qui convient, répondit-il en souriant.

J'éclatai de rire.

— Je veux dire : tu aimerais avoir d'autres enfants ?

— Oui, dit-il en sirotant son vin. Fonder une autre famille m'aiderait... non pas à surmonter – c'est impossible – mais à apaiser un peu ma tristesse.

— On ne doit pas avoir des enfants que pour apaiser sa tristesse.

— Non, tu as raison. Ce ne serait pas juste. Je dois en avoir parce que j'adore les enfants et que j'ai beaucoup à leur offrir, j'en suis convaincu.

Cela me sembla être la bonne réponse. Puis Patrick reparla de Sam... et de Suzie.

— Quels sont tes sentiments pour elle, maintenant ? lui demandai-je.

Il posa sa cuiller.

— Je la hais, répondit-il simplement. Ces paroles peuvent sembler dures, mais je n'y peux rien. Je suis resté avec elle quand elle est tombée enceinte, je me suis occupé d'elle, j'ai fait de mon mieux pour la rendre heureuse. Elle m'a remercié en prenant un amant, en me quittant et en m'enlevant ce que j'ai de plus précieux au monde : mon enfant.

— Si au moins elle était restée tout près..., murmurai-je.

— Exactement. J'aurais alors pu préserver ma relation avec Sam. Mais au lieu de cela, elle a choisi de partir avec un homme dont elle savait qu'il allait rentrer en Nouvelle-Zélande – je crois que c'était pour me faire souffrir.

— Et pourquoi donc ?

— Parce que je ne l'avais pas épousée. Elle m'en voulait. Mais à ce stade, j'avais l'impression qu'elle ne voulait m'épouser que pour pouvoir divorcer. Je n'avais aucune confiance en elle.

— Tu dis qu'elle a menti au tribunal.

— En effet. Il n'y a aucun doute à cela, ajouta-t-il.

— Mais... à propos de quoi a-t-elle menti ?

Patrick hésita un moment, puis posa à nouveau sa cuiller.

— Il s'est passé… un truc, dit-il d'une voix mate. Il y a eu un… incident. Je veux t'en parler, parce que je sais que Suzie a raconté des ragots sur mon compte, qu'elle m'a présenté sous un faux jour, ce qui m'a fait beaucoup de tort…

Il se tut. Je songeai à Sandra – il lui avait manifestement fait mauvaise impression.

— Que s'est-il passé ? murmurai-je.

Il inspira profondément.

— Je jouais avec Sam, chuchota-t-il, dans le jardin de notre maison de Caithness Road. Il avait un peu moins de deux ans à l'époque et il adorait que je le fasse tournoyer. Il me suppliait de le faire, il n'arrêtait pas de répéter : « Encore, papa ! Encore, encore ! »… Il est très difficile de résister aux petits enfants quand ils veulent quelque chose. Alors je l'ai fait tournoyer. Mais j'ai commis une erreur stupide. Je sais maintenant qu'il faut prendre les petits enfants sous les aisselles, pas par les mains ou les bras. Mais je ne le savais pas à l'époque, alors j'ai pris Sam par les bras, je l'ai fait tournoyer deux fois et il s'est démis l'épaule.

— Oh !

— Nous nous sommes précipités aux urgences, ils ont remis l'épaule et, bien sûr, le pauvre petit a eu mal pendant quelques jours. Mais imagine ce que j'éprouvais, moi. C'était totalement involontaire, Anna. C'était un accident, un *accident*. (Ses yeux luisaient de larmes.) Mais Suzie a tout déformé au tribunal. (Il déglutit.) Elle a utilisé cet incident… de façon totalement cynique et impitoyable.

Je remarquai que la petite cicatrice sur son nez était devenue livide.

Je posai la main sur son bras.

— Je peux te raconter quelque chose, Patrick ?

Il me regarda.

— Il y a plusieurs années, c'est arrivé à mes parents. Ils jouaient avec Mark sur la plage en Cornouailles. Ils l'ont fait tournoyer un peu trop haut et la même chose s'est produite – apparemment, ça arrive souvent aux petits enfants. Ils s'en voulaient affreusement, mais c'est le genre de choses qui arrive.

— Oui. C'est le genre de choses qui arrive, répéta Patrick avec véhémence. Mais durant l'audience qui a suivi la décision de Suzie de partir pour la Nouvelle-Zélande, elle a laissé entendre que j'avais été imprudent… et même que je l'avais fait exprès. À l'époque, je me battais bec et ongles pour qu'elle reste en Angleterre et elle pensait manifestement que ce mensonge allait l'aider à l'emporter. Quand mon avocat a suggéré que Sam vive avec moi, Suzie a répondu qu'elle ne le permettrait jamais, notamment à cause de ce qui s'était passé ce jour-là – comme si on ne pouvait pas me faire confiance.

— Qu'a dit le juge ?

— Elle a dit qu'un incident isolé de ce genre ne prouvait pas que je n'étais pas un bon père. Mais je crois qu'elle m'a pris en grippe inconsciemment à cause de cela. J'avais le sentiment que Suzie avait entaché ma réputation – en plus du tort irréparable qu'elle s'apprêtait à me faire.

Je posai ma main sur la sienne.

— Mieux vaut ne pas y penser. Mais je suis heureuse que tu m'en aies parlé.

— J'aime Sam de tout mon cœur, reprit Patrick. Mais il faut que je me contrôle, parce que je suis tellement en colère : je suis son père, mais Suzie l'a emmené vivre à 22 000 kilomètres de moi – comme si je ne représentais rien pour lui.

— Tu le vois souvent ?

Il secoua la tête.

— Tout le temps. Je le vois sur les balançoires, en train de courir dans le parc, de marcher dans la rue avec sa mère, ou assis sur la banquette arrière d'une voiture à regarder par la fenêtre. Tous les petits garçons que je vois me rappellent Sam. Mais pour répondre à ta question, tous les six mois. Je vais à Christchurch, je descends deux semaines dans une chambre d'hôte et je fais de mon mieux pour rappeler à mon fils qui je suis et combien je l'aime.

— Quand il sera plus grand, il pourra venir te voir.

— Je l'espère, répondit Patrick. Mais ce ne sera pas avant longtemps. Pour l'instant, je n'arrive pas à supporter l'idée que je rate tous ces instants de sa vie.

— Tu dois te sentir dépossédé.

— En effet.

Le lendemain matin, nous nous réveillâmes de bonne heure pour traverser la pelouse chargée de rosée dans le soleil matinal. J'avais pris mon appareil photo afin de photographier des fleurs et des détails d'architecture pour ma base de données. Tandis que je mitraillais, Patrick me demanda de décrire les personnalités des plantes que nous admirions dans les parterres et les plates-bandes.

— Que penses-tu de ces coquelicots ?

Je contemplai les fleurs en papier de soie émergeant de leurs cosses hérissées de poils.

— Ma mère les surnommait les resquilleurs parce qu'ils se sèment tout seuls – ils apparaissent du jour au lendemain. Tout comme la verveine (je désignai de hautes touffes de fleurs mauves) et la monnaie-du-pape, là-bas, et le buddleia qui pousse dans la fissure de ce mur. J'adore les resquilleurs, ajoutai-je. J'aime leur spontanéité, leur façon de se pointer sans être invités et d'animer la garden-party.

— Et ces fritillaires ?

Je regardai les énormes fritillaires écarlates, avec leurs houppes de feuillage froufroutant sur leurs grosses tiges succulentes.

— Ce sont des divas. Impossible de ne pas les remarquer. Elles sont extraverties et sans inhibitions, tout comme l'acanthe et l'agapanthe – ou ces énormes gunnères, là-bas. Ce sont des stars.

— Celles qui ressemblent à de la rhubarbe géante ?

— Oui.

Leurs feuilles étaient tellement grandes qu'un enfant de dix ans aurait pu s'abriter dessous.

Alors que nous rentrions à l'hôtel pour le petit déjeuner, mon téléphone vibra : j'avais reçu un SMS. *Stp appelle-moi qd tu peux, J.* Cela ne semblait pas urgent et comme Jamie et moi nous parlions ou nous envoyions des SMS jusqu'à vingt fois par jour, je décidai d'attendre d'être rentrée chez moi pour lui répondre. Il voulait sans doute me parler du jardin italien d'Hampstead – il avait dit qu'il allait chercher des dalles en marbre d'occasion.

Après le petit déjeuner, Patrick et moi allâmes lire nos journaux dans la bibliothèque. Patrick lisait le *Sunday Times* tandis que je feuilletais l'*Observer* – j'aime bien leur cahier jardinage. Puis je pris le *Sunday News*, curieuse de voir quelles immondices Citronella avait déversées cette semaine. Aujourd'hui, elle dissertait sur les rapports entre frères et sœurs.

J'ai beaucoup de chance car ma fille de douze ans, Sienna, est absolument folle de son petit frère, Erasmus. Dès le début, mon mari et moi avons pris nos responsabilités en la préparant à cette naissance. De trop nombreux parents n'impliquent pas leur aîné ou leurs aînés assez tôt : ils se contentent de leur annoncer la nouvelle à la dernière minute. Mais nous avons parlé du bébé à Sienna dès que nous avons appris ma grossesse. Nous l'avons emmenée à toutes les échographies, lui avons offert une grande photo encadrée de son frère, in utero, *à treize semaines et à vingt semaines, pour qu'elle l'accroche dans sa chambre. Nous lui avons constamment parlé de lui et lui avons expliqué que ce serait un bébé très spécial, très intelligent, et qu'elle avait beaucoup de chance. Nous avons inventé un petit conte charmant à son sujet, que nous avons lu à Sienna tous les soirs. Nous l'avons emmenée acheter de quoi meubler la chambre du bébé, ainsi que ses jouets. Nous lui avons même montré la vidéo de la naissance d'Erasmus...*

— Pouah ! m'exclamai-je. C'est dégoûtant !
Patrick, surpris, leva les yeux.
— Quoi ?

— Ah, c'est Citronella Pratt, qui écrit pour le *Sunday News*.

— Elle habite Brook Green, non?

— Hélas oui. Son fils est dans le même jardin d'enfants que Milly.

Je racontai à Patrick ce qu'elle avait écrit. Il eut l'air consterné.

— Ce que je ne comprends pas, c'est pourquoi on lui a confié cette rubrique – elle ne fait que raconter sa vie personnelle, qui est totalement ennuyeuse et dont elle n'arrête pas de se vanter.

— Son frère, Neil, est le P-DG du *Sunday News*, répondit Patrick tout en se penchant à nouveau sur son journal. Mes attachés de presse ont eu affaire à lui.

— Je vois, conclus-je en refermant le journal. C'est sans doute l'explication – il n'y en a pas d'autre.

Nous nageâmes une dernière fois avant de remonter ramasser nos affaires. Patrick termina le premier et descendit régler la note. Quand j'eus bouclé mon sac, je m'assis à la fenêtre pour savourer le panorama encore quelques instants. Des gens partaient, d'autres arrivaient. J'entendis un crissement de roues sur le gravier : une voiture de luxe s'éloignait lentement, la carrosserie étincelante sous le soleil de midi. Puis je vis un taxi noir se garer. La portière s'ouvrit, comme l'élytre d'un scarabée, et une jolie femme mince en sortit. Je ne distinguais que le sommet de son crâne, mais quand elle releva la tête pour contempler la façade, j'éprouvai un tel choc que je bondis.

Thea? Que faisait-elle ici? Je la scrutai tandis qu'elle payait le chauffeur. Elle préparait peut-être une soirée pour un client ou alors elle était venue avec Jamie. Je cherchai des yeux la fourgonnette dans le parking, mais je ne distinguais que des Mercedes, des Ferrari et des Rolls. Au moment où je décidais de descendre pour la saluer, un quadragénaire brun et élégant sortit de l'hôtel pour venir à sa rencontre. Il prit le visage de Thea dans ses mains, l'embrassa sur la bouche, puis ils entrèrent, main dans la main.

— Ça va, Anna? *Anna*? (Je me retournai.) Tu vas bien? me demanda Patrick, debout dans l'embrasure de la porte. Il faut qu'on y aille, autrement on va prendre du retard. Tu ne m'as pas dit que ton père t'attendait pour 14 heures?

— Euh... en effet, murmurai-je.

— Tu as toutes tes affaires?

— Oui, j'ai tout.

Derrière Patrick, j'entraperçus Thea et l'inconnu sur le palier, têtes baissées, enlacés.

— On a la même chambre? l'entendis-je demander.

Puis son compagnon lui souffla quelque chose qui la fit glousser.

— Tu vas bien, Anna? répéta Patrick. Tu... me regardes fixement.

— C'est vrai? Désolée... je... rêvassais... euh... Mais, oui, je suis prête.

Patrick entra dans la chambre et prit mon sac de voyage. Soudain, mon portable sonna. En lisant le numéro d'appel, mon cœur se serra. Je comprenais maintenant pourquoi Jamie m'avait envoyé un SMS un dimanche matin – il venait de découvrir le pot aux roses. En appuyant sur le bouton vert, je m'efforçai de retrouver mon sang-froid.

— On se retrouve en bas, dit Patrick, plein de tact.

Je lui fis un petit signe de la main.

— Anna?

— Jamie! répondis-je, faussement gaie. Euh... tu vas bien?

Je me préparai au pire.

— Très bien, Anna. Je ne me suis jamais senti aussi bien.

— Vraiment?

— Oui. Je suis en pleine forme... ça baigne.

Je mis une ou deux secondes à comprendre qu'il n'ironisait pas.

— Mais je voulais te dire quelque chose, reprit-il, parce que tu m'as donné d'excellents conseils l'autre jour...

— Vraiment? balbutiai-je.

— Au sujet de Thea. Qu'est-ce que j'ai été con… tu sais, la carte de visite que j'ai trouvée ?

— Oui.

— Celle qui m'inquiétait ?

— Oui ?

— Celle de ce Percy du Plessis ?

— Oui ?

— Eh bien je m'étais complètement planté.

— Non…

— Oui. J'avais tout faux. Tu vas bien, Anna ?

— Quoi ? Pardon, Jamie, je suis juste… un peu fatiguée.

— En tout cas, j'ai suivi ton conseil et j'en ai parlé à Thea – je n'ai pas pu le faire avant hier soir. Je lui ai même dit que je pensais qu'elle me trompait…

— Qu'a-t-elle répondu ?

— Rien. Elle avait l'air effondrée. Puis je lui ai montré la carte… et elle a éclaté de rire.

— Vraiment ?

— Elle n'arrivait plus à s'arrêter de rire. Elle m'a expliqué que « Percy » n'était pas un homme…

— Mais non, l'interrompis-je. Je veux dire…

— Non, en fait, elle s'appelle Perséphone, mais elle a toujours été surnommée « Percy ». Apparemment, elle et Thea sont devenues très copines et les propos suggestifs ne sont qu'une plaisanterie entre elles.

— Tu en es certain ?

Il y eut un moment de silence.

— Évidemment que j'en suis certain, répondit Jamie. Thea ne me mentirait pas, Anna.

— Non, bien sûr. Eh bien, c'est… incroyable, Jamie.

— Tu as l'air étonnée.

— Je le suis… Enfin, pas vraiment étonnée, mais tu semblais si certain… tu le sentais dans tes tripes… mais je me réjouis de savoir que ton intuition t'a… trompé.

— Dieu merci. Je suis tellement soulagé. J'étais bouleversé et je suis désolé de m'être énervé contre toi. Mais je suis heureux de savoir que je m'en faisais pour rien. Quand Thea a compris mon erreur, elle en a été ravie, elle aussi.

— Mmm, fis-je distraitement, en réfléchissant à toute vitesse.

— Je deviens un peu paranoïaque parce qu'elle n'est jamais là… je n'y peux rien. En tout cas, elle repart pour Le Cap aujourd'hui. Je viens de la déposer à l'aéroport.

— Tu viens de la déposer à l'aéroport ?

— Oui. Pourquoi tu n'arrêtes pas de répéter tout ce que je dis ?

— Quel aéroport ?

— Heathrow. Tu sais, Anna, tu as l'air assez stressée. Tu devrais aller quelque part pour décompresser, un jour ou deux.

— Oui… peut-être… Désolée, Jamie, comme je te l'ai déjà dit, je suis un peu… fatiguée.

— Bon, je pars jouer au cricket, mais je voulais te remercier de tes conseils. Ils étaient très judicieux.

— Je m'en réjouis, dis-je d'une voix faible.

— Alors à demain.

— Salut.

Je m'effondrai sur le lit défait, en fixant le vide, puis composai le numéro de la réception.

— Je voudrais joindre un ami qui est descendu ici. Pourriez-vous me passer sa chambre ?

— Comment s'appelle-t-il, madame ?

— Percy du Plessis.

— Vous pouvez épeler ? Désolée, madame, reprit-elle, mais personne de ce nom ne réside actuellement à l'hôtel. Puis-je faire autre chose pour vous ?

9.

— Tu es certaine que c'était elle? me demanda Jenny le samedi après-midi suivant.

Elle était passée prendre le thé avec Grace, qui jouait avec Milly à l'autre bout du salon. Je m'étais confiée à Jenny parce que j'avais besoin de parler à quelqu'un, parce qu'elle n'avait jamais rencontré Jamie et parce que je savais qu'elle était extrêmement discrète.

— J'ai vu son visage, Jenny. J'ai entendu sa voix.

— Elle n'aurait pas une jumelle identique? Comme moi?

— Non. Mais ça me tourmente, de savoir ce que je sais. Jamie m'a dit qu'il l'avait déposée à Heathrow.

— Elle a donc attendu qu'il reparte avant de sauter dans un taxi pour rejoindre son amant à Cliveden. Oh là là...

— Je me demande qui ça peut bien être?

— Tu l'as vu de près.

— Pas assez pour pouvoir le reconnaître si je le revois. C'est sans doute quelqu'un qu'elle a rencontré lors d'un de ses déplacements. Il faisait peut-être escale à Londres, alors ils ont convenu de se retrouver à Cliveden. Mais je l'ai entendue demander : « On a la même chambre? »

— Elle est donc déjà descendue là avec lui, ce qui signifie que ça dure depuis un moment. Pauvre Jamie.

Je secouai la tête.

— Je fais quoi ?

Jenny haussa les épaules.

— Je ne crois pas que tu puisses faire grand-chose. Après tout, c'est peut-être une passade et, en théorie, elle et Jamie pourraient continuer à être heureux ensemble sans qu'il sache quoi que ce soit.

— Elle avait l'air assez amoureuse de ce type.

— Tu n'as rien à gagner à en parler à Jamie, Anna.

— C'est vrai. En plus, je ne me crois pas capable de le lui dire. Je ne supporterais pas de lui faire de la peine.

— Tu l'aimes beaucoup, n'est-ce pas ?

Je réfléchis un moment.

— Oui, c'est vrai. Jamie est plus qu'un associé, c'est mon ami ; il est gentil, aimable et totalement fiable. Je lui fais confiance, je le respecte et j'ai de l'affection pour lui.

— Mais tout cela pourrait changer, fit remarquer Jenny. Parce que au fond il ne te pardonnerait jamais de lui avoir ouvert les yeux. J'ai le sentiment qu'il l'apprendra de lui-même. Sa femme va se trahir. D'après ce que j'ai pu constater dans mes consultations, le partenaire infidèle a souvent un désir inconscient de se faire pincer, afin que la situation se dénoue et qu'il ne se sente plus coupable. À ta place, j'essaierais d'oublier tout ça pour l'instant.

Après avoir discuté de mon dilemme, nous allâmes rejoindre nos petites filles pour jouer avec elles. Je contemplai Grace – le beau bébé était devenu une fillette ravissante, avec ses boucles blondes, son teint de pêche et ses grands yeux bleu de mer. Elle ne ressemblait plus à Jenny – sans doute tenait-elle de son père, mais je ne pouvais poser la question.

Milly ne me ressemblait pas du tout non plus. Elle tenait de Xan et de ma mère – deux personnes qui auraient dû être auprès d'elle mais qui, pour des raisons différentes, étaient absentes de sa vie.

Grace préparait un plat sur la cuisinière de Milly dans un grand fracas de casseroles miniatures. Elle fouilla dans la boîte d'aliments-jouets, puis enfila le gant isolant.

— Tu veux mettre le tablier aussi, Gracie ? m'enquis-je.

Elle hocha la tête et se retourna afin que je le noue à sa taille.

— Voilà, ma puce.

Milly jouait avec sa maison de poupée. Elle brandit l'une des minuscules poupées de bois, vêtue d'une veste mauve et d'une jupe rose à volants. Je savais ce qui allait suivre.

— Ça, c'est ma maman, annonça-t-elle.

Elle prit une autre poupée, avec un tee-shirt jaune et un pantalon bleu.

— Et ça, c'est mon papa.

Elle les allongea dans leurs petits lits bleus, côte à côte sous le toit rose, les borda de leurs couettes jaunes, puis plaça l'index gauche sur son nez.

— Chut ! Ma maman et mon papa vont dormir maintenant.

— J'ai pas de papa, dit Grace sans relever la tête.

Milly la regarda fixement, stupéfaite, même si Grace avait déjà déclaré cela auparavant. Puis elle se tourna vers moi en affichant une expression de sympathie exquise.

— Gracie a pas de papa, répéta-t-elle en secouant tristement la tête.

— Mais Gracie a beaucoup de chance, lança très vite Jenny, parce qu'elle a plein de gens qui l'aiment... N'est-ce pas, ma chérie ? (Grace hocha la tête.) Tu as maman, tu as tante Jackie en France, oncle Philippe et tes deux petits cousins, tu as Milly et Anna et tous tes amis et tes maîtresses à l'école... Et tu as grand-maman et grand-papa aussi.

— Tes parents ? demandai-je à Jenny, qui acquiesça. Alors ils ont changé d'avis ?

— Pas exactement, dit-elle en haussant les épaules. Ils se sont... résignés. Ils se sont épouvantablement mal comportés, ajouta-t-elle sans rancœur, mais je veux quand même que Grace ait de bonnes relations avec eux, puisque ce sont ses seuls grands-parents.

— Elle a plus de chance que Milly de ce côté-là, dis-je tandis que Milly m'offrait des petits pois en plastique répandus sur une tranche de gâteau au chocolat. Mmm… c'est délicieux, mon cœur. Elle n'a que mon père.

— Et les parents de Xan ?

— Ils sont âgés et ne quittent pas souvent l'Espagne. J'ai reçu un mot d'eux, me disant que Milly et moi serions les bienvenues chez eux n'importe quand, mais comme je ne suis pas avec Xan, ça m'attristerait d'y aller sans lui, en regrettant ce qui aurait pu être.

— Mais tu as un nouveau mec, maintenant, me fit remarquer Jenny en grignotant un croissant en plastique et une minuscule boîte de haricots en sauce. C'est très bon, Gracie.

— C'est miam-miam, maman ?

— Oui, ma chérie. Alors, comment ça se passe avec Patrick ?

— Ça va… bien. On a beaucoup d'affection l'un pour l'autre. On est attirés l'un par l'autre. On a beaucoup de points communs.

— C'est un bon début.

— Je me suis sentie tellement… seule, Jenny. Quatre ans sans amour, sans être désirée, c'est long.

— En effet, c'est long, acquiesça-t-elle. Je suis ravie que tu aies rencontré quelqu'un. Mais à vrai dire, ma relation avec Grace me comble.

— Alors tu ne… cherches même pas ?

— Non, et ça risque de durer, ajouta-t-elle d'une voix posée.

Je mourais d'envie de demander à Jenny pourquoi ça risquait de durer, pourquoi elle ne voyait jamais le père de Grace et ce qu'il avait fait pour mériter son exil. Mais Jenny était déjà passée à autre chose, comme c'était souvent le cas.

— Alors Patrick est divorcé ? me demanda-t-elle.

Je lui expliquai sa situation.

— En Nouvelle-Zélande ? répéta-t-elle. Pauvre homme.

Je trouvai curieuse la compassion de Jenny pour Patrick alors qu'elle avait exclu son ex de la vie de Grace... mais elle ne semblait pas avoir conscience de ce paradoxe.

— Il doit être très en colère, dit-elle.

Je hochai la tête.

— Il le manifeste ?

— Eh bien...

Je n'avais pas trop envie de parler des petites crises de colère de Patrick.

— Il est parfois assez stressé, expliquai-je. Mais il admet qu'il est plus affecté qu'il ne le devrait par plein de trucs – quand il se fait doubler en voiture, par exemple, ou qu'on le fait attendre au téléphone, ça l'énerve. Mais comme je connais les raisons de ce comportement, j'essaie d'être compréhensive.

— Tu n'as pas à l'être, me fit remarquer Jenny.

— D'accord, mais c'est ce que je veux, parce que je l'aime beaucoup. Et parce qu'il m'aime beaucoup. Le fait de savoir qu'un homme s'intéresse à moi, ça me fait tellement de bien après avoir été... rejetée par Xan.

— Il a rencontré Milly ?

Je secouai la tête.

— Je ne veux rien précipiter.

Le printemps avançait : aux philodendrons et aux azalées succédèrent les glycines, dégoulinant des façades ou des murs, les lances mauves des lilas, le pétillement bleu des céanothes et les seringas avec leurs boules parfumées de pétales blancs, dont Milly et moi faisions des confettis pour les mariages des poupées. Puis vinrent les roses et les pivoines du début de l'été.

Patrick et moi passions de plus en plus de temps ensemble : le moment était venu pour Milly de faire sa connaissance. Il nous croisait « par hasard » dans le parc et m'aidait à la pousser sur la balançoire : au début, elle se méfiait un peu, toujours convaincue qu'il lui avait volé sa chaussure. Puis il se mit à passer pour déjeuner les dimanches, apportant des brassées de fleurs de son jardin pour moi et des chocolats pour Milly. Je décidai enfin de l'inviter pour son goûter d'anniversaire.

— Mon papa, il vient ? me demanda-t-elle tandis que je disposais des assiettes Winny l'Ourson sur la table, ce vendredi après-midi-là.

Mon cœur se serra. Les visites de Xan étaient si rares que j'avais cessé d'assurer à Milly qu'elle le verrait « bientôt » parce que je ne supportais pas de la voir déçue. Je parlais moins souvent de lui et désormais, j'évitais de regarder les infos car elle se mettait à pleurer dès l'instant où il disparaissait de l'écran.

Tandis que j'éparpillais des paillettes « bon anniversaire » sur la nappe, Milly, vêtue de la robe de fée bleu ciel que je lui avais offerte ce matin-là, courut vers la fenêtre et grimpa sur le canapé pour regarder dehors.

— Il vient, mon papa ? répéta-t-elle, en regardant des deux côtés de la rue comme si elle espérait l'apercevoir.

— Non, ma chérie. Il ne vient pas.

— Si, il vient, insista-t-elle en agitant sa baguette magique. Il vient.

— Non, ma chérie, il est très occupé en ce moment – mais tu as reçu une carte d'anniversaire de lui ce matin et il m'a écrit un mail pour me dire qu'il t'avait envoyé un cadeau, alors tu sais, il pense à toi. Mais il y a plein de gens qui viennent – papi, Jenny, Grace, Luisa évidemment, Phoebe et Carla de Sweet Peas, et Cassie, et tante Sue, alors on va bien s'amuser. Et Jamie va passer faire un tour.

— Jamie ?

Elle courut vers sa boîte de livres pour en extraire *Gruffalo*.

— Et Patrick vient aussi, ajoutai-je comme si de rien n'était. Tu es d'accord ?

Milly hocha lentement la tête, comme si elle n'en était pas tout à fait certaine. Il est vrai que Patrick venait de débarquer dans sa vie. Avec le temps, elle se sentirait plus à l'aise avec lui.

Patrick était assez nerveux à l'idée de rencontrer ma famille pour la première fois, mais lui et papa s'entendirent aussitôt – ils se mirent à discuter du commerce sur Internet; Jamie fit des efforts pour se montrer amical, et j'avais le sentiment que Sue et Jenny le trouvaient bien. Seule Cassie se montrait réservée. Elle avait bu un peu trop de champagne et après le départ des autres, lorsque je restai seule avec elle et papa, elle lâcha que Patrick n'aurait pas dû offrir un vélo à Milly.

— Pourquoi pas? lui demandai-je, sans vouloir avouer que j'avais été un peu déconcertée en découvrant le vélo « Barbie » et son casque rose assorti.

— Parce qu'il ne la connaît pas depuis très longtemps. C'est trop, reprit Cassie tandis que Milly jouait avec la poupée Fifi que lui avait offerte Jamie. Il aurait dû lui acheter une boîte de peintures ou un puzzle. Tu n'es pas d'accord, papa?

— Il y a du vrai dans ce que tu dis, répondit-il. Mais manifestement, il a de l'argent et il aime beaucoup Anna, alors il a voulu offrir un cadeau très spécial à Milly.

— Exactement, opinai-je en lui versant du thé. Patrick est très généreux et si c'est ce qu'il avait envie de lui offrir, ça me va très bien... En plus, je l'aime beaucoup, Cassie, alors je t'en prie, ne le critique pas.

— C'est mon avis, rien de plus.

Elle haussa les épaules et se pencha sur son appareil numérique pour visionner les photos qu'elle venait de prendre.

— Celle-ci, de Milly, elle est sympa.

— Fais voir, dis-je en m'asseyant à côté d'elle dans le canapé. Oui, c'est adorable.

— Et celle-ci, où elle souffle ses bougies...

Je scrutai le minuscule écran.

— Tu pourrais me les envoyer par mail pour que j'en envoie à Xan?

Je décidai qu'il serait plus délicat de lui envoyer celles où ne figurait pas Patrick, bien que je fus tentée de lui montrer que j'avais tourné la page.

— Luisa est très bien sur celle-ci.

— Elle a minci, dit Cassie. Elle était ronde, avant.

— C'est vrai. (Je n'avais rien remarqué.) Ce doit être la natation. Et celle-là, de Jenny, elle est bien.

— Alors elle, elle m'intrigue, fit Cassie d'une voix songeuse. Elle est tellement ouverte et amicale ! Elle a l'air heureuse ; et pourtant, en même temps, il y a une zone d'ombre en elle, comme si elle souffrait.

Je n'avais pas l'intention de discuter de Jenny avec ma sœur.

— Eh bien… Ce n'est pas facile d'élever un enfant toute seule.

Milly grimpa sur le canapé et m'entoura le cou de ses bras. Je la pris sur mes genoux.

— Et le père de Grace, il ne lui donne pas un coup de main ? demanda Cassie.

— Non. Je ne crois pas. Non.

— Gracie a pas de papa, déclara Milly en secouant la tête.

— Pourquoi pas ? s'enquit Cassie, toujours aussi directe.

Je haussai les épaules.

— Je n'en ai aucune idée.

— Tu veux dire qu'elle ne t'en a jamais parlé ?

— Non.

— Comme c'est bizarre, de garder le secret là-dessus, à notre époque. Mais tu ne te poses pas de questions, Anna ?

— De temps à autre, concédai-je, sans vouloir avouer que j'étais dévorée de curiosité. Mais je ne veux pas lui poser la question directement.

— Pourquoi pas ?

— Parce que si une personne choisit de ne pas se confier sur une chose aussi importante, il faut respecter son secret, sous peine de perdre son amitié. J'aime beaucoup Jenny et je n'ai pas l'intention de me montrer indiscrète.

— Mais elle a peut-être envie de t'en parler, suggéra Cassie en avalant une gorgée de champagne.

— Tout ce que je peux dire, c'est qu'elle a eu des tas d'occasions de le faire. Elle ne le souhaite pas, c'est évident. Alors on n'aborde pas le sujet.

Cassie parut se satisfaire de cette réponse.

— Tiens, Patrick ! fit-elle, à nouveau penchée sur son appareil photo. J'avoue qu'il est bel homme.

— Je trouve aussi, dis-je.

— Et il est très élégant. (C'était vrai.) Mais son nœud de cravate...

— Quoi, son nœud de cravate ?

— Il est trop serré.

Je scrutai la photo.

— Je ne l'avais pas remarqué. Essaie de ne pas trop le critiquer, Cassie.

— Ce n'est pas une critique, rétorqua-t-elle en haussant les épaules. Rien qu'une observation. Et à propos de cravates, reprit-elle en se tournant vers papa, la tienne est très chouette.

— Euh... merci.

— C'est de chez Pucci, non ?

— Je ne sais pas. J'aimais bien le motif et les couleurs vives.

Il jeta un coup d'œil à sa montre.

— Il est 18 h 30, il faut que j'y aille.

— Tu vas où ? lui demanda Cassie.

— Euh... (Il rougit.) J'ai... des trucs à faire.

— Quoi, par exemple ? insista-t-elle alors qu'il se levait.

— Euh... une partie de bridge. Avec les Travis. Et n'oublie pas mes nouvelles jardinières, tu veux bien, Anna ? ajouta-t-il en se penchant pour embrasser Milly. Je viens de jeter les vieilles et le balcon est tout nu.

— Mon Dieu, je te demande pardon, papa, j'ai été tellement occupée. Je passerai les prendre chez le pépiniériste mardi et je te les apporterai en fin de semaine.

— Merci, ma chérie. Au revoir, les filles.

Il nous souffla un baiser.

— Je reste encore un peu, déclara Cassie en sirotant une nouvelle gorgée de champagne. Puis il faudra que j'y aille. J'ai rendez-vous avec Zack.

— Zack ? Je croyais que tu sortais avec Sean ?

— Je l'ai plaqué.

Ce ne sont jamais les hommes qui plaquent Cassie, c'est toujours le contraire. Elle est très fière d'avoir « un taux de plaquage de cent pour cent ».

— Sean était une lavette, reprit Cassie d'un ton désinvolte, en se coupant un morceau du gâteau d'anniversaire sans œufs confectionné par Luisa. Quand je lui ai annoncé que tout était fini entre nous, tiens-toi bien, il s'est mis à pleurer.

— Le pauvre.

— Alors j'ai dit (elle mordit dans le glaçage au citron) : « Pour l'amour du ciel, Sean, tu ne peux pas te conduire comme un homme ? »

— J'ai de la peine pour lui, dis-je doucement.

Maman aurait été horrifiée. Elle avait tenté d'inculquer à Cassie les mêmes valeurs qu'à moi mais sans succès : Cassie n'en avait toujours fait qu'à sa tête.

— Un de perdu, dix de retrouvés, l'entendis-je soupirer. Alors maintenant, c'est Zack.

— Et côté boulot, tu fais quoi ? lui demandai-je, comme souvent.

— Eh bien… il n'y a pas grand-chose du côté de l'intérim, alors je travaille le soir. Ça ne m'embête pas, j'ai mes journées libres et ça me convient en ce moment.

Je gémis.

— J'espère que tu n'as pas recommencé… comment appelais-tu ça, déjà ? Les « loisirs téléphoniques pour adultes ».

Je me mis à débarrasser la table.

Cassie secoua la tête.

— J'ai arrêté le jour où j'ai eu mon ancien prof de piano au bout du fil.

— Non ! m'exclamai-je. M. Brown ? Celui qui venait à la maison ?

— Oui, grimaça Cassie. Ça a été immonde. J'ai reconnu sa voix. (Elle frissonna.) Ça m'a totalement dégoûtée de ce truc-là.

— Je suis ravie de l'entendre. Mais tu fais quoi, alors, en ce moment ?

— Je travaille pour une boîte qui s'appelle L'Appât.

Le nom me disait vaguement quelque chose.

— C'est quoi, comme boîte ?

— Un truc pour les femmes qui, disons, n'ont pas confiance en leurs maris...

— Ah, mon Dieu, tu les pièges ! Tu es vraiment obligée de faire ce genre de boulot sordide, Cassie ? lui demandai-je en rapportant les assiettes dans la cuisine. On dirait que tu es attirée par le côté peu reluisant de la vie, et pour des raisons que je n'arrive pas à comprendre.

— Ce n'est pas vraiment sordide, protesta-t-elle sans conviction tout en rapportant les tasses à thé. Après tout, je ne fais que leur parler – ce sont eux qui doivent faire le premier pas – mais nous rendons un service inestimable à nos clientes. (Elle ouvrit le lave-vaisselle.) Hier soir, par exemple, je devais tester la fidélité du fiancé d'une bonne femme – elle est bourrée de fric, pas lui, et elle voulait s'assurer qu'elle n'était pas sur le point de commettre une erreur très coûteuse. Je me suis mise à bavarder avec lui dans un bar où il va après le boulot et au bout de cinq minutes il m'a mis la main au cul – vingt minutes plus tard, il me proposait de m'emmener dans un hôtel. Dégoûtant, fit-elle avec une moue désapprobatrice.

J'en étais presque à admirer la légèreté morale de Cassie.

— Mais ce qui est vraiment dégoûtant, c'est de piéger les gens, non ? dis-je en lavant les flûtes à champagne.

— Ce n'est pas un piège, protesta-t-elle. Si l'homme n'a pas envie de tromper sa femme, aucune femme ne l'intéressera. CQFD.

— Tu sais que ce n'est pas vrai. La plupart des hommes sont incapables de refuser ce qui leur est offert sur un plateau et tu les pousses au crime. Je ne sais pas comment tu arrives à faire ça, ajoutai-je. En plus, tu gâches ta vie avec ces boulots minables.

— Moi, ça ne m'embête pas du tout, répliqua-t-elle d'un ton détaché. D'ailleurs, sur le plan humain, je trouve ça assez fascinant – en plus, je gagne trois cents livres par soirée. Quant à gâcher ma vie, je crois qu'aucune expérience n'est jamais perdue – qu'elle soit minable ou pas.

— C'est mon avis, rien de plus.

Entre-temps, Jamie et moi avions terminé le jardin italien d'Hampstead. La cliente, Simonetta, nous avait invités à l'inaugurer avec elle. Nous nous y rendîmes donc avec une bouteille de *prosecco*.

— J'en suis enchantée, dit-elle de son anglais teinté d'accent italien tandis que nous comparions les photos d'« avant » avec le résultat final.

Elle agita une main élégamment embijoutée.

— Je peux m'imaginer que je suis à nouveau chez moi, en Calabre.

Au départ, le jardin de Simonetta était une arrière-cour victorienne assez quelconque, mais il ressemblait désormais parfaitement à ce qu'elle nous avait demandé : une cour italienne avec fontaine, haie de buis, dalles en marbre, une petite arche classique et une débauche de plantes méditerranéennes luxuriantes qui semblaient déjà avoir pris pied dans leurs pots « anciens ».

— Ce qu'il y a de bien, avec toutes ces plantes en pot, c'est que vous allez pouvoir les déplacer, précisai-je en rapprochant un pot de romarin de la porte de la cuisine. Comme on déplace ses meubles dans la maison.

— J'adore le plumbago, dit-elle en contemplant ses fleurettes bleu poudre. Il est... *fantastico*.

— Il est un peu fragile, lui expliquai-je, mais votre jardin est orienté plein sud et très abrité, donc ça devrait aller, mais en hiver il faudra recouvrir les racines.

— J'aime beaucoup les petits oliviers, poursuivit Simonetta. Et les pois de senteur, ajouta-t-elle, l'air étonné. Je les avais toujours considérés comme des fleurs typiquement anglaises.

— Ils sont originaires du sud de l'Italie. Ils ont été introduits en Grande-Bretagne au début du xviiie siècle. Je l'ai appris lors de mes études.

— Et merci d'avoir inclus des asphodèles, s'enthousiasmat-elle en remplissant mon verre. Ce sont des souvenirs d'enfance. Il y avait une autre fleur ravissante, reprit-elle en levant la main pour protéger ses yeux du soleil. J'en ai oublié le nom, mais elle était haute, *bellissima* avec un parapluie de fleurs rose pâle, chacune comme une petite *campanella*.

— Une cloche ?

— Oui. Il y en avait tellement dans les pâturages au début de l'été. Elles avaient un… *profumo* tellement fort. Ma mère les faisait sécher.

— Ce pourrait être le *Nectaroscordum Siculum*, dis-je. Mais il faudrait que je vérifie. (Je me souvins soudain du vieux bouquin de ma mère, *Les Fleurs de l'Italie méridionale*.) Je vais faire des recherches et si c'est la même chose, je peux vous trouver des bulbes à planter à l'automne. Si je ne vous rappelle pas d'ici une semaine, envoyez-moi un mail.

— D'accord. Vous faites quoi, comme autres jardins, en ce moment ? me demanda-t-elle pendant que je prenais des photos pour mon site.

— Nous avons un gros chantier dans les Boltons, répondit Jamie. L'aménagement est terminé. Il n'y a plus qu'à planter.

— Juste à temps, expliquai-je. Les clients font une grande fête pour pendre la crémaillère samedi prochain.

— C'est gentil de leur part de nous avoir invités, dis-je à Jamie tandis que nous transportions les plantes dans le jardin des Edwards, quelques jours plus tard. Je ne m'y attendais pas. Tu y seras ?

— Peut-être, répondit-il en déposant un *Clematis orientalis* à l'endroit désigné.

— Ce serait bon pour nos affaires, lui fis-je remarquer. On nous passera peut-être d'autres commandes.

— Si je viens, ce sera avec Thea, précisa-t-il tandis que nous retournions vers ma voiture.

— Ah bon ?

Jamie me lança un regard désapprobateur.

— Évidemment. Thea est ma femme.

— Je… sais, bégayai-je en tentant de chasser de mon esprit ce que j'avais vu à Cliveden. Je pensais qu'elle serait peut-être… en déplacement, c'est tout.

Je me penchai vers l'arrière de mon break Volvo et tendis le *Notro* chilien à Jamie.

— Non, elle sera à Londres. D'ailleurs, elle va passer plus de temps ici, dorénavant.

— Vraiment ?

Je sortis le jasmin étoilé en prenant soin de ne pas heurter les fleurs.

— Oui, dit Jamie. Pourquoi, ça t'étonne ?

— Elle… avait tellement de boulot à l'étranger… Mais c'est une bonne nouvelle, vraiment.

— Oui. Nous pourrons mener une vie plus tranquille.

Je me demandai si, en dépit de tout, Thea allait s'efforcer de faire durer son couple.

— Et toi, tu viens avec Patrick ?

— Non. Comme je l'ai déjà dit, il faut que je me fasse des contacts. En plus, il donne une conférence sur l'apiculture ce soir-là.

La plantation du jardin des Edwards nous prit deux jours. Nous tâchâmes de transporter la rangée de tilleuls taillés à travers la maison sans abîmer le couloir fraîchement rénové. Quand ils furent tous dehors, nous constatâmes que les racines étaient trop volumineuses pour les trous. Une matinée supplémentaire fut donc consacrée à résoudre le problème : Jamie tailla judicieusement quelques dalles. Finalement, nous plantâmes toutes les plates-bandes. Il ne restait plus qu'à remplir les grands pots en granit de fleurs de tabac vert-jaune et de lavande française.

— C'est l'étape que je préfère, dis-je. La plantation.

— Pourquoi ? me demanda Jamie. Parce que ça signifie que le chantier est terminé ?

— Non. J'adore dessiner des jardins mais au fond, ce que je préfère, c'est creuser, mettre les plantes en terre, et les voir s'épanouir. Ça me procure une immense satisfaction.

— C'est vrai.

— Mon propre jardin est trop petit pour que j'y plante grand-chose. Je rêve d'avoir une grande plate-bande à remplir.

— Qu'y mettrais-tu ?

— Oh, de tout, répondis-je gaiement. Dahlias, delphiniums, *Aquilegias*, achillées, digitales, sedums, euphorbes, myosotis... la totale – il y aurait des fleurs toute l'année. Et de la lavande française, ajoutai-je en contemplant les extravagantes fleurs mauves emplumées. Je l'adore. On dirait qu'elles partent aux courses à Ascot, avec leurs chapeaux ridicules.

— Pas à Ascot, me reprit Jamie. Au carnaval de Notting Hill.

Je souris.

— Les dalles en calcaire sont superbes. Je t'avais bien dit qu'elles iraient, ne pus-je m'empêcher d'ajouter.

Jamie leva les yeux au ciel.

— Tu avais raison. J'avais tort.

— Peu importe... Tu as rarement tort.

— C'était parce que j'étais dans tous mes états ce jour-là.

— Je sais. Mais tout va bien, maintenant, dis-je en contemplant le jardin terminé.

J'entendis un soupir de soulagement.

— Oui, dit Jamie. Tout va bien.

Lorsque je rentrai ce soir-là, je trouvai des mails de Xan et de Mark, me remerciant des photos de l'anniversaire de Milly que je leur avais envoyées. Quel dommage, songeai-je, que son père et son oncle ne se soient jamais rencontrés. Il y avait si peu d'hommes dans la vie de Milly que j'en étais d'autant plus heureuse d'être avec Patrick – elle aurait besoin de quelqu'un qui tienne le rôle du père pour elle au quotidien, pas pour deux heures tous les six mois. Il y avait aussi un mail d'Elaine, qui promettait de nous rendre bientôt visite ; le dernier message était de Simonetta, pour me rappeler d'enquêter sur le *Nectaroscordum*.

Je montai dans mon bureau et contemplai mes livres de jardinage – j'en avais bien quatre cents, en majorité ceux de ma mère. Je ne les avais toujours pas classés comme j'en avais eu l'intention : il me fallait donc me rappeler l'emplacement de ceux que je recherchais. Je parcourus leurs tranches du bout du doigt en déchiffrant leurs titres. *Plantes pour les zones d'ombre* ; *Les Jardins de Gertrude Jekyll* ; *L'Encyclopédie des plantes et des fleurs de la* Royal Horticultural Society... Je me penchai vers le rayon inférieur où se trouvait le livre que m'avait offert Sue sur les fleurs des montagnes, puis *Clématites et plantes grimpantes* ; *Une brève histoire des arbres* ; *Les Fleurs de l'Italie méridionale*.

— Le voilà ! murmurai-je en le prenant.

C'était un livre de poche très ancien aux pages tannées par les ans, craquantes et friables. La tranche était lourdement plissée et quand j'ouvris le livre, il s'en dégagea l'odeur de renfermé d'une époque révolue. J'imaginais ma mère penchée sur le texte, ou en train d'examiner les illustrations monochromes. Tout en tournant les pages, dont certaines s'étaient détachées, je vis qu'elle avait inscrit quelques notes dans les marges jaunies : *Nécessite une orientation plein sud* ; *Pousse bien à l'ombre* ; *Peu parfumée*. La vue de son écriture nette et penchée en avant la ramena à la vie, emplissant mon cœur d'un sentiment de regret.

— *Nectaroscordum*..., dis-je en consultant l'index.

Je parcourus la liste du bout du doigt. Genêt du Maroc, genévrier, laurier-rose... *Nectaroscordum Siculum*, c'est-à-dire de Sicile. Je trouvai la référence. Alors que j'allais ranger le livre, quelque chose en sortit et tomba par terre. Au début, je crus qu'il s'agissait de pages décollées du dos. Puis je vis qu'il s'agissait d'un fragment de lettre, de la main de ma mère, et d'une photo.

C'était un vieux cliché en couleurs. Ma mère, qui devait avoir vingt-huit ans, était assise sur un plaid, sur une plage ensoleillée. Elle portait une robe en mousseline de coton à manches courtes et elle rayonnait de bonheur. Assis à côté d'elle sur le plaid, un très séduisant jeune homme aux cheveux noirs, d'environ le même âge. Il portait une chemise bleue et un short sombre. Il y avait des assiettes et des verres sur le plaid, ainsi qu'un panier à pique-nique d'où sortait une bouteille ouverte de champagne. Leurs têtes étaient penchées l'une vers l'autre, dans un geste d'intimité; il lui enlaçait la taille d'un bras musclé.

Je contemplai la photo, les oreilles bourdonnantes, puis je la retournai : *Chichester, 12 juin 1977,* avait inscrit ma mère. Qui était cet homme et que faisait-elle avec lui ? Et qui avait pris cette photo ? Papa ? Cela était peu probable, vu la façon dont ce type l'enlaçait. Puis j'eus un curieux pincement au cœur en me rappelant que papa avait passé la majeure partie de cette année-là au Brésil. Soudain, en scrutant les traits sombres de l'inconnu, je sentis que mon univers basculait.

Je regardai à nouveau la photo, le visage brûlant puis subitement glacé. Car désormais, non seulement je comprenais la nature indubitable de la relation qui liait ma mère et cet homme, mais je reconnaissais ses yeux noirs, ceux de Cassie; ce haut front bombé était également celui de ma sœur. Et comme Cassie, l'homme avait le teint olivâtre et des cheveux sombres, épais et lustrés.

Tout en fixant cette image, des tas de choses me vinrent à l'esprit, apparaissant et disparaissant comme si j'avais du mal à régler la mise au point. Soudain, tout devint étonnamment clair.

Les mains tremblantes, je parcourus la lettre. Elle était adressée par ma mère à mon père et avec toutes ses ratures, c'était manifestement le brouillon d'une lettre qu'elle avait eu du mal à rédiger.

Mon très cher Colin... comment pourrai-je jamais te remercier de ton immense générosité d'esprit... Je sais que je ne la mérite pas... Je m'accuse... J'ai tellement honte... Je ferai tout ce qui est en mon pouvoir pour que tout soit aussi facile que possible pour toi... Je suis d'accord, personne ne doit savoir...

J'en avais la chair de poule. La lettre n'était pas datée, mais elle avait manifestement été rangée avec la photo. Je la relus, puis feuilletai à nouveau le livre au cas où autre chose y soit dissimulé ; je ne trouvai rien, sauf une dédicace sur la page de titre : *À Mary, en mémoire de tant de moments heureux*, amore e baci, *Carlo, juin 1977.*

Tant de moments heureux ?

Je me rappelais maintenant la conversation que j'avais eue avec papa quatre mois auparavant.

J'ai passé huit mois là-bas.

Ça a dû être dur, pour toi.

En effet. Très dur.

Alors c'était avant la naissance de Cassie ?

C'est ça. Cassie est née l'année suivante.

Le 15 mars. J'eus l'impression de recevoir un coup en pleine poitrine.

En rangeant le livre dans mon bureau, je regrettai que Simonetta m'ait parlé du *Nectaroscordum.* Papa n'avait manifestement aucune idée de ce qui était dissimulé entre les pages des *Fleurs de l'Italie méridionale*, sinon il ne m'aurait jamais laissé l'emporter.

Je descendais, toujours secouée, lorsque le téléphone sonna. C'était la productrice de GMTV qui me rappelait que nous tournions cinq interviews la semaine suivante.

— Nous avons toutes les plantes que vous avez demandées, précisa-t-elle. J'ai réservé un taxi, qui passera vous prendre à 6 heures lundi matin pour que vous ayez le temps de les disposer comme vous le souhaitez avant l'émission. Ça vous va ?

— Absolument, répondis-je machinalement.

Mais comment parviendrais-je à me concentrer ?

L'adrénaline du direct me permit de m'en tirer. J'arrivai au studio à 6 h 30, passai rapidement me faire maquiller, puis montai sur le toit-terrasse pour bavarder avec Penny Smith des plantes vivaces incontournables de l'été. Je réussis à parler de l'*Osteospermum*, du *Rudbeckia*, du lupin et de la molène ; puis, avant que je me rende compte que c'était fini, elle me remercia, me dit que nous nous reverrions le lendemain pour parler des plantes en godets, puis fit habilement la transition vers un sujet sur les mères adolescentes.

Quand je rentrai, j'emmenai Milly à Sweet Peas. Puis j'appelai papa pour le prévenir que je lui apportais ses jardinières.

— C'était bien, ton émission, me dit-il tandis que nous les déchargions du coffre de ma voiture, une demi-heure plus tard. Et ils ont donné l'adresse de ton site.

— Très bien. (Je soulevai le plateau de *Pelargoniums*.) Je t'ai pris ceci parce qu'il fleurit longtemps. On va intercaler des *Bacopas* blancs.

— Ce sera sûrement joli. Tout va bien ? me demanda-t-il en sortant un sac de compost.

— Très bien. Je suis juste un peu fatiguée de m'être levée aussi tôt, c'est tout.

Nous portâmes notre chargement jusqu'à l'ascenseur, puis papa appuya sur le bouton et la cabine entama son ascension.

— Mais papa...

— Oui.

— J'ai une question à te poser.

Il me dévisagea.

— Voilà qui ne laisse rien présager de bon. Quoi ?

— C'est au sujet... du Brésil.

— Le Brésil ? répéta-t-il tandis que l'ascenseur s'arrêtait au dixième étage.

Les portes gris bronze s'ouvrirent avec un bruit sourd.

— Oui, je songe... à y aller. Avec Patrick. En vacances.

— Vraiment ? dit-il tandis que nous sortions notre chargement. C'est loin.

— Je sais, mais... je me demandais quel était le meilleur moment de l'année pour y aller ?

Mon père haussa les épaules, un peu mal à l'aise.

— Je ne sais pas vraiment...

Il fouilla ses poches pour trouver ses clés.

— Mais tu as passé un bon moment là-bas, non?

— En effet.

— Huit mois, m'as-tu dit, il me semble.

— Ou-ui, dit-il en insérant nerveusement la clé dans la serrure.

— C'était à quelle période, alors?

Il y eut un silence embarrassé.

— Tu t'en souviens? insistai-je.

Mon cœur s'arrêta de battre pour attendre sa réponse.

Il poussa la porte.

— J'y étais en 1977, de janvier à août.

Mon cœur se remit à battre, puis se serra lorsque je compris les implications de ce qu'il venait de m'apprendre.

— Mais c'est un pays immense, alors tout dépend de l'endroit où vous allez.

— Bien entendu. Je vais faire des recherches. Alors... de janvier à août, ajoutai-je avec désinvolture tandis que nous transportions les jardinières sur le balcon. Tu es rentré à la maison durant ce temps-là? (Il y eut un autre petit silence bizarre.) Papa?

— J'en avais l'intention car j'avais des congés à prendre. (Il posa sa truelle.) Mais j'ai eu une crise de malaria et j'étais trop faible pour voyager. Une fois remis, je me suis dit qu'il valait mieux faire avancer le chantier. Je voulais en finir pour rentrer le plus vite possible. Ça a été l'une des pires périodes de ma vie, ajouta-t-il d'une petite voix tout en extirpant délicatement les plantes des pots. Je suis resté absent bien trop longtemps et... les longues absences ne valent rien dans un mariage...

Il se tut.

— Non. Bien sûr. En tout cas, merci.

— C'est tout ce que tu voulais savoir, Anna?

Je le regardai.

— Oui, papa, c'est tout.

Alors voilà, me dis-je en rentrant chez moi. C'était sans équivoque. Papa était au Brésil lorsque Cassie avait été conçue. Je montai pour regarder à nouveau la photo, avec une sensation de nausée. Puis je restai assise à mon bureau, la tête entre les mains.

Donc le mariage de maman n'avait pas été aussi conventionnel que je l'avais cru – loin de là. Elle avait eu un amant. J'éprouvai une vague de tristesse, de déception et de confusion. Elle avait eu un amant en l'absence de papa, elle était tombée enceinte et elle lui avait tout avoué – c'était évident à la lecture de la lettre – et papa le lui avait manifestement pardonné puisqu'ils ne s'étaient pas quittés.

Quand un bébé arrive je crois qu'il faut simplement... l'accepter.

J'éprouvai une brusque bouffée d'affection pour papa. Il devait tant aimer maman.

Il te faut quelqu'un qui sera toujours là pour toi. Quoi qu'il arrive...

Maman avait toujours ajouté cet énigmatique « quoi qu'il arrive ». Désormais, je savais ce que cela signifiait.

Mais le choc éprouvé lors de ma découverte était atténué par l'idée qu'au fond j'avais toujours su. Quelles que soient les différences entre sœurs, on décèle toujours un ingrédient commun, ne serait-ce que la ligne du nez ou la courbe d'un sourcil. Mais tout en Cassie – physiquement et moralement – m'était étranger et désormais, au moins, j'en connaissais la raison. Pourquoi, d'ailleurs, mes parents auraient-ils décidé d'avoir un autre enfant plus de six ans après le dernier ?

— On a eu envie d'avoir un bébé, expliquait ma mère lorsqu'on l'interrogeait sur l'écart d'âge. Pas vrai, mon chéri ? ajoutait-elle d'un ton léger à l'intention de papa, qui se contentait d'un sourire vague qui n'engageait à rien.

Je glissai la photo dans le livre, que je cachai dans un tiroir.

10.

Au cours des jours qui suivirent j'éprouvai une immense lassitude morale qui se traduisait par une sensation de pesanteur, comme si je titubais sous le poids d'un énorme rocher sans trouver où le poser. Mon frère aîné ne me donnait quasiment plus signe de vie, mon associé avait des problèmes conjugaux, mon ex ne voyait notre enfant que deux fois l'an et ma fille au pair vendait peut-être de la drogue ; et je venais de découvrir que ma sœur était née d'une liaison adultérine.

Pour me changer les idées, je passai en revue mes tenues pour choisir celle que je porterais à la soirée des Edwards. Je sortais des chaussures quand Cassie téléphona. Je me sentis d'abord gênée en entendant sa voix, mais cette sensation étrange s'estompa rapidement pour céder à un flot d'émotions familières.

— Devine ce qui se passe ?

— J'en serais bien incapable, répondis-je en mettant la main sur la paire d'escarpins pistache que je recherchais. Je n'ai pas assez d'énergie pour ça. Il faut que tu me dises.

— C'est au sujet de papa.

Je me redressai.

— Il va bien ?

— Oh, très bien. Mais j'ai découvert un truc, disons, assez stupéfiant.

Ce ne pouvait être aussi stupéfiant que ce que je venais moi-même de découvrir.

— Qu'est-ce qui lui arrive ? fis-je en tendant la main vers ma robe de cocktail en lin vert.

— Eh bien, hier soir, j'étais au bar du cinquième étage d'Harvey Nichols, dans l'exercice de mes fonctions. J'étais en train de parler au type que j'avais pour mission... d'évaluer.

— De draguer, la corrigeai-je. J'espère que ce n'est pas dangereux, soit dit en passant.

— Je ne cours absolument aucun risque, parce que mon patron, Ken, est posté à quelques mètres de moi avec une caméra cachée. Enfin, je jetais un coup d'œil à l'autre bout du bar et devine qui j'ai vu ? Papa !

Je me redressai sur mon lit.

— Tu as vu papa au bar d'Harvey Nichols ? (Ce n'était pas son genre d'endroit.) Et il t'a vue, lui ?

— Non. D'une part, il y avait foule et d'autre part, il était en pleine conversation avec une femme.

— Une femme ? Il avait un rendez-vous avec une femme ?

— Oui. J'ai trouvé ça dégoûtant.

— Pourquoi ?

— Parce que la femme en question avait au moins trente ans de moins que lui.

— Ah. C'est affreux ! Pour elle, je veux dire.

— Absolument. Elle avait l'air assez malheureux, mais lui, il était très animé, il lui parlait à cent à l'heure... Il portait la cravate Pucci, au fait. Quand elle est allée aux W.C., je me suis excusée et je l'ai suivie. Je l'ai entendue téléphoner à une amie. Elle disait qu'elle passait « la pire soirée de sa vie » avec un « vieux schnoque ennuyeux »...

— Quel culot !

— Qui avait menti sur son âge apparemment... il a prétendu avoir cinquante-deux ans.

— Cinquante-deux ? (Ah.) En effet, c'est un peu exagéré. Mais comment a-t-il pu mentir à ce sujet ?

— C'est justement là où je voulais en venir. D'après sa conversation, j'ai compris qu'elle avait passé une petite annonce dans le *Times* et que papa y avait répondu. Elle disait que loin d'être le « professionnel macho, sportif, aimant s'amuser, 45-50 ans » qu'elle recherchait, c'était un retraité décati.

— Mais c'est très grossier de sa part ! Papa est très en forme pour son âge.

— Il lui aurait dit avoir répondu à plusieurs de ces petites annonces – vingt-huit, plus exactement.

— Ah.

Cela expliquait pourquoi il était brusquement aussi pris, le soir.

— Tu ne trouves pas ça choquant que papa fasse ce genre de truc, à son âge ? Il va avoir soixante-dix ans en septembre !

J'étais incapable d'être choquée en ce moment.

— Non, je ne trouve pas. C'est juste un peu surprenant. Cassie, tu n'es pas prude, tu fais bien pire, alors je t'en prie, ne juge pas papa trop sévèrement. Il est très seul depuis la mort de maman. Je lui souhaite bonne chance.

— Tu vas bien, Anna ? Tu as... une drôle de voix.

— Je vais très bien. Je suis seulement un peu fatiguée.

— Mais tu crois que je devrais en parler à papa ?

Je refermai la porte du placard d'un coup de pied.

— Certainement pas ! S'il veut se ridiculiser auprès de femmes plus jeunes que lui, c'est son affaire... Et c'est bien plus rigolo que de jouer au bridge avec les Travis. Enfin, Cassie, je suis désolée, mais il faut que je te quitte.

Je remontai à mon bureau et, comme je l'avais fait à plusieurs reprises depuis que je l'avais trouvée, je contemplai la photo de maman avec son amant, en l'examinant pour y trouver d'autres indices. Cette découverte avait fait voler en éclats ma tranquillité d'esprit, anéanti toute autre pensée, comme si quelqu'un m'avait lancé une brique en pleine tête. Je devais en parler, mais avec qui ? Pas avec papa, décidai-je : cela raviverait chez lui trop de souvenirs amers. Ni avec Cassie. Je ne voulais pas en discuter avec Patrick car j'aurais eu le sentiment de trahir ma famille. Je me demandai si Mark était au courant. Je lui écrivis un mail, lui disant que j'avais découvert une chose troublante et que j'aimerais en parler avec lui. Mais, une demi-heure plus tard, je reçus une réponse automatique m'apprenant qu'il serait absent jusqu'au 19 juin.

J'avais beaucoup de mal à accepter ce que j'avais appris, à me réconcilier avec le fait que ma mère n'ait pas été irréprochable. Je devais digérer cette découverte – avec l'aide d'un professionnel. J'envisageai de chercher un psy. Je consultai même l'annuaire et j'étais sur le point d'appeler un certain Dr. Brockhurst, dont le cabinet se trouvait à Hampstead, lorsque je songeai à Jenny. Elle était psychologue, spécialisée dans le stress et les traumatismes. Elle donnait d'excellents conseils, très sages. Et surtout, elle était d'une totale discrétion. Ses lèvres étaient scellées – non seulement à son propre sujet, mais pour tous. Je laissai donc un message sur son répondeur en lui demandant de m'accorder un rendez-vous dès que possible.

— C'est pour quoi, ça ? me demanda-t-elle lorsque j'arrivai chez elle deux jours plus tard, une bouteille de champagne à la main.

— Parce que je pense qu'il est peu probable que tu me laisses te payer.

— Tu as raison. Je ne le ferai pas. Merci.

Elle me fit signe d'entrer dans son bureau, qui lui servait de cabinet de consultation.

— Alors, s'enquit-elle doucement tandis que nous prenions place dans deux fauteuils en cuir fauve. Tu as dit que tu avais besoin de parler.

— En effet, bredouillai-je. Je…

Son ton bienveillant libéra en moi une vague d'émotions réprimées. Elle me passa une boîte de mouchoirs en papier. Je mis un moment à me reprendre, puis je lui racontai ce que j'avais découvert. Je n'avais pas apporté la photo – c'était trop intime. Je me contentai donc de la décrire.

Tandis que Jenny écoutait et prenait des notes de temps en temps, son visage ne trahissait aucune indignation, ni critique : rien qu'un intérêt intense et intelligent.

— Ton père était donc au Brésil pendant ces huit mois ? Il n'est jamais rentré ?

— J'en suis sûre.

— Il n'a pas pu oublier ? Après tout, ça s'est passé il y a trente ans.

— Il fait les mots croisés du *Times* tous les jours en vingt minutes. Il a une excellente mémoire. Il est certain d'être rentré un 9 août, parce que c'était l'anniversaire de sa mère.

— Et ta mère, elle n'a pas pu aller au Brésil ?

— C'est une bonne question, dis-je. Et je la lui ai posée quelques jours plus tard, comme si de rien n'était ; il a répondu qu'il n'avait jamais été question qu'elle le rejoigne car elle devait s'occuper de Mark et de moi – nous avions sept et cinq ans à l'époque.

— Alors tu crois que pendant que ton père était au Brésil, il y a des années, ta mère a eu une liaison qui a donné naissance à ta sœur.

— Oui, c'est ce que je crois. Papa a avoué qu'il avait été très malheureux à l'époque et qu'il y avait des tensions dans son couple ; et cela expliquerait que Cassie soit aussi... différente.

— Mais c'est un truc énorme à cacher. Et pendant aussi longtemps.

— À qui le dis-tu !

— Et qu'éprouves-tu pour Cassie, maintenant ?

Je fixai le plafond.

— Je croyais que cela changerait quelque chose – que je me sentirais plus distante, ou mal à l'aise – mais en réalité, mes sentiments sont exactement les mêmes. C'est toujours la même Cassie, exaspérante, évaporée et frustrante. Ma sœur, quoi !

Jenny hocha la tête.

— Mais pourquoi, à ton avis, tes parents ne lui ont-ils jamais dit la vérité – ou à toi et à ton frère ?

Je haussai les épaules.

— J'imagine que papa essayait de protéger maman. Il l'adorait. Il devait l'adorer pour avoir supporté ce qui s'était passé – ou plutôt, ce qu'elle a fait, ajoutai-je piteusement. Et je suppose qu'il ne voulait pas que Mark et moi soyons au courant, par crainte que nous la méprisions.

— Son but était donc de la protéger et de préserver l'illusion d'une famille unie.

— Oui.

— C'est tout à fait compréhensible, sauf que, malheureusement, cela a nécessité un mensonge qui te fait souffrir aujourd'hui. Mais qui, d'après toi, a pu prendre la photo ?

Je haussai à nouveau les épaules.

— Je n'en ai aucune idée. Un passant, sans doute.

— Où auriez-vous pu être, avec Mark, à ce moment-là ?

— Sans doute avec la mère de papa, mamie Temple. Elle adorait nous recevoir. Maman nous a peut-être laissés chez elle quand elle est allée rejoindre ce… Carlo. (Je secouai la tête.) Je n'arrive toujours pas à y croire, Jenny. Même si j'ai trente-cinq ans et même si moi-même je n'ai pas eu un enfant dans des circonstances idéales.

— Qu'est-ce qui te choque le plus, là-dedans ? me demanda doucement Jenny. L'idée que ta mère ait eu un amant ? Ou le fait qu'on ne t'ait jamais dit la vérité – s'il s'agit bien de la vérité – au sujet de Cassie ?

— Les deux. Mais surtout, je suis choquée par le fait que ma mère ait eu… un amant. J'ai du mal à le dire, encore plus à le concevoir.

— Pourquoi pas ? Beaucoup de femmes trompent leur mari. C'est la vie.

— Je sais, mais ça ne lui ressemble tellement pas. Ma mère était tellement… convenable, protestai-je. Elle nous donnait sans cesse des conseils sur la façon de nous comporter… et il semble qu'elle ne les ait pas suivis.

— Et qu'éprouves-tu pour elle, maintenant ?

— Je suis un peu en colère contre elle, et… déçue.

— Parce que tu l'as toujours idéalisée ?

— Dans une certaine mesure. Mais aussi parce qu'elle projetait l'image d'un mariage parfait, solide comme le roc, alors que ce n'était pas le cas. Elle a porté l'enfant d'un autre homme.

— C'était une belle jeune femme à l'époque. Elle avait deux jeunes enfants. Son mari était absent depuis longtemps. Peut-être lui en voulait-elle d'avoir « abandonné » la famille. En plus, tu m'as dit qu'elle s'était mariée très jeune.

— Oui, à vingt ans. Elle était enceinte.

Donc, elle avait commis deux erreurs de jugement.

Le crayon de Jenny crissait doucement sur son calepin.

— Ton père était plus âgé qu'elle ?

— Oui, de douze ans.

— C'est une différence d'âge assez conséquente. Qui sait, ils avaient peut-être des problèmes avant qu'il ne parte pour le Brésil. Elle se retrouve toute seule pendant huit mois, elle rencontre un homme séduisant, un Italien d'après ce que tu me dis, qui a à peu près son âge. Et il lui donne le sentiment d'être aimée plutôt que délaissée...

Je songeai à l'expression euphorique de ma mère sur la photo.

— Ta mère était un être humain, Anna.

J'entendais le tic-tac d'une horloge, quelque part.

— C'est vrai. (Je songeai à la façon dont elle s'était mêlée de la vie de Mark – avec des résultats déplorables.) Mais ce que je ne comprends pas, c'est pourquoi papa a traité Cassie, non pas avec une tolérance résignée, voire du ressentiment, mais comme si c'était sa préférée. Il l'a toujours gâtée comme il ne m'a jamais gâtée. C'est ça qui n'a pas de sens.

Il y eut une pause.

— Moi, je crois que si, dit Jenny.

— Pourquoi ?

— Pour que sa famille reste unie, il a décidé d'élever ce bébé comme si c'était le sien malgré la souffrance qu'il devait éprouver. Ta mère aussi voulait que la famille reste unie, c'est évident, alors elle a accepté de laisser croire que Cassie était de lui. C'est peut-être précisément la raison pour laquelle il a gâté Cassie.

— Que veux-tu dire par là ?

— Il avait peut-être tellement peur de ne pas être capable de l'aimer qu'il s'est efforcé de la gâter – pour susciter une réaction positive de la part de Cassie, qui aiderait ton père à éprouver des sentiments paternels pour elle en retour. C'était peut-être sa seule façon de s'en sortir. Car s'il avait rejeté Cassie, l'illusion de l'unité familiale aurait été impossible à maintenir et tout se serait effondré.

C'est presque comme s'il essayait de la dédommager de quelque chose.

— Tu as peut-être raison, dis-je en me levant. Je suis heureuse de t'avoir parlé, Jenny. Tu es d'une grande sagesse. Merci.

— Alors… que vas-tu faire, maintenant ?

Je poussai un profond soupir.

— Je ne sais pas.

— Tu pourrais essayer d'oublier et de continuer comme si de rien n'était. Tu t'en sentirais capable ?

Je secouai la tête.

— C'est trop énorme. Mais ce n'est pas à moi de révéler la vérité à Cassie, n'est-ce pas ?

— À qui est-ce, alors ?

— À mon père, bien entendu.

Le lendemain soir, en me préparant pour la soirée des Edwards, je me demandai comment aborder un sujet aussi délicat avec mon père. Je devrais choisir le moment avec soin, songeai-je en mettant mes boucles d'oreilles. Ce serait peut-être plus facile au téléphone ou en lui écrivant une lettre ; je pourrais me faire inviter dans un talk-show pour tout déballer. Ils arriveraient peut-être même à retrouver Carlo, pensai-je en enfilant mes chaussures. J'imaginai un pugilat entre lui et papa, suivi d'une émouvante réconciliation suscitée par une intervention étonnamment mûre de Cassie. Le public adorerait.

Ma rêverie fut interrompue par le son d'une chanson, chantée par Luisa à Milly :

— *Centellea, centellea, estrellita.*

C'en était trop. Je descendis.

— *Me pregunto que eres tú…*

— Luisa, lui dis-je posément. Tu pourrais arrêter de chanter à Milly en espagnol ? Bien que tu aies une voix ravissante, ça m'énerve énormément – et je t'en prie, pourrais-tu arrêter de lui parler en espagnol, tant qu'à faire, parce que ça l'embrouille.

Je repensai à l'incident des morsures à Sweet Peas. Puis à tout l'argent que cachait Luisa dans sa chambre. Lors de ma dernière descente, j'avais constaté que son magot s'élevait désormais à cinq mille livres.

— Je t'ai payé des cours d'anglais, repris-je en tentant de rester calme. Mais d'après ce que je constate, tu n'as rien appris.

Luisa s'empourpra.

— Je m'excuse, Anna.

— Quand je parlerai à ton prof d'anglais, M. Cox – à qui j'ai laissé trois messages – je vais lui demander ce que tu fiches là-bas, au juste. (Elle blêmit.) Je sais que tu y vas tous les matins, mais ce que tu y fabriques échappe à mon entendement.

— Entendement ? répéta-t-elle, perplexe.

— *Si.* Entendement ! Compréhension ! On en manque, ici !

— *Mama, estas enfadada con Luisa ?* dit Milly.

— Je ne suis pas fâchée contre elle, répondis-je. *Nada más estoy un poco frustrada.*

Milly se tourna vers Luisa :

— *La mama esta infeliz actualmente.*

— Je ne suis pas malheureuse, protestai-je. Je vais très bien, merci. Enfin… (J'inspirai profondément.) Je te verrai tout à l'heure, Milly. (Je l'embrassai.) Sois sage.

— *Soy una chica buena !* protesta-t-elle, indignée.

— Je le sais, ma chérie, dis-je.

Je me rendis en taxi à la soirée pour pouvoir boire sans crainte. Quand celui-ci se rangea devant la maison, je vis une file d'invités gravir l'escalier, accueillis par des serveurs en tablier portant des plateaux chargés de flûtes de champagne. J'en pris une, je jetai un coup d'œil à l'étiquette – c'était du veuve-clicquot millésimé. Les Edwards ne faisaient rien à moitié.

Je traversai le hall d'entrée, décoré de tableaux hors de prix et de deux arrangements floraux gros comme des cabines téléphoniques. L'arôme des lys se mêlait au nuage de parfums de luxe que dégageait l'élégante assemblée.

— Nous retournons en Sardaigne...
— Nous avons un pied-à-terre à Monaco.
— J'avais un Sisley, mais je l'ai vendu.
— Vu la baisse du dollar...
— Vous descendez encore au Cartier cette année ?

Je franchis les portes-fenêtres et m'arrêtai pour admirer le jardin, en savourer le spectacle avec une bouffée d'orgueil. Les dalles de calcaire luisaient dans le soleil de fin d'après-midi, les plates-bandes surélevées étaient élégamment stylisées et les couleurs et les formes des plantes s'accordaient parfaitement. La fontaine en granit avait une allure imposante ; les tilleuls taillés étaient nets et chics, leurs branches magnifiquement entrelacées, comme si les quatre petits arbres s'étaient donné le bras. Je fus soulagée de constater que personne ne marchait sur la pelouse – les talons aiguilles auraient saccagé le nouveau gazon.

Il y avait déjà une centaine d'invités – je reconnus quelques sommités de la City, un ou deux politiciens et quelques célébrités, sans doute des clients de Gill, notamment le violoncelliste Julian Lloyd-Webber qui bavardait avec l'acteur Robert Powell, appuyé contre l'une des grandes jardinières en granit.

Le fait de voir Powell me fit penser à Carol Gowing, qui avait tourné dans un épisode d'*Holby City* avec lui. Je me demandai ce qu'elle était devenue, si Mark pensait toujours à elle quatre ans plus tard, et s'il avait rencontré quelqu'un d'autre.

— Anna !

Gill Edwards, vêtue d'une robe-chemisier en soie pêche, m'avait rejointe.

— Je suis ravie que vous ayez pu venir. Alors… (Elle désigna le jardin d'un grand geste de la main.) Vous êtes contente ?

— Je le suis si vous l'êtes.

— Je suis ravie ! répliqua-t-elle. Nous le sommes tous deux. Martin aime même les hortensias, gloussa-t-elle.

Il ne s'agissait pas là des hortensias à têtes roses ébouriffées qu'il abhorrait, mais d'une autre variété choisie en guise de compromis – *Hydrangea paniculata* – qui a d'élégants cônes de fleurs blanches.

— Alors, qui connaissez-vous, ici ? me demanda-t-elle.

— Seulement vous et Martin, je crois.

Elle me prit par la main.

— Permettez-moi de vous présenter deux très vieux amis – Antonia et Eduardo Morea. Voici Anna Temple, déclara Gill en me conduisant vers le couple. Anna est l'architecte très talentueuse de ce ravissant jardin.

J'aurais pu l'embrasser.

— C'est vous qui avez dessiné ce jardin ? s'enquit Antonia.

Elle avait la soixantaine élégante dans son tailleur-pantalon de soie rose pâle, avec un pashmina gris tourterelle.

— En effet, répondis-je en m'efforçant de ne pas fixer le diamant gros comme un timbre-poste qu'elle portait à l'annulaire.

— Eduardo et moi étions justement en train de l'admirer – c'est superbe. Vous avez mis longtemps à le réaliser ? (Je lui expliquai.) Et vous êtes très prise en ce moment ?

Mon cœur bondit.

— Assez, répondis-je prudemment.

— Nous habitons Belsize Park et notre jardin aurait bien besoin d'un lifting, n'est-ce pas, Eddie ? Remarquez, gloussa-t-elle, il dit la même chose de moi.

— Ne raconte pas de bêtises, ma chérie, protesta-t-il. Mais il est vrai que nous pourrions mieux mettre en valeur notre jardin. Oui, merci, dit-il lorsqu'un serveur nous offrit du champagne.

— Vous avez une carte ?

J'avais décidé qu'il serait un peu vulgaire de distribuer mes cartes d'affaires.

— Vous pouvez demander mes coordonnées à Gill. Ou alors, vous pourriez aller sur mon site ? Je m'appelle Anna Temple.

Mme Morea tira de son sac un carnet relié en cuir et inscrivit mon nom à l'aide d'un petit crayon doré.

— Anna… Temple… (Elle me sourit.) Je vais jeter un coup d'œil. J'adore ces énormes jardinières – et cette fontaine est merveilleuse, elle fait un bruit ravissant.

— Merci.

— Nous ne devons pas vous accaparer… Mais je vais vous appeler, c'est promis, ajouta-t-elle.

Je pris congé avec le sourire, sachant qu'elle n'en ferait sans doute rien. Mais cette conversation m'avait été agréable.

Toujours aucun signe de Jamie. Mais en descendant, j'aperçus un visage familier.

— Miles ! m'exclamai-je en reconnaissant mon ancien patron.

— Anna ! s'écria-t-il. Je suis ravi de te revoir !

Il prit mes deux mains dans les siennes et me fit une bise chaleureuse. Il ressemblait toujours à un chérubin monté en graine, mais ses boucles blondes avaient un peu grisonné.

— Mais… tu connais Gill et Martin ? demanda-t-il.

— Ce sont des clients à moi.

— Tu veux dire que c'est toi qui as réalisé ce…

— Non. C'est mon merveilleux associé, Jamie, qui l'a réalisé. Mais c'est moi qui l'ai dessiné.

— Eh bien, Fabia et moi venons de nous installer dans le Hampshire. Maintenant que je vois ce dont tu es capable, j'aimerais bien que tu passes voir notre jardin… c'est un foutoir d'un hectare.

— Cela me ferait très plaisir. Et tes fils, ils vont bien ? lui demandai-je en prenant un toast au caviar.

— Très bien. Le plus grand part en internat l'an prochain – j'arrive à peine à y croire. Et ta petite fille ? Sue m'a montré une photo – elle a l'air adorable.

— Merci.

Cela me faisait tout drôle de penser que Milly avait été conçue au terme de ma dernière journée chez Arden – comme un cadeau d'adieu que je me serais offert.

— Alors maintenant, toi aussi tu as une vie de famille, poursuivit Miles.

— En effet. Elle n'est pas tout à fait conventionnelle, mais je suis très heureuse. (Je songeai à Patrick.) Et les affaires vont bien, chez Arden ; j'ai vu de bons articles dans la presse économique.

Il haussa les épaules.

— On fait ce qu'on peut. C'est comme ça que j'ai connu Gill. Elle investit chez nous l'argent de certains de ses clients privés – c'est une femme très avisée. Et... salut, vous deux !

Un couple dans la petite quarantaine s'était approché de Miles. Il embrassa la femme sur la joue puis se tourna vers moi :

— Anna, tu connais Andrew et Jane Barraclough ?

— Non, répondis-je en leur souriant.

L'homme me disait quelque chose, sans que j'arrive à le reconnaître. Il était très séduisant ; sa femme, malgré sa robe Prada et son brushing impeccable, l'était moins. Elle avait l'air un peu pincé, comme si elle suçait une câpre.

— Andrew et moi, on se connaît depuis une éternité, expliqua Miles. On a tous deux travaillé à la Deutsche Bank, il y a plusieurs années.

— Plus que je n'aimerais l'avouer, fit remarquer Andrew avec un sourire.

— Vous travaillez où, maintenant ? demandai-je, désireuse de l'identifier.

— Je suis toujours à la City, répondit-il tout en désignant sa femme d'un mouvement de la tête. Jane et moi travaillons tous deux chez Goldman Sachs. Nous sommes des collègues de Martin.

— Alors comme ça, Jane peut te surveiller ? pouffa Miles. Jane cilla.

— J'aurais du mál à le faire, dit-elle avec une mine stoïque, car je travaille au quatrième étage et lui au trente-neuvième.

Pourquoi éprouvais-je cette impression persistante de déjà-vu ? Je l'avais peut-être aperçu dans une soirée lorsque je travaillais à la City, ou alors c'était à la télé. Nous bavardâmes amicalement pendant quelques instants, quand, du coin de l'œil, j'aperçus Jamie avec Thea. Je leur fis signe de la main pour qu'ils nous rejoignent. Thea portait une robe de cocktail bleu ciel satinée et dans ses cheveux tirés, elle avait piqué un gardénia. Ses bras fins avaient la couleur du caramel.

— Salut, Jamie. Salut, Thea ! ajoutai-je, d'un ton que le champagne rendait encore plus chaleureux. Je suis ravie de te voir, mentis-je.

À mon grand étonnement, elle m'adressa un petit sourire crispé, comme si ma présence la mettait mal à l'aise. Comme si elle savait que je savais – mais comment le pouvait-elle ?

— Voici mon ancien patron, Miles Latimer, et Jane et Andrew Barraclough.

Jamie serra la main d'Andrew, l'air perplexe.

— Nous sommes voisins, mon gars, lui dit-il avec un sourire.

— Vraiment ?

Andrew lui adressa un curieux regard, presque circonspect. Peut-être était-il chiffonné de s'être fait appeler « mon gars » ? Je jetai un coup d'œil à Thea qui sirotait son champagne, le regard perdu, comme si elle s'ennuyait déjà. Visiblement, pour les relations publiques, elle n'était pas de service ce soir. Je regardai à nouveau Andrew, obsédée par ce sentiment de familiarité.

— Vous habitez Blythe Road, dit Jamie.

C'était là l'explication. Andrew était du quartier.

— Euh... oui, fit Andrew en hochant lentement la tête. Bien sûr, euh... désolé...

— Jamie, précisa Jamie d'une voix affable.

— Je vous reconnais maintenant, en effet. C'est... euh... quand on voit les gens hors contexte... C'est toujours un peu déconcertant, n'est-ce pas? Mais... vous êtes au 32, n'est-ce pas?

— Exactement. Je suis l'heureux propriétaire de la vieille fourgonnette bleue, ajouta-t-il avec un sourire. Et vous, vous avez la Bentley! Ça en jette!

— J'en ai bien peur, répondit Andrew. Nous sommes très m'as-tu-vu, n'est-ce pas ma chérie?

Il se tourna vers sa femme.

— Oh! fit-il en rougissant.

Elle était partie. Quelle grossièreté, me dis-je, de s'éclipser en pleines présentations.

— Je suis... navré, marmonna-t-il. Elle a dû... enfin... Ravi d'avoir fait votre connaissance.

Il nous adressa un sourire contrit et s'en alla.

— Comme c'est bizarre, dit Jamie à Thea lorsque Miles se fut éloigné. Ce type, cet Andrew, a fait comme s'il ne me connaissait pas alors que je suis certain qu'il me connaît parce qu'on se croise parfois dans la rue – ils occupent la grosse maison, à l'angle. Tu ne les as pas trouvés bizarres, ma chérie? ajouta-t-il en s'adressant à sa femme.

Tout en sirotant son champagne, Thea fronça ses ravissants sourcils.

— Mmm..., répondit-elle. Très bizarres.

Le lendemain ne fut pas de tout repos. Mon ordinateur tomba en panne et je dus faire venir un informaticien pour le réparer, ce qui me prit trois heures. Puis je perdis ma connexion Internet et je dus le rappeler en début de soirée. L'équivalent de deux jours de mails disparut. En outre, la perspective de la conversation difficile que je devais avoir avec mon père me taraudait. Je ne cessai de me répéter les phrases que je pourrais utiliser, mais les mots restaient coincés dans ma gorge.

Papa, j'ai une question à te poser.
Je sais que c'était il y a longtemps.
Une photo de maman avec…
Je ne voulais pas te faire de la peine.
S'il te plaît, tu peux me dire la vérité ?

Ce que je voulais lui dire semblait indicible, surtout après tant d'années. Il valait peut-être mieux que les secrets de famille restent enfouis, songeai-je au fil des jours ; la vie pourrait alors reprendre son cours, tout simplement, comme avant.

Entre-temps, j'avais reçu deux nouvelles commandes – un jardin patio à Camden et un toit-terrasse à Maida Vale – et je passais de plus en plus de temps avec Patrick. Milly restait un peu distante à son égard : elle tentait sans doute de comprendre son rôle dans nos vies.

— Patrick est un ami de maman, lui disais-je. Et c'est ton ami, aussi, décidai-je soudain d'ajouter.

— Non, fit-elle en secouant ses boucles brunes. Les amis de Milly, c'est Gracie, et Phoebe, et « Carna », et Lily…

— Parce que ce ne sont que les enfants qui peuvent être tes amis, c'est ça ?

— … Et Luisa.

— Oh.

— Et Jamie, conclut-elle.

— Bon. Enfin… Patrick aimerait bien être ton ami, lui aussi. Un jour. Quand tu le connaîtras un peu mieux.

Patrick, et c'était tout à son honneur, n'avait commis aucun faux pas. Il se contentait de bavarder avec Milly, de lui lire des histoires, de peindre ou faire de la pâte à modeler avec elle. Il la poussait sur la balançoire ou la faisait doucement tourner sur le manège. Un samedi, il nous emmena à Legoland ; le week-end suivant, au musée de la Science. S'il passait la nuit chez moi, il s'assurait que Milly soit endormie avant de monter et repartait toujours avant qu'elle ne s'éveille.

— Je crois qu'elle me connaît mieux, maintenant, me dit-il quelques jours après la garden-party des Edwards.

Nous étions assis dans le jardin et prenions un petit déjeuner tardif. Il étala un peu de son propre miel sur son pain grillé.

— J'espère que petit à petit, Milly acceptera que je fasse partie de vos vies, reprit-il. J'ai pensé que nous pourrions nous offrir des petites vacances, tous les trois, plus tard dans l'été. Elle comprendrait alors que nous sommes… enfin… ensemble dans tous les sens du terme.

L'idée que nous soyons « ensemble, dans tous les sens du terme » m'emplit soudain de bonheur.

— Des vacances ? répétai-je en contemplant ma pile de courrier – trois lettres, une carte postale et un colis orné d'une bande de timbres représentant des oiseaux tropicaux, le cadeau d'anniversaire de Xan à Milly.

— Oui. Des vacances. Ça te plairait ?

Je sirotai mon café.

— Beaucoup. Où irions-nous ?

— Que dirais-tu des Cornouailles ? Je connais un hôtel très bien près de St. Mawes, à cinq minutes de la plage. On pourrait emmener Milly faire de l'aviron et pêcher dans les mares entre les rochers.

Je vis soudain la petite épuisette de Milly grouillante de crevettes.

— Ça m'a l'air paradisiaque. Quand aimerais-tu y aller ?

— Fin août ? Je retourne en Nouvelle-Zélande début septembre.

Je chassai une guêpe.

— Fin août, ce serait parfait.

— Je vous invite.

Je lui pris la main.

— Tu es un homme très généreux et très gentil, Patrick, mais il n'en est pas question.

Tandis qu'il lisait le journal, j'ouvris la première enveloppe qui contenait une invitation rose vif pour la journée interna-

tionale du fuchsia, à Stoke. La suivante m'invitait à m'inscrire
au bureau londonien de la Société nationale des bégonias. La
carte postale était d'Elaine, qui s'occupait d'un bébé en Écosse.

— Et ça, qu'est-ce que c'est ? murmurai-je en décachetant
la dernière lettre, postée dans le quartier. Tiens, c'est au sujet du
concert de fin d'année de Milly.

— Un concert pour des enfants de trois ans ? demanda
Patrick.

— Ils chantent simplement quelques chansons, et les pères
et les mères se joignent à eux.

— Je pourrais venir ? demanda-t-il soudain.

— Bien sûr, répondis-je.

Je m'en voulus aussitôt. C'était beaucoup trop prématuré.

— Ils demandent aux parents de réaliser les costumes !
repris-je. Je déteste coudre, gémis-je. Et je suis trop prise. (Je
consultai la lettre.) C'est pour quand ? Le 12 juillet ! Dans deux
semaines ! Ils auraient pu nous avertir plus tôt, marmonnai-je.

— Quel rôle joue Milly ?

— Une fée des fleurs, apparemment – un myosotis : le
spectacle s'appelle *Le Jardin magique*.

— Tu lui as déjà offert un costume de fée. Tu pourrais
l'adapter.

— C'est vrai. Il est bleu ciel, il me suffirait d'ajouter des
feuilles vert foncé, avec plein de petites fleurs d'un bleu plus
foncé ; Cassie pourrait lui tricoter un bonnet bleu. Je pourrais lui
fabriquer une baguette magique avec une fleur bleue au bout, au
lieu d'une étoile, ajoutai-je, soudain enthousiaste. Et lui acheter
des ballerines bleues, ou en teindre des blanches. Ce n'est pas le
bout du monde.

Je poussai un soupir de soulagement.

— Quelles dates te conviendraient, pour les Cornouailles ?
demanda Patrick.

Je tirai mon agenda de mon sac.

— Du 18 au 25, suggérai-je, pour qu'on évite les embouteillages du week-end ?

— Du 18 au 25, ça me paraît bien. Je vais téléphoner à l'hôtel pour essayer de réserver l'une de leurs suites familiales. (Il se leva.) Il faut que j'y aille. J'ai une réunion à 10 heures. Je t'appelle plus tard, ma beauté.

Il se pencha pour m'embrasser et partit.

Tout en finissant mon café, je me permis de faire des plans d'avenir, comme je le faisais de plus en plus souvent ces derniers temps. Au bout de deux mois et demi, Patrick et moi formions un vrai couple. Nous planifiions notre semaine ensemble et accordions nos agendas. Les premières incertitudes de notre relation avaient disparu. Je ne m'inquiétais plus lorsqu'il ne m'appelait pas dès que je lui laissais un message ; nos dents ne s'entrechoquaient plus lorsque nous nous embrassions. Nous commencions à sentir que nous nous connaissions mieux et que nos vies convergeaient.

Je savourais toujours le fait que Patrick soit tombé amoureux de moi, qu'il m'ait couru après et qu'il me désire. Si je restais avec lui ma vie serait... plus agréable, me raisonnai-je. Je connaîtrais la stabilité et je pourrais vivre une véritable vie de famille. Milly connaîtrait l'image paternelle dont elle avait besoin, et elle aurait peut-être un petit frère ou une petite sœur, voire les deux. Je me vis soudain avec trois enfants, alignés à mes côtés comme des poupées russes.

Mais où habiterions-nous ? Sans doute chez Patrick – la maison était assez grande mais il faudrait se débarrasser des abeilles. Je les imaginai quittant leurs ruches en essaims indignés. Ou alors, nous pourrions acheter une plus grande maison à Brook Green, si Patrick n'y avait pas de souvenirs trop pénibles. Il y avait aussi de jolies maisons à Ladbroke Grove, avec de grands jardins. Je m'imaginai en train de creuser de nouvelles plates-bandes et de les remplir de plantes en fleurs.

Je posai ma tasse et déballai le colis d'Indonésie. J'en retirai un joli emballage cadeau que Milly pourrait ouvrir en rentrant de l'école. J'étais en train de découper les timbres pour les lui donner quand je remarquai une carte postale à l'intérieur de l'emballage – elle représentait un papillon vert et noir avec une

queue d'hirondelle turquoise. Milly l'adorerait. Puis je la retournai et vis qu'elle m'était adressée.

Désolé que le cadeau de Milly lui parvienne aussi tard,
avait gribouillé Xan. *J'ai passé ces derniers jours au Timor
oriental pour* Newsnight. *Mais je voulais te prévenir que je
rentre à Londres le mois prochain.*

— Quoi ? murmurai-je.

*Comme je te l'ai dit dans mon dernier mail, mon affectation
ici se termine le 5 juillet, et je serai rédacteur en chef adjoint
jusqu'à début septembre, en attendant qu'on décide de mon nouveau poste. Je serai de retour à Stanley Sq. le 6 juillet et j'espère
passer plus de temps avec Milly à ce moment-là. X.*

11.

Mon émotion prédominante était le désarroi. Je redoutais que le retour de Xan ne vienne remuer les anciennes émotions alors que je venais tout juste de retrouver le bonheur. Je ne voulais pas non plus que sa dulcinée s'en mêle – l'idée même me faisait mal au cœur. Je m'imaginais ouvrant la porte à Xan flanqué de sa petite amie américaine, sans doute extraordinairement belle et dotée d'une carrière prestigieuse – d'autant qu'ils s'étaient peut-être fiancés entre-temps. Je savais qu'il n'était pas raisonnable de ma part de l'exclure, puisque moi-même j'étais avec Patrick, mais je n'arrivais pas à supporter l'idée d'une autre femme formant une petite famille avec mon enfant et mon ex.

Galvanisée par une sorte d'énergie de démente, je me précipitai sur mon ordinateur pour faire ce à quoi j'avais toujours résisté. Je tapai « CNN + Trisha Fox » sur Google. La photo d'une belle blonde en gilet pare-balles sur une route frangée de palmiers s'afficha à l'écran. Non, je ne voulais pas la rencontrer, décidai-je en parcourant, terrifiée, son impressionnant CV : stage à la Maison Blanche, doctorat d'Harvard en relations internationales et nomination aux Emmy Awards pour sa « couverture exceptionnelle » du tsunami asiatique.

J'adressai un bref mail à Xan : *Ton message au sujet de ton retour à Londres ne m'est pas parvenu car j'ai eu des pro-*

blèmes d'ordinateur qui m'ont fait perdre deux jours de mails,
alors ça vient de me tomber dessus. Évidemment, tu peux voir
Milly – autant que tu le veux. Mais je préférerais que ta petite
amie ne soit pas impliquée car... comment pouvais-je me justifier sans qu'il puisse croire que j'étais jalouse?... *je crois que*
cela embrouillerait Milly et j'aimerais que les choses restent
simples. J'espère que tu comprendras, A.

Je me relus, puis cliquai sur « envoi ».

— Il n'en est pas question, marmonnai-je en me rendant
en voiture à Fulham pour effectuer les relevés d'un nouveau
chantier. Si Xan veut nous voir, il viendra seul.

Le jardin qu'on m'avait demandé de visiter se trouvait dans
un ancien presbytère sur Eden Lane. Je sonnai à la porte d'une
maison en briques rouges assez sinistre et une femme d'environ
quarante ans, blonde et jolie mais l'air épuisé, m'ouvrit la porte.
Elle tenait dans ses bras une petite fille de six mois; des garçons
jumeaux d'environ dix-huit mois s'accrochaient à chacune de
ses jambes comme des koalas.

— Bonjour, dit-elle chaleureusement. Je suis Pippa. Voici
Kitty, Jack et Alfred.

— Quels beaux enfants!

Je pris la main tendue de Kitty un instant et en caressant
ses jointures à fossettes, je me rendis compte, tout d'un coup,
que j'avais très envie d'avoir un autre bébé; puis je regardai les
garçons, qui me lorgnaient derrière leur mère.

— Bonjour, leur dis-je. Je suis venue voir votre jardin.
Vous voulez bien me le montrer?

Ils détalèrent dans le couloir en se tenant par la main.

— Mon mari descend dans une minute, précisa Pippa tandis que nous suivions les jumeaux dans une cuisine à l'ancienne.
Je sais que vous préférez voir les couples ensemble.

— En effet. Je dois m'assurer qu'ils sont tous deux d'accord
quant aux travaux et au budget.

— Je comprends – il a dû prendre un coup de fil. Il travaille à la maison. Enfin... (Elle ouvrit la porte de derrière.)
Voici le jardin.

Tandis que les jumeaux descendaient l'escalier, je le contemplai.

— Eh bien... Il y a beaucoup à faire !

— En effet, acquiesça-t-elle. Il n'est pas très joli.

— Non, fus-je forcée de reconnaître. C'est vrai.

Le jardin était... laid, sombre, austère et déprimant – une pelouse pelée jonchée de jouets et entourée d'arbustes comme le laurier-tin au feuillage sombre et dense, le rhododendron et l'oranger du Mexique à la croissance anarchique. Il y avait aussi plusieurs arbres – un énorme lilas, un *Weigelia* et un laurier qui ne laissait plus passer la lumière tant il avait poussé. Le jardin était entouré de très hauts murs en brique rouge et, malgré l'époque de l'année, il y avait peu de couleur, même si çà et là une rose ou une clématite pointait entre les feuillages poussiéreux, comme pour rappeler que jadis, ce jardin avait été aimé.

Je me mis à prendre des photos.

— Il faut alléger et éclaircir, expliquai-je pendant que l'un des jumeaux grimpait sur une baleine berçante en plastique.

J'exposai quelques idées.

— La pelouse doit rester aussi grande que possible, à cause des enfants. Mais j'en changerais sans doute un peu la forme et je la ceinturerais d'un sentier de cailloux crème pour lui donner de la définition et de la lumière.

— J'aimerais bien aussi une cage à poules pour que les enfants puissent y grimper, dit-elle. Pour l'instant, leur cage à poules, c'est moi !

Je souris.

— Vous pouvez en trouver de superbes – j'ai des tas de catalogues que je peux vous montrer. Vous pourriez peut-être mettre un carré de sable dans ce coin. Une fois qu'on aura arraché ces arbustes, vous aurez de la place pour des plantes à fleurs. Je crois que les plates-bandes surélevées pourraient être abaissées, elles sont trop hautes. Et nous pourrions adoucir ces murs d'un treillage bleu sur lequel on ferait pousser des plantes grimpantes à fleurs blanches, pour éclairer.

— J'aimerais bien un patio près de la maison, pour manger dehors.

— Je vous suggérerais aussi une tonnelle, là, avec des sièges-coffres pour ranger les jouets des enfants – il pourrait y avoir une étagère pour les verres ou une rangée de photophores, repris-je tout en continuant à mitrailler. Ce serait un endroit agréable pour lire le journal.

— Si j'en ai le temps ! gloussa-t-elle.

J'entendis un bruit de pas derrière nous.

— Voici Gerald.

Je me retournai. Son mari traversait la pelouse. À mon grand étonnement, il avait une bonne quinzaine d'années de plus que Pippa, avec une tignasse de cheveux gris argenté et un port droit de militaire.

— Heureux de faire votre connaissance, déclara-t-il en me donnant une poignée de main ferme. Alors, que pensez-vous du jardin ?

— Je crois… que ça va être un sacré défi ! Mais j'aime bien les défis.

Il examina le jardin, les mains sur les hanches.

— C'est vraiment dommage. Il était superbe, dans le temps.

— Vraiment ?

Il hocha la tête.

— Ma défunte épouse s'en occupait.

— Ah.

— C'était une jardinière merveilleuse.

— Moui.

— Mais il est à l'abandon maintenant.

Pippa eut un sourire patient.

— Hélas, je n'ai vraiment pas la main verte.

— Ce n'est pas nécessaire, dis-je. Si vous me passez commande, j'ai des tas de livres de jardinage et d'albums photo que vous pourrez consulter afin que nous puissions repérer les plantes et les buissons qui vous plaisent.

— Ma première femme pouvait faire pousser n'importe quoi, insista Gerald.

Je sentis mon visage s'empourprer tant j'étais gênée pour Pippa.

— C'était elle qui s'occupait de tout – ça ne la gênait pas, parce qu'elle était vraiment douée.

— Vous vivez ici depuis longtemps ? lui demandai-je poliment.

— Vingt-deux ans.

— Je vois.

Pauvre Pippa, obligée de s'installer dans une maison habitée aussi longtemps par sa devancière décédée. Comme c'était déprimant.

— Après la mort de Ginny, il y a cinq ans, j'ai demandé à mes deux filles adolescentes si elles voulaient déménager et elles ont répondu « pas question » – alors nous avons décidé de rester, n'est-ce pas, Pips ?

— Mmm, répondit-elle avec un sourire vague.

— Ma première femme s'y connaissait vraiment en jardins. Elle adorait ses fleurs – mais maintenant…

Il haussa les épaules.

— Hélas, je ne fais rien de plus que tondre la pelouse, soupira Pippa.

— Avec trois petits enfants, je m'étonne que vous en ayez le temps, dis-je tout en me demandant pourquoi Gerald ne s'en chargeait pas, ou ne payait pas un jardinier pour le faire. Enfin, vous avez bien fait de vous adresser à un professionnel.

— Oui… elle pouvait faire pousser n'importe quoi, entendis-je Gerald marmonner.

— Et si vous décidez de me passer commande, ajoutai-je en faisant comme s'il n'avait rien dit, je vais transformer ce jardin. D'abord, je vais dessiner quelques plans très simples, ce qui me prendra environ une semaine. Je crois que nous nous en tiendrons aux plantes vivaces, pour qu'il y ait le moins d'entretien possible, car visiblement, vous êtes déjà débordée, Pippa, ajoutai-je d'un ton plein de sous-entendus.

— Et le budget ?

— Je devrai faire des calculs – mais je peux déjà vous dire, rien qu'en voyant ce qu'il faut faire et tout ce qu'il faut dégager, qu'il se situera dans une fourchette de vingt-cinq à trente mille livres.

— Bon sang ! s'exclama Gerald. C'est ce que nous comptons mettre pour la nouvelle cuisine.

— Eh bien, repris-je, vous devez considérer qu'il s'agit du même type d'investissement. Votre jardin est une autre pièce de la maison – une pièce très importante – et vous devriez envisager d'y consacrer un montant similaire. Si vous souhaitez une cuisine à trente mille livres, pourquoi vous contenter d'un jardin à cinq mille ?

— Je comprends la logique de ce raisonnement, dit Pippa en faisant passer le bébé sur son autre hanche. Vos idées me paraissent charmantes. Vous voulez bien faire les plans ?

— Halte-là, Pips ! aboya Gerald. Tu ne crois pas que nous devrions en discuter d'abord ?

— Il faut le faire, répondit-elle d'une voix douce. Il n'y a pas de parc à proximité et c'est ici que les enfants vont jouer. J'en paierai la moitié, comme je te l'ai déjà dit.

— Eh bien…

Les questions d'argent semblaient le gêner.

— À condition que les plans ne nous obligent pas à passer commande.

— Pas du tout, le rassurai-je. Vous payez les plans séparément et vous ne passerez commande que si vous le souhaitez. (Je me tournai vers Pippa.) Je vous les ferai parvenir d'ici une semaine.

On a un vrai aperçu de la vie des gens, dans ce métier, songeai-je en partant. Je me rendis à pied jusqu'au marché de North End Road pour tenter de trouver du satin vert pour le costume de myosotis de Milly. J'avais réalisé un jardin pour une femme fraîchement divorcée, par exemple, qui s'était installée dans une maison plus petite ; elle voulait faire refaire son jardin pour retrouver le moral, de la même manière qu'elle aurait pu s'offrir une chirurgie plastique ou un relookage. Elle se révéla donc très pointilleuse sur tous les détails. J'avais eu des clients dont les disputes au sujet du jardin proposé trahissaient leurs tensions conjugales. Ainsi, j'avais réalisé un petit jardin pour un couple qui s'était écharpé sur tout, du type de treillage à la variété de giroflées ; quand j'étais passée plusieurs semaines après la fin du chantier pour voir comment se portaient les plantes, le mari était parti.

Avec Pippa, je pouvais deviner le scénario. Une femme active aux abords de la quarantaine, souhaitant désespérément fonder une famille avant qu'il ne soit trop tard ; elle rencontre Gerald, veuf depuis peu, qui lui fait la cour et n'est pas contre l'idée d'avoir d'autres enfants ; elle décide de s'en contenter. Elle fait ses bébés aussi vite que possible et ce n'est qu'après coup qu'elle se rend compte qu'elle va désormais devoir supporter les façons autoritaires et patriciennes de Gerald, et ses remarques sans tact au sujet de sa défunte épouse, dans une maison qu'elle aurait préféré vendre.

— Bananes ! Une livre le kilo ! Les meilleurs avocats ! Deux pour une livre !

Je déambulai dans le marché plein de monde, me faufilant entre les cageots de pommes vermillon et de courgettes luisantes. Le vent s'était levé et les détritus voletant dans la rue s'accrochaient aux jambes des passants. Je levai les yeux : un sac en polystyrène flottait dans les airs comme une méduse. Je trouvai deux ou trois étals de tissus, dont l'un proposait un tissu à doublure vert dont je me contenterais à la place du satin ; puis j'entrai dans une mercerie où j'achetai vingt petites fleurs bleues et deux mètres de ruban bleu.

De retour chez moi, je trouvai la réponse de Xan à mon mail : *Pas de problème. X.* Je soupirai de soulagement.

Puis j'ouvris le message suivant, de Mark. *Je suis désolé de ne pas t'avoir répondu plus tôt, mais j'étais en vacances à Palm Springs pour quelques jours. Que voulais-tu savoir ?*

Je cliquai sur « réponse » : *C'est au sujet de papa et maman. C'est très délicat. J'ai récemment découvert que, dans*

*leur couple, les choses n'étaient pas tout à fait ce qu'elles sem-
blaient être et j'aurais bien aimé t'en parler, de préférence au
téléphone, car c'est beaucoup trop intime – et dérangeant –
pour l'écrire dans un mail. Baisers, Anna.*

Deux heures plus tard, je reçus la réponse suivante :

*Je sais de quoi tu parles, mais hélas, je ne peux pas
t'aider car je ne vois pas pourquoi il me reviendrait de t'éclairer à ce sujet quand nos parents auraient dû le faire depuis
des années. Je te suggère, s'il est d'accord pour en parler,
d'en discuter avec papa. Désolé de ne pas être plus ouvert,
mais comme tu le dis si justement, c'est dérangeant. Je vous
embrasse, toi et Milly, Mark.*

Tandis que je fixais le message de Mark, un autre s'afficha dans ma boîte de réception. Il était de Patrick, qui m'informait qu'il avait réservé l'hôtel des Cornouailles aux dates que
j'avais suggérées. J'étais troublée par la réponse de Mark – ou
plutôt par sa rebuffade. Depuis combien de temps savait-il ce
que je venais tout juste d'apprendre ? Et pourquoi ne m'en avait-
il jamais parlé ?

Je répondis à Patrick mais décidai de ne pas lui faire part de
l'arrivée de Xan à Londres. Je n'en dis rien à Milly non plus au
cas où il y ait un contretemps – de plus, je ne voulais pas qu'elle
en parle devant Patrick avant d'être prête à le lui apprendre moi-
même.

Il commençait à faire chaud. La température, qui s'était
maintenue jusque-là aux environs des vingt-trois degrés, grimpait tous les jours jusqu'à près de trente. Puis elle franchit la
barre des trente : la canicule s'installait.

Costa del Angleterre ! annonçaient les manchettes. 37° !
Et le thermomètre grimpe encore !

Tous les jours, nous nous éveillions sous un ciel bleu sans
nuage et à 10 heures, il faisait déjà presque trop chaud pour
s'aventurer dehors ; l'éclat du soleil brûlait les yeux. Les jour-

naux étaient remplis de photos de gens en sous-vêtements dans les parcs desséchés, d'asphalte fondant comme de la mélasse et de rails de chemin de fer à Birmingham tordus comme des épingles à cheveux. Une canalisation se rompit sur Holland Park Avenue et il y eut des clichés d'enfants bondissant joyeusement dans le jet d'eau.

Le 4 juillet, j'allai montrer les plans du jardin de presbytère à Pippa et Gerald. Tandis que je discutais des dessins avec eux, les jumeaux en couches s'éclaboussaient dans une petite piscine gonflable. J'aurais voulu m'y plonger avec eux et y rester tout l'été. Ce n'était pas tant la chaleur qui me gênait, que l'humidité de l'air. Quelques minutes à peine après avoir pris ma douche j'étais déjà trempée de sueur. Sans parler de la fatigue.

Dans quelques heures, Xan embarquerait à destination de Londres, me dis-je nerveusement en quittant Eden Lane. Je n'en avais toujours pas parlé à Patrick – je n'arrivais pas à m'expliquer pourquoi. Je décidai de lui apprendre la nouvelle le lendemain, lorsque j'irais l'aider à extraire le miel. J'avais accepté de le faire à condition de ne pas avoir à m'approcher des ruches : outre ma réticence à côtoyer à nouveau les abeilles, je refusais d'enfiler la combinaison protectrice par cette chaleur...

— Alors c'est le jour de la récolte de miel, dis-je en arrivant.

Il m'embrassa.

— En effet. Je m'y prends un peu tôt parce que l'extraction est plus facile lorsqu'il fait chaud – et il est beaucoup plus aisé de filtrer le miel.

— La récolte est bonne ?

— Exceptionnelle. J'ai retiré les cadres ce matin et d'après leur poids, j'en ai un bon trente-cinq kilos – le double de ma première récolte.

Nous passâmes à la cuisine où Patrick avait disposé son équipement pour l'extraction : un couteau à désoperculer, pour retirer la cire des rayons ; un extracteur électrique, qui ressemblait à l'intérieur d'un sèche-linge ; un seau propre ; une grande passoire ; quatre boîtes de bocaux en verre et une boîte d'étiquettes *Bee Good*. Les cadres étaient empilés sur la table, dégoulinants de miel dont l'odeur sucrée, légèrement médicinale, saturait l'air chaud et humide.

— On ne peut pas ouvrir les fenêtres ? suggérai-je en me lavant les mains.

— Hélas non. Autrement, les abeilles vont entrer pour reprendre le miel qu'on leur a volé.

Cette perspective me fit frémir.

— D'accord. Mais comment l'extrait-on ?

— L'extracteur le projette hors des rayons par force centrifuge.

Il noua un tablier blanc à ma taille, repoussa mes cheveux et posa un doux baiser sur ma nuque.

— Le miel se déverse dans cette cuve, là... puis dans le seau, là... qui est équipé d'une valve permettant de l'embouteiller.

Il passa son propre tablier, prit un grand couteau en dents de scie, le plongea dans un bol d'eau bouillante et se mit à découper la pellicule de cire du premier cadre pour exposer les cellules de liquide doré, qui scintillèrent au soleil. Puis il retourna le cadre et effectua la même opération de l'autre côté ; il versa ensuite les opercules de cire dans une énorme poêle, afin de les filtrer plus tard. Il plaça ensuite le rayon décapsulé dans l'extracteur.

— Tu peux faire celui-là ? me demanda-t-il en me tendant un cadre.

— Bien sûr.

Je pris un couteau.

— Trempe-le d'abord dans l'eau chaude, dit-il. Puis tranche doucement vers le haut, en sciant de droite à gauche comme si tu coupais du pain... c'est ça. Ensuite, gratte la cire et jette-la dans la poêle. Maintenant, retourne le cadre et répète l'opération de l'autre côté.

Nous travaillions en silence. La sueur me dégoulinait dans le dos.

— Patrick, commençai-je en glissant le cadre dans l'extracteur, j'ai quelque chose à te dire.

— Quoi donc ? fit-il d'un ton désinvolte, sans me regarder. Si c'est que tu n'aimes pas le miel, je le sais déjà et je me suis fait à l'idée, à regret.

— Non. C'est que… Xan rentre à Londres.

Pendant un moment, Patrick ne répondit rien, apparemment absorbé par le processus de décapsulage.

— Longtemps ?

— Deux mois.

— Deux mois ? répéta-t-il en retournant le cadre.

— Oui. Son affectation en Indonésie est terminée…

— Je vois.

— Il va travailler à la rédaction jusqu'à ce qu'il reçoive sa nouvelle affectation.

— Qui sera où ? demanda-t-il en prenant un autre cadre.

— Il ne le sait pas. Mais tu vois, il veut passer du temps avec Milly.

Il y eut une pause.

— C'est bien compréhensible, dit calmement Patrick. C'est son père.

— Ce qui signifie… qu'il viendra parfois à la maison, alors… je voulais te prévenir maintenant, avant son arrivée.

— Eh bien… merci de m'avoir tenu au courant.

Il se mit à trancher le nouveau cadre, tête baissée, concentré sur sa tâche, sans croiser mon regard.

— Tu vas devoir lui annoncer que nous nous absentons en août.

— Oui, dis-je avec un pincement de regret.

Je m'en voulais maintenant d'avoir accepté d'aller aux Cornouailles : Milly perdrait une semaine entière avec son père.

— Il arrive quand ? me demanda Patrick en glissant le cadre dans l'extracteur.

— Euh… demain.

— Ah. (Il prit un autre cadre.) Si tôt que ça. (Il retira une abeille morte à l'aide d'une fourchette.) C'est curieux que tu aies mis autant de temps à me l'annoncer.

— Mais… je ne l'ai appris qu'il y a quelques jours et j'ai été… occupée.

— Où habitera-t-il ? Pas chez toi, j'espère.

— Bien sûr que non… Dans son appartement de Notting Hill.

— Eh bien… j'espère que tu n'auras pas… envie de… Je crois que tu m'as compris, Anna, ajouta-t-il d'une voix mate.

— Ne t'en fais pas, murmurai-je en retirant une aile amputée. Je ne sais pas pourquoi tu crois que j'en aurais envie.

— Parce que chaque fois que tu parles de Xan, je comprends que tu l'as… aimé. (Oui ! C'est vrai ! eus-je soudain envie de répondre.) Et donc, reprit Patrick, j'espère que…

Je secouai la tête.

— Nous avons rompu depuis très longtemps. Xan est avec quelqu'un – depuis des lustres… Et moi, je suis avec toi, n'est-ce pas ?

Patrick me regarda pour la première fois depuis que j'avais abordé le sujet. Ses yeux étaient couleur d'ambre clair pailleté d'or, comme le miel.

— Oui, dit-il d'une voix douce. Tu es avec moi.

12

— Et moi qui croyais qu'il faisait chaud à Djakarta, souffla Xan en arrivant chez moi deux jours plus tard.

Il me fit la bise : son visage mal rasé était moite et son tee-shirt bleu ciel, maculé de taches de transpiration bleu marine sur le torse et le dos, comme un test de Rorschach.

— Londres n'est pas censé être comme ça, ajouta-t-il en me suivant dans le couloir.

— Je sais. On est toutes les trois affalées comme un bouquet de fleurs flapies.

Milly dégringola l'escalier sur ses petites jambes solides. Je ne lui avais appris l'arrivée de Xan que la veille.

— Papa ! C'est mon papa ! exulta-t-elle.

Tandis qu'elle se pendait à son cou, je me rappelai qu'elle avait soutenu, le jour de son anniversaire, que Xan allait venir. Je me demandai si, par un quelconque don extralucide, elle l'avait su.

— Ma petite fille, souffla Xan en la prenant dans ses bras.

Puis il la suspendit dans les airs, jambes battantes : leurs nez se touchaient et ils riaient tous deux, ce qui me rendit à la fois heureuse et furieuse. Si Xan avait décidé de vivre avec moi – ou au moins d'habiter près de chez moi –, Milly aurait pu lui faire des câlins tous les jours.

— Tu es une grande fille, maintenant! s'exclama-t-il en la serrant contre lui.

— Oui, dit-elle. J'ai grandi. (Elle écarta les mains.) Comme ça!

Elle tapota le visage de Xan et frotta ses joues mal rasées, l'air vaguement offusqué.

— Je pense que ton papa a besoin de se raser, lui dis-je tandis que Xan la transportait vers la cuisine. Tu préfères quoi? lui demandai-je alors qu'il la posait par terre. De l'eau? Du Coca? Du thé PG Tips? demandai-je à Xan en souriant, désireuse de conserver un ton amical, par égard pour Milly.

— Un Coca, s'il te plaît. Elle lui va bien, sa robe.

Je lui avais passé l'une des robes en batik qu'il lui avait envoyées pour son anniversaire.

— C'est vrai, dis-je en ouvrant le réfrigérateur. Et elle est fraîche. Bon... (Je sortis un Coca pour Xan et du jus de pomme pour Milly.) Tu comptes venir la voir souvent?

Je lui tendis son verre.

— C'est à toi de décider, répondit-il, mais si tu le veux bien, j'aimerais passer au moins deux fois en semaine – disons, les lundis et mercredis, après le travail. Je vais surtout travailler de jour, je finis vers 18 heures. On pourrait aller jouer dans le parc.

— On va au parc maintenant, papa, s'écria Milly en agrippant sa main dans les siennes pour l'obliger à se lever. Allez, papa! Viens!

— Papa va d'abord boire son Coca, ma chérie, dis-je. Il est très fatigué. Tu dois être en plein décalage horaire.

Il hocha lourdement la tête.

— Je ne m'y suis jamais habitué malgré tous mes voyages. Mais j'aimerais voir Milly le week-end, aussi, ajouta-t-il. Je pourrais peut-être l'emmener nager.

— Oui. Peut-être. (Je m'assis.) Au fait, merci d'avoir été aussi compréhensif quand je t'ai demandé de ne pas venir avec ta petite amie. Je voulais simplement que tout reste...

— Laisse tomber, m'interrompit Xan. Tu n'as pas à t'expliquer. De toute façon, Trish n'est pas à Londres.

J'étais tellement obsédée par Trisha que je n'avais même pas imaginé qu'elle puisse ne pas l'accompagner.

— D'ailleurs, précisa-t-il en sirotant son Coca, entre Trish et moi, c'est fini.

— Ah... j'en suis désolée, mentis-je, euphorique. Je pensais que vous deviez vous être fiancés, depuis le temps.

Il secoua la tête.

— C'est une fille formidable, mais on s'est éloignés l'un de l'autre petit à petit. Quand elle a été nommée chef du bureau de CNN au Japon, j'ai décidé de ne pas la suivre à Tokyo.

— Pourquoi pas ? demandai-je, curieuse.

— Parce que la BBC n'a pas de correspondant là-bas ; je n'aurais été que pigiste. En plus, le Japon n'est pas une affectation particulièrement prestigieuse.

— Alors pourquoi y est-elle allée ?

— Parce que pour elle, à l'âge de trente ans, c'est une sacrée promotion. Mais j'en ai quarante et un. Je ne peux me permettre aucune erreur d'aiguillage sous peine de me retrouver sur une voie de garage.

— Où iras-tu, maintenant ?

Il ouvrit le frigo.

— Je ne sais pas. J'ai postulé pour Israël, ajouta-t-il en ouvrant le bac à glace. Et Washington. (Il mit des glaçons dans son Coca.) J'y verrai plus clair le mois prochain. (Il leva son verre.) Santé, Anna. C'est bon de te revoir. (Il sourit.) Tu as... bonne mine.

— Merci.

Je me demandai ce que « bonne mine » valait comme compliment : « jolie », « pas trop mal pour ton âge » ou « rien à signaler » ? Puis je me demandai pourquoi je me posais la question, alors que j'avais Patrick.

— Xan...

Il fallait que je lui parle de Patrick.

— Où est Milly ? demanda-t-il soudain.

— Je l'ai entendue monter. Je vais l'appeler.

Puis j'entendis ses pas dans l'escalier et je la vis s'admirer dans le grand miroir rond.

— Regarde, papa ! C'est pour mon « pestacle » !

Elle avait passé son déguisement de fée, désormais décoré de feuilles vertes et parsemé de fleurs bleues délicates.

— Quel spectacle, ma chérie ?

— Je suis dans un « pestacle » !

— C'est génial. Quand ?

— Jeudi prochain. À son jardin d'enfants.

— J'aimerais bien y assister.

— Ah. Mais…

— Je peux venir à ton spectacle ? demanda-t-il à Milly.

— Oui, papa ! hurla-t-elle. Viens à mon « pestacle » !

Elle se mit à danser sur place en agitant sa baguette « magique ».

— Je peux, Anna ? me demanda Xan.

C'était son père. Comment pouvais-je le lui refuser – à lui ou à Milly ?

— Euh… bien entendu.

— Je suis désolée, dis-je à Patrick lorsque j'allai le voir le lendemain. Mais Milly tient à ce qu'il y soit.

— C'est tout naturel, répondit-il doucement tandis que je mettais la table. C'est son père. C'est tout à fait compréhensible.

Je poussai un soupir de soulagement : il se montrait très raisonnable.

— Je me sens coupable, ajoutai-je, mais les sentiments de Milly passent avant les miens.

Je contemplai les rangées de pots de miel, maintenant remplis, scellés et étiquetés, embrasés par le soleil.

— Tu as tout à fait raison, acquiesça Patrick.

— Ce serait gênant que vous soyez tous les deux présents.

— Extrêmement gênant. (Il tourna la salade.) Ça ferait jaser.

— En tout cas, je suis vraiment désolée, répétai-je. Ça m'ennuie énormément de te laisser tomber comme ça, mais je ne peux pas faire autrement.

— Ne t'en fais pas.

— Et tu comprends, je...

Il posa le bol avec fracas.

— Je t'ai déjà dit que je ne viendrais pas, alors tu veux bien laisser tomber ? (Je le dévisageai.) Je... te demande pardon, dit-il d'une voix blanche, en s'appuyant contre le lavabo. Mais je me sens... tellement...

— Je comprends, murmurai-je. Je n'en reparlerai plus.

Je savais que l'arrivée de Xan le menaçait et le blessait.

Il sortit une bouteille de vin du réfrigérateur.

— Xan est-il au courant, pour moi, Anna ?

— Euh...

Il me dévisagea, décontenancé.

— Tu ne lui as pas parlé de moi ?

— Non.

Il secoua la tête, perplexe.

— Pourquoi pas ? Il est là depuis trois jours.

— Une chose à la fois. C'est un peu délicat.

— Pourquoi ? Il te suffit de dire « Je suis avec quelqu'un maintenant, Xan. Il s'appelle Patrick. C'est une histoire sérieuse. »

— Je le lui dirai. Demain.

— Fais-le, s'il te plaît.

— Il viendra les lundis, mercredis et dimanches, pour deux heures. Toi et moi, on se verra dans l'intervalle, ajoutai-je avec plus d'optimisme que j'en éprouvais. D'accord ?

Patrick ne répondit rien.

Au départ, Xan s'en tint aux périodes prévues. Il arrivait à 18 heures, quand Luisa n'était plus « de garde » et jouait dans la maison avec Milly. S'il l'emmenait au parc, elle voulait systématiquement que je les accompagne. Son bonheur à nous voir ensemble me perçait le cœur. Elle marchait entre nous en nous tenant chacun par la main.

— Ma maman et mon papa, disait-elle en nous regardant tour à tour.

— Comment ça se passe ? me demanda Jenny au téléphone deux jours plus tard.

— Ça va... sauf que... En fait, Jenny, ça ne va pas. Je dirais même que ça se complique.

— Déjà ? Quel est le problème ?

— Le problème, c'est que... j'hésite à inviter Patrick à la maison pendant que Xan est à Londres. Je ne le lui ai pas dit, mais je crois que ça embrouillerait Milly.

— Peut-être bien, acquiesça-t-elle. Mieux vaut ne pas avoir Xan à la maison un jour, et Patrick le lendemain.

Je m'affalai dans un fauteuil.

— C'est ça, exactement. Ce serait bizarre et curieusement un peu vulgaire, comme si je jonglais avec deux hommes.

Ce qui était le cas, songeai-je à regret.

— Tu envisagerais de laisser Xan emmener Milly chez lui ?

— Je n'aime mieux pas. C'est plus facile pour lui de jouer avec elle chez moi, parce que tous ses jouets et ses livres sont ici. En plus, je peux l'avoir à l'œil. S'il avait des objets avec lesquels elle pourrait s'étouffer, dans son appartement ? S'il lui donnait un aliment qu'elle ne doit pas manger ? N'oublie pas qu'elle est allergique aux œufs.

— Alors continue comme ça. Si Patrick t'aime, il comprendra et ce sera une mise à l'épreuve.

— Une épreuve assez difficile.

— Mais pas pour très longtemps.

— Non, en effet, fis-je avec un pincement de regret. C'est vrai.

— Puis, quand Xan vous quittera, tu pourras petit à petit réintroduire Patrick dans la vie de Milly, me conseilla Jenny. Mais tu dois consacrer du temps à Patrick si tu veux préserver ta relation avec lui. Il a besoin d'être rassuré.

— Oui, bien sûr, répondis-je distraitement. Tu as raison.

Je m'y prends mal dans cette histoire, me dis-je en me préparant pour le spectacle de Milly, ce jeudi soir-là. Je n'avais toujours pas parlé de Patrick à Xan. Je ne savais pas pourquoi. J'en avais souvent eu l'occasion. Il fallait que je me lance ou tout risquait de se compliquer. Je sortis mon portable et composai son numéro.

— Salut, Anna, dit Xan. Tu tombes bien. Je suis sur le point de partir. Où se trouve l'école de Milly, déjà ?

— Sur Brook Green, à gauche de l'église chinoise. Mais Xan...

— Je dois acheter une entrée ?

— Non. Dis simplement que tu es avec moi.

— Ah... si seulement c'était vrai, dit-il d'un ton de regret extravagant.

Ses paroles enjôleuses firent bondir mon cœur.

— Tu aurais de la chance, le taquinai-je. Mais je voudrais juste te dire... que... en fait, Xan... je suis avec quelqu'un, maintenant. Il est très gentil – il est adorable avec Milly, c'est un type travailleur, un mec bien, qui adore les enfants, et il s'appelle...

— Jamie, me coupa Xan d'un ton blasé. Je sais.

— Jamie ? répétai-je. Non. Ce n'est pas Jamie. Qu'est-ce qui te le fait croire ?

— C'est Milly qui me l'a dit.

— Quoi ?

— Je lui ai demandé si maman avait un ami spécial, un homme et elle m'a répondu « Jamie ».

— Ah. Eh bien, je ne sais pas pourquoi tu lui as posé une telle question, mais je crois qu'elle s'est un peu emmêlé les pinceaux. Jamie est mon associé – il construit les jardins que je dessine, alors en effet, je le vois souvent et il est formidable avec Milly ; mais le nom de mon ami, c'est Patrick.

— Ah.

— Et je dois te dire que Patrick, Milly et moi allons aux Cornouailles pendant une semaine en août, du 18 au 25.

— Ah, dit Xan. Je vois. (Il y eut un curieux petit silence.) Dans ce cas, il vaudrait mieux que je vous accompagne.

— Quoi ? Pas question !

— Je ne veux pas rater l'occasion de voir Milly pendant une semaine.

— Xan, tu n'as pas vu Milly pendant trois ans.

— Mais maintenant, je veux rattraper le temps perdu... TAXI ! De toute façon, je n'aime pas trop l'idée qu'un autre homme emmène ma fille en vacances.

— Écoute, Xan, sifflai-je, tu n'as pas vraiment le choix. Tu m'as quittée, tu t'en souviens ? Quand j'étais enceinte, tu t'en souviens ? Je suis ravie que tu passes du temps avec Milly, mais vu les circonstances, tu ne peux pas te montrer trop possessif.

— Ne nous querellons pas à ce sujet maintenant. Je te retrouve à l'école dans vingt minutes.

J'y courus et retrouvai papa à l'extérieur ; nous franchîmes les portes grinçantes pour nous rendre dans la salle où Mme Avis accueillait les parents. Nous nous installâmes dans les rangées du milieu et nous nous éventâmes avec le « programme », une feuille A4 pliée en deux.

Citronella fit son entrée et s'installa au milieu du premier rang, que les autres parents avaient laissé libre par politesse. Elle était flanquée d'une jeune fille morose aux cheveux blonds ébouriffés – sans doute l'incomparable Sienna qui, à voir la tête qu'elle faisait, n'avait aucune envie d'être là. Avachie sur sa chaise, elle écoutait son iPod tout en tapant des SMS et en poussant de gros soupirs d'ennui.

Je vis Xan dans l'embrasure de la porte et lui fis un signe de la main. J'espérais que Citronella se retourne et qu'elle nous voie tous ensemble.

— Réserve la chaise à côté de la tienne, lui chuchotai-je lorsqu'il s'assit près de moi. Luisa va arriver en retard. Papa, je te présente Xan ; Xan, je te présente mon père, Colin.

Les deux hommes se sourirent affablement en se serrant la main.

— Je suis ravi de faire votre connaissance, dit papa.

Je savais que je pouvais compter sur lui pour être amical, quoi qu'il ait éprouvé pour Xan par le passé.

— Je suis ravi de vous rencontrer, moi aussi, répondit Xan. Je regrette simplement que cela ne se soit pas produit plus tôt.

Je devinai que c'était sa façon de s'excuser de s'être impliqué aussi tard dans la vie de Milly.

Papa désigna la scène d'un mouvement de la tête.

— J'aime bien le décor.

Une toile de fond de fleurs et d'arbres aux couleurs vives avait été confectionnée avec du carton et du papier crépon.

Le silence se fit quand Mme Avis s'avança.

— Bienvenue à Sweet Peas, annonça-t-elle, et à notre représentation du *Jardin magique*, qui durera environ une demi-heure. Un thé sera ensuite servi dans le jardin.

Elle s'assit derrière le piano et se mit à jouer le *Chant du printemps* de Mendelssohn, qui ne couvrait pas le bourdonnement de moustique de l'iPod de Sienna. Citronella sortit une énorme caméra vidéo et se mit à filmer.

Tous les enfants défilèrent sur la « scène » et s'assirent sur de petites chaises disposées en demi-cercle en attendant leur numéro. Certains étaient costumés en jonquilles ou en tulipes ; d'autres en oiseaux. Il y avait un « nuage » cotonneux, trois papillons, deux bourdons, un champignon et une sorcière à l'air assez inoffensif. Certains des costumes étaient si réussis qu'ils avaient dû être achetés chez des costumiers de théâtre. Erasmus, une abeille, était vêtu d'un tee-shirt à rayures noires et orange et de knickers orange avec une paire d'ailes en gaze et des antennes noires sur la tête. Milly était adorable dans sa robe myosotis : le chapeau tricoté par Cassie ressemblait à une boule de glace aux myrtilles Ben and Jerry's.

Tandis que Mme Avis tambourinait sur le piano, Luisa arriva, se glissa sur la chaise libre à côté de Xan et me fit un petit signe.

Tous les enfants se levèrent pour chanter :

Le soleil a mis son chapeau –
Bravo, bravo !
Le soleil a mis son chapeau et sort pour jouer avec nous.

Les jonquilles et les tulipes s'allongèrent par terre, roulées en boules comme si elles dormaient. Puis une fillette d'environ quatre ans, entièrement vêtue de jaune, avec un immense chapeau hérissé de « rayons » de soleil et le visage peint en jaune, se plaça au milieu de la scène.

— Je suis le Soleil, annonça-t-elle, et c'est le printemps – il est temps pour toutes les fleurs de s'éveiller et de jouer dans mes rayons.

Elle fit tournoyer ses bras pour mimer le rayonnement du soleil.

— Réveillez-vous, les fleurs ! cria-t-elle. Réveillez-vous s'il vous plaît !

Mais elles restaient immobiles.

— Réveillez-vous ! hurla-t-elle. L'hiver est fini !

Elles restaient obstinément allongées, les yeux fermés. Lorsque Mme Avis joua l'introduction de la chanson suivante, les autres enfants se levèrent.

C'est le printemps,
Il est temps d'aller au soleil,
Il est temps qu'on s'éveille !

Mais les fleurs endormies ne remuaient pas le moindre pétale, à part l'une des tulipes qui avait le hoquet.

Le Soleil s'avança :

— Mon Dieu, dit-elle au public. Les fleurs du printemps ne s'éveillent pas. C'est parce que la vilaine sorcière leur a jeté un sort.

La « sorcière » s'avança tandis que le piano résonnait à nouveau.

Je n'aime pas le printemps,
Je n'aime pas les fleurs,
Alors je les ai empêchées de pousser, avec mes pouvoirs
ensorceleurs.

— Aidez-moi s'il vous plaît, petits nuages, s'écria le Soleil. S'il vous plaît, aidez-moi à réveiller les fleurs, avec de jolies averses.

Deux petits « nuages » s'avancèrent et éparpillèrent consciencieusement quelques « gouttes de pluie » pailletées sur les fleurs, qui ne bougeaient toujours pas. Les « oiseaux » vinrent picorer par terre, au son rythmique d'un bloc de bois, mais les fleurs restèrent immobiles. Les « arbres » vinrent taper bruyamment des racines, au son d'un tambour – en vain. Les abeilles et les papillons voletaient dans toutes les directions en pleurant et en s'essuyant les yeux.

— Les abeilles et les papillons sont tristes, expliqua le Soleil, parce qu'il n'y a pas de fleurs dans le jardin. Je sais, ajouta-t-elle. Je vais demander aux Fées des fleurs de m'aider.

Je reçus un coup de coude dans les côtes de papa et Xan quand Milly et les autres Fées des fleurs s'avancèrent en se tenant par la main.

— Je suis la Fée Primevère, dit une fillette en costume abricot.

— Je suis la Fée Rose, dit celle en rose.

— Je suis la Fée Myosotis, marmonna timidement Milly, la tête penchée sur l'épaule.

Je jetai un coup d'œil à Xan. Il souriait, ravi, en prenant des photos avec son portable.

Au son d'une musique argentine et éthérée, les Fées des fleurs sautillèrent autour des jonquilles et des tulipes allongées en agitant leurs baguettes magiques. La musique devint plus sonore et les fleurs se mirent à se dérouler, se levèrent et allongèrent les bras en tournoyant dans les « rayons de soleil », tout en bâillant et en se frottant les yeux.

Hourra ! Les fleurs se sont enfin éveillées !
Merci, Fées des fleurs – vous avez bien travaillé !

Les enfants chantaient en chœur, les papillons et les abeilles butinaient les fleurs, et tout ce petit monde se bousculait un peu sur la scène. Soudain, je vis Erasmus pousser Milly. Elle glapit d'indignation mais refusa de céder le terrain. Il la poussa à nouveau, plus vigoureusement, ce qui faillit la renverser ; elle le poussa à son tour. Il lui arracha son chapeau et le jeta par terre : c'est alors qu'à ma grande horreur, elle lui attrapa l'avant-bras des deux mains et pencha la tête comme si elle s'apprêtait à grignoter un épi de maïs.

— Non, Milly ! m'étranglai-je.

Citronella bondit.

— Je te défends de faire ça !

— Mme Barker-Jones, lança Mme Avis, je vous prie de vous asseoir. Je m'en occupe.

Mais Citronella s'était avancée et agitait son index vers Milly.

— Je te défends de le mordre, espèce de petite saleté !

Milly s'empourpra et fondit en larmes.

— Et moi, je vous défends de parler sur ce ton à ma fille ! s'écria Xan en se levant.

Citronella se retourna, le dévisagea et le reconnut.

— Elle allait mordre mon enfant ! J'ai des preuves, ajouta-t-elle en tapotant sa caméra. Et elle a déjà essayé de le mordre, pas vrai, mon chéri ?

Erasmus hocha la tête puis pointa du doigt vers Milly.

— C'est vrai, elle m'a déjà « morder ».

— *Pero el me empujo !* protesta Milly.

Elle reprit son chapeau tombé à côté de la scène.

— Asseyez-vous, Mme Barker-Jones, répéta Mme Avis du ton qu'on emploierait avec un chien délinquant.

— Elle a essayé de mordre mon fils ! cracha Citronella en retournant s'asseoir.

Je fus étonnée de voir Sienna ricaner.

Milly tapa du pied.

— *Pero el me empujo !* répéta-t-elle.

— Quoi ? dit Citronella.

Luisa se leva.

— Milly dit : « Mais il me pousser. »

— *Y el a menudo me muerde,* ajouta Milly.

— Et il me souvent mordu, traduisit Luisa.

— *El muerde a los otros niños también !*

— Et lui a mordu les autres enfants !

— C'est vrai, s'écria-t-on au fond de la salle. Il a déjà mordu Lucy. Elle me l'a dit.

— Et Milo ! renchérit quelqu'un d'autre.

— Il a souvent mordu Alfie, aussi ! lança une autre voix. Il a laissé la trace de ses dents.

— Et Rosie, dit Annabel Goodchild. Elle était en larmes.

Citronella se retourna pour nous faire face, l'hostilité peinte sur ses traits ; puis elle saisit son sac, agrippa Erasmus d'une main, Sienna gloussante de l'autre et partit en furie.

— Mesdames et messieurs, dit calmement Mme Avis alors que les portes grinçaient toujours. Ceci conclut notre représentation du *Jardin magique*. Je vous remercie de votre présence et je vous propose de venir prendre le thé.

L'incident aurait vite été oublié si Citronella ne lui avait pas consacré sa rubrique trois jours plus tard.

L'idée assez novatrice de Tony Blair d'identifier la prochaine génération ASBO « in utero »[1] *a été largement décriée*

---

1. ASBO est l'acronyme d'Anti Social Behaviour Order, « injonction pour comportement antisocial » : cette mesure juridique fut introduite en 1998 par le gouvernement de Tony Blair. Elle vise ce qu'on appellerait en France les « incivilités » et constitue une astreinte juridique à ne pas agir de façon à troubler l'ordre social. Chaque ASBO délivré par un tribunal est rédigé « sur mesure » pour la personne qui en fait l'objet. En 2006, Tony Blair évoquait la possibilité d'identifier les futurs délinquants dès la naissance via les services sociaux, proposition qui souleva un tollé. (*N.d.T.*)

à l'époque, écrivait-elle. *Pour ma part, je n'ai pas hésité à m'y opposer en ces pages, mais j'ai désormais des raisons de croire qu'il pouvait avoir raison. Mon propre fils a été attaqué par une camarade de classe au jardin d'enfants. C'était sans doute inévitable car la fillette en question, Milly, est le reje-ton d'une mère célibataire. Elle a essayé de mordre Erasmus devant tous les autres parents lors du concert de l'école, la semaine dernière. Imaginez mon horreur quand...*

— Tu es sûr qu'on ne peut pas lui faire de procès? demandai-je à Xan lorsqu'il passa cet après-midi-là pour jouer avec Milly.

Il parcourut à nouveau l'article.

— Le problème, c'est que Milly a effectivement essayé de le mordre – bien qu'elle ait été provoquée, ce dont cette Poisonella ne dit rien, évidemment. Je doute donc sérieusement qu'on ait de quoi étayer une plainte. Mais quelle salope, d'avoir cité nommément Milly, ajouta-t-il d'un ton amer.

Je chiffonnai l'article et le jetai à la poubelle.

— Maintenant, je sais pourquoi Milly s'est mise à mordre... Elle a dû l'apprendre d'Erasmus. Je me demande pourquoi il fait ça? Il y a généralement une raison sous-jacente à ce genre de comportement. (Je jetai un coup d'œil à l'horloge.) 19 h 50... allez, Milly. Il est temps de te coucher. Dis bonsoir à papa. Tu le reverras demain.

— Je vais la coucher, proposa Xan.

— Oui, papa, viens me coucher! clama Milly joyeuse-ment.

— Ah. D'accord.

— Tu me lis une histoire, papa, ordonna Milly. Lis *Quel maladroit!* et *La Ronde des fées* et *Pierre Lapin*!

— Très bien, mademoiselle, dit-il en la suivant dans l'esca-lier. Et lequel voudrais-tu en premier?

C'était curieux de voir Xan mettre Milly au lit, comme s'il vivait avec nous. Je ramassai les jouets de Milly, éparpillés sur le tapis. Je venais de les ranger dans leurs boîtes lorsqu'on sonna à la porte. Quand je reconnus à travers les carreaux la silhouette familière de Patrick, mon cœur se serra.

— Patrick, murmurai-je, paniquée, en ouvrant la porte. Je suis ravie de te voir, mentis-je. Mais tu aurais dû appeler avant.

— J'avais envie de faire un truc spontané, répondit-il d'une voix égale. (Il tenait à la main un DVD de location.) J'ai apporté un film. (Il m'embrassa.) Je suis content de te voir, ma chérie.

Xan choisit cet instant pour descendre.

— Xan, dis-je, les entrailles nouées, je te présente Patrick Gilchrist. Patrick, je te présente Xan Marshall, le père de Milly.

— Enchanté de faire votre connaissance, dit Xan.

Les deux hommes se serrèrent la main avec l'air de se détester cordialement. Xan se tourna vers moi.

— Milly dort.

— Déjà? fis-je en me forçant à paraître enjouée. Elle devait être épuisée.

— Eh bien, elle n'a pas arrêté de tout l'après-midi, dit Xan d'un ton provocateur et désinvolte.

L'ambiance était si glaciale que je pouvais voir mon souffle.

— Enfin, fit-il en tapant dans ses mains d'un air faussement jovial, j'ai accompli mon devoir paternel pour aujourd'hui.

— Alors nous ne voulons pas vous retenir, déclara Patrick d'un ton affable.

Mon estomac se recroquevilla.

— J'ai loué *Le Faucon maltais*, ajouta-t-il à mon intention, la voix tremblante d'émotion. J'ai pensé qu'on pouvait le regarder ensemble. Je préparerai le dîner.

— Nous avons déjà mangé, précisa Xan en prenant son sac.

— Mais nous pouvons quand même regarder le film, fis-je précipitamment. Ce serait… génial. Alors, Xan… (Je lui souris.) Merci d'être passé.

— Inutile de me remercier, lâcha-t-il avec indolence.

Il m'embrassa sur la joue et laissa traîner la main sur mon épaule.

— On se voit demain, alors. À l'heure habituelle. Salut.

— Pourquoi était-il encore ici ? me demanda Patrick tandis que je refermais la porte. Tu m'avais dit qu'il ne restait que deux heures, les dimanches après-midi. Il est 20 h 30.

Je soupirai.

— Il n'y a pas de règle établie. Il est resté pour bavarder – puis, il était temps pour Milly de se coucher et elle voulait qu'il lui lise une histoire.

— Je n'aime pas qu'il monte à l'étage. Il n'est pas chez lui.

— Non, répondis-je calmement. Il est chez moi. Et c'est le père de Milly. Elle lui a demandé de la mettre au lit et je n'ai rien à y redire.

— Ça ne va pas, Anna… Tu es avec moi.

— Mais je ne savais pas que… tu allais passer, dis-je piteusement.

Patrick me dévisagea. La cicatrice qu'il avait sur l'arête du nez était devenue livide.

— Quelles autres libertés aurait prises Xan si je ne m'étais pas pointé ?

— Aucune, fis-je d'une voix lasse. Il veut simplement passer du temps avec Milly, ajoutai-je en passant à la cuisine.

— Qu'il a d'abord rejetée avant de la négliger.

Patrick claqua la porte d'un placard.

— « Devoir paternel », mon cul !

— Je suis désolée que ça t'ait blessé, dis-je, mais c'est très important pour Milly de voir Xan aussi souvent que possible. Tu devrais être le premier à le comprendre, Patrick.

Patrick désigna la porte du frigo, où était fixée une grande photo de Xan dans un cadre magnétique.

— Et c'est quoi, ça ?

— Il a dû la mettre là pour Milly. Je ne l'avais même pas remarquée.

— J'aimerais qu'il foute le camp.

— Pas moi ! rétorquai-je.

— Pourquoi ?

— Pourquoi ? Pourquoi ? répétai-je en le regardant fixement. Pourquoi pas ? À cause de Milly, bien sûr.

— Ou à cause de toi ? Tu as l'air très à l'aise avec lui, Anna.

— Ne sois pas parano, soupirai-je. Il faut que je sois amicale avec Xan, Patrick, nous sommes coparents.

Patrick s'appuya sur le plan de travail.

— Ce type n'est ici que depuis dix jours et il nous fout déjà tout en l'air.

— Ce n'est pas vrai ! protestai-je. On se voit souvent. Je vais chez toi, non ?

— Oui. Mais tu me donnes l'impression que je ne suis pas le bienvenu ici.

— Disons que c'est un peu compliqué. Je ne veux pas embrouiller Milly. Il faut qu'elle apprenne à connaître Xan.

— Mais il faut aussi qu'elle apprenne à me connaître, moi.

— Oui, naturellement. Mais bien que je te sois reconnaissante du tact dont tu fais preuve, je ne crois pas que les visites-surprises soient indiquées.

Je m'apprêtais à sortir de la cuisine quand Patrick m'attrapa par le poignet pour me retenir.

— Tu es ma petite amie, Anna, dit-il, les yeux brillants d'émotion. Pourquoi ne pourrais-je pas passer pour voir ma petite amie à moi, dans sa maison à elle, sans avoir à m'inquiéter de la présence de son ex ?

— Je t'en prie, lâche-moi, Patrick, dis-je posément.

Il regarda mon bras, l'air presque étonné, puis me relâcha.

— Je te demande pardon, souffla-t-il. Mais je suis tellement bouleversé. Je déteste l'idée qu'il soit dans les parages. N'importe quel homme réagirait de même dans cette situation.

Mon cœur s'adoucit face à la détresse manifeste de Patrick.

— Et qu'en pense sa propre moitié? Je suppose que cela ne lui plaît pas plus qu'à moi.

Je regardai Patrick.

— En fait...

— Pa-paaaa, entendis-je avec une bouffée de soulagement.

— Merde, dis-je. On l'a réveillée.

13.

Au cours de la semaine qui suivit, Xan surenchérit en passant non plus un jour sur deux mais tous les jours, et en restant assez tard dans la soirée. Cela me compliquait encore plus la vie mais je n'avais pas le cœur de limiter le temps qu'il passait avec Milly.

— Elle l'adore, expliquai-je à Jenny, qui m'avait rejointe pour déjeuner Chez Christophe, sur Hammersmith Grove. Et il est fou d'elle. Je suis sidérée de constater à quel point il aime être avec elle.

Jenny cassa un gressin en deux.

— Il aime sans doute être avec toi aussi, Anna.

— Il aime être avec nous... en famille.

Je me demandai soudain si Jenny regrettait parfois de ne pas être « en famille » avec le père de Grace.

— De plus, il y a une compétition avec Patrick, précisai-je.

— Naturellement. D'après ce que tu me dis, Xan a adopté un comportement territorial classique, bien qu'il n'en ait pas vraiment le droit. (Elle nous servit de l'eau pétillante.) D'ailleurs, c'est assez scandaleux, étant donné son comportement passé.

— En effet. Son arrivée a tout compliqué, ajoutai-je pitoyablement.

— Je peux te parler un peu durement, Anna? dit Jenny. C'est à toi d'empêcher que ça se complique en étant juste avec Xan, tout en protégeant Patrick.

Je trempai un bout de pain dans de l'huile d'olive.

— C'est plus facile à dire qu'à faire.

— Mais il me semble que tu permets à Xan de passer trop de temps avec Milly.

Je cillai.

— Comment un père pourrait-il passer trop de temps avec son enfant? Les enfants ont besoin d'un père.

Jenny me regardait fixement.

— Je suis désolée, me repris-je. Ce n'est pas une critique à ton encontre.

— Je ne l'ai pas compris comme ça, répondit-elle d'une voix égale. Il est évident que les enfants ont besoin d'un père – dans la plupart des situations. Mais si tu tiens à ta relation avec Patrick, tu dois être plus ferme avec Xan, sur le temps qu'il passe auprès de vous.

Je me tortillai sur ma chaise.

— Je sais. En ce moment, chaque fois que je vois Patrick, on ne fait que se disputer à propos de Xan... C'est insupportable.

Jenny haussa les épaules.

— Tu t'attendais à quoi, au juste? Vous êtes au début de votre relation, et Xan se pointe et se met à vous monopoliser, Milly et toi, comme si c'était son droit. C'est dur, pour Patrick. Surtout après ce qu'il a vécu.

Je pris mon menu.

— Je sais... J'y ai songé.

— Prends garde, Anna, m'avertit Jenny. Tu ne veux pas perdre Patrick?

— Non.

— Et tu semblais heureuse avec lui avant le retour de Xan, n'est-ce pas?

— Je crois que j'étais heureuse. Mais maintenant... je ne sais plus.

— Parce que ça te plaît d'être à nouveau avec Xan? C'est ça?

— Enfin... Oui. Je crois.

C'était vrai. J'aimais bien être avec Xan. J'aimais sortir avec Milly et lui – nager au club de gym, visiter le Muséum d'histoire naturelle ou le zoo. Il me semblait absolument naturel de faire ces choses avec le père de mon enfant mais je me sentais minable et déloyale envers Patrick. J'étais dans la cuisine le dimanche soir suivant, en train de réfléchir à ce conflit tout en préparant du poulet pour le dîner de Milly, lorsque le téléphone sonna. À mon grand étonnement, c'était Mme Morea, que j'avais rencontrée à la fête des Edwards, qui me demandait de venir voir son jardin.

— J'en serais ravie, dis-je en ouvrant mon agenda. Vous êtes à Belsize Park, n'est-ce pas?

Du salon me parvenaient les éclats de rire de Xan et Milly qui jouaient aux « monstres ».

— Grrrr! couinait Milly.

— Grrrr! rugissait Xan.

— C'est ça, Belsize Park, répondit Mme Morea. Sur Eton Avenue. (Je notai l'adresse.) Pourriez-vous passer mardi matin – disons, à 9 heures? J'ai rendez-vous chez le coiffeur à 10 heures.

J'étais tellement contente qu'elle ait appelé que j'acceptai, bien que l'heure du rendez-vous ne m'arrangeât pas. Il faudrait que je demande à papa d'emmener Milly à son centre de loisirs à Hammersmith, où je l'avais inscrite pour les vacances. J'étais en train de paner les morceaux de poulet quand le téléphone sonna à nouveau; avant que j'aie pu me rincer les mains, Xan répondit.

— Oui, l'entendis-je dire. Oui. Elle est là... C'est de la part de qui?... Ah. Un instant s'il vous plaît, je vais voir si elle est disponible. C'est Paddy, ricana-t-il en me passant le combiné. Et je crois qu'il est de méchante humeur, ajouta-t-il dans un chuchotement théâtral.

— Patrick, dis-je en fronçant les sourcils. Bonjour!

— Qu'est-ce qu'il fout, à répondre à ton téléphone ?

— Eh bien, j'avais les mains couvertes de farine…

— Quand je t'appelle, je ne m'attends pas à ce que ton ex de merde me réponde.

— Il voulait simplement me rendre service, soupirai-je.

— Ouais, c'est ça.

Xan me souriait, ravi de son petit triomphe.

— Le dîner est prêt, ma chérie ? hurla-t-il.

— C'était quoi, ça ? exigea de savoir Patrick.

— Xan… me demandait simplement si le dîner de Milly était prêt. Écoute, je ne peux pas te parler, là, ajoutai-je. Je te rappelle tout à l'heure… Et on se voit demain, d'accord ?

Je raccrochai le combiné et me tournai vers Xan. Jenny avait raison. Son comportement était effectivement scandaleux.

— Je t'en prie, ne refais plus jamais ça. Je suis ravie que tu passes nous voir, mais il faut que tu te tiennes.

— Ah… (Xan haussa les épaules.) J'aime bien le titiller. Ce type est tellement susceptible.

— C'est toi qui le rends susceptible ! Et tu n'as pas à répondre à mon téléphone !

Xan leva les mains comme pour se rendre.

— Entendu. Inutile d'en faire tout un plat.

Il ouvrit le réfrigérateur pour prendre une bouteille de bière.

— Tes vacances aux Cornouailles vont être follement gaies, ajouta-t-il, sarcastique. Mais tu sais, Anna…

Il décapsula la bouteille.

— Quoi ?

— Eh bien… tu pourrais annuler les Cornouailles et venir en Espagne.

Je le dévisageai.

— En Espagne ?

— Oui, dit Xan en me prenant la main. Milly pourrait enfin rencontrer mes parents. Ensuite, nous pourrions visiter Séville ensemble et passer un moment sur la côte. (Il me caressa les doigts.) Qu'en penses-tu ?

Je songeai à toutes les fois où j'avais rêvé d'une telle invitation.

Xan porta ma main à ses lèvres.

— Viens avec moi, murmura-t-il.

Je ne répondis rien.

— S'il te plaît. Je veux que Milly et toi veniez en Espagne avec moi.

Je clignai des yeux à quelques reprises, comme si j'émergeais d'un rêve agréable mais un peu perturbant.

— Je suis désolée, Xan, mais ce n'est pas possible. Tu fais comme si je n'étais pas avec Patrick... Et même si ce n'était pas le cas, pourquoi aurais-je envie de passer mes vacances avec toi alors que tu quittes le pays dans cinq semaines ?

— Tu as tout à fait raison, dit-il. Mais je pensais que peut-être, cette fois, Milly et toi pourriez venir avec moi.

Le mardi matin, j'entendis Luisa sortir de bonne heure pour aller à ses cours d'anglais, comme d'habitude : son cours de six mois tirait à sa fin. J'étais déçue de ses progrès, c'était le moins qu'on puisse dire.

Je pris rapidement mon petit déjeuner, puis papa arriva pour s'occuper de Milly et l'emmener à son club de loisirs.

— Papa ! m'étranglai-je lorsque j'ouvris la porte. Que t'est-il arrivé ?

Son œil gauche était prune et la paupière, très enflée. Je n'apercevais plus qu'un croissant d'iris bleu.

— Que t'est-il arrivé ? répétai-je.

Il entra en secouant la tête.

— J'ai eu... un accident. Hier soir.

— Non, ce n'est pas vrai. On t'a frappé.

— Enfin... oui, concéda-t-il avec réticence. Je me suis conduit comme... un idiot, vraiment.

Il soupira, l'air brusquement vulnérable et âgé, comme jamais auparavant.

— En fait, Anna, je me suis conduit comme un vieil imbécile...

— Comment ? Qu'as-tu fait ?

— Je te le raconterai un autre jour... tu vas être en retard si tu ne pars pas tout de suite. Je dirai à Milly que je suis tombé. Où est-elle ?

— Elle regarde la télé. Milly ! Papi est là !

Je sautai dans ma voiture, tout en me demandant qui avait frappé papa et pourquoi – l'une de ses « conquêtes », peut-être, furieuse qu'il ait menti sur son âge ? Si c'était le cas, c'était un peu dur et pour une femme, elle avait un sacré crochet.

Je fixai ma ceinture de sécurité, puis tournai la clé dans le contact. Je n'obtins qu'un vrombissement asthmatique.

— Encore ! gémis-je.

J'essayai à nouveau et cette fois, il n'y eut qu'un déclic.

— Foutu garagiste ! me lamentai-je. Je croyais que c'était réparé.

Je jetai un coup d'œil à ma montre. Il était 8 h 15. Je téléphonai à Mme Morea pour lui dire que j'aurais vingt minutes de retard et me précipitai à la station de métro de Shepherd's Bush.

Dans le compartiment cahotant, je me félicitai de ne plus avoir à effectuer ce trajet tous les jours, comme à l'époque où je travaillais à la City. J'avais oublié à quel point c'était immonde, surtout en période de canicule. Mon chemisier en lin était trempé et mes cheveux fraîchement lavés me collaient à la tête lorsque je descendis à Tottenham Court Road. Je grimpai quatre à quatre l'escalier menant au quai de la Northern Line, paniquée et énervée. Impossible d'arriver à Eton Avenue avant 9 h 45, et Mme Morea devait partir à 10 heures.

— Avancez, dit un contrôleur comme si nous étions du bétail. Avancez sur le quai !

J'avais mal à la tête et j'étais bouleversée, à cause de papa ; de plus, je ne savais plus où j'en étais avec Xan. J'avais à peine fermé l'œil de la nuit. J'étais à la croisée de chemins, tourmentée par le choix de la direction à prendre. Et si nous partions avec Xan ? Soudain, la femme qui me précédait rajusta son sac sur son épaule et me frappa en plein visage, sans même le remarquer ni s'excuser. Des larmes de douleur et de frustration me montèrent aux yeux, m'aveuglant tandis que j'avançais, uniquement consciente des pas déterminés de milliers de pieds.

Quelqu'un chantait en s'accompagnant d'une guitare : *From a distance the world looks blue and green – and the snow-capped mountains white.* Tandis que la musique flottait vers moi, je sentis mon niveau de stress diminuer et mon cœur ralentir : *From a distance the ocean meets the stream, and the eagle takes to flight.*

Je soupirai de soulagement en traînant les pieds dans le tunnel encombré de monde, clignant lentement des yeux, agrippant mon attaché-case.

From a distance, there is harmony. And it echoes through the land... La voix de la femme avait une pureté, une gravité parfaitement assorties aux paroles de Nancy Griffith. Elle produisait sur moi le même effet apaisant que celle de Luisa.

It's the voice of hope, it's the voice of peace... Je lui étais si reconnaissante de cet effet apaisant que j'ouvris mon sac pour sortir mon porte-monnaie. *It's the voice of every man.*

Combien devrais-je lui donner ? Une livre ? Non – cela valait au moins deux livres. Elle avait du talent.

From a distance all have enough... Je tirai trois livres... *and no one is in need.*

Je ne distinguais pas la musicienne dans la marée humaine, mais j'étais à sa hauteur. Son étui à guitare était déjà scintillant de pièces.

There are no guns, no bombs, no diseases... Je déposai mes trois livres et levai les yeux. *No hungry mouths to feed.* La mâchoire m'en tomba. *From a distance we are instruments...* C'était Luisa... *marching in a common band...*

Elle détourna la tête, écarlate.

Playing songs of hope ; playing songs of peace ; they're the songs of every man. God is watching us..., chanta-t-elle d'une voix défaillante tandis que je m'attardais auprès d'elle. *God is watching us...*

Je comprenais désormais d'où provenait l'argent de Luisa et pourquoi elle n'avait pas appris l'anglais.

God is watching us… Je me détournai et m'éloignai. *From a distance.*

Je rentrai à 11 h 30, chargeai dans mon ordinateur mes photos du jardin des Morea et entrepris quelques esquisses préliminaires. À 13 h 10, la clé tourna dans la porte. Luisa rentrait après être passée prendre Milly à son centre de loisirs.

— Maman ! Suis là ! s'écria Milly.

— Bonjour ma chérie, dis-je en descendant. Tu t'es bien amusée ? (Elle hocha la tête.) Le déjeuner est prêt.

Elle courut dans la cuisine pour sortir son bavoir d'un tiroir. Je l'assis.

Puis Luisa, qui était montée avec sa guitare, reparut dans l'embrasure de la porte de la cuisine.

— Anna, dit-elle doucement. Je été désolée.

— Tu pourrais venir au salon, Luisa ? (Elle hocha la tête.) Je voudrais te faire écouter quelque chose. (J'appuyai sur le bouton « play » de mon répondeur.) Ce monsieur a appelé ce matin pendant que j'étais sortie.

— *Euh… Ceci est un message pour Anna Temple. Ici John Cox, de l'école d'anglais de Bayswater.* (Luisa s'empourpra.) *Je suis désolé de ne pas vous avoir rappelée plus tôt – vous vouliez des renseignements sur les progrès d'une étudiante du nom de Luisa Vanegas ? Je me souviens l'avoir vue dans ma classe en février. Mais au bout d'une ou deux semaines, je ne l'ai plus revue, et parce que les étudiants n'arrêtent pas d'aller et de venir, j'ai supposé qu'elle avait abandonné. Je regrette, c'est tout ce que je peux vous dire à son sujet, j'espère que cela vous sera utile. Au revoir.*

La machine émit deux bips et j'appuyai sur « stop ».

— Je sais que tu ne comprends pas très bien l'anglais, mais tu as compris ça ?

— Oui.

— Tu joues dans le métro tous les matins ? (Elle hocha la tête.) À partir de quelle heure ?
— De 7 h 30 à 11 h 30.
— Je vois. Toujours à Tottenham Court Road ?
— Aussi Oxford Circus ou Bond Street. Les stations avec beaucoup de monde.
— Alors tu as dû gagner beaucoup d'argent ?
Elle hésita.
— Oui.
— Je t'ai payé des cours d'anglais. Et tous les matins, tu as fait semblant d'y aller, alors que tu n'y allais pas. Tu as gaspillé mon argent et ton temps.
Elle rougit à nouveau et me tendit une liasse de billets de cinquante livres.
— Voici cinq cents livres, Anna. Je voulais toujours les donner à toi quand je partir. Je suis très désolée, ajouta-t-elle en posant les billets sur la table. Je suis très triste. (Ses grands yeux bruns se remplirent soudain de larmes.) Tu été très gentille à moi, Anna.
— Non, pas gentille « à » toi. Gentille « avec » toi.
Milly, qui était entrée dans la pièce, nous regardait tour à tour, comprenant qu'il s'agissait d'une conversation sérieuse.
— Si tu avais besoin d'argent, tu aurais pu m'en parler, repris-je. Je t'aurais aidée à trouver un travail du soir ou du week-end et tu aurais quand même pu apprendre l'anglais.
— Ah, mais je pas faire pour argent, dit-elle en s'essuyant les yeux.
— Vraiment ?
— Je été très surprise de tout l'argent… Mais je veux juste être… *notada*… remarquable.
— Remarquée ? la repris-je. Tu espérais être remarquée ?
Elle hocha la tête puis se raidit.
— Une amie de Marbella, elle jouer dans métro – violon – et elle trouvé boulot dans quatuor à cordes. Elle jouer à Festival Hall.
— Je vois.

C'étaient donc là les « meilleures opportunités » qu'espérait Luisa à Londres.

— Mais je été inquiète que si tu savoir ce que je faire tous les jours, tu été très fâchée avec moi.

— Non, Luisa – je serais très fâchée « contre » toi.

— Je suis très désolée, répéta-t-elle, en larmes.

Voilà pourquoi Luisa achetait des cadeaux à Milly : c'était par sentiment de culpabilité ; voilà pourquoi elle avait semblé gênée lors que je lui avais suggéré d'économiser son argent ; et voilà pourquoi elle avait minci et acheté de nouvelles tenues – au cas où elle décroche une audition.

— Et je inquiète que si tu découvré, tu veux me retourner.

— Pas « retourner », Luisa. « Renvoyer. » Tu avais peur que je te renvoie.

— Alors…

Elle me dévisagea, l'air suppliant.

— Hélas, tu as raison.

— J'y ai été obligée, expliquais-je à Jamie le lendemain matin alors que nous roulions vers la maison de Gerald et Pippa dans sa fourgonnette bleue – ma voiture était au garage. Elle m'a menti pendant des mois. C'est d'une malhonnêteté incroyable.

— C'est vrai, dit-il. Mais c'est dommage, tu l'aimais bien – et elle t'a remboursé le cours. Elle part quand ?

— Je lui ai donné un préavis d'un mois pour qu'elle puisse retrouver autre chose.

— Milly va être bouleversée.

J'éprouvai un pincement de culpabilité.

— Je sais.

Et vu l'instabilité actuelle avec Xan et Patrick, ce n'était pas le moment le mieux choisi pour changer de fille au pair.

— Mais j'étais furieuse contre Luisa. Je le suis toujours.

— Tu ne l'as jamais vue quitter la maison avec sa guitare ?

— Non, parce qu'elle partait toujours assez tôt pour arriver à l'heure de pointe – elle espérait que quelqu'un, dans l'industrie du disque, se trouverait parmi les voyageurs.

— Elle ne jouait pas le week-end ?

— Non, parce qu'il n'y a que des touristes et des gens qui font leur shopping – elle ne le faisait pas pour l'argent.

— Elle doit être douée pour en avoir gagné autant.

— En effet, acquiesçai-je tandis que nous prenions Eden Lane. Elle m'a dit qu'elle se faisait quatre-vingts livres tous les matins – avec ce que je lui donne, ça lui fait cinq cents livres par semaine. Elle change la monnaie en billets à la banque.

— Pourquoi ne dépose-t-elle pas l'argent dans un compte ?

— Parce qu'elle n'a pas de compte. Elle ne connaît pas assez bien l'anglais pour remplir les formulaires et elle a peur d'être imposable. Mais je vais l'aider à en ouvrir un. Elle veut virer la moitié de la somme sur le compte de ses parents, qui ne sont pas très riches, dis-je avec un pincement. Enfin... et tes gars, ils arrivent à quelle heure ? demandai-je tandis que nous nous rangions devant la maison de Pippa.

— Je leur ai dit de me rejoindre dans une demi-heure. Mais d'abord, je veux faire le tour du jardin avec toi pour m'assurer que j'arrache les bons trucs. Ah, très bien, la benne est là.

Gerald nous ouvrit.

— Bonjour, dit-il en nous serrant vigoureusement la main.

— Voici Jamie Clark, dis-je. Lui et son équipe vont démarrer le chantier ce matin. Je voulais lui montrer ce qui doit être retiré et ce qui doit être taillé, puis je reviendrai vers 15 heures.

Nous passâmes dans la cuisine où Pippa donnait aux enfants leur petit déjeuner. La table était jonchée d'œufs à la coque, de mouillettes et de Rice Krispies.

— Bonjour ! dit-elle avec un grand sourire. Excusez le désordre.

— C'est un joli désordre, lui répondit Jamie. Quels beaux enfants.

— Merci, dit-elle en souriant à nouveau. Je vais sortir avec eux quand vous vous mettrez à l'ouvrage.

— Bonne idée, dit Jamie. Ça va faire du bruit et ça va être dangereux ; on va constamment traverser la maison pour mettre des trucs dans la benne, alors mieux vaut que les petits ne soient pas dans les parages.

Gerald ouvrit la porte de derrière.

— Mince, marmonna Jamie lorsque nous sortîmes. Je vois ce que tu veux dire, Anna. Ça va nous prendre deux jours.

Je lui montrai les arbres et les buissons qui devaient être arrachés et ceux qui devaient être taillés.

— C'est dommage qu'on en soit arrivés là, dit Gerald tandis que Pippa et les enfants nous rejoignaient. C'était un jardin ravissant, dans le temps.

— Vraiment ? dit Jamie.

Il envoya doucement un petit ballon de foot bleu à l'un des jumeaux.

— Oui, ma défunte épouse était une jardinière formidable.

Je levai discrètement les yeux au ciel. Jamie hocha la tête.

— Je vois.

— Oh oui, elle n'aurait jamais laissé le jardin se dégrader à ce point. Elle maîtrisait toujours la situation.

— Je vois, répéta Jamie d'un ton neutre. Il est vrai qu'elle n'avait sans doute pas à s'occuper de trois petits enfants. Le jardinage, ça prend beaucoup de temps.

— En effet. Mais elle pouvait faire pousser n'importe quoi. Elle a remporté trois médailles de bronze à Chelsea en 1986, vous savez.

— Formidable. Et cette pivoine en arbre, Anna ? Tu ne veux pas l'arracher, ce serait dommage.

— Non, on va la mettre dans ce coin.

Je lui montrai à nouveau les plans. Jamie hocha la tête.

— Très bien. Bonne idée.

Son portable sonna. Il l'ouvrit.

— Salut, Harry! Toi et Stephan, vous arrivez dans cinq minutes? Parfait, mon gars. Vous avez le casque antibruit? (Il regarda Gerald furtivement.) Je vais en avoir besoin.

— Nous allons mettre des bâches dans la maison, expliquai-je à Pippa. Il faudrait déplacer la table du hall et décrocher les tableaux. Si vous montrez à Jamie où vous voulez les ranger, il s'en chargera avec ses gars.

Je partis au moment où Harry et Stephan arrivaient. Je pris un taxi pour rentrer. Sur le chemin du retour, je téléphonai à papa pour savoir comment il allait. Il ne répondait pas. Je l'appelai donc sur son portable.

— Je viens de quitter l'hôpital de Charing Cross, dit-il. Mon généraliste m'a envoyé faire une radiographie pour s'assurer que ma pommette n'était pas fracturée.

— Et?

— Heureusement, tout va bien. L'infirmière m'a donné des analgésiques et m'a conseillé de me reposer.

— Tu ne veux pas passer prendre le petit déjeuner? lui proposai-je. Tu pourras me raconter ce qui s'est passé... si tu veux.

Une demi-heure plus tard, nous étions installés dans la cuisine. Le soleil inondait le parquet par la porte ouverte.

— Ça va mettre environ un mois à guérir, m'expliqua papa.

— C'est plutôt vilain, en effet.

— C'est affreux, acquiesça-t-il, et assez embarrassant. On va penser que je me suis bagarré.

— Mais tu ne t'es pas bagarré, dis?

— Pas exactement, répondit-il, le regard fuyant. Mais j'ai été... (Il soupira.) Je me suis conduit comme un idiot, vraiment, Anna.

— En quoi? demandai-je bien que je connus la réponse.

Il sirota son café.

— Eh bien, depuis environ deux mois, je sors avec des... dames. Je ne te dirai pas comment je les ai rencontrées, si ça ne t'ennuie pas.

— Ne t'en fais pas. (Je lui passai une viennoiserie.) Mais elles étaient comment ?

— Certaines, très charmantes... Aucune d'entre elles n'était intéressée par moi, ajouta-t-il rapidement. Je suppose que je suis un peu âgé pour le marché.

— Je ne crois pas ; il faut simplement que tu trouves quelqu'un de ton âge.

— Tu as peut-être raison. La plupart de ces femmes étaient beaucoup plus jeunes que moi. Je me faisais des illusions, ajouta-t-il tristement. Mais je leur offrais toujours à dîner et je leur payais un taxi pour rentrer.

Je lui passai une serviette en papier.

— C'est très correct de ta part.

Il avait dû dépenser une fortune.

— C'était la moindre des choses. Elles passaient la soirée en ma compagnie... sans doute en s'emmerdant à mourir, avec un vieux croûton comme moi.

— Ne dis pas ça, papa. Tu es un type très bien et tu as toujours belle allure, avec ou sans coquard.

Il sourit.

— Bref, avant-hier soir, j'avais rendez-vous avec l'une de ces femmes au bar à vin Morton's, sur Berkeley Square. Elle s'appelait Tatiana.

— Russe ?

Il hocha la tête.

— Elle était très glamour – dans la mi-quarantaine – mais pas très sympathique, à vrai dire. Elle n'arrêtait pas de répéter qu'elle voulait se trouver un homme qui lui achète un appartement et une Porsche. Elle était totalement obnubilée par ça.

— Je vois.

— Elle avait faim, alors nous avons commandé ; lorsqu'il a été temps de partir, elle m'a demandé de lui trouver un taxi. Quand nous sommes sortis du bar, elle a passé un coup de fil sur son portable, en russe. Puis elle m'a dit que le taxi lui coûterait vingt livres – elle vivait à Streatham – et que je pouvais lui donner l'argent tout de suite. J'étais un peu étonné, mais j'ai sorti mon portefeuille – en comprenant tout d'un coup ce qui allait suivre – et à l'instant même, un... voyou en blouson de cuir est sorti de nulle part et m'a demandé de le lui remettre. J'ai refusé. Il y a eu une bagarre. Tatiana n'a pas appelé à l'aide. Elle est restée adossée au mur, les bras croisés. Je me rappelle avoir reçu un coup de poing. On m'a arraché le portefeuille. Alors que je gisais par terre, Tatiana et mon assaillant ont détalé ensemble.

— Pauvre papa, dis-je en lui reversant du café. Ils font probablement leur numéro tous les soirs.

— Je n'en serais pas étonné. Ce qui m'affecte le plus, ce n'est pas d'avoir été blessé ou de m'être fait voler mon portefeuille – je n'avais que cent livres sur moi et j'ai aussitôt fait opposition aux cartes bancaires. C'est d'avoir dîné avec cette femme en essayant d'être charmant alors que pendant tout ce temps, elle projetait de me dépouiller. C'est ça que je trouve le plus démoralisant.

— Tu l'as dit à la police ?

Il secoua la tête.

— J'aurais dû le faire, je sais, mais je me sens tellement idiot. Je veux simplement tout oublier.

Je fus consternée de constater que ses yeux s'étaient emplis de larmes.

— Papa, murmurai-je.

— Je suis désolé, grinça-t-il en déglutissant. Mais je ne vais pas très bien. D'ailleurs, pour parler franchement, Anna... ma vie, c'est de la merde ! (Je lui passai un mouchoir en papier.) J'essaie d'être stoïque mais ce qui m'est arrivé l'autre soir m'a vraiment secoué. Ce qui me restait d'optimisme s'est envolé.

— Au moins, Dieu merci, tu n'es pas grièvement blessé !

— J'ai le sentiment d'avoir trahi la mémoire de ta mère avec mon comportement stupide.

— Elle comprendrait. Elle n'aurait pas voulu que tu te sentes seul, papa.

Il contempla le jardin puis se tourna à nouveau vers moi, les yeux luisants d'émotion.

— C'est bien le problème. Je me sens seul. Ça fait quatre ans, maintenant, mais ta mère me manque toujours.

— Je sais.

Je posai ma main sur la sienne.

— Elle nous manque à tous, bien sûr. Mais Cassie et toi, vous êtes jeunes – et très occupées. La distraction de la jeunesse et des occupations aide beaucoup à gérer le deuil. Mark est loin et cette distance doit avoir facilité les choses pour lui – il ne tombe pas sur un souvenir de ta mère à tous les coins de rue. Mais c'est dur, d'être en deuil quand on est vieux, ajouta-t-il d'un ton morne. On a tellement de temps pour être triste.

Je hochai la tête.

— Tu vas peut-être rencontrer quelqu'un.

— C'est assez peu probable. Mais ça t'ennuierait, si ça se produisait ?

— J'imagine que ce serait un peu dur au départ, mais de quel droit pourrais-je m'y opposer ? Nous devons tous saisir nos chances de bonheur dans la vie, papa. Et cela me ferait beaucoup de peine, que tu restes seul.

— Le problème, c'est que ta mère est irremplaçable, soupira-t-il.

— Tu ne la remplacerais pas. Tu trouverais simplement quelqu'un qui t'accompagne dans cette période de ta vie.

— Oui, acquiesça-t-il. Peut-être… On avait des hauts et des bas, tout de même, ajouta-t-il soudain.

— C'est vrai ? fis-je, l'air de rien.

Je n'avais jamais entendu papa émettre la moindre critique de maman – il aurait eu le sentiment de la trahir – mais c'était comme si, brusquement, il avait besoin de s'épancher.

— Tous les couples traversent des périodes difficiles, ajoutai-je, même les plus heureux.

Il avala une gorgée de café.

— Nous avons traversé des épreuves au fil des ans. Mais quoi qu'il arrive, nous n'avons jamais souhaité ne plus être mariés l'un à l'autre.

— Maman t'était toute dévouée. Elle me disait souvent que tu étais sa « plante vivace » – que tu étais « toujours là » pour elle. Elle avait le sentiment d'avoir beaucoup de chance.

Et à juste titre, songeai-je ironiquement en buvant mon jus d'orange.

— Tout de même, nous avons traversé des périodes difficiles, insista papa.

Mon cœur s'emballa : c'était l'occasion que j'attendais.

— Ça a dû être très dur, quand tu étais au Brésil.

Il hocha la tête et se tourna vers la fenêtre.

— Ça a été l'enfer. Ces huit mois de séparation ont failli tout gâcher, pour ta mère et moi.

— Je sais, dis-je tranquillement.

Il se tourna à nouveau vers moi.

— Non, Anna, tu ne sais pas, parce que je ne t'en ai jamais parlé, et je doute que ta mère l'ait fait.

— Elle ne m'a rien dit. Néanmoins, je sais, insistai-je en lui passant un muffin. En fait, papa, puisqu'on en parle, j'ai une question à te poser – une question très importante. Je ne veux pas t'attrister, mais ça me taraude depuis plusieurs semaines.

Il posa son couteau sur son assiette.

— Et quelle est cette question ?

— J'ai trouvé… quelque chose, récemment, et ça me tourmente. (Il m'adressa un regard interrogateur.) Une vieille photo de maman. Je l'ai trouvée par hasard – elle est tombée de l'un de ses vieux livres de jardinage, ceux que tu m'as donnés. Elle date de 1977, quand tu étais au Brésil. (Je vis papa se raidir légèrement.) Sur cette photo, maman est assise sur une plage, à Chichester, avec un… enfin, un… (Mon visage s'empourpra.) Avec un… homme. Je ne sais pas qui c'est, bafouillai-je. Il y avait une lettre avec la photo – une lettre qu'elle t'avait écrite – et… tu comprends, en fait…

Ma bouche était aussi sèche qu'un papier buvard. J'étais incapable de poursuivre.

— Tu veux bien me la montrer ? dit papa d'une voix posée.

Je hochai la tête, soulagée, gravis l'escalier jusqu'à mon atelier, retrouvai le livre et redescendis les marches, les genoux flageolants. J'ouvris le livre et tendis d'abord la photo à papa.

Il fouilla sa poche de chemise pour prendre ses lunettes.

— Ah, dit-il.

Il retourna la photo et lut ce qui était inscrit au dos.

— Ah, répéta-t-il en fronçant légèrement les sourcils. Chichester. Oui… Juin 1977…

— Il s'appelle Carlo, c'est ça ?

— Oui, soupira papa. C'est bien Carlo.

— Et il a offert ce livre à maman.

Papa ouvrit *Les Fleurs de l'Italie méridionale* et lut la dédicace.

— En souvenir de tant de moments heureux, dit-il.

Je le dévisageai, comme pour l'obliger à en dire plus.

— Eh bien… (Il referma le livre et retira ses lunettes.) En effet, ils ont vécu des moments heureux.

— Vraiment ? explosai-je, incapable de me contenir plus longtemps. Mais il ressemble trait pour trait à Cassie ! Ou plutôt, Cassie lui ressemble comme deux gouttes d'eau !

— Oui, dit papa en examinant à nouveau la photo. Il y a en effet une nette ressemblance.

Le silence qui suivit ne fut rompu que par le vrombissement lointain d'un hélicoptère.

— Il pourrait presque être le père de Cassie, hasardai-je.

Papa regardait toujours la photo.

— Ta mère était belle, murmura-t-il.

— Vraiment, ce pourrait être son père.

Papa ne répondit rien. J'inspirai profondément.

— Est-il son père ? dis-je enfin.

Papa me regarda.

— Est-il quoi ?

— Désolée de te poser la question, papa, mais Carlo est-il le père de Cassie ?

Papa me fixait intensément.

— Si Carlo est le père de Cassie? (Son cou se tacha de rouge.) Quelle question extraordinaire, Anna. Qu'est-ce qui te permet de le penser?

— Enfin… la ressemblance, bégayai-je. Elle est tellement frappante.

— Mais Anna, dit papa en posant la photo, nous ressemblons tous à des gens avec lesquels nous n'avons aucun lien de parenté. Tu ressembles un peu à Gwyneth Paltrow, mais tu n'es pas parente avec elle. (Il regarda à nouveau la photo.) Mais il y a une similarité de type entre Cassie et Carlo, je suis tout à fait d'accord.

Papa était manifestement en plein déni. Mais je devais connaître la vérité.

— Ce n'est pas simplement que Cassie ressemble à Carlo, insistai-je. C'est qu'elle ne me ressemble absolument pas. Ni à Mark, d'ailleurs.

— C'est vrai. Mais Cassie ressemble à ma mère à moi, Anna. Tu ne l'as jamais remarqué? (Je secouai la tête.) Elle ressemble beaucoup à mamie Temple – quand mamie était jeune femme. Elle avait elle aussi le teint assez mat, et Cassie a la même morphologie.

— Ah, fis-je faiblement. Il y a longtemps que je n'ai pas vu des photos de mamie quand elle était jeune.

— Je t'en montrerai un de ces jours, tu verras. La ressemblance est indéniable.

Papa secoua la tête, perplexe, puis posa la photo.

— Mais où as-tu pris cette idée, Anna?

— En fait, articulai-je, il n'y a pas que la photo. J'ai calculé que tu étais au Brésil quand… euh… quand… neuf mois avant la naissance de Cassie, conclus-je avec tact. Tu y étais de janvier à août 1977; tu me l'as dit récemment.

— C'est vrai, dit papa.

Il eut brusquement l'air de saisir où je voulais en venir.

— C'est pour ça que tu m'as posé toutes ces questions bizarres sur la durée de mon séjour?

— Oui. Parce que Cassie est née le 15 mars 1978, alors que tu n'es rentré du Brésil que le 9 août 1977, alors je ne vois pas comment… comment elle…

Ma peau picotait.

— Comment elle pourrait être mon enfant? C'est là que tu veux en venir?

— Oui. Ça ne colle pas.

— Anna, dit papa, patiemment. C'est tout simple.

— Quoi?

— Cassie est née prématurément. (Je le dévisageai.) Elle a eu neuf semaines d'avance – tu ne le savais pas?

— Non. Ni toi ni maman n'en avez jamais parlé.

— En effet, nous n'en avons jamais parlé, parce que Cassie a failli ne pas survivre. Ta mère ne parlait jamais de choses tristes ou pénibles une fois qu'elles étaient passées. Elle était comme ça.

— Neuf semaines? (Je secouai la tête.) C'est énorme…

— Elle était minuscule, Anna.

Il retourna la main et j'imaginai soudain Cassie au creux de sa paume.

— Elle pesait 1,13 kg. Elle était en couveuse, avec des fils et des perfusions, et sa petite cage thoracique qui se débattait pour aspirer l'air. Le médecin nous a prévenus qu'elle allait probablement mourir, comme tant de bébés prématurés à cette époque. Nous l'avons fait baptiser à l'hôpital, au lendemain de sa naissance. Nous ne pouvions pas la prendre dans nos bras, seulement la caresser et lui dire que nous l'aimions…

Il se détourna.

— Je suis désolée, papa, murmurai-je. Je ne voulais pas te faire de peine. Mais je n'ai jamais rien su de tout ça. Maman nous a simplement dit que nous étions tous arrivés « un peu tôt ».

Je l'entendis déglutir.

— Tu es arrivée trop tôt, en effet – toutes les grossesses de ta mère se sont passées comme ça. Mark avait deux semaines d'avance. Puis tu es arrivée trois semaines trop tôt : c'est pourquoi j'ai dû te mettre au monde, à cause des grosses chutes de neige qu'on a connues, en ce mois de février. Mais dans le cas de Cassie, ça a vraiment été dangereux – elle aurait dû naître en mai mais elle est arrivée à la mi-mars.

— Je vois, chuchotai-je.

J'imaginai le corps minuscule de ma sœur luttant pour vivre.

— C'est pour ça que je l'ai autant gâtée, je crois, murmura papa. Ça n'a sans doute pas été bon pour elle, mais je ne pouvais pas faire autrement, parce que je n'arrivais pas à chasser de mon esprit cette image d'elle luttant pour survivre pendant des semaines. Ta mère devait s'occuper de toi et de Mark et c'est moi qui allais à l'hôpital tous les jours ; j'avais pris des congés. Je restais assis dans le service où elle était, à la regarder à travers la vitre, à lui insuffler la volonté de tenir – de continuer à respirer – et par… miracle, elle y est arrivée. Donc, désolé, tes calculs sur sa date de naissance sont erronés.

— Mais… ce n'est pas seulement à cause de cela, persistai-je. C'est parce que tu as dit que c'était l'enfer, pendant que tu étais au Brésil.

Il soupira.

— C'est vrai. C'était tellement difficile, pour ta mère et moi, d'être séparés. Elle se sentait abandonnée… Elle était furieuse. Quand je suis rentré en août, elle est tout de suite tombée enceinte, bien que nous ayons décidé que la famille était complète. Je crois qu'elle a dû se dire qu'en ayant un autre bébé, il me serait plus difficile de la quitter à nouveau.

— Ah.

Il me regarda, l'air étonné.

— Alors tu croyais… que je n'étais pas le père de Cassie ? C'est ça que tu croyais, Anna ?

— Oui. J'avais tout calculé…

— Sans prendre en compte le fait que tous les bébés ne naissent pas à la quarantième semaine. Ça a été ton cas avec Milly, Anna, alors je m'étonne que tu n'y aies pas songé.

— En effet, ça ne m'est pas venu à l'esprit.

Je me rappelai alors la longue conversation que j'avais eue à ce sujet avec Jenny et j'eus envie de rentrer sous terre. Mais le fait que Carlo ne soit pas le père de Cassie ne signifiait pas pour autant que maman n'avait pas eu de liaison avec lui. La photo le laissait entendre.

— Ta mère ne m'aurait jamais trompé, dit papa comme s'il pouvait lire dans mes pensées. Pas plus que je n'aurais pu la tromper, elle. Carlo n'était qu'un bon ami.

— Comment l'a-t-elle connu ?

— Quand elle a quitté l'école, ta mère a passé un certain temps à Naples, pour apprendre l'italien. Tu le savais ?

— Oui, vaguement.

— Elle était hébergée par une famille, les Rossi. Ils avaient une fille du même âge, Maria.

— Je me souviens que maman parlait d'elle de temps en temps.

— Maria et ta mère s'entendaient très bien, et ta mère a habité chez eux trois mois.

— Ce qui explique son intérêt pour le sud de l'Italie.

— Oui. Carlo était un ami de Maria et, après le départ de ta mère, ils sont restés en contact. Pendant que j'étais au Brésil, ta mère m'a écrit que Carlo venait en Angleterre pour voir une pièce à Chichester – entre-temps, il était devenu un scénographe réputé –, et ils se sont retrouvés pour la journée. Elle était ravie de le revoir. Je crois qu'il lui rappelait une époque très heureuse de sa vie, alors qu'elle était très jeune et sans aucun souci...

J'examinai à nouveau le cliché.

— Mais la façon dont il la tient...

— Eh bien, fit papa en haussant les épaules, il l'aimait beaucoup, mais ils n'ont jamais été... amants.

Je me demandai comment il pouvait en être aussi sûr.

— Ta mère m'a raconté que quand elle l'avait rencontré, elle était tombée amoureuse de lui. Mais Maria lui avait expliqué, avec beaucoup de tact, que son affection n'était pas susceptible d'être partagée, parce qu'il ne s'était jamais tellement intéressé aux filles.

— Ah. Je vois.

— Mais ils ne se sont pas perdus de vue au fil des ans. C'était un type très gentil, ajouta papa. Un homme très exubérant, très créatif... Chaleureux et sensuel... Il riait toujours. Je l'ai rencontré deux fois et je l'ai beaucoup aimé.

— C'*était* un type très gentil ?

— Oui. Il est mort. Au milieu des années 1980.

— Comme c'est triste.

— En effet. Il n'avait que quarante-trois ans. Ses parents ont dit que c'était le cancer.

— Ah... mais maman n'a jamais parlé de lui. Je me rappelle l'avoir entendu parler de Maria, jamais de Carlo.

— Comme je te l'ai déjà dit, elle avait tendance à ne pas parler des choses qui l'attristaient.

Je me tournai vers la fenêtre.

— Mais cette lettre, dis-je en la lui montrant. Ça aussi, ça m'a perturbée.

Papa tendit la main et je la lui remis. Il chaussa à nouveau ses lunettes ; tandis qu'il la déchiffrait, je vis ses traits s'assombrir.

Il retira ses lunettes et ferma les yeux.

— Si j'en avais connu l'existence, je l'aurais brûlée avec le reste des papiers de ta mère.

— C'est au sujet de Carlo ?

Il secoua la tête.

— Non, ça n'a rien à voir avec lui. Pour une raison quelconque, ta mère l'a conservée au même endroit que la photo, ce qui t'a manifestement induite en erreur, puisqu'il s'agit d'un brouillon sans date.

— Mais de quoi parle-t-elle ?

Je lui repris la lettre et la relus. *Je m'accuse... j'ai tellement honte... Je suis d'accord, personne ne doit savoir...*

— De quoi avait-elle honte, papa ? Qu'est-ce que personne ne devait savoir ?

Papa ne répondit rien. Puis il se pinça l'arête du nez en soupirant profondément.

— Il y a bien, en effet, quelque chose que je veux te dire, Anna, depuis très longtemps. Quelque chose qui va sans doute te mettre très en colère, alors je t'en demande pardon d'avance.

Je ne répondis rien.

— Ta mère et moi pensions que nous avions pris la bonne décision, reprit-il, mais manifestement, nous nous y sommes mal pris et j'en suis vraiment désolé.

Il avala une nouvelle gorgée de café, les sourcils froncés.

— Vous vous y êtes mal pris pour quoi ? (Pas de réponse.) De quoi parle cette lettre, papa ? Je t'en prie, dis-le-moi.

Il repoussa sa tasse.

— Je vais te le dire. Ce ne sera pas facile, alors je te demande un peu de patience.

Il se cala dans sa chaise, le regard dans le vague, puis croisa les bras sur la poitrine.

— Tu te rappelles cette horrible dispute que maman a eue avec Mark ?

— Évidemment.

Il me dévisagea.

— Et tu sais ce qui s'est passé ?

— Oui.

Pourquoi papa me posait-il cette question ?

— Alors raconte.

— Eh bien, toi et maman, vous êtes tombés sur Mark et sa nouvelle copine, Carol Gowing, à Glyndebourne. Vous l'avez toutes les deux détestée dès que vous l'avez vue et le lendemain, maman a demandé à Mark de la quitter. Il a rompu avec Carol, mais il était tellement bouleversé par l'intervention de maman qu'il est parti vivre aux États-Unis. Depuis, il n'a presque plus donné de nouvelles.

Papa hocha lentement la tête.

— C'est vrai. Mais pourquoi, à ton avis, Mark n'est-il pas resté avec Carol, en disant à sa mère de se mêler de ses affaires ?

— Je ne sais pas. À vrai dire, ça m'a étonnée. Il avait trente-trois ans... Il pouvait sortir avec qui bon lui semblait.

— En effet. Mais maman avait une très bonne raison d'élever des objections contre Carol.

— Laquelle ?

Papa croisa les mains.

— C'est lié à un événement du passé de ta mère.

— Maman ne pouvait pas avoir un passé très mouvementé, puisqu'elle avait vingt ans lorsqu'elle t'a épousé.

Papa ne répondit rien.

— Lorsqu'elle est rentrée d'Italie, elle a cherché du travail. Elle partageait un appartement à South Kensington en faisant de l'intérim. Puis elle a trouvé un poste de secrétaire à Granada TV.

— Je ne savais pas qu'elle avait bossé là. Elle n'en a jamais parlé.

— Elle n'avait que vingt ans et elle ne connaissait pas grand-chose au monde. Il y avait un producteur, d'environ dix ans son aîné, très séduisant, ambitieux... et marié, avec deux enfants...

— Et ? fis-je, impatiente.

— Il s'est jeté sur ta mère et ils ont eu une liaison. C'était sa première relation amoureuse.

— Quel dommage qu'il ait été marié.

— Oui... mais elle était très naïve, de son propre aveu. Elle croyait que cet homme l'aimait et qu'il allait divorcer, parce qu'il le lui avait dit.

— Sauf qu'il n'en avait aucune intention, c'est ça ?

— Non. Elle l'a fréquenté pendant environ deux mois, en croyant innocemment qu'il s'agissait d'une grande passion. Puis sa femme a découvert le pot aux roses et elle s'est déchaînée. Alors il a rompu avec ta mère du jour au lendemain. Il s'est aussi arrangé pour la faire virer.

— Pauvre maman. Quelle merde, ce type !

— Le terme est bien choisi. (Papa fit une pause.) Il s'appelait John Gowing.

— Ah, murmurai-je. Je vois...

— J'ai rencontré ta mère peu de temps après au Lyons Corner House, sur le Strand. Elle était assise dans un coin, par un samedi après-midi pluvieux. Je lui ai demandé si je pouvais partager sa table, parce que le café était bondé – et parce que je voyais qu'elle était bouleversée. Je lui ai demandé si tout allait bien et si je pouvais l'aider.

— Maman a eu de la chance, soufflai-je, que tu te sois porté à son secours.

Papa sourit.

— Alors nous avons commencé à bavarder...

— Et vous êtes tombés amoureux, complétai-je, vous vous êtes mariés et vous avez eu trois enfants. Puis, des années plus tard – ô, horreur – Mark rencontre la fille de John Gowing et tombe amoureux d'elle...

— Oui. L'horreur, répéta papa d'une voix mate.

— Pauvre maman, soufflai-je. Quel choc – de toutes les femmes que Mark aurait pu fréquenter... Je suppose qu'elle n'a pas supporté de réveiller tous ces vieux souvenirs... et encore moins la perspective de revoir Gowing alors qu'il s'était si mal comporté avec elle.

— Il s'est mal comporté avec elle, en effet, acquiesça papa. Elle avait le cœur brisé. Quand Mark nous a présenté Carol à Glyndebourne, maman a immédiatement compris de qui il s'agissait... Pas seulement à cause du nom, mais parce que Carol ressemblait énormément à son père. Ça l'a terriblement secouée. Le lendemain, elle est allée en ville pour avouer la vérité à Mark...

— Je comprends, maintenant, l'interrompis-je. Quand on a été blessée par un homme, la dernière chose qu'on souhaite, des années plus tard, c'est d'être obligée d'avoir des rapports avec lui – et pis encore, des rapports familiaux. Ça aurait été affreux.

— Oui, Anna, mais...

— Quelle mauvaise surprise pour maman. Je croyais qu'elle avait simplement pris Carol en grippe parce qu'elle était beaucoup plus âgée que Mark et qu'elle ne voulait pas d'autres enfants.

Papa secoua la tête.

— Là n'était pas le problème. Ta mère, comme la plupart des mères, voulait bien sûr que ses enfants trouvent un partenaire qui les rende heureux. Mais...

Je plaquai ma main contre ma poitrine.

— Je suis tellement contente que tu me l'aies dit. Je croyais que maman avait eu tort de s'interposer mais maintenant, je comprends ses raisons. J'aurais tout de même préféré que tu m'en parles plus tôt... Je n'arrive pas à comprendre que tu ne l'aies pas fait.

— Anna, je n'ai pas...

Soudain, mon portable sonna.

— Pardon, papa.

Je fouillai dans mon sac.

— Allô ?

— Vous êtes la mère de Milly ? dit une voix féminine.

— Oui, répondis-je le cœur battant.

— Ici Lorraine, du club de loisirs. Je suis désolée de vous déranger...

— Ce n'est pas grave, dis-je anxieusement.

— Mais Milly ne va pas très bien.

Je me levai, le cœur cognant contre les côtes.

— Quels sont ses symptômes ?

— Elle a un prurit au visage, de la fièvre et elle n'est pas dans son assiette.

— On lui a donné des œufs ? demandai-je en prenant mon sac. Au goûter ? Elle ne peut pas avoir le moindre contact avec les œufs, je vous l'ai expliqué quand je vous ai vue.

— Nous ne croyons pas qu'il s'agisse de cela, dit calmement Lorraine. De toute façon, nous demandons aux parents d'exclure les œufs et les noix des goûters de leurs enfants.

— Mais certains pains sont glacés à l'œuf, ou les autres enfants pourraient avoir eu de l'œuf sur les mains après leur petit déjeuner. Il suffit d'une toute petite quantité.

J'en étais malade d'angoisse.

— Ils se lavent tous les mains avant de commencer à jouer.

Je saisis mes clés.

— J'arrive tout de suite, mais si elle a des problèmes respiratoires, vous allez peut-être devoir lui faire une injection d'adrénaline – l'Epipen est dans la trousse médicale que je vous ai donnée.

— J'ai reçu une formation de soins d'urgence à donner en cas de réactions allergiques, dit calmement Lorraine, et je ne crois pas qu'il s'agisse de cela, sincèrement – je crois que c'est la varicelle.

Pourvu qu'elle ait raison !

— J'arrive.

Je posai le téléphone.

— Désolée, papa. Urgence. Mais merci de m'avoir enfin expliqué les choses.

— Mais Anna...

Il me regardait fixement.

— Je dois y aller... je te rappelle plus tard.

Je courus jusqu'à la station de taxis de Shepherd's Bush Road et en dix minutes, j'arrivais à la salle paroissiale. Je pris Milly dans mes bras et l'assis sur mes genoux.

— Ma-man...

Milly avait l'air molle et fiévreuse. Mais ses lèvres n'étaient pas enflées, ses paupières non plus, elle n'avait pas de bosses sur la figure et sa respiration n'était pas pénible. Cependant, son visage et sa poitrine étaient parsemés de cloques rouges.

— Je suis certaine que c'est la varicelle, dit Lorraine.

— Y a-t-il d'autres enfants malades ? demandai-je, ma panique apaisée.

— Nous avons eu un petit garçon la semaine dernière, mais sa mère nous a assuré qu'il n'était plus contagieux – elle a dû se tromper.

Elle regarda les autres enfants.

— Nous le saurons bientôt.

— C'est la varicelle, me confirma ma généraliste en examinant la peau de Milly sous une loupe, une heure plus tard. C'est une bonne chose de l'attraper à son âge – ses symptômes seront moins accentués. Je ne peux pas vous conseiller grand-chose, à part le Calpol, de la lotion Calamine pour calmer les démangeaisons et des bains tièdes si elle ne se sent pas bien. Ne lui donnez pas d'aliments acides ou salés, comme des oranges ou des chips – ne lui donnez pas d'aspirine...

— Je ne lui en donne jamais.

— Et bien entendu, elle devra rester en quarantaine pendant au moins dix jours. Surveillez sa température.

— Je le ferai. Merci.

Je pris Milly dans mes bras. Mon téléphone sonna alors. C'était Jamie.

— Ça va ? lui demandai-je.

— Ça va, répondit-il. À part une certaine personne qui me rend fou.

— Je sais... c'est insupportable. Fais comme s'il n'existait pas.

— Impossible. Ce type est siphonné. Mais tu reviens à quelle heure ?

— Je ne peux pas revenir aujourd'hui, Jamie. Milly a la varicelle. J'y serai demain à 9 heures.

14.

Milly n'allait pas trop mal – elle avait de la fièvre et se grattait le visage de temps à autre, mais autrement, elle ne paraissait pas plus affectée. Papa avait proposé de s'occuper d'elle le matin pour que je puisse travailler.

— Tu es sûr que ça ne t'ennuie pas ? lui demandai-je lorsqu'il arriva.

— Pas du tout, ça me fait plaisir. En plus, je ne veux pas qu'on me voit avec ce coquard, alors je suis ravi de rester à l'intérieur. Bonjour, Milly, dit-il alors qu'elle s'élançait vers lui. Et si on faisait les lettres de l'alphabet, ce matin ? On fait l'abécédaire ?

— Oui, dit-elle joyeusement. On fait l'A-B-C...

— Très bien. Alors qu'est-ce qui commence par « A », Milly ?

— *Agua* !

Je levai les yeux au ciel.

— Luisa prendra le relais à midi. Elle a rendez-vous avec une autre famille, ce matin.

— Je vois, dit tristement papa. C'est dommage.

— Oui, mais c'est sa faute.

— Effectivement.

— Puis Xan va passer ce soir.

— Mais il faut que je te parle, Anna.

— Oui, papa, on bavardera plus tard, d'accord ? Il faut que j'y aille, maintenant.

J'embrassai Milly et pris mon sac.

Je passai au garage de Ravenscourt Park pour prendre ma voiture et grimaçai tout en remplissant le chèque pour le nouvel alternateur ; puis je roulai jusqu'à Eden Lane. En me garant, j'aperçus Jamie versant des débris de jardinage dans la benne.

— Salut, Jamie !

Il m'adressa un sourire crispé. Je le dévisageai.

— Tu vas bien ?

— Tip top, répliqua-t-il sans croiser mon regard. Ça gaze. Comment va Milly ?

— Elle va assez bien. C'est une bonne chose d'attraper la varicelle quand on est très jeune, c'est plus facile à supporter.

— J'essayerai de m'en rappeler, fit-il amèrement.

Pourvu que cette humeur curieuse et susceptible ne dure pas.

J'allai jusqu'à la maison, sonnai puis passai au jardin et saluai Stephan et Harry.

— Quelle transformation, dis-je.

Maintenant que les plates-bandes étaient presque dégagées, la lumière inondait le jardin ; c'était comme si on avait retiré un couvercle.

— Où sont les plantes qu'on garde ?

— Là-bas, dit Jamie. Dans ce coin. On les a toutes étiquetées.

Pippa apparut dans l'embrasure de la porte de la cuisine avec les enfants.

— C'est formidable, dit-elle en faisant sauter Kitty dans ses bras. Il a l'air deux fois plus grand, maintenant.

Gerald apparut à ses côtés.

— Une nette amélioration, acquiesça-t-il en descendant l'escalier, les mains dans les poches. On peut *voir* le jardin, maintenant. Mais vous savez, il était superbe du vivant de ma défunte épouse. Oui, Ginny savait vraiment s'y prendre. C'était une jardinière fantastique.

— Gerald, dit posément Jamie. (Il s'appuya sur sa pioche et s'essuya le front du revers de la main.) Je peux vous poser une question ?

— Oui, répondit Gerald, l'air étonné.

— C'est une question assez personnelle.

Gerald le dévisagea d'un air soupçonneux.

— Que voulez-vous savoir ?

— Je veux savoir quand vous avez subi l'ablation du tact.

— L'ablation du quoi ? répéta Gerald. Que voulez-vous dire ? Ablation ? Je n'ai jamais eu d'ablation d'aucune sorte.

— Dans ce cas, auriez-vous l'amabilité d'arrêter de parler de votre défunte épouse ?

— Que diable... ?

— Je suis dans ce jardin depuis un jour et demi, reprit Jamie, mais vous avez réussi à parler des talents de jardinière de feu votre épouse au moins une dizaine de fois – le plus souvent devant Pippa.

— Oui, mais...

Je jetai un coup d'œil à Pippa. Elle était écarlate.

— Je trouve ça... indigne d'un gentleman, Gerald, poursuivit calmement Jamie, si ce n'est carrément grossier.

— Jamie, intervins-je, ça suffit.

— D'ailleurs, poursuivit-il en m'ignorant, tant que j'y suis, laissez-moi vous dire que si vous n'arrêtez pas de radoter au sujet de votre défunte femme devant la superbe épouse vivante que vous avez ici, et les enfants ravissants qu'elle vous a donnés – vous ne savez pas la chance que vous avez –, je ne travaillerai plus pour vous. Parce que je trouve ça insupportable. Compris ?

Jamie prit sa pioche et s'éloigna calmement.

— Eh bien..., s'indigna Gerald. Quelle grossièreté !

Il y eut un moment de silence.

— Je suis désolée, Gerald, dit posément Pippa, mais Jamie a tout à fait raison.

Gerald rentra en claquant la porte.

— Allez, Stephan, on reprend le travail, lançai-je d'un ton jovial. Je reviendrai en fin de journée.

Mes mains tremblaient en déverrouillant la portière de la voiture. D'une certaine manière, j'étais ravie – j'aurais pu prendre Jamie dans mes bras et l'embrasser pour son acte de bravoure. Mais d'un point de vue professionnel, j'étais consternée. Je m'installai sur le siège conducteur et téléphonai à Jamie sur son portable :

— Je t'en prie, ne refais plus jamais ça. Je ne regrette pas que tu l'aies dit – en fait, j'en suis ravie – mais quand un client est désagréable, il vaut mieux l'ignorer.

— Impossible, dit Jamie. Il me mettait tellement hors de moi que j'allais me trouver mal.

— Essaie de ne pas prendre les choses trop à cœur.

— J'essaie, dit-il en éclatant d'un rire sans joie.

— Ça va, Jamie ?

— Ça va. Je suis en pleine forme.

— C'est… tant mieux. Enfin, on se verra tout à l'heure.

Je rangeai mon téléphone puis consultai mon agenda pour vérifier l'heure de mon rendez-vous à Maida Vale. Je vis soudain que j'avais pris rendez-vous chez le coiffeur à 11 heures. Je jetai un coup d'œil au rétroviseur, en me demandant si je devais annuler, mais mes cheveux étaient plats et tristes ; donc, à 10 h 55, je poussai la porte du salon Head Girls.

— Sandra est en vacances, dit la réceptionniste, alors je vous ai mise avec Kelly, notre nouvelle styliste. Elle passera vous prendre dans quelques minutes.

— C'est parfait.

Comme d'habitude, il y avait une pile d'hebdomadaires féminins *trash* dans la salle d'attente, et comme d'habitude, j'en parcourus les gros titres à sensation avec un frisson de dégoût ravi. « J'ai payé l'opération de changement de sexe de mon mari ! » ; « J'ai dénoncé mon propre fils aux flics ! » Bon sang. « J'ai eu des relations sexuelles avec le cheval de ma fille ! » Je pris le magazine *I Say !* « J'ai craqué pour mon propre frère ! » Pouah ! Je trouvai la page puis, en lisant le sous-titre, je grimaçai de dégoût.

Pourriez-vous être attirée par votre propre frère ? Voire tomber amoureuse de lui ? C'est ce qui est arrivé à notre témoin de la semaine. L'actrice Carol Gowing, vedette de MidwinterMassacres, *diffusé sur Channel 5 en novembre prochain, révèle en exclusivité à* I Say ! *la relation taboue qu'elle a vécue avec son propre frère. Certains noms ont été changés...*

Je scrutai la photo de Carol, dans sa cuisine, l'air larmoyant. Quelle exhibitionniste, cette bonne femme ! Écrire une histoire sordide rien que pour faire la promo d'un téléfilm de merde. Dieu merci, Mark avait rompu avec elle, songeai-je en entamant la lecture de l'article.

J'étais divorcée depuis cinq ans et, même si j'aime mes enfants, ce n'était pas drôle de les élever toute seule. Puis, au cours de l'été 2003, la chance me sourit. Je rencontrai un homme merveilleux – « Luke » – dans une soirée. Il était grand et blond, avec des yeux bleu glacé qui semblaient me sonder jusqu'à l'âme. Il était gentil, attentionné et savait m'écouter. Bientôt, il m'appelait tous les jours et bien que nous nous soyons beaucoup vus au cours du mois suivant, nous n'étions pas devenus amants – nous savions tous deux que cette relation était trop importante pour être précipitée.

— N'importe quoi ! marmonnai-je.
Je me demandais ce que cela avait à voir avec le frère de Carol qui, je m'en rappelais, se prénommait Peter.
J'avais huit ans de plus que « Luke ». Donc, manifestement, elle avait l'habitude de sortir avec des hommes plus jeunes.

La différence d'âge ne nous dérangeait ni l'un ni l'autre, mais j'avais dû lui dire que je ne souhaitais pas avoir d'autre enfant. À mon grand étonnement, Luke me répondit qu'il ne tenait pas à avoir des enfants, car tout ce qu'il voulait, c'était être avec moi.

— Vous voulez passer au bac maintenant ? me dit une voix.

— Quoi ? murmurai-je.

— Je vous ai demandé si vous vouliez venir avec moi, Anna. Kelly est prête à s'occuper de vous.

Agrippant toujours le magazine, je permis à la réceptionniste de me passer le peignoir noir et de m'accompagner jusqu'au bac, où Kelly m'attendait.

— Renversez la tête en arrière, s'il vous plaît.

J'obéis en continuant à lire l'article, les bras tendus. J'avais mal au cou mais ça m'était égal.

Luke et moi avions un rapport merveilleux. Il était médecin, chirurgien-ophtalmologue.

Je me redressai brusquement.

— Renversez la tête en arrière, s'il vous plaît, Anna !

Il venait de passer six mois en Afrique de l'Ouest à pratiquer des opérations pour la cataracte avec l'ONG Sight-Savers. Je ne l'en trouvais que plus séduisant. Puis, un mois après notre rencontre, pour fêter mon anniversaire, « Luke » me réserva une surprise : il m'avait juste demandé de porter une tenue élégante. Quand il passa me chercher, il était en smoking et il y avait un panier à pique-nique sur la banquette arrière de la voiture. Nous allions à Glyndebourne pour voir La Bohème. C'était totalement magique et j'étais très heureuse. Je ne savais pas que mon rêve était sur le point de se briser.

— L'eau n'est pas trop chaude ? dit Kelly.

— Non, non, c'est parfait, marmonnai-je bien qu'elle le fût.

Je repris ma lecture.

Lorsque nous sortîmes pour le grand entracte, Luke aperçut soudain ses parents de l'autre côté de la pelouse.

Quand nous les rejoignîmes, ils étaient tout sourires – jusqu'à ce qu'il dise mon nom. Soudain, l'ambiance changea. Sa mère semblait presque hostile. Le père de Luke était lui aussi très tendu, bien qu'il eût au moins tenté de me faire la conversation.

— Vous voulez que je vous fasse un soin?
— Quoi? Euh... non... merci.

Je constatais à quel point Luke était blessé par l'attitude de ses parents à mon encontre. Quand nous rentrâmes dans l'auditorium, il chuchota que sa mère était sans doute déçue, parce que j'avais dit que je ne voulais plus d'enfants. Mais là n'était pas la raison de son comportement étrange, comme j'allais bientôt le découvrir.

Je sentis qu'on m'entourait la tête d'une serviette.
— On passe au miroir, s'il vous plaît, m'ordonna Kelly.
Je la suivis comme une somnambule tout en lisant.
— Alors, je fais seulement les pointes aujourd'hui?
— Quoi? dis-je en m'arrachant à ma lecture.
Elle me regarda dans le miroir.
— On fait seulement les pointes?
— Oui. Deux centimètres et demi. Conservez le dégradé, s'il vous plaît.
Tandis qu'elle peignait mes cheveux mouillés, je poursuivis ma lecture :

Le lendemain soir, Luke me demanda de passer chez lui. Il avait une mine affreuse et ne m'embrassa pas, comme il l'aurait fait normalement. Il me dit que sa mère était venue le voir quelques heures plus tôt et lui avait demandé de ne pas poursuivre sa relation avec moi. Puis il me dit qu'elle venait de lui apprendre quelque chose de très important – quelque chose qu'il fallait que je sache, moi aussi : sa mère avait jadis connu mon père. Cela ne m'étonna pas : mon père connaît des tas de gens car il travaille à la télé depuis quarante-cinq ans.

— Relevez la tête, s'il vous plaît, Anna ! ordonna Kelly.

Luke m'annonça alors que sa mère avait eu une liaison avec mon père lorsqu'elle avait vingt ans. Je comprenais maintenant ce qu'elle me reprochait. Elle avait de mauvais souvenirs de cette relation et ne voulait pas renouer avec mon père, trois décennies plus tard. Je fus soulagée qu'il y ait une explication rationnelle à son aversion pour moi. Mais je dis à Luke que tout cela remontait à très loin et que sa mère devait tourner la page, par égard pour lui. J'ajoutai qu'elle ne pouvait pas nous empêcher d'être ensemble. Mais Luke s'exclama qu'elle le pouvait. Perplexe, je lui demandai pourquoi...

— Relevez la tête, Anna ! répéta Kelly.

Et il répondit qu'il ne s'agissait pas seulement d'une liaison : il était le fruit de cette aventure...

J'eus l'impression d'avoir été plongée dans un bain d'eau glacée.

Je le fixai, incrédule. Je ne savais pas que mon père avait eu d'autres enfants que mon frère cadet Peter et moi. J'appelai aussitôt mon père et au bout d'un moment, il me dit que c'était vrai. L'horreur que j'éprouvai céda rapidement à une bouffée de soulagement que ma relation avec Luke n'ait pas encore été consommée. Néanmoins, j'étais profondément choquée et bouleversée. Luke, pour sa part, était effondré. Il disait que c'était comme si une météorite s'était écrasée dans sa vie.

Je sentis soudain une bouffée d'air chaud : Kelly me séchait les cheveux.

Quand j'en parlai avec mon père le lendemain, il avoua qu'il n'était pas fier de sa liaison avec la mère de Luke – d'autant qu'il était marié à l'époque. Il dit qu'elle lui avait écrit pour lui apprendre qu'elle était enceinte, mais qu'il n'avait pas répondu, car il ne savait pas si c'était vrai.

— Salaud ! soufflai-je. Comme si elle avait pu mentir !
— Pardon ? dit Kelly.

Et quand il sut, peu de temps après, qu'elle s'était fiancée, il crut préférable de ne pas se manifester. Mais il s'était souvent demandé s'il avait un autre enfant, et ce que je lui appris au sujet de « Luke » fut aussi un choc pour lui…

Je me levai.
— Je dois partir.
— Mais je n'ai pas terminé, protesta Kelly tandis que je retirais le peignoir.
— Peu importe, je viens de me rappeler que j'ai rendez-vous. Je suis désolée.
J'ouvris mon sac et lui remis quarante livres.
— C'est assez ?
— C'est trop ! Je vais chercher votre monnaie.
— Non, s'il vous plaît, ce n'est pas la peine.
— Laissez-moi vous sécher encore un peu, je ne peux pas vous laisser partir comme ça.
Mais j'étais déjà en train de franchir la porte.

— Bonjour, dit papa lorsque je rentrai chez moi.
Il rangeait la pâte à modeler.
— Milly fait la sieste. Elle semblait fatiguée.
Il me scruta de son œil sain.
— Tu es allée à la piscine ?
— Non, chez le coiffeur.

— On ne t'a pas séché les cheveux ?

— J'ai dû partir précipitamment.

Je lui tendis le magazine.

— Tu veux bien lire ceci ?

— Le magazine *I Say !* ? Ce n'est pas mon genre de lecture.

— Je sais. Mais je veux que tu lises une histoire en particulier, celle-ci. (Je la pointai de l'index.) Elle est assez étonnante.

Papa me regarda d'un drôle d'air.

— D'accord.

Il chaussa ses lunettes. Je vis ses traits se crisper de douleur au fur et à mesure de sa lecture. Puis il posa le magazine.

— C'est vrai ?

— Oui. (Il fit une pause.) C'est vrai.

— Eh bien… merci de m'avoir tenue au courant !

Papa ferma les yeux.

— J'avais commencé à t'en parler hier. Mais tu as dû te précipiter pour aller chercher Milly et je n'ai pas pu terminer. J'ai ressayé de t'en parler ce matin, mais tu devais partir. J'étais sur le point de tout te raconter, Anna.

— Avec trente ans de retard !

Je le dévisageai.

— Comment avez-vous pu vous taire, maman et toi ?

Papa ne répondit rien.

— Et ne rien dire à Mark ?

— Nous aurions dû le faire, soupira-t-il. Nous avons commis une erreur terrible.

Je me laissai tomber dans un fauteuil.

— Alors… quand tu as rencontré maman, elle était enceinte ?

Papa hocha la tête.

— Je l'ai rencontrée au Lyons Corner House ce jour-là et nous avons bavardé, puis je lui ai demandé si je pouvais la revoir. J'étais très attiré par elle, mais j'étais aussi inquiet à son sujet car elle semblait bouleversée. Lors de notre deuxième rencontre, elle m'a avoué la raison de son tourment – elle venait d'être quittée par un homme et elle était enceinte de huit semaines.

— Pauvre maman.

— Sa plus grande crainte, c'était que sa mère l'apprenne et l'oblige à faire adopter le bébé. Elle s'imaginait que je n'aurais aucune envie de la revoir, mais j'étais déjà en train de tomber amoureux d'elle. Alors nous avons encore discuté, puis j'ai inspiré profondément et je lui ai dit que la solution serait que je l'épouse.

— Elle a dû être... stupéfaite.

— Elle l'était. Elle m'a pris pour un fou furieux. Elle m'a dit que je ne la connaissais pas. J'ai répondu que c'était vrai, en effet, mais qu'à trente-deux ans je me connaissais, moi, et que je savais que j'étais très attiré par elle. J'ai dit que si nous nous mariions, j'élèverais cet enfant comme s'il était le mien, mais à une condition... que personne n'en sache rien. Je croyais que cela nous procurerait plus de stabilité familiale et que cela protégerait ta mère des ragots. C'est ainsi que, trois semaines plus tard, nous nous sommes mariés à la mairie de Chelsea. Tous nos invités savaient qu'il s'agissait d'un mariage précipité et il y eut quelques remarques grivoises, mais cela nous importait peu, puisque cela ne faisait que renforcer l'impression que le bébé était de moi. Pour que les dates coïncident, nous avons prétendu nous être connus six semaines avant la date réelle de notre première rencontre.

Je comprenais désormais pourquoi maman semblait en être à plus de deux mois de grossesse sur les photos de mariage. Elle devait être enceinte de plus de trois mois.

— Mais comme c'est étrange, de vous être mariés alors que vous ne vous connaissiez pas.

— En effet, acquiesça papa. Mais comme je le lui ai dit, si ça ne collait pas entre nous, au moins elle serait mère divorcée plutôt que mère célibataire ; son enfant aurait un « père ».

— Mais ça a collé.

— Par miracle... oui. Bien que nous ayons eu des hauts et des bas, comme je te le disais l'autre jour.

— Ce qui n'est pas étonnant, étant donné les circonstances. Mais aviez-vous décidé de ne jamais en parler à Mark ?

Papa haussa les épaules.

— Nous n'y avions jamais vraiment réfléchi. Quand il avait environ huit ans, nous avons songé à le lui dire. Mais il nous était impossible de détruire l'illusion familiale que nous avions créée – d'autant que nous venions d'avoir Cassie, qui a nécessité des soins spéciaux pendant assez longtemps. Donc, à notre grande honte, nous n'avons cessé de retarder le moment fatidique...

— Pendant aussi longtemps ?

— Tu ne sais pas à quelle vitesse les années ont défilé – plus le temps passait, plus le secret devenait difficile à révéler. En outre, nous pensions que cela pouvait déstabiliser Mark dans une période critique : tout d'un coup, il entrait au collège, puis il passait son bac, puis il entrait à l'université, puis à l'école de médecine... Nous ne voulions pas risquer de le bouleverser alors qu'il travaillait aussi fort, qu'il passait ses examens, alors nous avons laissé filer. Puis il est allé en Afrique et, peu de temps après, il a rencontré Carol Gowing. Tu connais la suite.

Je m'assis.

— Alors c'est pour ça que Mark est parti.

— Oui.

Papa prit sa tête entre ses mains.

— Il n'arrivait pas à encaisser. Non seulement le choc de cette révélation, mais la façon dont il avait appris la vérité – le fait que tout cela résulte de sa rencontre avec Carol. Il était tellement en colère. Il a dit qu'il ne savait plus qui il était... ou qui nous étions. Il a retiré toutes ses affaires de sa chambre, comme s'il n'y avait jamais vécu.

— Puis il est parti vivre à San Francisco.

— Oui. Il a dit qu'il avait besoin de distance. Je suppose qu'il essaie de se retrouver depuis.

— Mais une fois que Mark a su la vérité, pourquoi ne pas nous l'avoir dite, à Cassie et moi ?

— Nous en avions l'intention. Mais c'est alors que ta mère est morte subitement, et j'en avais assez sur le cœur, alors j'ai repoussé le problème. Et maintenant, tu as tout découvert toute seule… comme je me l'étais toujours figuré.

Je me tournai vers la fenêtre.

— Comme c'est étrange, murmurai-je. Je m'étais persuadé que Cassie était ma demi-sœur, parce qu'elle est tellement différente de moi. Mais c'est Mark, en fin de compte…

— Qui te ressemble tellement.

— Oui. N'est-ce pas étrange ?

— Peut-être que tu voulais croire que c'était Cassie.

— Pourquoi donc ?

— Parce qu'elle a toujours été une épine au pied pour toi, en quelque sorte. Tu as toujours été obnubilée par vos différences plutôt que de rechercher des points communs.

Une vague de honte me submergea.

— Je crois que tu as raison.

J'allai vers la commode et repris la photo. Maintenant, je voyais qu'il n'existait qu'une vague ressemblance entre Cassie et Carlo – pourtant, mes préjugés m'avaient poussée à y voir davantage que cela. Désormais, je comprenais la rebuffade de Mark et la réaction ombrageuse de ma mère lorsque j'avais fait remarquer qu'elle était enceinte le jour de ses noces. Sa gêne ne provenait pas de sa pudeur, mais de son sentiment de culpabilité quant au secret qu'elle dissimulait à ses enfants depuis si longtemps.

Tout d'un coup, un type beau comme un dieu m'a abordée et m'a demandé s'il pouvait partager ma table… et voilà !

— Quelle supercherie, murmurai-je.

— Oui.

— Alors cette lettre est le brouillon d'une lettre plus longue que maman t'a envoyée avant votre mariage ? (Papa hocha la tête.) Elle a eu une chance inouïe de te rencontrer. Combien d'hommes auraient fait ce que tu as fait ? Pas étonnant qu'elle t'ait autant aimé.

— Je crois qu'elle m'aimait, en effet. En partie pour moi-même, j'aime le croire, mais surtout parce que cela lui a permis de garder son bébé. Puis, par une ironie du sort, nous avons perdu Mark à l'âge adulte à cause de notre erreur de jugement. Mais j'espère qu'il reviendra, Anna. (Papa se tourna vers la fenêtre.) Mon fils me manque.

— Je crois qu'il reviendra, papa. Un jour.

Je ne retournai pas à Eden Lane ce jour-là ; j'étais encore tellement sonnée par ce que papa m'avait appris que je ne voulais pas me risquer à prendre le volant. Au lieu de cela, je passai l'après-midi seule à feuilleter de vieux albums-photo, en réévaluant les images de Mark bébé, petit garçon, adolescent et jeune homme. Personne, en regardant ces photos, n'aurait pu deviner qu'il n'était pas le fils de sang de papa.

À 18 heures, Xan passa voir Milly. Il me scruta en entrant.

— Tu vas bien, Anna ? Tu as l'air un peu... hagarde.

— Je vais très bien, mentis-je. Je suis simplement un peu fatiguée.

Xan tenait à la main un gros colis mal emballé.

— Qu'est-ce que c'est ? lui demandai-je tandis que Milly descendait pour l'accueillir.

— Quelque chose pour remonter le moral à Milly.

Milly arracha le papier à rayures roses.

— Un scooter, dit-elle avec les yeux comme des soucoupes. J'ai un scooter, maman !

— C'est un cadeau de convalescence, m'expliqua Xan.

— C'est très gentil de ta part... Dis merci à papa, ma chérie.

— Merci, papa !

Je savais pourquoi Xan le lui offrait : il avait découvert que Patrick lui avait donné un vélo.

— Tu vas jouer dans le jardin, Milly, lui expliquai-je, jusqu'à ce que tu guérisses de ta varicelle.

— Tu es sûre que ça va, Anna ? insista Xan. Tu as l'air tendue.

— Un peu, concédai-je. Ce doit être la chaleur.

— Mais il fait plus frais, en ce moment. Tu n'as pas attrapé la varicelle toi aussi, j'espère ?

— Non. Je l'ai eue il y a très longtemps. Et alors, ton affectation ? Tu as des nouvelles ?

Il secoua la tête.

— Je devrais l'apprendre la semaine prochaine. Mais je ne plaisantais pas, quand je t'ai dit que vous pourriez m'accompagner, Milly et toi.

— Je n'ai pas cru que tu plaisantais.

— Alors… tu y as réfléchi ? En as-tu au moins envisagé la possibilité ? Tout dépend de l'endroit où l'on m'envoie, évidemment.

— Je l'ai envisagée, oui.

— Et ? me demanda-t-il anxieusement.

— Ce serait de la folie.

— En quoi serait-ce une folie de vouloir vivre en famille ? protesta Xan. Je veux vivre avec ma petite famille. Je le sais, maintenant.

— Quel dommage que tu ne l'aies pas su il y a trois ans.

— Je le regrette, répondit-il. S'il te plaît, tu veux bien y réfléchir ?

— Mais j'ai déjà réfléchi. J'ai des engagements ici, Xan – professionnels et personnels. J'ai de la famille, des amis… (Je songeai soudain à Jamie.) Milly a sa vie et ses amis, elle aussi. Ta proposition arrive trop tard.

— On en reparlera… Mais que fait-on de Milly, ce soir ? On ne peut pas aller au parc, à cause de la quarantaine.

— Tu pourrais jouer avec elle et lui donner son bain ; Luisa la gardera ce soir.

— Pourquoi as-tu besoin d'une baby-sitter ?

— Parce que je sors.

— Ah, dit Xan en levant les yeux au ciel. Avec Paddy, je suppose.

— Avec Patrick, le repris-je. Oui. Avec Patrick, qui est très gentil de supporter toute cette histoire. Nous allons voir un film.

— Comme c'est romantique, dit amèrement Xan.

— Mais j'ai du travail à terminer avant de sortir. Milly, papa va jouer avec toi, d'accord ?

— D'accord !

Elle pédala jusqu'au jardin avec son scooter.

— Viens, papa !

Je montai à mon atelier, m'assis devant ma planche à dessin pour travailler sur mes esquisses du jardin des Morea. Le rire de Milly me parvenait par la fenêtre ouverte. Le processus créatif est tellement exigeant qu'il m'aida à estomper le choc que j'avais éprouvé en apprenant la vérité sur Mark, ma colère contre papa, mon angoisse pour son avenir, ma déception envers Luisa et mes inquiétudes au sujet d'une éventuelle remplaçante. Tout en dessinant, en prenant des mesures et en imaginant des plantations, je sentis tous mes problèmes s'évanouir.

Je dessinais depuis une heure, totalement ailleurs, lorsqu'on sonna à la porte. Je courus répondre mais Xan m'avait devancée.

Mon cœur se serra.

— Patrick ? dis-je, plantée sur la dernière marche. Je croyais que nous devions nous rejoindre au cinéma.

— En effet. Mais je dois dire un mot à Xan.

— À Xan ? répétai-je. À quel sujet ?

Patrick, et lui se faisaient face de part et d'autre du seuil.

— Xan, tu veux bien laisser entrer Patrick ?

Xan s'effaça, puis s'adossa avec nonchalance au cadre de la porte du salon.

— Patrick, pourquoi veux-tu parler à Xan ? demandai-je prudemment.

— Je n'en ai pas particulièrement envie, mais je crois y être contraint parce que…

Il tira une lettre de sa poche.

— J'ai reçu ceci de lui ce matin.

Je me tournai vers Xan.

— Tu as écrit à Patrick ? murmurai-je. Pourquoi ?

— Parce que j'ai considéré que c'était nécessaire.

— Je peux voir, s'il te plaît ?

Patrick me tendit la lettre, que je parcourus rapidement :

Laissez ma famille tranquille... quelque chose chez vous qui ne m'inspire pas confiance... je considère que votre relation avec Anna est malsaine... Je ne resterai pas les bras croisés pendant que vous...

Je dévisageai Xan.

— Qu'est-ce qui t'est passé par la tête ? C'est un scandale !

Milly apparut soudain ; je baissai d'un ton.

— Et comment connais-tu l'adresse de Patrick ? Je ne te l'ai jamais donnée !

Xan haussa les épaules.

— Tu as laissé ton répertoire sur la table de la salle à manger.

— Et tu as fouillé dans mon répertoire ? Tu n'en avais pas le droit !

— J'ai aussi reçu trois SMS de lui, ajouta Patrick. Des messages d'insultes.

— Tu plaisantes ? soufflai-je. Qu'est-ce qu'ils disaient ? Tu veux sortir un peu, ma chérie ? On en a pour une minute.

Milly ne bougea pas d'un iota.

— La même chose, répondit Patrick. Il me dit de ne pas m'approcher, il me traite de « salaud » et de « connard ». Des trucs dans le genre.

— Connard ! répéta Milly.

Patrick blêmit.

— Milly s'il te plaît, va dans le jardin ! suppliai-je. (Je me tournai vers Xan.) Je n'arrive pas à croire que tu aies fait ça. Je te prenais pour quelqu'un de distingué, d'intelligent, pas pour un maniaque jaloux !

Xan ne répondit rien.

À mon grand étonnement, Patrick n'était pas fâché : il était glacial, ce qui était compréhensible, mais conservait son sang-froid.

— Si je reçois une autre lettre de vous, Marshall, de quelque espèce que ce soit, dit-il posément, vous aurez des nouvelles de mon avocat.

— Et vous en aurez du mien, rétorqua Xan. Je vais obtenir une injonction de défense d'approcher.

— C'est insensé, Xan, dis-je. Tu... perds la tête !

— Non, pas du tout, protesta-t-il. Au contraire, Anna. Je l'ai retrouvée. J'ai retrouvé ma famille – nous formons une famille unie ou nous pourrions former une famille si Patrick se conduisait convenablement et... s'il foutait le camp ; je répète donc ma requête, toute simple : qu'il ne s'approche pas. Il n'est pas question qu'il emmène Milly en vacances. C'est mon enfant et je ne le permettrai pas !

La mâchoire m'en tombait.

— Tu n'as aucun droit de poser une telle exigence ! Va dans le jardin, s'il te plaît, ma chérie, répétai-je. Patrick a raison ! sifflai-je quand Milly se fut enfin éloignée en lançant un regard perplexe par-dessus son épaule. Tu m'as abandonnée alors que j'étais enceinte, Xan ; tu as à peine vu Milly pendant trois ans, mais maintenant que tu as découvert que tu te plais en famille, tu te comportes comme un lion furieux qui défend son territoire.

— En effet, c'est ce que je ressens, murmura Xan.

— Tu ne peux pas revenir comme si de rien n'était et jouer les pères de famille dévoués comme si nous étions ensemble, Xan ! Nous ne le sommes pas !

— Mais nous pourrions l'être, marmonna-t-il. Et je suis certain que nous le serions sans ce... ce...

Il désigna Patrick du pouce.

— Patrick ne t'a rien fait, Xan. Il s'est conduit avec tact – contrairement à toi. Il s'est contrôlé – contrairement à toi. Si jamais tu lui écris encore, tu constateras que je peux me montrer beaucoup moins accommodante quant au temps que tu passes avec Milly. (Je pris mon sac.) Maintenant, je sors avec Patrick. Tu es responsable jusqu'à ce que Luisa rentre, à 20 heures. Assure-toi que Milly se brosse bien les dents.

J'allai dans le jardin pour dire au revoir à Milly.

Je dormis à peine cette nuit-là, m'assoupissant peu avant l'aube. Je rêvai que Patrick et Xan luttaient à la corde avec Milly et moi en guise de corde. Puis la sonnerie stridente du téléphone vrilla mon subconscient. Je tendis la main vers le combiné en espérant que ce ne serait ni l'un, ni l'autre.

— Anna ? (C'était Jamie.) Tu es levée ?

— Oui, grinçai-je. Enfin, non…

Je jetai un coup d'œil au réveil. Il était 7 h 45. J'entendais Milly papoter avec ses peluches dans son petit lit, de l'autre côté du palier.

— Je n'ai pas entendu le réveil, gémis-je. Qu'est-ce qui se passe ?

— Ma fourgonnette a une fuite d'huile. Je ne peux pas la prendre.

— Ah. (Je posai les pieds par terre.) Mais elle est assez vieille, non ? (J'attrapai mon peignoir.) Il est peut-être temps de t'offrir un nouveau véhicule.

— Ouais, peut-être. Une Bentley Continental. Mais, écoute, il faut que je passe prendre un nouveau motoculteur, alors tu pourrais m'emmener chez le type qui les loue – il ouvre à 9 heures – puis à Eden Lane ?

— Bien sûr. Mon père arrive à 8 heures pour s'occuper de Milly, je passerai te prendre à 8 h 15.

En raccrochant le combiné, je me demandai pourquoi Thea ne prêtait pas sa voiture à Jamie.

Je sonnai chez lui à 8 h 45.

— Désolée d'être en retard, dis-je. J'ai passé une mauvaise nuit.

— Moi aussi.

Il avait les yeux cernés et le teint terreux.

— Entre un instant… je ne suis pas tout à fait prêt.

Je m'attendais à voir Thea ou à l'entendre, mais l'appartement était silencieux.

— Thea est partie au bureau ? demandai-je en suivant Jamie dans la cuisine.

— Oui, répondit-il. Thea est partie. (Il verrouilla la porte de derrière.) Mais pas au bureau. Pour de bon.

— Je te demande pardon?

Jamie se laissa choir sur une chaise, le visage exsangue de stress et de fatigue.

— Elle est partie! chuchota-t-il. Et maintenant je me sens un peu...

— Jamie, murmurai-je.

Il couvrit ses yeux de sa main.

— Quel couillon j'ai été, gémit-il.

Je m'attablai auprès de lui.

— Je savais qu'il se passait un truc. Même après qu'elle m'eut rassuré au sujet de ce Percy; mon instinct me disait qu'il y avait un problème, mais je ne voulais pas le croire.

— Tu as découvert autre chose? (Il hocha la tête.) Quand?

— Avant-hier.

— Quoi?

Jamie poussa un profond soupir.

— Un colis est arrivé pour Thea. Il avait été envoyé par un hôtel de luxe... le Cliveden. (Il me regarda.) Tu connais?

— J'en ai... entendu parler.

— L'emballage était déchiré et il y avait un truc qui dépassait. Je l'ai sorti. C'était un peignoir en soie diaphane. Au départ, j'ai pensé que Thea l'avait acheté par correspondance, puis j'ai vu qu'il y avait un mot du concierge de l'hôtel, s'excusant auprès de Thea pour le temps qu'il avait mis à lui renvoyer le vêtement qu'elle avait oublié. Le concierge ajoutait qu'il espérait que Thea avait apprécié son séjour à l'hôtel le 13 mai et qu'il espérait la revoir bientôt.

— Ah.

— Quand Thea est rentrée ce soir-là, je lui ai demandé si elle était déjà allée au Cliveden. Elle a répondu que non. Je lui ai donc remis le peignoir et le mot du concierge. Elle a rougi mais a refusé de s'expliquer.

— Comment s'y est-elle prise?

— Elle a tout simplement refusé d'en parler… même si nous savions tous les deux qu'elle était censée être en route pour Le Cap ce jour-là.

— Tu as dit que tu l'avais emmenée à l'aéroport.

— En effet. Mais je comprends désormais pourquoi elle ne voulait pas que je le fasse. Elle n'arrêtait pas de répéter qu'elle ne voulait pas me déranger et qu'elle prendrait un taxi, mais j'ai répondu que je l'emmènerais, pas de souci. Bref, je suis revenu à la charge au sujet du peignoir, nous avons eu une dispute épouvantable, puis elle a jeté des affaires dans un sac et elle est partie.

— Alors ça s'est produit avant-hier soir?

— Oui. Puis, hier soir, vers 20 h 30, on a frappé à la porte. J'ai ouvert : c'était la femme d'Andrew Barraclough. Je me suis demandé ce qu'elle pouvait bien me vouloir. Elle est entrée comme une furie et elle a commencé à hurler comme une folle, en me disant de surveiller ma femme.

— Andrew Barraclough?

— Le type qui habite de l'autre côté de la rue. Le type qui s'était conduit si bizarrement à la soirée des Edwards. Le propriétaire de la Bentley Continental.

Je dévisageai Jamie.

— C'est lui, l'amant de Thea?

Jamie enfonça à nouveau sa tête entre ses mains.

— Pendant tout ce temps, je craignais que Thea ne tombe amoureuse d'un homme rencontré à l'étranger. Au lieu de ça, elle m'a trompé avec un type qui vivait à cinquante mètres d'ici. (Il releva la tête.) Je me suis bien fait avoir.

Voilà donc pourquoi le visage de Barraclough m'était familier – c'était lui que j'avais entraperçu avec Thea à Cliveden. Et c'était pour cela qu'elle semblait aussi tendue à la soirée des Edwards… Pas à cause de moi, mais de Barraclough.

— Ça dure depuis combien de temps? demandai-je à Jamie.

— Cinq mois. Ça a commencé en février. Elle l'a rencontré chez le boucher. (Il leva les yeux au ciel.) Il semble que tout ait démarré devant l'étal des poulets de grain. Quand Jane Barraclough s'est calmée, elle m'a dit qu'elle était au courant depuis quelques semaines mais qu'elle espérait que ça ne mène à rien.

— C'est pour ça qu'elle a disparu quand je vous ai présentés, toi et Thea, à la soirée des Edwards.

— Oui. C'est logique. Elle n'avait aucune envie de bavarder avec Thea.

— Et c'est pour ça qu'Andrew a fait comme s'il ne te connaissait pas.

— Ouais. Alors qu'il me connaissait très bien. Il sautait ma femme ! Enfin, fit-il en inspirant profondément, quand Thea est rentrée, hier soir, elle m'a dit qu'elle était désolée, mais qu'elle et Barraclough étaient amoureux et qu'ils voulaient vivre ensemble. Elle a pris d'autres effets et elle est partie le rejoindre.

— Je ne comprends pas. Elle avait accepté de moins voyager pour passer plus de temps avec toi.

— Non, fit-il avec un petit ricanement amer. Pour passer plus de temps avec lui.

— Eh bien... je suis désolée.

Jamie me dévisagea.

— Mais pas étonnée.

— En fait, non. Je ne suis pas étonnée. Je pensais en effet que Thea avait un amant mais... (Je n'avais pas l'intention de lui raconter ce que j'avais vu à Cliveden.) Je préférais ne pas t'en parler.

Jamie hocha la tête.

— C'est souvent comme ça.

— Alors ces deux derniers jours, tu as dû vivre un enfer.

— Oui. C'est un peu pour ça que je me suis emporté contre Gerald.

Il se tourna vers la fenêtre.

— Que vas-tu faire, maintenant ?

— J'entame une procédure de divorce.

— Et après ça ?

— Je ne sais pas. Mais je crois que je vais peut-être rentrer en Australie.

15.

— Ce sera New York, m'apprit Xan le lendemain soir.

Milly s'était couchée tôt et il m'avait dit qu'il souhaitait me parler. Nous étions passés dans la cuisine.

— Tu es content ?

— Assez. J'espérais un poste à Washington, mais New York est une assez bonne affectation.

Je me mis à vider le lave-vaisselle.

— Tu pars quand ?

— Dans trois semaines.

— Pauvre Milly, fis-je doucement.

— Alors viens avec moi, Anna. S'il te plaît. Tu n'es pas tentée ?

Je sortis le panier à couverts.

— J'ai des engagements ici, Xan, et une carrière. Je te l'ai déjà dit.

— Tu pourrais avoir une carrière formidable à New York.

— C'est ça. À faire des jardinières pour les fenêtres. Quel défi palpitant !

— Et des toits-terrasses – certains sont gigantesques – et puis les hôtels ont des jardins. Tu aurais plein de travail, Anna, et je t'aiderais à trouver des contacts et une couverture médiatique. Nous habiterions un quartier sympa. Et nous irions dans les Hamptons l'été… tu connais?

Je plaquai les couteaux dans le tiroir à couverts.

— Non.

— C'est magnifique, les Hamptons. (Il prit ma main et la retint dans les siennes.) Je t'en prie, viens avec moi, Anna.

— Je…

— Je t'en prie.

— Je ne peux pas.

— Tu veux dire que tu ne veux pas.

— Non, je ne veux pas. (Je sortis les assiettes.) Je suis désolée.

Il m'adressa un regard de reproche.

— Simplement parce que j'ai dit à Paddy d'aller se faire voir?

— Non… même si, à vrai dire, tu t'es vraiment conduit comme un déséquilibré.

Xan leva les deux mains, comme s'il se rendait.

— D'accord. Je te concède que je n'aurais pas dû lui écrire, mais je ne supportais pas qu'il s'immisce dans ma famille.

— Ce n'est pas le cas. Il a simplement une relation parfaitement légitime avec moi. Et puisque je suis célibataire, il a le droit d'apprendre à connaître ma fille, comme il le faisait, de façon totalement appropriée, avant ton retour inopiné.

Xan leva les yeux au ciel.

— Il… il ne me dit rien qui vaille, Anna. Il y a quelque chose en lui qui… ne m'inspire pas confiance.

— Pur préjugé. Dès l'instant où tu l'as vu, tu as voulu l'affronter, tel un cerf en rut. Et bien que je comprenne ton attachement possessif à l'égard de Milly, il faut tout de même que tu réfrènes tes instincts les plus primitifs, car le fait est que tu as choisi de ne pas vivre avec nous.

— Je vois. Alors maintenant, tu me punis.

— Non. Je tente simplement de protéger la vie que je nous ai construite, à Milly et à moi.

— Mais tu ne veux pas tenter le coup ? Tu peux facilement rompre avec Paddy. Ce n'est pas comme si tu étais réellement amoureuse de lui.

— Il s'appelle *Patrick*. Et je ne veux pas rompre avec lui, Xan. Même si je le faisais, cela ne signifierait pas pour autant que je partirais avec toi aux États-Unis – ni où que ce soit, d'ailleurs. Tu veux savoir pourquoi ?

— Pas vraiment, marmonna-t-il.

Je refermai la porte du placard.

— Je vais quand même te le dire. C'est parce que tu as toujours fait passer ton travail avant tout. Tu m'as quittée parce que tu avais décroché un poste en Indonésie ; puis tu as quitté Trisha parce qu'elle partait au Japon et que, d'après toi, cela nuisait à ta carrière. J'ai de la peine pour elle.

Xan haussa les épaules.

— Elle est solide. Elle est jeune. Elle s'en tirera très bien.

— Et maintenant, après avoir découvert sur le tard les joies de la paternité, tu prétends que tu veux à nouveau être avec moi.

— C'est vrai.

— Mais uniquement à condition que je m'installe à New York. Donc, une fois de plus, ce qui compte, c'est ce qui vaut le mieux pour toi... pour ta vie à toi, ta carrière à toi, ton avenir à toi. Pas ce qui vaut le mieux pour Milly et moi.

— Tu ne crois pas que le fait d'être ensemble, c'est ce qui est le mieux pour nous trois ?

Je le regardai fixement.

— Pas si ça signifie que tu vas nous trimballer un peu partout dans le monde. Milly est ce qui compte le plus dans ma vie et je ne crois pas que le fait d'aller d'un pays à l'autre soit dans son intérêt, et en plus...

— D'accord, m'interrompit-il. Je n'irai pas.

Je le dévisageai.

— Quoi ?

— Je n'irai pas à New York.

— Tu plaisantes, je suppose.

— Non. Je vais refuser le poste et rester ici. Je prendrai un poste à la rédaction.

— Tu ne ferais pas ça! Si?

— Oui. Si cela signifie que nous pourrons vivre ensemble, en famille.

Je me retrouvais à nouveau à la croisée des chemins, à regarder dans deux directions.

— Mais pourquoi ferais-tu cela, Xan?

— Pourquoi?

— Oui. Pourquoi saborder ta carrière? Tu adores ton métier.

— Mais j'aime encore plus Milly. Je m'y suis attaché à un point que je n'aurais jamais pu imaginer et donc...

— Merci, l'interrompis-je.

— Que veux-tu dire par là?

— Merci, tout simplement. Merci d'avoir eu l'honnêteté d'avouer que c'est Milly que tu aimes.

— Évidemment, que je l'aime.

— Et j'en suis très heureuse... Mais cette conversation ne devrait-elle pas aussi porter sur le fait que tu m'aimes, moi?

— Oui... bien sûr... et... oui... je...

Je secouai la tête.

— Je ne te crois pas. Si c'était vrai, tu te serais arrangé pour qu'on reste ensemble. Tu m'aurais demandé de t'accompagner en Indonésie ou tu serais resté à Londres, ou tu serais parti moins longtemps, alors que tu es resté là-bas deux ans de plus. Tu n'étais pas franchement pressé de rentrer, n'est-ce pas?

— J'étais quelqu'un de différent, à l'époque. Si j'avais eu la moindre idée de l'amour que je porterais à Milly, je...

— C'est justement là où je veux en venir. C'est elle que tu aimes, pas moi! Et je veux vivre avec un homme qui m'aime, moi, Xan! Pas seulement mon enfant. Patrick a de l'affection pour Milly, mais c'est à moi qu'il s'intéresse en premier lieu et c'est ça qui me plaît chez lui.

Xan ne répondit rien.

— Va à New York, repris-je. Tu pourrais rentrer assez souvent ; Milly et moi pourrions te rendre visite de temps en temps. Mais pour le reste de ton séjour à Londres, j'aimerais que tu viennes un jour sur deux et que tu sois parti à 20 heures, pour que je puisse retrouver ma vie avec Patrick. Et comme nous partons pour les Cornouailles vendredi prochain, il faut qu'il voie Milly un peu avant ça. Alors désolée, Xan, j'ai été aussi accommodante que possible mais il est temps que tu prennes un peu de distance.

Les yeux de Xan scintillaient de larmes.

— Tu es incroyablement dure, Anna.

— Non. Je suis navrée de te faire de la peine, mais tu n'as aucune idée des larmes que j'ai versées, moi, ces trois dernières années… Surtout quand Milly est née. Et elle ne pourra jamais rien changer au fait qu'il n'y a pas de photos de toi, la tenant fièrement dans tes bras lorsqu'elle avait un jour, ou lors de son baptême, ou en train de lui montrer les lumières de son premier arbre de Noël. Tu ne l'as même pas rencontrée avant ses neuf mois.

— Mais je t'ai expliqué pourquoi. Je ne savais pas où j'en étais.

— À trente-sept ans ? Il y a encore un mois, tu n'avais vu Milly que six fois en trois ans. Tu n'avais pas passé plus de dix-huit heures avec elle de toute sa vie… Elle a dû se contenter de te voir à la télé durant tout ce temps-là ! (Je refermai brutalement le lave-vaisselle.) Je sais que tu te rattrapes maintenant, Xan, mais je t'en prie, ne me dis pas que je suis dure.

Xan ne répondit rien. Comme c'était étrange, me dis-je, de me voir proposer ce que j'avais si longtemps désiré – que Xan revienne dans ma vie – et de savoir soudain, avec une lucidité stupéfiante, que je n'en voulais plus.

— Je veux de la stabilité, Xan, dis-je calmement. Pas le chaos. Je ne suis pas une nomade. Je ne veux pas être tout le temps en train de faire et de défaire des valises. Je veux donner des racines à mon enfant. Toi et moi, nous serons toujours amis. Et nous serons coparents jusqu'à ce que la mort nous sépare.

Mais je ne veux pas le passé. Je préfère l'avenir, ce qui signifie que nos vies resteront séparées.

— Cette situation me rendait folle, expliquai-je à Jenny l'après-midi suivant.

Elle avait fêté son anniversaire la veille et je lui avais apporté un *Pyracantha* pour le planter dans son jardin.

— Je ne supportais pas toute cette pression de la part de Xan, ni ma culpabilité permanente à l'égard de Patrick.

— La vie sera moins compliquée, maintenant, dit-elle en ouvrant les portes-fenêtres. Je crois que tu as pris la bonne décision.

— Je l'espère ; j'ai soudain compris à quel point je voulais aller de l'avant.

— Tu te plaisais peut-être à vivre le fantasme de ce que ta vie aurait pu être avec Xan.

— Sans doute. (Nous sortîmes.) Il m'a téléphoné ce matin pour me dire qu'il était « très contrarié » par cette histoire de Cornouailles et pour me demander si Patrick était prudent au volant. Tu as de la chance de ne pas vivre de telles complications.

— Je n'ai pas le sentiment d'avoir de la chance, fit Jenny d'une petite voix.

— Je crois que si. Quand je t'ai connue, j'étais incapable de comprendre pourquoi tu avais choisi de vivre seule. Mais après tout le stress que m'ont fait subir Xan et Patrick, je comprends les charmes d'une vie de célibataire. Je t'envie.

— Vraiment, je ne crois pas qu'il y ait de quoi m'envier, lâcha Jenny.

Elle était, une fois de plus, d'humeur un peu susceptible et négative.

— Mais bien sûr que si, protestai-je en posant la plante. Tu es belle, indépendante, tu as une carrière intéressante et une magnifique petite fille. Au fait, où est Grace ?

— Elle est avec mes parents cet après-midi. Ils s'y sont beaucoup attachés, ajouta-t-elle amèrement. En tout cas, merci pour le *Pyracantha*. Je l'aime beaucoup. Mais où devrait-on le mettre?

— À côté de la passiflore? lui suggérai-je. Peu importe qu'ils s'entrelacent; d'ailleurs, les fleurs bleu ciel seront ravissantes auprès des baies écarlates. Je vais le planter.

— Ne t'y sens pas obligée.

— Mais pas du tout, j'ai apporté ma truelle. De toute façon, j'aime bien planter des trucs.

Je vis les yeux de Jenny s'emplir de larmes.

— Tu sais, Anna, tu es une très bonne amie.

— Toi aussi, tu es une bonne amie pour moi. Tu m'as beaucoup aidée, Jen.

Je pris son arrosoir pour détremper le sol. La canicule l'avait tellement asséché qu'il était dur comme de la brique.

— J'aimerais bien pouvoir m'aider moi-même, marmonnat-elle.

— Qu'est-ce qui se passe, Jenny? Tu as l'air un peu déprimée aujourd'hui.

— Un peu, c'est vrai, chuchota-t-elle.

Je me mis à arroser la terre.

— Je peux t'aider?

— Je ne crois pas, répondit-elle tandis que je m'agenouillais pour retourner la terre. Je me débats avec un truc en ce moment.

Je retirai la plante de son pot en tordant légèrement les racines.

— Tu as envie d'en parler? lui demandai-je tout en creusant.

Jenny ne répondit rien. Je déposai donc la plante dans le trou avant de remettre la terre en place. Elle ne souhaitait pas m'en parler. Très bien. Elle était très secrète.

— C'est... au sujet de Grace, dit-elle.

Je crus que Jenny allait me raconter que Grace faisait des caprices, qu'elle refusait d'aller au lit à l'heure dite ou de ranger ses jouets, bien que j'eusse du mal à l'imaginer car c'est une fillette adorable et coopérative.

— Elle… n'arrête pas de me poser des questions sur son père.

J'eus la chair de poule en l'entendant parler d'elle-même de son ex.

— Eh bien… ce doit être difficile, pour elle, hasardai-je en tassant la terre du bout des doigts.

Je me levai et me lavai les mains au robinet du jardin.

— Oui. C'est très difficile, acquiesça-t-elle tandis que nous rentrions.

Elle me tendit une serviette.

— Jusqu'à présent, je lui ai dit que son père n'était pas là et que nous ne pouvions pas le voir – et elle l'a accepté. Mais dernièrement, le fait de voir ses amis jouer avec leurs pères – comme Xan et Milly – a poussé Grace à me demander pourquoi elle ne pouvait pas voir son propre père, et où il se trouvait.

Les yeux de Jenny étaient luisants de larmes.

— Je ne sais pas quoi répondre, reprit-elle. Même si je savais que ce moment arriverait, depuis près de quatre ans.

— Eh bien… est-il possible que tu changes d'avis sur le fait de ne plus avoir aucun contact avec lui ?

— Non, répondit-elle posément.

Elle s'affala dans le canapé. J'approchai l'une des chaises de la table.

— Il ne fait pas partie de notre vie, Anna, il n'en fera jamais partie.

— Il n'est pas… mort, dis, Jenny ?

Elle secoua la tête.

— Si c'était le cas, je le lui aurais dit.

— Il vit à l'étranger ?

— J'aurais préféré. Mais il est à Londres. Du moins, aux dernières nouvelles.

— Alors… tu ne pourrais pas le voir ? Même si cette idée te répugne, ne pourrait-il pas y avoir au moins des contacts ponctuels ?

— Je ne crois pas. Pas dans notre situation. C'est hors de question.

— Mais… excuse-moi, Jenny, pourquoi pas ? Il est marié ? C'est ça ?

— Non. Il n'est pas marié.

Elle inspira profondément, puis joignit les deux mains comme pour une prière.

— Il est en prison.

— En prison ?

Je me demandai ce qu'il avait fait. Peut-être s'agissait-il de fraude, de détournement de fonds ou d'un autre crime de col blanc du même genre.

— C'était sérieux, ce qu'il a fait ?

— Oui, fit-elle d'une voix mate.

Il y eut un moment de silence, puis elle se tourna vers la fenêtre.

— Il est en prison pour agression.

Le mot me fit ciller. Des scénarios possibles se bousculèrent dans ma tête. Il s'était peut-être bagarré dans un pub, ou bien il avait frappé un autre automobiliste dans un accès de rage au volant, ou alors il avait participé à une manif qui avait mal tourné et il avait frappé un flic.

— Qui a-t-il… ? murmurai-je.

— Une femme, répondit Jenny, le regard perdu, comme dans un rêve. Il a agressé une femme.

— Mon Dieu, soufflai-je. Mais… pourquoi ?

— C'était une agression sexuelle. En fait, c'était un viol.

Je la dévisageai, estomaquée. L'idée que l'ex de Jenny ait violé une femme était trop horrible. Pas étonnant qu'elle ait refusé tout contact avec lui. Elle devait avoir tellement… honte.

— Et… il connaissait cette femme ?

Elle détourna le visage.

— Non, laissa-t-elle tomber. Il ne l'avait jamais rencontrée. C'était une parfaite inconnue.

— Mon Dieu… l'imaginais-tu capable d'un tel acte ?

— Non. (Elle haussa les épaules.) C'est arrivé… comme ça.

— Alors comment l'ont-ils pincé ?

— Grâce à son ADN… et à mon témoignage.

— Tu as témoigné contre lui ?

— Oui. (Elle fit une pause.) J'y étais obligée.

Ses yeux débordaient de larmes. Je lui tendis un mouchoir en papier.

— Quelle épreuve.

— En effet.

— Et cette pauvre femme... sa victime... tu la connaissais ?

— Oh oui ! fit-elle amèrement. Je la connaissais.

Une larme roula sur sa joue.

— Je la connais, fit-elle avec un petit sanglot. Parce que cette femme, c'est moi.

Mon cœur s'arrêta de battre. Puis repartit. Jenny pressa le mouchoir contre ses yeux.

— Je prenais toujours tellement de précautions, sanglota-t-elle. Je ne sortais jamais seule la nuit ; je ne parlais jamais aux inconnus, je n'acceptais jamais qu'un inconnu m'offre un verre. Je n'allais jamais dans des endroits louches, ni dans des ruelles désertes. Je prenais toujours des taxis la nuit tombée ou si je ne connaissais pas bien le chemin...

— Ça s'est passé quand ? lui demandai-je doucement.

— En 2003. Je revenais d'une soirée.

Jenny se cala dans le canapé et fixa le jardin, les mains nouées sur les genoux.

— C'était à Willesden, chez un collègue de l'école où je travaillais. J'avais passé une très bonne soirée. J'avais réservé un taxi à la société de *minicabs*[1] que j'utilisais toujours. Vers 23 h 30, on m'a appelée sur mon portable pour me dire que le chauffeur était là, au volant d'une BMW noire. J'avais un peu trop bu ; pas beaucoup, trois verres, assez pour être détendue. J'ai vu une BMW noire qui m'attendait avec ses warnings devant une épicerie. Je me suis approchée, je me suis penchée vers le chauffeur, qui retirait la cellophane d'un paquet de cigarettes,

---

1. Les « minicabs », contrairement aux gros taxis noirs londoniens, sont des voitures de ville qui ne portent pas d'enseigne lumineuse. *(N.d.T.)*

vitre baissée. Et j'ai demandé : « C'est vous qui me ramenez ? » J'ai compris, à l'instant même où les mots me sortaient de la bouche, que ce n'était pas tout à fait ce que j'avais eu l'intention de dire ; je me suis donc reprise tout de suite. « Vous êtes mon taxi ? Pour Reid ? À destination d'Hesketh Gardens ? » Le type a hoché la tête en répétant « Hesketh Gardens ». Je suis montée et nous avons démarré. C'était une belle bagnole – avec des sièges en cuir – et le chauffeur était sympathique. Je lui avais demandé de ne pas fumer, alors il avait rangé ses cigarettes. J'étais fatiguée, j'ai fermé les yeux.

Elle les ferma et renversa la tête, puis les rouvrit avec un soupir.

— J'ai dû m'assoupir un instant : quand je les ai rouverts, j'ai constaté que nous ne roulions pas vers le sud, vers Shepherd's Bush, mais vers le nord-est. Nous avions dépassé Hampstead Heath.

Ses mains s'étaient resserrées, elle redressait un peu le dos.

— J'ai dit au chauffeur qu'il s'était trompé. Il n'a rien répondu.

— Ça a dû être terrifiant pour toi.

Elle inspira, lentement et profondément.

— J'étais furieuse plutôt qu'effrayée. Je croyais qu'il ignorait où se trouvait Shepherd's Bush. Je lui ai demandé de faire demi-tour. Il n'en a rien fait. Alors j'ai dit : « Nous roulons dans la mauvaise direction. Ce n'est pas le bon chemin ! » Mais il m'a regardée dans le rétroviseur et s'est contenté de dire, très posément : « Du calme, ma petite dame. » C'est là que j'ai compris.

— Mon Dieu...

— J'ai sorti mon téléphone pour composer le 999, mais il s'est retourné et a réussi à me l'arracher. J'ai tiré sur la poignée mais la portière était verrouillée, tout comme les vitres. Je suis devenue hystérique. J'ai essayé d'attirer l'attention des autres automobilistes en tapant sur les vitres et en hurlant mais ils n'ont rien remarqué. Alors j'ai retiré ma chaussure et je lui ai tapé dessus avec, mais tout d'un coup, il a quitté la route principale pour prendre une rue transversale, puis à nouveau à droite, un virage près d'un canal. Nous étions dans une zone industrielle. Elle était déserte et plongée dans l'obscurité…

Jenny était assise toute droite maintenant, les mains tellement nouées que ses jointures avaient blanchi.

— Il a garé la voiture et il est sorti. Il a déverrouillé ma portière. Je pensais pouvoir m'enfuir, ou si c'était impossible, lui donner un coup de genou dans les couilles, ou le poignarder de mon stylo. Mais il a mis la main dans la poche de sa veste et il en a tiré un objet que j'ai vu scintiller dans le noir. (Ses yeux s'étaient remplis de larmes.) Il l'a pressé contre ma gorge… Je l'ai supplié de ne pas me faire de mal.

— Oh, Jenny…

Un sanglot lui échappa.

— Pendant tout ce temps-là, je n'arrêtais pas de me dire que je l'avais trouvé sympathique. Gentil. Presque angélique… Quand il a eu fini, il m'a tirée hors de la voiture. Je tremblais, je pleurais… Et alors…

Elle me regarda, les yeux rouges.

— Il m'a enlacée. Rien qu'un instant. C'était tellement étrange. Ce moment de tendresse après une telle brutalité. Quand il a démarré, j'ai aperçu sa plaque d'immatriculation. Je n'arrêtais pas de me répéter le numéro. Je m'en rappelle encore après tant d'années. (Elle s'essuya les yeux.) Je m'en souviendrai pour le restant de mes jours.

— On t'a retrouvée ? murmurai-je. Quelqu'un t'a aidée ?

— Il n'y avait personne dans les parages. Il avait pris mon portable, mais j'ai titubé jusqu'à une cabine téléphonique et j'ai composé le 999. J'ai été interrogée par la police, j'ai fait ma déposition, j'ai été examinée par les médecins et j'ai passé des tests à l'hôpital… tous négatifs, Dieu merci, mais l'attente a failli me rendre folle… surtout pour le test HIV qui prend trois mois. J'étais dans un tel état que je quittais à peine mon appartement. J'avais cessé de travailler parce que je savais que je n'arriverais pas à gérer, psychologiquement, à l'école – d'autant que certains gamins étaient vraiment agressifs. Je savais que ça me ferait flipper.

— La police a mis combien de temps à l'arrêter?

— Trois jours.

— La compagnie de taxi les a aidés à le retrouver?

— Non. Ils ne le connaissaient pas.

Je la regardai sans comprendre.

— Mais je pensais que c'était un chauffeur de taxi.

Elle secoua la tête.

— J'avais commis une erreur terrible. Je n'avais pas vu qu'il y avait deux BMW noires devant la maison – l'une d'entre elles était mon taxi et l'autre... lui. Il était là parce qu'il s'était arrêté pour acheter des cigarettes à l'épicerie, puis je me suis approchée de sa voiture et quand il a compris mon erreur il a saisi sa chance...

— Quelle horreur, murmurai-je.

Jenny me regarda, l'œil flamboyant.

— Le procès a eu lieu cinq mois plus tard, au tribunal d'Harrow Crown.

— Cinq mois, c'est rapide.

— Ils l'ont avancé.

— Pourquoi?

— Parce que... (Son menton trembla.) Parce que j'étais enceinte.

Elle a un visage d'ange. J'eus l'impression que mes entrailles s'étaient dissoutes.

— Bon sang.

Son récit m'avait tellement estomaquée que je n'avais pas fait le rapprochement. Mes yeux se mirent à picoter.

Jenny émit un petit hoquet et releva la tête.

— Au début, j'ai cru que le choc avait arrêté mes règles. Mais au bout du deuxième mois, j'ai commencé à avoir des nausées. Puis, quand j'ai fait un test qui s'est révélé positif, je me suis retrouvée face à un dilemme terrible. Les options se bousculaient dans ma tête. L'avortement? L'adoption? Garder le bébé? Toutes me semblaient impossibles.

— Qu'est-ce qui t'a décidée à mener ta grossesse à terme ?

— Le fait d'être pleine de haine. Je l'abhorrais. Il m'avait violée, corps et âme. Puis j'ai compris petit à petit que si j'avais ce bébé et que je m'autorisais à l'aimer, cette haine ne me dévorerait pas jusqu'à la fin de mes jours.

Je me souvenais maintenant de ce que Jenny avait dit au moment de la naissance des filles.

Ma plus grande crainte, c'était de ne pas aimer ce bébé – il fallait que je l'aime.

Je l'aime de plus en plus chaque jour.

As-tu des regrets ?

Je croyais que cela m'aiderait à m'attacher à elle.

Ta vie est sur le point d'être remplie d'un amour inimaginable.

— C'est un miracle ! reprit Jenny. Quand je regarde Grace, je n'éprouve que de l'amour. Pourtant, cet amour provient d'une chose brutale et laide.

Je comprenais désormais pourquoi Jenny avait exclu le père de Grace ; je comprenais sa discrétion ; je comprenais toutes les mesures de sécurité dont elle s'entourait. Je comprenais pourquoi elle restait aussi résolument célibataire, pourquoi elle était parfois ombrageuse. Je comprenais pourquoi elle avait baptisé sa fille « Grace ».

— Le sort t'a fait grâce, murmurai-je.

— Je le crois, dit Jenny en contemplant la photo de Grace sur la cheminée.

— Tu as fait preuve d'un courage extraordinaire.

— Je savais que c'était l'unique façon de me sauver moi-même.

— Tes amis t'ont soutenue ?

Elle me dévisagea.

— Je ne leur en ai rien dit. J'avais tellement honte…

— Mais tu n'avais rien fait de mal.

— Je ne voulais pas être considérée comme une victime. Je préférais qu'on croie que j'avais eu une aventure sans lendemain.

— Tu ne pouvais pas en parler à ta meilleure amie ?

— Pas vraiment, parce que ma meilleure amie s'était installée à Aberdeen l'année d'avant. Je l'ai dit à ma sœur Jackie, évidemment, mais elle vivait déjà en France avec son mari. J'ai été suivie par une psy et ça m'a aidée... À tel point que j'ai décidé de devenir psy à mon tour.

— Et tes parents ? Tu m'as dit qu'ils ne t'avaient pas aidée.

— M'aider ? ricana Jenny amèrement. Ils ont été immondes quand ils ont compris ce que j'avais l'intention de faire.

— Mais pourquoi ? Tu n'étais fautive en aucune façon et le bébé était totalement innocent.

— Ils ne sont pas franchement larges d'esprit. Ils redoutaient les ragots sur la façon dont le bébé avait été conçu, que Grace soit stigmatisée... Je les soupçonne d'avoir été plus inquiets pour eux-mêmes que pour nous. Ils n'arrivaient tout simplement pas à assumer cette histoire de viol. Ils ne voulaient donc pas d'un témoignage physique. Ils me poussaient à avorter – bien qu'ils soient très « pratiquants »... soi-disant, ajouta-t-elle avec mépris. Maman m'a dit que je ne m'en remettrais jamais, si j'avais ce bébé. Mais pour moi, c'était la seule façon de m'en remettre. Ils n'ont accepté de voir Grace que lorsqu'elle a eu près de deux ans, et uniquement parce que ma sœur a insisté. Quelque part, je ne leur pardonnerai jamais ça. Tout comme je ne lui pardonnerai jamais, à lui.

— Il en a pris pour combien ?

— Huit ans. La sentence est lourde parce qu'il m'a kidnappée et menacée d'une arme – la police n'a jamais retrouvé le couteau et là-dessus, c'était ma parole contre la sienne au tribunal, ce qui n'a fait qu'ajouter au stress.

— Il a plaidé coupable ?

Jenny me décocha un sourire glacial.

— Non. Il a prétendu que j'étais consentante. Il a raconté que je m'étais approchée de sa voiture pour lui demander de « me ramener » et qu'il avait pris cela pour une avance. Le jury ne l'a pas cru : le verdict de culpabilité a été unanime.

— Il avait déjà fait le coup ?

— Non. Et d'après les rapports du ministère de l'Intérieur, il a exprimé des remords « considérables » durant son incarcération. Il est à Wormwood Scrubs. À moins de cinq kilomètres, ajouta-t-elle en frémissant.

— Il sort quand ?

— Il pourra être remis en liberté conditionnelle l'an prochain et sera automatiquement libéré l'année suivante, quand il aura fait six ans.

— Il a su que tu étais enceinte ?

— Non. J'ai demandé à ce qu'il y ait une grille devant la barre des témoins pour qu'il ne puisse pas me voir. Mais le jury me voyait. Alors voilà, dit-elle posément. Maintenant, tu sais.

— J'aurais aimé que tu m'en parles plus tôt.

— J'en avais parfois envie. Mais je trouve plus facile de ne pas en parler. Je te l'ai raconté maintenant parce que je me demande ce que je vais dire à Grace. Je suis psy, Anna, mais je ne peux pas me conseiller moi-même sur le problème le plus grave de ma vie. Chaque fois que je me vois en train d'en parler à Grace, c'est toujours son image à lui qui surgit, et ça me met tellement en colère que je n'arrive plus à penser, encore moins à trouver les mots qu'il faut. Alors... (Elle me regarda.) Que dirais-tu, à ma place ?

Je secouai la tête.

— Je ne sais vraiment pas. Ce serait incroyablement difficile. De savoir qu'on a commencé dans la vie dans une telle...

— Violence, souffla Jenny.

Je hochai la tête.

— Je comprends que tu préfères ne rien dire ou inventer une histoire.

— Oh oui, soupira Jenny. Je ferais n'importe quoi pour lui cacher la vérité.

— Alors... ce que je dirais, moi ? Tu pourrais simplement dire à Grace que son père n'a pas été gentil avec toi, que tu es fâchée contre lui et que tu ne veux pas le voir en ce moment.

— Je ne veux plus jamais le voir.

Je la dévisageai.

— C'est tout naturel.

Je restai un certain temps avec Jenny, simplement assise auprès d'elle, encore sonnée par ce qu'elle m'avait raconté et par l'idée qu'elle ait porté ce terrible secret aussi longtemps. J'aurais tant voulu lui offrir un conseil réconfortant mais dans sa situation, il n'y avait ni solution facile, ni réponse toute faite. Elle allait devoir passer le restant de ses jours à la trouver.

Ce qui était arrivé à Jenny me fit réfléchir, au cours des jours suivants, à toutes les façons dont les hommes pouvaient engendrer des enfants – au sein d'un long mariage ou d'une relation de courte durée, d'une aventure d'un soir, ou d'une expérience violente comme celle que Jenny avait subie ; par le truchement clinique du don de sperme ou la rencontre forcée des gamètes lors d'une fécondation *in vitro*. Je songeai à la façon dont les hommes pouvaient se retrouver pères *de facto* par l'adoption, ou malgré eux, dupés par leur partenaire, ou en acceptant de jouer le rôle du père pour l'enfant d'un autre homme, comme papa l'avait fait avec Mark. Et bien entendu, ils pouvaient être beaux-pères – comme Patrick le serait sans doute un jour pour Milly, me dis-je en faisant nos valises pour St. Mawes.

— Tu veux regarder un DVD pendant que je fais les valises, ma chérie ? demandai-je à Milly. Patrick peut t'en passer un.

— Bien sûr, dit Patrick.

— La Bête, maman ! hurla Milly. Veux regarder la Bête, maman !

— Va pour *La Belle et la Bête*.

Patrick glissa le DVD dans le lecteur tandis que je montais tout préparer. Nous partions le lendemain matin, après le petit déjeuner.

Patrick était arrivé avec son gros sac de voyage en cuir et une valise Minnie la Souris pour Milly – comme toujours, il se montrait très attentionné. Elle l'avait déjà remplie de jouets, de crayons de couleur et de livres.

Tout en sortant mes vêtements du placard, je me dis que j'avais de la chance d'avoir rencontré un type aussi gentil et généreux que Patrick. Il s'était montré très tolérant envers Xan et avait fait preuve d'un grand self-control. Je songeai, avec honte, que j'avais souvent échoué à ménager les sentiments de Patrick. Pourtant, il m'avait pardonnée.

Milly avait hâte d'aller aux Cornouailles mais elle ne comprenait pas que nous y allions avec Patrick plutôt que Xan.

— Si on y va avec Patrick, lui avais-je expliqué la veille, c'est parce qu'il a pensé que tu aimerais bien voir la mer; et aussi parce qu'il est l'ami spécial de ta mère, ma chérie.

— Non, c'est Jamie, m'avait-elle reprise sans relever ses yeux de son cahier à colorier.

— Jamie est un ami très spécial pour maman... mais d'une autre façon, parce qu'il travaille avec maman, pas vrai? On fait...

— Des jardins! lança-t-elle joyeusement.

— Oui. On fait des jardins ensemble.

Mais plus pour très longtemps, malheureusement. Jamie avait décidé de rentrer en Australie dès que nos chantiers en cours seraient terminés.

— Mais Patrick, c'est mon ami spécial, tentai-je à nouveau.

— Non, insista Milly. C'est Jamie.

— Comme tu veux, dis-je en soupirant.

Je sortais robes d'été, cardigans et jeans de mon placard lorsque j'entendis Patrick monter.

— Tout va bien? lui demandai-je. Je n'ai plus qu'à boucler la valise de Milly, puis je préparerai le dîner.

— Très bien, dit-il en se penchant pour m'embrasser. Elle est sage comme une image.

Il s'assit sur le coin du lit tandis que je pliais les vêtements pour les ranger dans la valise.

— Ça fait combien de temps que tu n'as pas pris de vacances? me demanda-t-il.

Je me redressai.

— Très longtemps. Je suis allée une semaine en Bretagne quand Milly avait dix-huit mois et c'est tout. Elle a été un peu privée de ce côté-là.

— On va lui offrir plein de vacances superbes, dit Patrick en m'embrassant à nouveau.

Tandis qu'il redescendait, j'éprouvai une douce joie à l'idée de notre avenir partagé.

Je traversai le palier pour passer dans la chambre de Milly et sortis ses tee-shirts, ses chaussettes, ses robes d'été, son petit imper à motif coccinelles et son maillot de bain rouge, car bien que la mer fût trop froide pour elle, l'hôtel avait une piscine chauffée.

Puis le téléphone sonna. C'était Cassie, qui voulait me parler du soixante-dixième anniversaire de papa, le 9 septembre.

— On devrait lui organiser une surprise-partie.

— Non, répondis-je. Il n'est pas d'humeur à ça. Mieux vaut un truc tranquille mais sympa, dans un bon restaurant de quartier.

— À l'heure du déjeuner, j'imagine, pour que Milly puisse y assister.

— Oui.

— Combien de personnes devrait-on inviter ?

— Une dizaine ? On demandera à papa qui il veut inviter.

— Et on réglera la note, dit Cassie. Cinquante-cinquante ?

— Très bien. D'ailleurs, je suis prête à payer plus si tu es fauchée en ce moment.

— Tout va bien de ce côté-là, dit Cassie. Pour la première fois de ma vie, j'ai du fric, Anna. D'ailleurs, ma chance est sur le point de tourner.

— Vraiment ? Pourquoi ?

— Je ne peux rien te dire, fit-elle, énigmatique. Sache seulement que je travaille très fort à un projet spécial et que mon entreprise est sur le point de devenir rentable.

Comme les projets de Cassie m'inspiraient modérément confiance, j'eus un accès de découragement. Mais avant que je puisse l'interroger plus avant, elle s'était mise à discuter d'endroits où organiser l'anniversaire de papa.

— Si on allait au Belvedere?

— Peut-être. Ou chez Julie. On pourrait réserver la grande table près de la fenêtre, à l'étage. Mais on a intérêt à se presser, ajoutai-je. C'est dans trois semaines à peine.

Puis Xan téléphona. Il s'inquiétait du siège-enfant de Milly. Avait-il été correctement fixé à la banquette de la voiture de Patrick? Je lui assurai que c'était le cas et que Patrick était un conducteur prudent. Il voulut dire bonsoir à Milly. Je lui descendis donc le téléphone. Bien que le coup de fil fût bref, il sembla la bouleverser.

— Papa! gémit-elle, les yeux pleins de larmes, après que j'eus raccroché.

— Tu le verras très bientôt. La semaine prochaine.

Juste avant son départ pour New York, hélas.

— Veux mon papa!

— Tu vas beaucoup t'amuser aux Cornouailles, ma puce. Je vais t'acheter une petite épuisette. Ça te plairait?

Elle secoua la tête.

— Veux mon papa.

Je lui fis chauffer du lait, l'installai à nouveau devant *La Belle et la Bête* avec Patrick et remontai finir sa valise. J'y rangeais ses derniers effets lorsque j'entendis Milly glapir.

— Ne fais pas ça, s'il te plaît, Milly, la grondait doucement Patrick.

— Non, l'entendis-je hurler. Va-t'en!

— Sois gentille, Milly.

Visiblement, Milly faisait un truc qu'elle n'avait pas le droit de faire mais Patrick semblait bien gérer la situation.

— Descends, dit Patrick, plus fort. S'il te plaît, descends, Milly.

Elle était sans doute debout sur la table.

— Va-t'en! hurla-t-elle. Je t'aime pas.

— Je sais que tu dis ça seulement parce que tu es fâchée. Allez, Milly...

Je décidai de laisser Patrick se débrouiller seul. Il était lui-même père, après tout, et je ne voulais pas qu'il me prenne pour une mère poule ou qu'il croie que je ne lui faisais pas confiance. De plus, je voulais que Milly l'accepte comme représentant de l'autorité.

— Vaaaaa-t'eeeeeen ! hurla-t-elle à nouveau.

— Bon.

Je soupirai. Il était temps d'intervenir. Je soulevai la valise et la traînai dans l'escalier.

— Maintenant ! ordonna-t-il.

— Va-t'en.

— Allez, Milly, disait Patrick. Je ne veux pas que tu tombes et que tu te fasses mal, ma chérie.

— Va-t'eeeeeeen !

— Il faut que tu fasses ce qu'on te dit, Milly. Je ne te le redemanderai pas. Je vais compter jusqu'à trois. Un...

J'étais au milieu de l'escalier et, tout en descendant, je regardai dans le miroir circulaire au pied des marches. Il est placé un peu en biais, de sorte qu'il « regarde » vers la cuisine. Je vis que Milly était debout sur le comptoir de la cuisine, à côté du four à micro-ondes. Elle avait dû grimper sur une chaise.

— Deux...

Patrick tentait de la persuader de descendre mais elle refusait d'obtempérer et sautillait sur place.

— Trois.

Il fit mine de la prendre puisqu'il n'avait pas réussi à la convaincre. Il tendit les mains vers la poitrine de Milly pour la soulever ; je vis soudain Milly tourner la tête et lui mordre la main, très fort. Patrick lâcha un cri de douleur. J'étais horrifiée par ce qu'elle venait de faire, mais j'avais aussi confusément conscience de tous les bouleversements qu'elle avait vécus ces derniers temps, avec l'arrivée soudaine de Xan, le conflit entre lui et Patrick – sans parler du départ programmé de Luisa. Ces dernières semaines n'avaient pas été faciles à vivre pour elle. Néanmoins, son comportement était inacceptable.

J'étais sur le point d'entrer dans la cuisine lorsque je vis Patrick la poser par terre. Puis il lui leva le bras et gifla sa jambe nue, d'une gifle dure et vicieuse.

Le son sembla résonner pendant une fraction de seconde. Puis Milly renversa la tête et hurla, le visage cramoisi de douleur, les larmes jaillissant de ses yeux, la bouche tordue en un rictus de détresse.

— Tu l'as frappée! soufflai-je.

Je tremblais de colère et d'incrédulité.

— Tu l'as frappée! Ne frappe jamais mon enfant, jamais! dis-je en la prenant dans mes bras. Jamais! Tu comprends? Jamais! Jamais!

J'avais du mal à reconnaître ma voix aiguë et plaintive.

— Elle m'a mordu! protesta-t-il.

Il tendit la main pour me monter la marque rouge, comme s'il s'attendait à ce que je compatisse.

— Je me fous de ce qu'elle a fait! Elle a trois ans. C'est un petit enfant. On ne frappe pas un petit enfant, Patrick... D'autant que ce n'est même pas le tien!

J'emportai Milly dans le salon. Assise sur mes genoux, elle sanglotait, plus à cause du choc que de la douleur, en se laissant bercer. En fermant les yeux je revis, comme au ralenti, la façon curieusement exercée dont Patrick lui avait tiré le bras pour lui taper sur la jambe. Et je compris tout d'un coup qu'il l'avait déjà fait.

— Tout va bien, mon trésor, soufflai-je. Tout va bien.

— Mon bras, sanglota Milly. J'ai mal.

Je lui embrassai le bras, consciente de la présence de Patrick, debout près de moi. Je ne levai pas les yeux vers lui.

— C'est le choc, l'entendis-je dire.

Milly était toujours sur mes genoux, la tête pressée contre ma poitrine, à sangloter par petits hoquets.

— Je ne voulais pas qu'elle tombe. Je ne voulais pas m'emporter, ajouta-t-il, impuissant.

— Et pourtant, tu t'emportes parfois, n'est-ce pas? dis-je en le regardant enfin.

— Les enfants doivent être disciplinés, murmura-t-il faiblement. Mordre, ce n'est pas bien.

— C'est vrai, mais on ne peut pas… frapper comme ça.

Soudain, j'eus un flash : un autre scénario, avec un autre enfant… un petit garçon.

— Je te demande pardon, supplia Patrick. Je ne le referai plus jamais.

— Non, dis-je posément. En effet.

Une demi-heure plus tard, Patrick était parti. Il n'arrêtait pas de répéter qu'il voulait parler de l'incident, mais il n'y avait rien à en dire. Je lui offris de lui rembourser la moitié des arrhes de l'hôtel, mais il refusa.

— Je trouve que tu réagis de façon exagérée, dit-il en rapportant le siège-enfant de Milly.

— Non, répondis-je froidement. Pas du tout.

Lorsqu'il fut parti, j'ouvris la porte du placard de la cuisine, sortis le pot de miel *Bee Good* et le jetai à la poubelle.

Milly m'observait.

— Fais quoi, maman ?

— Je jette le miel. Parce que je n'aime pas le miel et que je ne l'ai jamais aimé.

Puis j'éteignis le lecteur DVD. Milly monta avec moi et je lui expliquai qu'en fin de compte on n'irait pas à la mer.

— Parce que Patrick m'a tapé dessus ?

— Oui, dis-je. C'est ça. Tu as encore mal au bras ?

Elle le frotta et secoua la tête.

— Mais je t'emmènerai à la mer une autre fois, bientôt, d'accord ?

— Et tu vas m'acheter une « épissette » rose ?

— Oui.

— Et un seau rose ?

— Oui. Et une pelle rose, et… tout en rose.

Milly sourit. Nous nous allongeâmes sur le lit et je lui lus *Gruffalo*, ce qui me fit penser à Jamie. Il n'aurait jamais fait de mal à Milly, jamais. Elle pressa son petit corps doux contre le mien en tournant les pages, excitée comme toujours, parcourant à toute vitesse l'histoire :

— Maison en bois… glace au hibou… c'est un Gruffalo !… des dents terribles… sa langue est noire… et la noix était bonne… FIN. C'est la FIN, maman ! hurla-t-elle.

Je songeai à Patrick.

— Oui, Milly. C'est la fin.

16.

— Alors, tu t'amuses bien aux Cornouailles ? me demanda Jenny le lendemain soir lorsque je lui téléphonai.

— Non. J'ai annulé.

Je lui expliquai pourquoi.

— C'est... ignoble, murmura-t-elle. Bon... alors tout est fini entre vous ?

— Oui. Bien que je le regrette, pour plusieurs raisons.

— Mais tu n'aurais plus jamais pu lui faire confiance.

— Non, en effet.

Chaque fois que je me repassais l'incident, j'en étais malade.

— Il ne l'a pas blessée, au moins ?

— Non. Mais elle a eu mal au bras un petit moment.

— Tu crois qu'il avait déjà fait ça ?

Ce n'était absolument pas intentionnel. C'était un accident. Un accident...

— Je ne sais pas, vraiment...

— En tout cas, j'en suis navrée pour toi, reprit Jenny. Il avait l'air tellement gentil ; mais comme tu le dis, il avait une énorme colère refoulée.

— C'est vrai. Mais je n'avais pas compris à quel point.

L'apiculture vaut mieux que toutes les thérapies.

Ne bouge pas !
Je t'ai déjà dit que je ne viendrais pas !
Je t'en prie, lâche-moi, Patrick.
— Tu vas en parler à Xan ?
— Non. Et j'ai demandé à Milly de ne rien en dire – c'est inutile, et il pourrait péter un plomb. Je lui ai simplement expliqué que j'avais changé d'avis au dernier moment.
— Il doit en être ravi.
— En effet.
Xan s'était méfié de Patrick. J'avais attribué cette méfiance à la jalousie mais il avait manifestement capté quelque chose que je n'avais pas su déceler.
J'entendis soudain hurler le téléviseur.
— Milly ! lançai-je. Désolée, Jen, Milly vient d'allumer la télé, elle adore tripoter la télécommande.
— Grace fait ça aussi.
— S'il te plaît, tu peux éteindre la télé, ma chérie ?
Je jetai un coup d'œil dans le salon. C'était *La Nouvelle Star*. À l'écran, un garçon mince coiffé d'un bonnet rouge à pompon attendait anxieusement le verdict du jury.
— Andy, lui disait Simon Cowell, tu as l'une des voix les plus bizarres que j'aie entendues de ma vie. Tu es fabuleusement épouvantable. Pas question que tu reviennes au prochain tour…
— Éteins, s'il te plaît, Milly, répétai-je en reprenant ma conversation avec Jenny. Appuie sur le bouton rouge.
— Tom, disait maintenant Simon Cowell au concurrent suivant. Tu es gros. Tu es laid. Tu es pataud. Mais tu as une voix formidable. Alors je dis… oui.
— Milly, peux-tu éteindre s'il te plaît ? Ou au moins, baisse le son, ma chérie.
— Voici quelqu'un d'autre qui rêve qu'on lui dise « oui », enchaînait le présentateur. C'est…
— *Mira !* entendis-je Milly murmurer.
— … Luisa Vanegas, de Colombie.
— Luisa est à la télé, maman !

— Ne quitte pas, Jenny.

Je passai au salon, le téléphone toujours pressé contre l'oreille.

— Luisa a vingt-trois ans, elle est fille au pair, mais elle rêve d'être star.

Luisa était bien là, assise avec des centaines d'aspirants dans une salle d'attente grande comme un hangar.

— Luisa passe à *La Nouvelle Star*, m'étranglai-je.

— J'allume la télé, dit Jenny. Bon sang. C'est vrai. Elle ne t'en a rien dit ?

— Non. Je ne l'ai pas beaucoup vue ces derniers temps.

La caméra fit un panoramique vers elle, tandis qu'elle attendait, dans sa robe de velours rouge, tout en sirotant un thé. Je déduisis, d'après la longueur de ses cheveux, que l'émission avait été enregistrée en juin, deux ou trois semaines avant que je ne l'aie découverte en train de chanter dans le métro.

— Elle est très mignonne, non ? dit Jenny.

— Eh bien, c'est à vous, Luisa, alors bonne chance.

Luisa se leva d'un bond et sourit nerveusement à la caméra. Puis elle marcha jusqu'à la salle des auditions et se planta devant les trois juges.

— Qu'allez-vous chanter, Luisa ? lui demanda Louis Walsh.

— *All the Way from America* de Joan Armatrading.

Sharon Osbourne hocha la tête.

— Alors allez-y.

Luisa se recueillit un instant puis se mit à chanter :

— *You called all the way from America, and said hang on to love, girl. But the weeks and the months and the tears passed by, and my eyes couldn't stand the strain...*

— Elle a une voix superbe, constata Jenny.

— *... of that promised love, all the way from America...*

Simon Cowell était renversé sur sa chaise, les bras croisés, la tête penchée sur l'épaule.

— *You called all the way from America, and said I'll soon be home, girl. But the weeks and the months and the tears passed by and my eyes couldn't stand the strain, of that promised love...*

— Bon, ça suffit ! s'écria tout d'un coup Simon.

— Merde ! Il déteste, dis-je.

Luisa eut l'air déconfit.

— Inutile d'en entendre plus, acquiesça Louis Walsh.

— Alors il est temps pour Simon de donner son verdict, dit le présentateur.

— Luisa, fit Simon, ta prononciation est épouvantable. Il faut que tu travailles ton anglais – mais tu as une voix très puissante. Tu as de la conviction. Tu es belle... et je serais ravi que tu passes au tour suivant.

— Dieu merci, soufflai-je tandis que Luisa lui adressait un sourire d'extase.

— C'est sûr, tu es une graine de star, Luisa, renchérissait maintenant Louis. Donc, bien que je ne sois pas souvent d'accord avec Simon, moi aussi je dis « oui ».

Luisa joignit les mains comme si elle priait.

— Mais Sharon sera-t-elle d'accord avec eux ? intervint le présentateur.

— Luisa, dit Sharon. Tu as une voix époustouflante. (Je poussai un soupir de soulagement.) Tu es aussi douée que Joan Armatrading... Tellement douée, d'ailleurs, que je me suis demandé si tu avais un magnétophone caché dans le soutien-gorge – et pourtant, ta voix a aussi quelque chose de très original. C'est oui.

— C'est fantastique ! s'exclama Jenny.

Milly souriait largement.

Luisa envoya des baisers aux juges et sortit de la pièce en courant, radieuse de bonheur.

— Alors, comment te sens-tu, Luisa ? lui demanda le présentateur.

Luisa rejeta la tête en arrière et éclata de rire :

— Je me sens très... *maravilloso* !

— Tu veux saluer quelqu'un dans le public ?

— Oui, répondit Luisa, je veux dire *hola* à ma gentille famille anglaise – Anna et Milly – si elles regardent.

— C'est la famille où tu travailles comme fille au pair?

— *Si*. Anna est merveilleuse et Milly *es una niña fantastica. Adoro a* Milly!

Elle souffla un baiser à la caméra.

— *Y yo adoro a* Luisa, dit Milly.

Le lendemain matin je m'éveillai tôt et descendis pour me faire du café. Pendant que l'eau chauffait, je pris le journal sur le paillasson et vis qu'on m'avait livré le *Sunday News* des voisins au lieu de mon *Observer*. Comme il était trop tôt pour passer chez eux échanger nos journaux, je m'assis à la table de la cuisine pour feuilleter le *News*. Les gros titres portaient sur les préoccupations habituelles des tabloïds : immigration, augmentation des impôts et cellulite des célébrités, ponctuées d'offres spéciales pour Center Parcs.

Depuis l'étage, j'entendis Luisa ouvrir la porte de sa chambre. C'était aujourd'hui qu'elle déménageait : j'avais été tellement préoccupée que je n'y avais pas songé jusqu'à présent. Une vague de chagrin me submergea.

« Vous payez des millions en impôts pour financer les travaillistes! » annonçait la manchette principale du *News*. « L'obésité liée à la perte de mémoire », disait le titre suivant. « Diana – nouveaux témoignages » renvoyait à un article en page 3. « Une journaliste du *Sunday News* perd sa maison dans un incendie. »

Je me redressai sur ma chaise.

Notre chroniqueuse Citronella Pratt et sa famille se sont tirés indemnes d'un incendie qui a détruit leur maison de campagne dans le Sussex. Le vieux presbytère d'Aldingly, près d'Hastings, a été entièrement rasé par le sinistre vendredi dernier.

Je contemplai les photos « avant » et « après » d'une magnifique villa néoclassique du XVIIIᵉ siècle couverte de rosiers grimpants, et d'un tas de cendres fumantes.

> *Mme Pratt, son second époux et leur fils de trois ans, Erasmus, étaient sortis pour l'après-midi en laissant à la maison Sienna, treize ans, la fille de Mme Pratt issue de son premier mariage. L'origine de la conflagration se situerait dans la chambre du petit garçon, où il semble qu'on ait mis le feu à son ours en peluche préféré...*

Je passai à la chronique de Citronella en page 18.

> *Notre magnifique maison de campagne du Sussex a brûlé vendredi dernier. Mais loin de me sentir abattue, je suis consciente de la chance que j'ai eue. Non seulement, d'abord et avant tout, parce qu'aucun membre de ma famille n'a été blessé, mais aussi parce que nous n'avons perdu aucun objet qui ait une valeur sentimentale pour nous : l'ours en peluche qui a brûlé, par exemple, n'était heureusement que le deuxième préféré par Erasmus et non son Steiff adoré, qui était resté à Londres. J'ai aussi de la chance parce que mon mari et moi envisagions de toute façon de renoncer à la vie de campagne, car le village est assez loin de l'école où Sienna est inscrite pour septembre prochain – un établissement remarquable pour adolescents particulièrement fougueux, qui, nous en sommes convaincus, procurera à notre enfant brillante l'environnement stimulant dont elle a besoin. Ce n'est donc pas pour nous un sacrifice de renoncer à notre idylle rurale afin de pouvoir profiter de ce que le personnel de l'école appelle, non sans humour, les « heures de visite ».*

Manifestement, Citronella avait eu de graves problèmes avec Sienna, qui n'était pas aussi parfaite que cela, en fin de compte. C'était peut-être ça qui la tourmentait. Mais j'enviais à Citronella son impressionnante force d'âme. On aurait pu lui lâcher une bombe nucléaire sur la tête et elle aurait quand même trouvé le moyen de dire qu'elle avait eu « de la chance ».

Heureusement, j'ai été instantanément vaporisée... ce qui, heureusement, signifie que je n'ai pas taché la moquette...

J'entendis Milly s'agiter dans sa chambre. Mais au lieu de descendre pour me retrouver, elle monta au deuxième étage, attirée par le chant de Luisa.

— Tu fais quoi ? l'entendis-je demander à Luisa tandis que je montais les rejoindre.

— Je faire mes bagages, répondit Luisa. Je parté aujourd'hui.

— Je veux pas que tu partes, protesta Milly. *Quiero que usted permanezca.*

— Il faut que je parté, répondit Luisa. Mais je revenir te voir, *mi caramelo.*

J'entendis le son familier d'un baiser sur la joue de Milly.

Je frappai à la porte de la chambre de Luisa et l'entrouvris. La valise rouge qu'elle venait de s'offrir était ouverte par terre. Milly était assise dedans.

— Luisa, tu aurais dû me dire que tu passais à *La Nouvelle Star.*

— Moi aussi j'étais très surprise. Je savé pas qu'ils montré mon audition à la télé.

— Merci des choses gentilles que tu as dites au sujet de Milly et moi.

— Je été sincère, Anna.

— Et je suis désolée qu'on n'ait pas eu plus de temps pour se parler, dernièrement.

— Tu été très occupée, Anna.

— Oui... j'ai eu beaucoup de soucis. Mais, dis-moi, tu as trouvé un autre poste de fille au pair, Luisa ?

— Non, répondit-elle. Je pas trouvé famille que j'aime. Alors je habité Shepherd's Bush avec mon amie.

Je contemplai Milly, qui s'affairait maintenant à retirer les effets de Luisa de la valise pour les fourrer dans les tiroirs. Milly aimait tellement Luisa, elle aimait tellement Xan qui partait dans deux semaines et elle adorait Jamie, qui rentrerait bientôt en Australie. C'était trop de bouleversements à la fois.

— Eh bien, Luisa, je n'ai pas de nouvelle fille au pair – je n'en ai même pas cherché, à vrai dire, alors que je pensais que… (Je m'assis sur le lit.) Ne pars pas, s'il te plaît, Luisa, dis-je. C'était formidable de t'avoir ici ; je suis navrée qu'on se soit disputées…

— Je pas te blâmer, Anna, dit Luisa. Je auré fait la même chose.

— Tu pourrais rester ici, aussi longtemps que tu veux. On pourrait improviser.

Luisa me regarda sans comprendre.

— *Podriamos improvisar*, traduisit Milly, serviable.

— Alors tu pas vouloir que je pars ? (Je secouai la tête.) Eh bien…

Soudain, Milly enlaça les jambes de Luisa.

— Reste avec moi.

Luisa la prit dans ses bras pour l'embrasser.

— *Si.*

*
* *

Nos vies retrouvèrent donc un semblant de routine. Luisa s'inscrivit à l'école de langues New Horizons de Notting Hill où elle fit rapidement de grands progrès en anglais. Milly retourna à Sweet Peas. Jamie et moi terminâmes le jardin du presbytère.

— Je l'adore, dit Pippa tandis que Jamie et moi ramassions nos outils, le dernier jour du chantier. Avant, il avait l'air tellement sinistre et maintenant… il est joyeux.

Le jardin était léger, débordant de couleurs vives, avec les roses blanches et roses des plates-bandes ; la lavande française et les géraniums bleu clair lui donnaient une allure presque méridionale. Une tonnelle abritait des sièges-coffres ; quatre oliviers argentés bordaient un coin dîner ; une balançoire et un toboggan trônaient au milieu de la pelouse.

— Qu'en pense votre mari ? lui demanda Jamie en posant Jack sur la balançoire.

— Il adore, répondit Pippa. D'ailleurs, ajouta-t-elle avec le sourire, il dit qu'il l'aime mieux qu'avant.

— C'est un sacré compliment, déclara Jamie en poussant Jack sur la balançoire. Je suis navré de m'être emporté contre lui. Je traversais un moment difficile.

Pippa sourit sans répondre.

— Quels sont vos projets, maintenant ? nous demanda-t-elle. J'imagine que vous êtes très occupés.

— Nous terminons un petit jardin à Maida Vale, répondis-je. Puis je vais démarrer un gros chantier à la campagne, dans le Hampshire... le jardin de mon ancien patron. Malheureusement, Jamie n'y travaillera pas.

— Ah ? fit Pippa. Pourquoi ?

— Je rentre en Australie, lui expliqua-t-il.

— Pendant combien de temps ?

— Quelques mois. Peut-être plus. Je ne sais pas encore.

— Autrement dit, vous pourriez ne pas revenir ?

Il haussa les épaules.

— Je n'en sais rien, sincèrement.

— Quel dommage, dit Pippa. Vous semblez former une très bonne équipe.

— C'est vrai. Mais j'ai besoin de faire une pause. J'en suis à un tournant de la vie.

Il reposa Jack par terre.

— Alors je vais travailler avec Stephan, dis-je, faussement enthousiaste.

— Stephan est génial, renchérit Jamie. C'est un excellent maçon.

— Excellent, en effet, acquiesçai-je.

Mais ce ne serait pas comme de travailler avec Jamie...

Le 8 septembre, Xan partit pour New York. Nous l'avions appris à Milly quinze jours auparavant pour lui donner le temps de se faire à l'idée. J'ai toujours détesté les adieux à l'aéroport : Xan passa donc chez moi avant de prendre la route pour Heathrow.

— Je vais venir te voir, l'entendis-je promettre à Milly d'une voix rauque. Et peut-être que ta maman et toi pourrez me rendre visite.

— On va prendre l'avion pour aller voir papa, ajoutai-je. Ça te plairait, Milly ?

Elle hocha la tête.

Xan se pencha pour la serrer dans ses bras.

— Je te reverrai bientôt, ma chérie, dit-il, les yeux pleins de larmes. Je te reverrai bientôt.

— Bientôt, papa, répéta-t-elle en se pendant à son cou.

Pas si tôt que ça, songeai-je tristement. Nous nous mîmes à la fenêtre pour agiter la main jusqu'à ce que son taxi disparaisse.

C'était l'anniversaire de papa le lendemain : nous avions réservé une table pour déjeuner au Belvedere, parce que c'était tout près de chez lui. Il n'avait qu'à traverser Holland Park. Cassie passa chez moi ce matin-là pour répéter le petit discours que nous devions prononcer.

On sonna à 11 h 30. Je n'attendais personne.

— Elaine ! m'exclamai-je.

Je la pris dans mes bras, comme je le fais toujours lorsque je la vois : elle a été la première à s'occuper de mon bébé, alors j'ai toujours eu une tendresse particulière pour elle.

— J'ai appelé deux ou trois fois mais tu étais sortie, expliqua-t-elle en entrant. Je viens de passer chez Jamie, alors je me suis dit que je ferais un saut pour vous voir, Milly et toi.

— Comment va Jamie ? lui demandai-je.

— Ça va à peu près. Mais il me semble que vous alliez sortir... je tombe peut-être mal ?

— Non, pas du tout, mentis-je. Mais… en fait, Elaine, nous devons en effet partir très bientôt parce que c'est le soixante-dixième anniversaire de mon père et qu'on lui a organisé un déjeuner. Mais reste un peu – ça me fait tellement plaisir de te voir. Tu connais ma sœur Cassie ?

— Non, sourit Elaine, mais je vous reconnais, j'ai vu des photos, et puis j'ai beaucoup entendu parler de vous.

Je préparai du café tandis qu'elle et Cassie bavardaient, puis je finis d'habiller Milly. Elaine jeta un coup d'œil à sa montre.

— Il est midi moins dix.

Elle se leva et caressa les cheveux de Milly.

— Je repasserai un autre jour quand on aura un peu plus de temps, Anna. Merci pour le café. J'ai été ravie de faire votre connaissance, Cassie.

— Vous ne voulez pas vous joindre à nous pour déjeuner ? lui proposa soudain Cassie.

Elaine parut sidérée. Moi-même, je fus un peu décontenancée.

— Non, je n'oserais pas, protesta-t-elle.

— Pourquoi pas ? lui demanda Cassie, toujours aussi directe.

— Eh bien, bafouilla Elaine, parce que je ne veux pas m'imposer… En plus, je ne suis pas habillée pour l'occasion.

— Mais bien sûr que si. Vous êtes très bien comme ça, ajouta Cassie.

Je fus touché de son ton chaleureux.

— Mais c'est une fête de famille, dit Elaine. En plus, je n'ai jamais rencontré votre père.

— Ne vous en faites pas pour ça… Il est parfaitement civilisé, ajouta Cassie. De toute façon, ce sera très relax et en plus, l'un des amis de papa a dû se décommander ce matin, alors il y a une place libre.

— Ah. Mais…

— Alors c'est réglé, conclut Cassie avant qu'Elaine ne puisse élever d'autres objections.

J'étais un peu étonnée de son insistance car elle ne connaissait pas Elaine. Mais Elaine, un peu perplexe, accepta son offre. Nous traversâmes donc Holland Park sous le soleil oblique de septembre, chargées de fleurs et de cadeaux, en nous arrêtant de temps à autre pour montrer à Milly les écureuils et les lapins noirs.

Notre table se trouvait à l'étage, près des baies vitrées qui s'ouvraient sur une terrasse. Les Travis étaient déjà arrivés, tout comme Bill French, un ancien collègue de papa, avec son épouse Jane, et la sœur de papa, Kay, avec son mari Ted. Papa sembla sincèrement ému par le petit discours que Cassie et moi prononçâmes sur ses qualités de père et de grand-père.

— Si seulement maman était là, elle aurait pu dire à quel point tu étais un mari formidable, ajouta Cassie avec chaleur, car elle connaissait désormais l'histoire de Mark.

Le vin coulait à flots et après tout le stress des semaines passées, j'avais bu beaucoup plus que d'habitude.

Elaine me parlait de Jamie, qui partait pour l'Australie la semaine suivante.

— Il va te manquer, Anna, affirma-t-elle.

— Me manquer ? (Je posai mon verre.) Je ne sais tout simplement pas ce que je vais faire, sans lui.

— Jamie est l'ami spécial de maman, expliqua Milly tout en dessinant.

Elle trempa la pointe de son feutre rose dans mon verre d'eau.

— Tu sais, tu as raison, Milly. (Une vague d'émotion me submergea.) Jamie est l'homme le plus gentil, le plus honorable, le plus généreux, le plus travailleur, le plus talentueux et le plus digne de confiance que je connaisse.

— Je me souviens t'avoir dit qu'il ne te décevrait jamais, renchérit Elaine.

— Tu avais raison, il ne m'a jamais déçue. J'aurais tellement aimé qu'il reste, ajoutai-je d'un ton sinistre. Ça va me manquer, de travailler avec lui, de lui parler vingt fois par jour, de m'engueuler avec lui, de planter des trucs avec lui, de rouler avec lui dans sa vieille fourgonnette bleue.

Je maudis Thea en silence.

— Jamie a besoin de rentrer au pays un bout de temps, dit Elaine. Il a beaucoup souffert. En plus, il n'a pas vu sa famille depuis cinq ans.

— Vous croyez qu'il reviendra ? s'enquit Cassie.

— Je… ne sais pas.

Puis, pour changer de sujet de conversation, Elaine interrogea Cassie sur son travail.

— Je fais toutes sortes de trucs, répondit Cassie. Mais, hélas, Anna n'approuve pas la plupart d'entre eux.

— Je n'approuve pas certains d'entre eux, la repris-je. Mais tu es entreprenante, Cassie, je le reconnais.

Je levai mon verre de vin pour rendre hommage à ma sœur.

— En effet, j'ai été très entreprenante ces derniers temps, dit-elle. D'ailleurs…

Elle fouilla dans son sac pour en tirer un exemplaire de *The Bookseller*.

— Pourquoi as-tu acheté ce magazine ? lui demandai-je lorsqu'elle me le tendit. Tu te lances dans l'édition, maintenant ? C'est une bonne idée, Cassie. J'approuve. C'est respectable.

— Regarde la page 8.

« Random House signe un contrat avec un nouvel auteur », annonçait le gros titre.

Random House vient de signer avec Cassie Temple un contrat pour la coquette somme de 200 000 livres. Le premier roman de l'ancien croupier, Tuer le temps, *sera publié en mai et sera le premier d'une série de comédies policières mettant en scène le détective privé Delilah Swift, ex-croupier et mannequin lingerie, à qui l'on demande d'enquêter sur la mort mystérieuse de trois vendeurs d'horloges anciennes sur Portobello Road, à Londres…*

— Bravo, Cassie, souffla Elaine. C'est formidable !

— En effet, dis-je. Je ne savais pas que tu travaillais à un roman. Quand l'as-tu écrit ?

— Au cours des trois derniers mois, répondit-elle. Je travaillais le soir, comme tu le sais, mais dans la journée, j'étais libre. Un jour, le personnage de Delilah Swift m'est brusquement apparu alors j'ai commencé à écrire son histoire. J'ai terminé quelques chapitres et je les ai montrés à une nana de mon groupe de tricot qui travaille pour une agence littéraire. Ça lui a plu et bingo ! Maintenant, je suis écrivain.

— Tu ne cesseras jamais de m'étonner ! dis-je.

Papa vint s'asseoir avec nous pour que Cassie puisse lui donner d'autres détails sur le livre. J'allai donc rejoindre les Travis, qui sont gentils mais pas très palpitants ; Milly jouait avec sa poupée sous la table ; puis Cassie parla avec oncle David et tante Glenda, et Elaine bavarda avec papa. J'entendis des fragments de leur conversation : ils venaient de comprendre qu'ils ne s'étaient jamais rencontrés auparavant parce que papa me rendait toujours visite le dimanche, le jour de congé d'Elaine. Puis elle lui raconta sa vie d'infirmière-puéricultrice – combien elle aimait les tout petits bébés… qu'elle avait le sommeil léger… qu'elle avait divorcé l'année d'avant mais qu'elle sentait que la vie était pleine de promesses… Milly s'endormit sur mes genoux et les invités commencèrent à prendre congé. Cassie et moi les remerciâmes d'être venus. Je me tournai vers papa mais il bavardait encore avec Elaine, comme s'ils se connaissaient depuis des années. Tout en les regardant, je remarquai leur intimité spontanée, la façon dont ils penchaient la tête l'un vers l'autre et je me demandai si Cassie pensait la même chose que moi ; puis je compris que c'était précisément pour cette raison qu'elle avait invité Elaine. Il était maintenant 16 heures. Le restaurant était désert, à l'exception d'un très patient maître d'hôtel et de papa et Elaine, toujours absorbés par leur conversation lorsque nous partîmes.

Épilogue

Cinq mois plus tard, papa et Elaine sont toujours assis au même endroit, à la même table, dans la même salle du Belvedere. Ils penchent toujours la tête l'un vers l'autre en riant et en bavardant, mais ils portent des vêtements différents. Papa est très beau dans son costume gris avec une cravate bleu clair – pas du tout tapageuse, celle-là – et Elaine porte une robe du même bleu clair ; ses cheveux blond cendré sont relevés en chignon banane et ornés d'un camélia blanc. Elle a l'air radieux, comme toutes les mariées. Papa et elle sourient au photographe. Milly, dans sa robe bleu clair, est tellement excitée qu'elle n'a rien mangé de la journée. C'est la première fois qu'elle est demoiselle d'honneur et en contemplant Mark, venu assister au mariage avec sa fiancée Marilyn, j'espère qu'elle le sera à nouveau bientôt.

Mark est redevenu… Mark. Il aime sa vie à San Francisco. Il aime sa future épouse. Mais il nous aime aussi, nous : le mariage de papa a été l'occasion rêvée de faire ce dont il rêvait depuis très longtemps – rentrer au pays.

— Je ne savais pas comment m'y prendre, me confie-t-il alors que nous sommes assis côte à côte à la table d'honneur. Et puis l'invitation au mariage de papa est arrivée ; Marilyn m'a dit qu'il fallait que je rentre pour passer du temps avec ma famille. Alors…

Il hausse les épaules.

— Tu m'as manqué, dis-je. Mais au moins, maintenant, je comprends.

Mark me presse la main.

— Tu m'as manqué, toi aussi. J'étais tellement en colère, pendant tellement longtemps. Mais je vois les choses autrement, dorénavant. (Il regarde papa.) Et je sais que l'homme qui m'a élevé est mon père.

Maintenant, on apporte le gâteau : papa pose sa main sur celle d'Elaine pour le découper et tout le monde applaudit. Puis il prononce un petit discours, en disant que c'est une Saint-Valentin très heureuse, qu'Elaine est merveilleuse et qu'il ne pouvait pas savoir à quel point il finirait par se féliciter de l'avoir engagée comme infirmière-puéricultrice pour moi. Cassie s'exclame que l'idée est d'elle, merci ! Papa éclate de rire et lui souffle un baiser.

Tandis que les serveurs changent nos verres, je songe que mon infirmière est maintenant ma belle-mère et la « belle-grand-mère » de Milly. L'idée me rend heureuse.

— Alors toi et moi, on est parents par le mariage, dit Jamie en souriant. J'espère que je ne vais pas devoir appeler ton père « oncle Colin ».

Jamie porte un costume sombre avec une fleur blanche à un revers et un autocollant « Petite Sirène » de Milly sur l'autre. Elle est assise à côté de lui et elle lui demande de l'aider à dessiner. Tout en lui passant des crayons de couleur, elle lui raconte que son papa va bientôt venir la voir. Elle manque tellement à Xan qu'il a troqué son poste à New York contre une affectation à Bruxelles afin de pouvoir rendre visite à Milly un week-end sur deux. Maintenant, bien que je sois toujours seule, je ne regrette plus de ne pas vivre avec Xan. Nous sommes simplement co-parents et amis.

Quand les discours sont terminés, nous levons nos verres à papa et à Elaine. Au dessert, la conversation devient plus générale. Tout le monde se passionne pour le livre de Cassie, qui va bientôt sortir.

La première fois que j'ai lu *Tuer le temps* avec son intrigue excentrique et drôle, ses « filles pièges », ses casinos et ses téléphones roses, j'ai compris que Cassie avait dit vrai en affirmant qu'aucune expérience n'était une perte de temps, qu'elle soit sordide ou pas. Surtout lorsqu'on est destiné à devenir écrivain, comme Cassie. En tournant la dernière page, j'ai compris à quel point je l'avais jugée sévèrement. Après tout, Cassie vivait simplement sa vie, à sa propre façon ; et de toutes ses expériences bizarres, incohérentes en apparence, elle avait tiré un livre bien ficelé et très divertissant.

— J'ai eu beaucoup de chance, explique Luisa à oncle Ted. Le niveau d'exigence de *La Nouvelle Star* est tellement élevé que je pensais n'avoir aucune chance de parvenir à la finale ; j'ai été renversée d'y arriver. Puis j'ai été stupéfaite de compter parmi les trois finalistes. Non, je n'ai pas encore de contrat de disque – j'en rêve ! Mais j'ai deux ou trois auditions la semaine prochaine. Ah, excusez-moi, mais je crois qu'on a besoin de moi.

On repousse les tables pour le spectacle. Luisa fait son numéro. Elle chante *Starry, Starry Night*, ce qui me rappelle le jour où elle est venue vivre chez nous. Puis *Another Suitcase in Another Hall* et le magnifique *From a Distance*. Elle conclut par *Do You Know Where You're Going To ?* et je comprends que ce n'est pas toujours si mauvais de ne pas savoir où l'on va. Cassie ne savait pas où elle allait, mais elle s'est quand même retrouvée au bon endroit. Je décide de me détendre un peu et de me laisser aller.

On commence à danser. Jamie fait tournoyer Milly ; je danse avec papa, et Mark danse avec Elaine.

Puis papa lui tapote l'épaule et les deux hommes éclatent de rire.

— Je suis tellement heureuse que Mark soit là, dis-je à Jamie quand nous retournons nous asseoir.

— Tu es heureuse que je sois là, moi aussi ? me demande Jamie.

— C'est merveilleux. Je ne savais pas si tu reviendrais.

— Londres me manquait… et toi aussi.

— D'où tous les SMS et les mails ?

Il hoche la tête.

— Ça me manquait, de te parler. Je m'y étais habitué. Je voulais rester en contact. Et puis il fallait bien que je revienne pour le mariage d'Elaine, non ?

— Alors tu vas rester ? demandé-je en sentant mon pouls s'emballer.

— Oui, dit Jamie. Je reste. Tu crois qu'on pourrait recommencer à bosser ensemble ? me demande-t-il en prenant une gorgée de champagne.

— Je crois que c'est tout à fait envisageable.

— C'est ton anniversaire, demain, dit-il soudain.

— Oui, en effet. Je vais avoir trente-sept ans, précisé-je en grimaçant.

— Tu es une vieille dame ! J'ai un petit cadeau pour toi.

— Vraiment ?

Je tends la main.

— Je te le donnerai demain. Je passerai pour le petit déjeuner… D'accord ?

— D'accord.

Le lendemain matin, je me réveille avec une vague gueule de bois, mais heureuse. À 10 heures, on sonne à la porte et Milly descend l'escalier quatre à quatre.

— C'est Jamie ! hurle-t-elle en regardant à travers le vitrail.

Elle court vers sa boîte de livres et revient avec *Cendrillon*, *Le Merveilleux Voyage du petit escargot* et *Le Puzzle de Kikou*.

— Bon anniversaire, Anna ! lance Jamie qui sourit en plissant les yeux.

Luisa est toujours au lit mais elle a mis des fleurs sur la table de la salle à manger, et l'un de ses gâteaux sans œufs, que nous savourons en buvant du café.

— Bon, alors, dis-je. Je suis trop impatiente. Qu'est-ce que tu m'as trouvé ?

— Ferme les yeux, et tends les mains.

Je m'exécute et je sens qu'on y dépose un objet très léger. J'ouvre les yeux. Un sachet de graines est posé dans mes mains, avec une photo de délicates fleurs mauves.

— Des *Aquilegia*? murmuré-je. Comme c'est ravissant.

Jamie me remet ensuite un autre sachet avec une photo de plumeaux blancs.

— Des *Astilbes*? Je les adore.

— Je sais.

Puis il me donne un sachet de delphiniums bleu ciel, des graines de digitale rose pâle, des lupins couleur citron, des sedums écarlates, des euphorbes couleur d'orange amère. Tout ce que j'adore. Je ne peux m'empêcher de remarquer qu'il ne s'agit que de plantes vivaces.

— Les dernières.

Jamie me tend un sachet de graines de tomate. Il les reprend en souriant.

— Désolé, celles-là sont à moi.

Il les remplace par un sachet de myosotis.

— J'adore les myosotis, dis-je. C'étaient les fleurs préférées de ma mère. Mais Jamie…, ajouté-je en éclatant de rire, il n'y a qu'un problème, avec ce cadeau. Mon jardin est minuscule.

— Ne t'en fais pas. J'ai tout prévu.

Il me remet maintenant une enveloppe contenant un certificat de la société d'horticulture de l'ouest de Londres. Il s'agit d'un bail pour la parcelle numéro 27 de Duke's Meadows, à Chiswick… et il est à mon nom.

— Tu m'offres une parcelle de terre?

Il hoche la tête.

— C'est au bout de la rue. (Il se lève.) Alors viens.

— Quoi? Maintenant?

— Oui, maintenant. Pourquoi pas?

Nous passons donc nos manteaux et je chausse les bottes en caoutchouc vert que j'ai reçues en cadeau d'adieu de mes collègues d'Arden. Jamie aide Milly à enfiler ses bottes à motif de coccinelles et nous montons dans sa voiture à destination de Chiswick.

— Tu l'as loué quand ? lui demandé-je tandis qu'il se gare.

Il fait froid et nos souffles sont visibles dans l'air vif du matin.

— Je te l'ai réservé en juin dernier, dit-il en aidant Milly à descendre.

Je le dévisage.

— En juin dernier ?

Nos pieds font crisser le gravier humide du sentier.

— Quand on remplissait les jardinières du jardin des Edwards. Tu m'as dit que tu rêvais d'avoir des plates-bandes à remplir. Tu l'as dit avec une telle nostalgie que j'ai décidé de t'en offrir une. Ah, numéro 27 : on y est.

La parcelle est grande – environ neuf mètres carrés, et le sol est bosselé de touffes d'herbes mouillées. Dans un coin, il y a un petit cabanon délabré.

— Tu m'as trouvé ça en juin dernier ?

J'ai la gorge serrée : Jamie est d'une telle gentillesse. Ma mère l'aurait beaucoup aimé.

— Je me suis mis sur liste d'attente, explique-t-il. Quand je suis rentré d'Australie, le certificat était arrivé.

— Quel cadeau extraordinaire ! murmuré-je. Tu m'as offert un jardin.

— C'était exactement ce que j'avais envie de faire. T'offrir un jardin pour que tu puisses planter tout ce qui te plaît.

Je vois soudain la parcelle embrasée de fleurs aux couleurs vives. Je secoue les sachets de graines dans ma poche.

— Eh bien, c'est le moment idéal pour semer.

— En effet. Tu pourrais aussi planter des pois de senteur, suggère Jamie, et des légumes. Tu pourrais faire pousser des haricots à rames, des poireaux et des bettes. Tu pourrais te faire ta propre fête des moissons.

Je souris à cette idée mais je reste un peu déroutée.

— C'est merveilleux, Jamie. Cette idée me plaît énormément. Mais ça va représenter un boulot énorme.

— Oui, dit-il d'un ton prosaïque, en effet.

Mon cœur se serre.

— Mais tu n'es pas obligée de t'y mettre toute seule, ajoute-t-il en me prenant la main. Je vais t'aider.

Une vague de soulagement mêlé d'euphorie m'envahit.

— J'ai pensé qu'on pouvait s'en occuper ensemble; on pourrait apporter des chaises de jardin pour s'y asseoir et boire une bouteille de vin, les soirs d'été. Milly pourrait avoir sa petite parcelle pour faire pousser des trucs. Ça te plairait, Milly? Tu pourrais faire pousser des tournesols?

Affairée à regarder sous une pierre, elle ne répond pas.

— J'ai pensé qu'on pouvait semer et cultiver ensemble.

— Ensemble, répète soudain Milly.

Je souris à Jamie :

— Oui. Je crois que c'est possible.

Bibliographie

Voici les livres qui m'ont été très utiles dans mes recherches :

Plant Personalities, Carole Klein, Cassel Illustrated.
Superhints for Gardeners, lady Wardington, Michael Joseph.
Gardener's Latin, Bill Neal, Robert Hale.
Beekeeping for Dummies, Howland Blackiston, Wiley Publishing Inc.
The City Gardener, Matt James, HarperCollins.

Remerciements

J'aimerais remercier plusieurs personnes pour leur aide lors de la préparation et de la documentation de ce livre. Et tout particulièrement la paysagiste Charlotte Rowe qui m'a très généreusement accordé son temps et a partagé ses connaissances avec moi ; je dois beaucoup aussi aux paysagistes Clare Mee, Helen Billentrop et Duncan Heather : toute gaffe ou maladresse horticole relève de mon entière responsabilité. J'aimerais aussi remercier Sam Diment d'*Hammersmith and Chiswick Landscapes* et Mike Gee de *Bee Plus Ltd.* de m'avoir éclairée sur l'apiculture en milieu urbain ; Sarah Anticoni pour ses conseils en matière de droit familial, John Causer pour ses informations sur certains aspects du Code pénal et Neil Robinson de la MCC Library. Un grand merci aussi à Kate William et Holly Pope.

Comme toujours, je voudrais remercier mon agent, la géniale Clare Conville, ainsi que tous les collaborateurs de *Conville and Walsh*. Toute ma gratitude va à Maxine Hitchcock de *HarperCollins* pour son remarquable travail d'éditrice, ses généreux encouragements et sa patience lorsque j'avançais lentement. Je suis aussi reconnaissante à Rachel Hore et Lynne Drew pour leurs excellents conseils éditoriaux. Chez *HarperCollins*, j'aimerais également remercier Amanda Ridout, Katie Fulford, Leisa Nugent, Cassie Browne et Bartley Shaw. Enfin, je suis redevable, comme toujours, à Greg pour son amour et son soutien au cours de la rédaction de cet ouvrage.

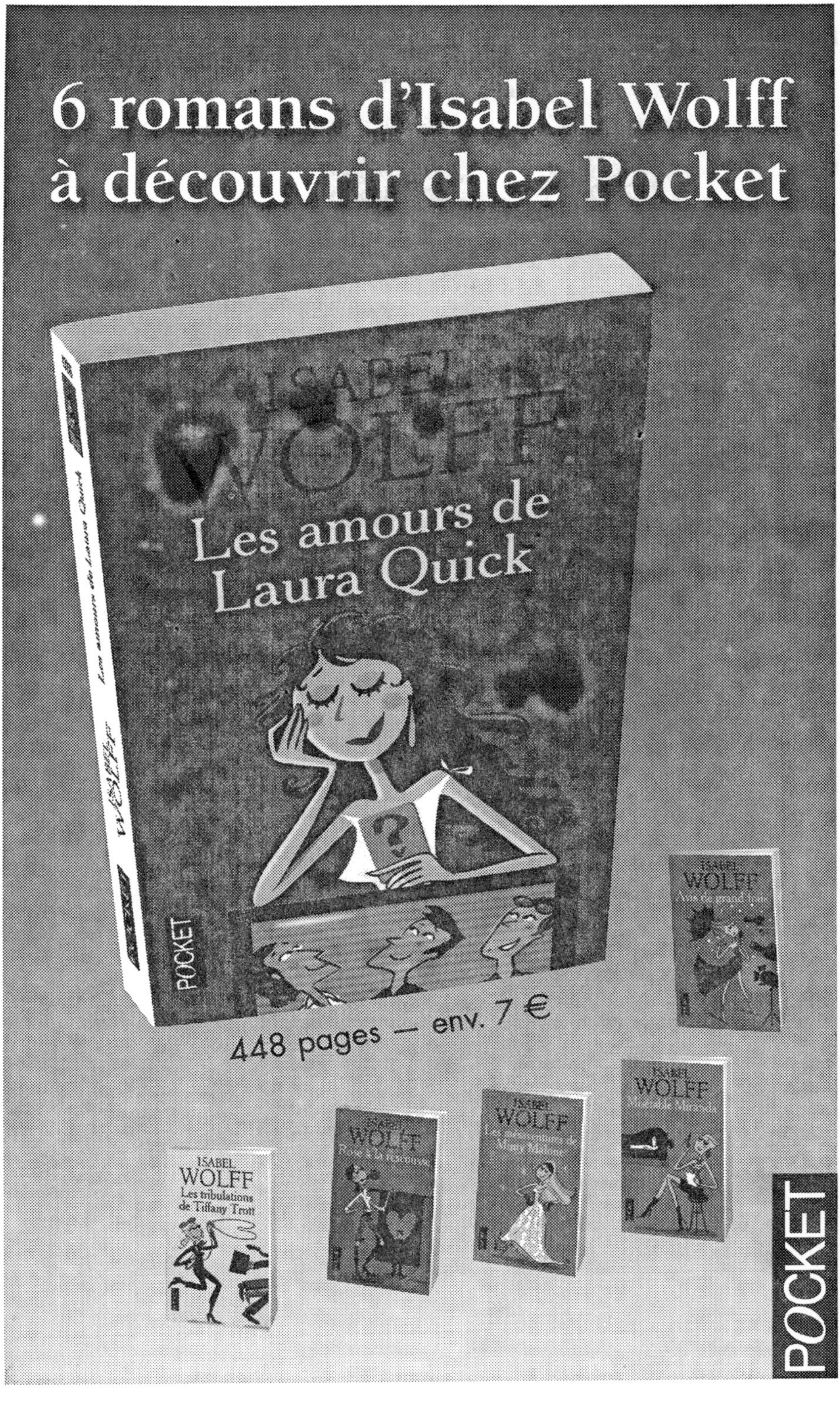
6 romans d'Isabel Wolff
à découvrir chez Pocket
ISABEL WOLFF
Les amours de Laura Quick
POCKET
448 pages — env. 7 €
ISABEL WOLFF
Les tribulations de Tiffany Trott
POCKET

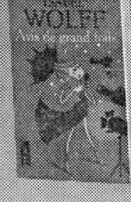

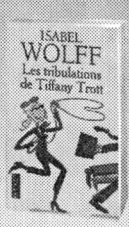

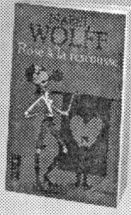

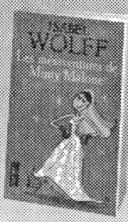

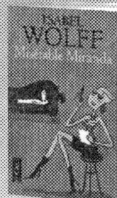

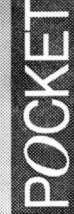

*Ce volume a été composé
par Asiatype*

*Impression réalisée sur CAMERON par
BRODARD ET TAUPIN
La Flèche
en mars 2008*

Imprimé en France
Dépôt légal : mars 2008
N° d'édition : 01 – N° d'impression : 46419